데스스토커 1

옮긴이 **천태화**

고려대학교 독어독문학과를 졸업하고, 프리랜서 번역가로 활동하고 있다.

DEATHSTALKER
by Simon R. Green

Copyright © 1995 by Simon R. Green
This Korean edition is published by arrangement with Simon R. Green c/o JABberwocky Literary Agency,
through the Danny Hong Agency.

Korean translation copyright © 2012 Mojosa Publishing Co.

데스스토커 1

초판 1쇄 발행 2012년 4월 27일

지은이 사이먼 R. 그린
옮긴이 천태화
펴낸이 김철식
펴낸곳 모요사
출판등록 2009년 3월 11일(제410-2008-000077호)

주소 411-762 경기도 고양시 일산서구 가좌3로 45, 203동 1801호
전화 031-915-6777
팩스 031-915-6775
이메일 mojosa7@gmail.com

ISBN 978-89-97066-08-7　04840
　　　978-89-97066-07-0 (전2권)

* 책값은 뒤표지에 표시되어 있습니다.
* 잘못 만들어진 책은 구입처에서 바꿔드립니다.

Deathstalker

사이먼 R. 그린 지음 | 천태화 옮김

1

모요사

차례

한밤의 충돌

림은 어둠에 싸여 있다. 이상한 자들이 사는 이상한 행성들이 있긴 하지만, 사람이 살 만한 별은 거의 없으며 문명마저 그곳에서는 빛을 잃는다. 림 너머로는 빛을 뿌리는 별을 단 하나도 찾을 수 없고 오가는 배는 고사하고 항로조차 아예 없다. 그래서 자칫 길이라도 잃는 날이면 모든 것이 끝장난다. 제국순양함은 림까지만 순찰을 돈다. 하지만 경비선은 항상 부족하다. 제국이 너무 급속도로 팽창한 것이다. 아무도 그 사실을 지적하는 사람은 없다. 하기야 굳이 지적할 필요가 어디 있겠는가. 매년 새로운 세계가 제국에 편입되었으며 개척자들은 정열적으로 외부세계로 뻗어나갔다. 하지만 림만은 예외다. 제국은 림 너머로 펼쳐진 암흑성운의 헤아릴 수 없는 심연에 겁을 집어먹고 그 직전에서 발길을 딱 멈춰버리고 만다.

어둠뿐인 그곳에서 가끔 배가 사라지곤 했다. 이유는 아무도 몰랐다. 림의 식민지들은 가급적 자급자족했으며 무한의 어둠인 암흑성 운 쪽으로는 눈길조차 주지 않았다. 제국의 최말단 변두리에 위치한 림은 중앙정부의 준엄한 법령으로부터도 그 거리만큼 멀리 떨어져 있었기 때문에 온갖 범죄들이 횡행하는 곳이었다. 인류의 발생만큼 뿌리 깊은 범죄들로부터 제국의 첨단과학에서 파생된 것들까지 범죄의 양상도 다양했다. 아직까지는 제국순양함이 나름대로의 억지력을 발휘하고 있기는 하다. 간혹 예고 없이 초공간에서 불쑥 뛰쳐나와 무자비한 효율성으로 법을 강제하는 식이다. 그렇지만 순양함이 모든 곳을 관리할 수는 없다. 림에는 이상한 기운이 작동하고 있다. 무시무시하지만 끈질기게 내연(內燃)하기만 하던 그 힘이 마침내 폭발하는 데는, 외딴 행성 비리몬드에서 두 우주선이 충돌하는 작은 사건 하나만으로 충분했다.

비리몬드 행성의 고궤도 상에 해적선인 샤드 호가 적대적인 눈길을 피해 은밀히 항해하고 있었다. 샤드 호는 튼튼함보다는 속도 우선으로 설계된 작은 배로 벌써 열댓 명의 주인을 거치면서 많이 낡았다. 지금은 인육상인이 인수해 내부에 시체보관실을 꾸몄기 때문에 더욱 혐오스러운 배가 되고 말았다. 샤드 호의 깊숙한 곳, 창백한 불빛이 비치는 철제 복도 위에 과거에 일등병이었고 지금은 인육상인이 된 헤이즐 다르크가 얼굴을 잔뜩 찌푸리고 걸으며 어딘가 다른 곳에 있었으면 좋겠다고 생각했다. 이곳만 아니면 어디라도 좋다. 샤드 호는 원래부터 호화로움과는 거리가 멀었다. 그런데 대부분의 동력을 시체보관실로 돌리는 바람에 안 그래도 볼품없는 배가 더욱 음산하게 느껴졌다.

다르크는 한때 귀족가문이었다. 그 성(姓)을 물려받은 헤이즐이 이곳 샤드 호에서, 지금 화물칸으로 통하는 문 앞에서 센서의 승인을 초조하게 기다리고 있는 것이다. 그녀는 여섯 시간 전 비리몬드 행성의 궤도에 진입하기 위해 배가 초공간을 벗어났을 때부터 줄곧 금방이라도 폭발해버릴 듯 잔뜩 짜증스런 상태였다. 지상의 접선자로부터 연락을 기다린 지 벌써 여섯 시간이나 지났다. 뭔가 잘못되었음이 틀림없다.

이미 더 이상 기다리고만 있을 수는 없었지만, 그렇다고 무작정 떠날 수도 없는 노릇이었다. 그래서 어찌할 바를 모르고 뭉그적거리고 있는 것이다. 행성경비대는 두렵지 않았다. 샤드 호는 비록 낡기는 해도 최첨단 은폐장치를 탑재하고 있다. 비리몬드 행성의 촌무지렁이들이 지닌 장비들은 샤드 호에게는 무용지물이다. 그리고 어차피 그들은 해적선의 존재를 알아봐야 별반 할 수 있는 일이 없다. 비리몬드는 사람보다 가축이 훨씬 많은 후진 농업행성이다. 제국과의 접촉이라고 해봐야 기껏 한 달에 한 번뿐인 화물수송선과 어쩌다 간간히 지나치는 순찰선이 전부였다. 그리고 둘 다 앞으로 몇 주 동안은 이 근처에 얼씬도 하지 않을 것이다.

헤이즐은 잠긴 문을 성난 듯 째려보며 문틀을 걷어찼다. 쉭 소리와 함께 문이 열리자 그녀는 얼어붙은 화물칸 안으로 들어섰다. 뒤에서 자동으로 문 닫히는 소리가 들렸다. 실내에는 희뿌연 안개가 일렁거렸고, 폐부를 에는 듯한 통증이 밀려왔다. 그녀는 진저리를 치며 제복의 발열장치를 켰다. 시체보관실은 복제에 쓰일 인체조직을 보존하기 위해 항상 저온 상태로 유지된다. 헤이즐은 잠깐 주변을 훑어보고 통신임플란트를 열었다.

"한나, 헤이즐이다. 응답하라."

"듣고 있습니다, 헤이즐." 배의 AI가 대답했다. "무엇을 도와드릴까요?"

"내가 여기 있는 걸 아무도 모르게 화물칸 경비센서의 신호를 조작해줘."

한나는 한숨을 내쉬었다. "글쎄요, 헤이즐, 거기 있으면 안 되는 거 아시죠? 우리 둘 다 곤란해집니다."

"잔말 말고 시키는 대로 해. 그렇지 않으면 네가 선장님 사생활을 엿보는 영상을 모은다는 사실을 일러바칠 테니까."

"이렇게 협박할 줄 알았으면 애초에 보여주지 않았을 겁니다. 그래도 그건 정당한 수집품입니다."

"어허, 컴퓨터……"

"알았어요, 알았다고요. 벌써 센서를 조작하는 중이에요. 됐나요?"

"그래. 그리고 한나, 만약 네가 내 사생활을 엿보는 게 드러나면 수류탄으로 네 메인시스템에 뇌수술을 해줄 줄 알아, 알겠어?"

한나는 한 차례 콧방귀를 뀌고 접속을 끊었다. 헤이즐은 잠시 미소를 지었다. 그 많은 AI 중에서 선장은 하필이면 관음증이 있는 녀석을 골랐던 것이다. 어쩌면 샤드 호에 어울리는 우연일지도 모른다. 그녀는 주위에 줄지어 늘어선 시체보관대를 바라보았다. 투박하고 거대한 철 구조물에는 허연 김이 서려 있고 군데군데 얼음조각도 너저분하게 엉겨 있었다. 더러운 사업에 딱 어울리는 지저분한 물건. AI가 옳다. 그녀는 시체보관실에는 볼일이 없으며 접근 권한도 없다. 하지만 개의치 않는다. 헤이즐 다르크는 여태까지 살아오면서 뭐든 필요하다고 느끼면 한 번도 주저한 적이 없었으며 그 결과에 대해 아쉬워하거나 후회한 적도 없었다. 그게 아니라면 그녀가 지금 수배자에 해적 신세가 될 일도 없었을 것이다.

그녀는 혐오감 속에서도 약간의 야릇한 호기심을 느끼며 가까운 시체보관대를 향해 느릿느릿 다가갔다. 인육상인으로 샤드 호와 계약할 때는 자신이 해야 할 일에 대해 이렇다 할 흥미가 없었지만, 막상 탑승해 가까이서 보니 호기심이 이는 것은 어쩔 수 없었다. 시체들은 생명과 장수의 원료가 되겠지만, 시체들로 가득한 화물칸에서는 죽음의 냄새가 어른거렸다. 동력을 아끼려고 대부분의 전등을 꺼놓았다. 급히 줄행랑치기 위해 최대동력이 언제 필요할지 알 수 없는 것이다. 인육상인은 국가에게는 물론 고객에게조차도 별로 인기가 없었다.

헤이즐은 시체보관대 사이의 통로를 천천히 걸었다. 그녀는 마음 속으로 신선한 선홍색 피가 흐르는 심장이나 폐, 신장이 꿈틀대는 것을 그려보았다. 물론 얼음처럼 차가운 장치 속에 보관된 장기들이 그럴 리야 없겠지만 말이다. 인육상 동료들은 인간의 장기를 마치 정육점 주인처럼 아무렇지도 않게 상품이라고 부른다. 그녀는 제자리에 서서 주위를 둘러보았다. 전쟁터도 가득 메울 만큼 층층이 쌓인 인간의 장기와 조직들이 그녀를 에워싸고 있었다. 그런데 이 모든 것들이 하나도 빠짐없이 모조리 쓸모없는 것으로 변해버리고 말았다. 손쓸수 없을 지경으로 바이러스에 오염된 것이다. 인육거래사업에서 적을 두면 이렇게 되기 십상이다.

얼마 전 선장은 특유의 과단성과 단순함으로 본야드 보이스와의 거래에서 짭짤한 재미를 보는 듯했다. 샤드 호가 오랫동안 갈구하던 계약이 마치 마술처럼 손쉽게 손에 굴러들어왔던 것이다. 헤이즐은 쓸쓸한 미소를 지었다. 그들은 너무 어리석었다. 인육거래시장은 살인적인 곳이다. 때로는 문자 그대로.

인육거래는 불법이며 발각되면 사형에 처해진다. 하지만 시체로부터 생명을 얻으려는 사람들은 항상 차고 넘친다. 공식적으로 복제된 인간조직을 이식받을 수 있게 허용된 자들은 상류층 중에서도 최상류층으로 혈통과 지위와 재력을 갖춘 사람들로 한정되었다. 평민들이 건강하게 오래 살 필요는 없다. 새로운 식민지 개척으로 꾸준히 정착지가 확장되기는 했지만 인구는 여전히 너무 많았다. 그리고 평민이 오래 살아봐야 분수에 넘치는 생각을 품게 될 뿐 득이 될 게 없었다.

하지만 비공식적으로는 충분한 돈이 있고 올바른(더 정확히 말하자면 올바르지 않다고 해야겠지만) 중개인만 알고 있다면 어떤 장기라도 자가복제나 인육은행에서 비합법적으로 얻은 조직을 복제해 대체할 수 있었다. 자가복제한 조직은 거부반응의 위험이 없어 좋기는 하지만, 원래의 조직에 선천적 결함이 있거나 기타 이유로 직접 복제하는 것이 불가능한 경우가 상상 이상으로 많았다. 이것이 바로 신체탈취자들이 사업을 벌일 수 있는 영역이었다. 그래서 아무도 안전할 수 없다. 살았거나 죽었거나를 불문하고.

대부분의 행성에서는 여제의 명에 따라 죽은 사람은 화장을 치렀다. 장기의 불법 거래를 막기 위한 조치였다. 그러나 변두리 행성에서는 불법적으로 비밀묘지나 납골당을 만들기도 했다. 그것은 작황이 안 좋거나 사업이 부진할 때 은행에 약간의 예금을 마련해두고 있으면 요긴한 것과 비슷한 이치였다. 그래서 인육상이 순회하면 모두들 약간의 돈을 만지게 되는 것이다. 인육상은 많았다. 수요가 크기 때문이었다. 인육상이 해야 할 일이라곤 상품을 잔뜩 쌓아놓고 누군가 찾아와 초조하게 문을 두드리기를 기다리는 것뿐이었다.

그렇지만 일이 늘 그렇게 간단한 것만은 아니었다. 인육거래는 잘 못될 가능성이 도처에 널린 위험한 사업이다. 장기는 금세 바닥나기 때문에 항상 재고를 채워 넣어야 한다. 시체보관소의 식성은 게걸스러움 그 자체였다. 비밀묘지는 매우 적고 또 서로 너무 멀리 떨어져 있다. 그리고 연락책은 정해진 인육상 조직과만 거래한다. 그래서 가끔 신체탈취자들이 세상 속으로 들어가 슬퍼해줄 사람이 별로 없는 사람들을 노리는 것이다. 물론 악랄한 짓이다. 하지만 오믈렛을 만들려면 달걀을 깨뜨려야 하지 않겠는가……

헤이즐은 샤드 호에 승선한 지 얼마 되지 않았다. 샤드 호는 헤이즐의 탑승 후 아직 고작 네 개의 행성에만 기착했을 뿐이다. 선장은 그녀에게 오직 무덤 파는 일만 할 것이라며 안심시켰다. 상황이 정말 어려워지지만 않는다면…… 일은 쉬웠다. 재빨리 들어가서 화물칸을 가득 채울 만큼 상품을 캐내고 누군가 현상금에 눈이 멀어 그들을 팔아먹기 전에 신속히 철수하는 것. 하지만 훼방꾼은 어디든 있었다. 그리고 이번에는 정말로 된통 걸려버린 것이다. 본야드 보이스가 먼저 무덤에 들어가 보통의 테스트로는 도저히 식별할 수 없는 지독한 악성바이러스로 상품을 오염시켜놓았던 것이다. 그 결과 지금 그들이 보유한 모든 조직은 쓰레기가 됐다. 하지만 그들을 기다리는 고객들은 어느 모로 보나 인내심이나 이해심과는 거리가 먼 종자들이다.

그래서 마키 선장은 어쩔 수 없이 오베아 성계의 블러드러너에게 공손히 도움을 청했던 것이다. 헤이즐은 블러드러너가 제공하는 정보의 대가로 그들이 약속한 것을 생각하면 지금도 몸서리가 쳐졌다.

이번 거래는 절대로 잘못돼서는 안 된다. 죽음보다 더 나쁜 일이 일어날지도 모른다.

블러드러너는 비리몬드 사람을 소개해주었고, 그래서 샤드 호는 한 번 더 고전적인 게임을 하려고 여기까지 온 것이다. 마지막으로 주사위를 던지는 것……

헤이즐은 어떻게 여기까지 전락하게 되었는지 돌이켜보았다. 그녀는 오랜 수감생활로 이어질 것이 분명한 체포명령이 떨어지기 딱 십 분 전에 고향 행성을 떠났다. 그때 마음속에 품었던 흥분과 모험은 절대 이런 모습이 아니었다. 인육상은 하층 중에서도 최하층으로 제국 내에서 인간쓰레기 같은 존재였다. 거지에 문둥이조차도 인육상을 만나면 침을 뱉을 것이다. 상류층은 자신의 전속 인육상을 자랑하기도 하지만 그것은 검투장용으로 잘 조련된 야수를 뽐내는 것과 같았다. 아무도 공개적으로 인육상들을 좋게 말하지 않는다. 그들은 누가 봐도 악당이고 범죄자들이다. 그러나 누구도 그 존재를 인정하고 싶어 하지 않는 거래에 종사하고 있기 때문에 함부로 건드릴 수 없는 존재이기도 했다.

헤이즐은 피곤한 듯 한숨을 내쉬었다. 그녀는 어디든 갈 곳만 있다면 당장이라도 샤드 호를 떠났을 것이다. 헤이즐 다르크는 스물세 살의 늘씬한 근육질 몸매에 길고 수수한 붉은 머리칼을 지녔고 얼굴은 날카롭고 이목구비가 뚜렷했다. 녹색의 눈은 민첩하게 모든 것을 꿰뚫어보는 듯했으며 간혹 머금는 미소는 사람들이 알아채기도 전에 금세 사라지곤 했다. 그녀는 고향을 떠난 후 계속 위험한 직업을 전전했기 때문에 항상 경계하는 태도를 취했으며 찌푸린 얼굴에는 노골적인 의심이 가득 차 있었다. 그녀는 로키 행성에서는 용병이었고,

골고다 행성에서는 보디가드로 일했으며, 가장 최근 브라민II 행성에서는 행성수비대로 복무했다. 그녀가 마키 선장을 만난 것은 브라민II 행성에서 목숨을 건지기 위해 탈출하는 와중이었다. 수비대에서 자기 지위로 능히 그녀의 몸을 요구할 권리가 있다는 생각을 품은 한 상사가 있었다. 그의 의도는 물론 복제가 아니었다. 헤이즐은 거절했다. 그녀에게는 팔 수 있는 것은 무엇이건 돈을 받지 않고는 그냥 내주지 않는다는 오랜 원칙이 있었다. 그리고 소동이 시작되어 비극으로 마무리되었다. 헤이즐이 검에 그 망할 자식의 피를 묻히고 다시 도망쳐야 하는 신세가 된 것이다.

그때 은밀히 움직이는 인육상인은 확실히 직업적으로 꽤 쓸 만해 보였다. 잘 드러나지도 않고 위험도 크지 않았으며 좀 힘들기는 해도 무작정 삽질만 하면 되니 완벽하다고 여겨졌다. 많은 사람들이 그녀를 쫓고 있는 상황에서는 더욱 절실했다. 요즘은 거의 언제나 누군가가 그녀를 쫓고 있다. 물론 모든 것이 자신의 잘못이다. 그녀는 알고 있다. 자기가 늘 빨리 돈을 벌기 위해 불법적인 일에 발을 들였으며 나중에야 무슨 짓을 저질렀는지 깨닫곤 한다는 사실을. 하지만 비록 그녀가 떳떳치 못한 일에 여러 차례 관여하기는 했어도 사람을 납치하고 장기를 얻으려고 잔인무도하게 살해하는 것은 도를 넘는 일이었다. 그것은 망종이나 할 짓이다.

그녀는 과연 그 일을 해낼 수 있을지 자신이 없었다. 뭔가 원칙에 관련된 문제일 것이라는 느낌이 들었다. 그녀가 원칙이라는 단어에 별로 친숙하지는 않지만 말이다. 모두들 어딘가에 선을 긋는다. 점점 선택의 시간이 다가오고 있다. 그렇게 오랜 시간이 필요한 것은 아니다. 그녀는 자신이 새삼스레 재발견한 도덕성을 동료들에게 선포하기 전에 시체보관소 내부를 두 눈으로 직접 보고 싶었다. 그녀는 언제라도 배를 떠날 수 있다. 구명정에 올라 밑에 있는 행성으로 탈출하고 군중 속으로 스며들면 그뿐이었다. 하지만 비리몬드 행성은 어느 모로 보나 너무 원시적인 곳이다. 촌스럽기만 하고 고된 노동만 있는 곳. 도망자가 머물기에는 적당치 않다. 특히 정부와 범죄자들, 법의 양편으로부터 추격당하고 있는 사람에게는.

헤이즐 다르크는 시체보관대를 둘러보며 몸을 떨었다. 추위 때문만이 아니었다.

'어떻게 해야 하지? 젠장 어떻게 하냐고?'

순간 경광등이 번쩍이고 사이렌이 미친 듯이 울어댔다. 헤이즐은 갑작스런 소란에 놀라 반사적으로 몸을 움츠리며 옆구리의 총으로 손을 가져갔다. 처음에는 배의 동체가 깨진 것이라고 짐작했으나 만약 배의 어느 구석에서든 급격한 압력저하가 발생했다면 경보가 울리기도 전에 이미 몸으로 감지했을 것이라는 생각이 뒤이어 들었다. 그녀가 통신임플란트를 통해 비상 채널에 접속하자 머릿속이 온통 웅성대는 목소리들로 가득 찼다. 곧 그 소리들 중 전함이라는 단어가 구분되자, 그녀는 즉시 달리기 시작했다. 누군가 은폐장치를 뚫고 샤드 호를 발견한 모양인데 그건 제국순양함이 아니고서는 불가능했다. 그리고 정말로 제국함대에게 발각된 것이라면 헤이즐 다르크의 인육상인 경력은 시작도 못 해보고 끝장나버릴 대단히 위험한 사태에 직면한 것이다.

'내 팔자는 왜 항상 이 모양이야!' 헤이즐은 씁쓸한 생각을 떠올리며 화물칸에서 뛰쳐나와 조타실로 향했다. '내가 저지르지도 않은 죄를 뒤집어쓰고 붙잡혀갈 운명이란 말인가……'

"한나, 얼마나 심각한 거야? 말해봐."

"이제 겨우 시작일 뿐입니다." AI가 대답했다. "제국순양함이 초공간에서 나와 비리몬드 행성 궤도에 진입했습니다. 그들의 센서가 방금 우리 은폐막을 뚫었고 정선명령을 내렸습니다. 지금 제가 전자 이빨로 열심히 둘러대고 있지만 그들이 얼마나 속아줄지는 의문이군요. 우리가 초공간으로 도망칠 만큼의 동력을 상승시킬 시간이 없을 것이라는 예감이 강하게 듭니다."

"초공간이 아니라도 그냥 도망치면 안 되는 거야?"

"제가 말하고 있는 것은 제국순양함입니다, 헤이즐. 그들이 얼마나 강한지 모르시나요? 우린 미처 궤도를 벗어나기도 전에 박살나서 반짝이는 가루로 흩날리기 십상입니다."

"보호막이 있잖아."

"순양함은 이백오십 문의 광선포가 있고 동력도 충분합니다."

"맞서 싸울 수는 없어?"

"정말로 그들을 화나게 하고 싶다면요."

"제기랄, 뭔가 할 수 있는 일이 있을 거야! 넌 엄청나게 머리가 좋잖아. 뭔가 떠올려봐!"

"항복하면 됩니다."

헤이즐은 욕설을 퍼붓고 싶었으나 그러기에는 너무 숨이 가빴다. 그녀는 사이렌 소리로 머리가 멍멍한 상태에서 철제 복도를 쿵쾅거리며 내달렸다. 마침내 조타실로 뛰어들었고 곧장 광선포 조작석에 몸을 던졌다. 무슨 일이 벌어지고 있건 일단 샤드 호의 두 대의 광선포에 몸을 맡기고 나면 아주 안정된 느낌을 얻을 수 있었다. 이론적으로는 배의 광선포를 조준하고 발사하는 데 AI가 훨씬 뛰어나겠지만, AI의 행동패턴은 다른 AI가 충분히 예측하고 대응할 수 있다는 단점이 있었다. 인간의 불규칙성이야말로 AI가 따라올 수 없는 장점이다. 그래서 모든 전함은 인간포수를 배치하고 있다.

헤이즐은 신속히 워밍업 절차를 밟으며 임플란트를 통해 그녀의 마음을 컴퓨터와 조율시키고 발포장치로 나아갔다. 그녀 주변은 컴퓨터 화면으로 가득 찼고 정보가 물 흐르듯이 그녀의 생각 속으로 쏟아져 들어왔다. 헤이즐은 처음으로 실제 순양함을 목격하자 가슴이 덜컥 내려앉았다. 제국순양함은 샤드 호보다 엄청나게 커서 마치 고래 앞에 멸치가 마주한 격이었다. AI가 순양함의 제원을 훑어주자 헤이즐의 가슴은 한층 더 깊이 주저앉았다. 광선포, 보호막, 공격어뢰…… 한마디로 샤드 호는 가망이 없었다. 순양함에 대항할 수 있는 것은 순양함밖에 없다. 헤이즐은 침을 꿀꺽 삼키고 마음을 두 개의 발사대로 조심스럽게 이동시켰다. 포는 그녀가 건드리는 대로 움직이며 제국의 배에서 타격지점을 발견하려고 부지런히 기웃거렸다.

헤이즐의 호흡은 거의 정상속도로 돌아왔으나 순양함을 관찰하며 분노가 치밀자 다시 숨결이 거칠어지기 시작했다. '도대체 저게 여기서 뭐 하고 있는 거야? 공식적으로 몇 주 내에는 여기 올 게 아무것도 없는데. 일부러 샤드 호를 잡으러 왔을 리도 만무하고. 해적선에 타고 있는 한 줌의 인육상이 순양함을 부를 만큼 그렇게 중요한 존재도 아닌데.' 이는 매우 정확한 추론이었다. 하지만 어쨌든 현실은 바로 앞에 순양함이 떡 버티고 있는 것이다. 너무나도 선명하게, 그리고 위압적으로 포를 겨누며 언제라도 발사할 것처럼 만반의 태세를 갖추고 있다. 헤이즐의 얼굴은 심각하게 일그러졌다. 도망칠 수도 없고 맞서 싸울 수도 없다. 그렇다고 항복할 수도 없는 노릇이었다. 뭔가 대가로 제시할 만한 것을 생각해낸다면 협상을 시도해볼 수 있을지도 모른다. 그녀는 미친 듯이 머리를 굴려보았지만 아무것도 떠올릴 수 없었다. 마키 선장이 뭔가 엄청난 패를 숨기고 있지 않다면 제국함정이 그들을 처리하는 것은 시간문제일 뿐이다.

그녀는 조타실을 가로질러 선장을 쳐다보았다. 테렌스 마키는 사십대 후반으로 덩치가 크고 침착한 인물이었다. 성인이 된 후로 줄곧 해적으로 살아왔으며 모든 불법적인 일들을 사랑했다. 비록 유행에 뒤처지기는 했지만 알록달록한 색상의 반짝이는 실크로 어울리지 않게 하려한 귀족풍의 복장을 걸치고 있었다. 그는 눈을 가늘게 뜨고 화면을 주시하다가 낮고 차분하게 몇 가지 명령을 뱉어냈다. 그 모습에서 헤이즐은 최소한 조타실에서 한 사람은 제정신을 차리고 있다는 사실에 위안을 얻었다. 헤이즐은 눈길을 돌려 협소한 조타실을 두리번거렸다. 제국순양함을 쳐다보는 것보다는 차라리 그 편이 나을 것 같았다.

샤드 호의 조타실은 엉망이었다. 전구의 반은 꺼져 있었다. 비싼 전구를 넉넉히 싣고 다닐 여유가 없었다. 그리고 낮은 천장 아래에는 광선포 발사대와 센서패널은 물론이고 작업대, 컴퓨터 화면, 단말기 등이 빼곡히 들어차 있었다. 조타실의 정원은 선장을 포함해 일곱 명이지만 보통 네 명만 자리를 지키고 있었다. 샤드 호는 적은 인원으로 운영되어야 했기 때문에 모든 승무원이 최소한 두 가지 이상의 역할을 겸임했다. 시스템의 반이 작동하지 않았지만 기본적인 기능이 유지되는 한 다른 것들은 미뤄놓을 수 있었다. 수리비는 상상을 초월할 정도로 비싸다. 공항에서는 특히 비싸다. 인육상인은 목 좋은 곳에 충분한 재고를 쌓아놓고 좋은 시절을 만난다면 안정된 삶을 누릴 수도 있겠지만 요즘은 워낙 경쟁이 치열해서 샤드 호 같은 소규모 독립 상선들은 존립마저 위협받는 상황이었다. 마키는 이번 항해에서 시체 보관소를 다시 채우고 배와 함께 그의 운도 한번 고쳐볼 심산이었다. 하지만 본야드 보이스라는 예상치 못한 적을 만나는 바람에 모든 일이 갑자기 어그러져버리고 만 것이다.

헤이즐은 문득 스치는 생각에 마키를 돌아보았다. "선장, 그냥 모두 내던져버리는 건 어떨까요? 상품과 보관대를 에어록 밖으로 던지면 비리몬드 행성 대기권에서 다 타버릴 테니 증거도 사라지는 것 아닙니까?"

"좋은 생각이야." 마키가 말했다. "앞에 있는 게 순양함만 아니라면 증거인멸을 시도해볼 만해. 하지만 순양함 센서는 모든 장기와 조직을 알아보고 보관대의 제작자명까지도 식별해낼걸. 센서로 녹화한 것도 증거라네. 그러니 그걸 버려서는 안 되고, 그걸 들고 체포될 수도 없어. 이런! 옴짝달싹할 여지가 없군. 안 그래?" 그는 잠시 웃었다. "내 생각에는 상품을 먹어치우는 것도 괜찮은 방법 같은데, 식욕이 좀 도나, 헤이즐?"

"조금 전까지만 해도 좋았습니다. 그러니까 당신 말은 이럴 수도 없고 저럴 수도 없다는 거네요. 항복은 고려해볼 가치도 없겠고."

마키는 다시 웃었다. "배에는 우리 모두를 목매달고도 남을 만한 증거가 있지."

"그러니까 어떻게 해야 하냐고요?"

"저들의 허를 찌르는 거야. 공격하는 거지. 우리가 행운을 잡을지 누가 알겠는가?"

"그런 행운이 없다면요?"

"그렇다면 최소한 빨리 죽을 수는 있지. 포는 준비됐나?"

"항상 준비되어 있습니다. 몇 년 동안 발사는커녕 점검 한번 해본 적이 없지만요." 헤이즐은 화면 속의 거대한 배를 노려보았다. 눈에 는 분노와 좌절의 눈물이 일렁였지만 신경 쓰지 않았다. 그녀의 운 이 너무 갑자기 한꺼번에 나빠졌지만 그뿐이었다. 그녀는 의자의 팔 걸이를 주먹으로 내리쳤다. "도대체 제국함대가 왜 여기서 얼쩡거리 느냔 말이야? 우리가 여기 오기로 결정한 건 고작 열두 시간 전인데! 저들이 우리에 대해 알았을 리 없잖아."

그녀는 마키 선장의 냉소적인 반응을 보지는 못했지만 목소리에 서 눈치 챌 수 있었다. "열두 시간 안에는 많은 일이 일어날 수 있지. 특히 적을 만들었을 때는 말이야. 우리가 어디로 향하는지 알아낼 수 있는 사람은 많고, 그중 제국에 정보를 팔아넘긴 녀석이 있을 수도 있는 거야."

"하지만 도대체 우리 같은 잔챙이를 잡자고 어떤 미친놈이 순양함 을 파견하느냔 말예요?"

"좋은 질문이야. 내가 좋은 대답을 할 수 있었다면 더욱 좋았을 텐 데 말이야. 밀고한 녀석이 본야드 보이스일 수도 있어. 우리 파멸의 마지막까지 배려해주는 호의로 말이야. 어쨌거나 상관없어. 그만하고 포에만 집중하게나. 현재 한나가 제국의 배에 우리는 전염병 발생 지 역으로 봉사활동차 가고 있는 병원선이라고 우겨대고 있어. 여러 가 지 그럴듯한 구실을 대겠지만 저들이 속아주리라고 기대하지는 않 아. 우리가 초공간으로 진입할 정도로 엔진 출력을 높일 때까지 기다 려주지는 않겠지."

헤이즐은 갑자기 입이 바싹 말랐다. "선장, 우리 대포 두 대는 쟤들한테 침 뱉는 정도도 안 됩니다. 다른 걸 시도해봐야 해요."

"미안하지만 헤이즐, 아무런 생각도 떠오르지 않아."

헤이즐은 기다렸지만 마키는 더 이상 말이 없었다. 그녀는 광선포에 집중했다. 샤드 호와 순양함 모두 보호막이 있고 여러 차례 공격을 받아내겠지만 엄청난 에너지를 소모하게 될 것이며 샤드 호의 보호막이 순양함보다 훨씬 먼저 해체되어버릴 것은 불을 보듯 뻔한 이치였다. 헤이즐은 고향과 가족으로부터 멀리 떨어진 림의 텅 빈 우주에서 허무하게 죽는다는 것이 비로소 실감나기 시작했다. 그녀가 항상 우려했던 것이 현실로 닥쳐온 것이다.

제국순양함 다크윈드 호에서 존 사일런스 함장은 지휘석에 느긋하게 앉아 웅성거림 속에서도 효율적으로 움직이는 함교를 내려다보고 있었다. 늘 그렇듯 모든 대원이 제자리에 있고 모든 시스템이 매끈하게 작동하고 있었다. 메인스크린에 비친 작은 배는 그의 시간과 주의력을 빼앗기에는 너무 시시해 보였다. 저렇게 작은 것이 별 문제가 될 개연성은 거의 없어 보였지만 나포하면 쏠쏠한 현상금을 보너스로 챙길 것도 같았다. 최소한 그런 식으로 이번 임무도 술술 잘 풀려주기를 바랐다. 그는 접어두고 싶었지만 계속 떠오르는 생각이 있었다. 아직 수배자가 된지도 모르는 불쌍한 녀석을 사냥하는 데 시간을 허비하기보다는 좀 더 가치 있는 일을 하고 싶었다. 그가 진언했지만 여제는 거부했다. 그녀가 가라면 가야 한다. 머리가 여전히 몸통에 붙어 있기를 원한다면 말이다.

그는 다시 메인스크린 속의 배를 바라보고 살짝 찡그렸다. 아마 뭔가 수상쩍은 일에 관련된 해적선인 듯한데 여기서 무엇을 하고 있는 것일까? 데스스토커를 구하려고 온 것일까? 오언 데스스토커, 비리몬드 행성의 영주이자 뼈대 있는 가문의 장자인 그에게 여제가 친히 사형선고를 내렸다. 그녀는 이유를 말하지 않았고, 사일런스도 묻지 않았다. 하지만 혹시라도 알아야 할 사항이 있는지 확인하기 위해 그는 파일들을 신중히 훑어보았다. 만약 중요한 점이 있었다면 사일런스 자신이 놓친 것이리라. 오언 데스스토커는 유명한 전사 가문의 후예지만 그의 경우는 피가 많이 묽어진 것으로 보였다. 그의 부하들은 비리몬드를 아주 효율적으로 관리하고 있었지만 정작 영주 자신은 한낱 아마추어 역사가일 뿐이었다. 아무도 읽지 않는 따분한 주제에 대해 장황한 책들을 써내고 있었던 것이다. 공식적으로 공표한 것은 아니지만 과거를 들추는 일은 제국에서 그다지 장려되지 않았다. 제국에는 백성들이 잊어버리기를 바라는 많은 일들이 있었기 때문이다. 아마도 데스스토커가 어쩌다가 알아서는 안 될 것이라도 건드린 모양이다. 그것이 무엇이건 이번에는 데스스토커가 그것에 대해 책을 쓸 수는 없을 것이다. 그는 이제 수배자다. 머리에 가격표가 달려있고 인간의 권리를 박탈당한 존재. 여제는 사형수의 죽음에 대한 증거로 머리를 원한다.

사일런스는 귀찮다는 듯 지휘석에 몸을 기댔다. 그는 사십대의 키 크고 마른 남자였다. 허리선은 점점 굵어지고, 앞이마도 넓어져서 가급적 손으로 머리를 만지지 않으려 신경 썼다. 그는 조용한 위엄을 갖추고 지휘석과 합체된 듯 앉아 있었다. 그는 성인이 된 후 항상 최선을 다해 제국에 헌신해왔다. 가끔 내키지 않는 임무를 수행해야만 할 때도 '철의 쌍년'이라 불리는 여제 폐하 라이언스톤 14세 치하의 제국은 원래 그런 것이라며 애써 자위하곤 했다. 사일런스는 거기서

의식적으로 생각을 멈췄다. 어떤 방향으로 생각이 흘러가게 내버려두는 것이 현명치 못한 경우가 있다. 에스퍼가 엿보고 있을지도 모를 일이다. 그는 앞의 해적선에 생각을 집중했다. 전투보다는 속력 위주로 건조된 작은 배. 순양함에 위협이 되지는 않는다. 하지만 저게 여기 있어서는 안 되지…… 지금은. 사일런스는 참모진을 둘러보았다.

"아직 정체를 파악하지 못했나?"

"예, 함장님. 저쪽 AI가 뭔가를 말하고 있지만 별로 신뢰할 게 못 됩니다. 구호 임무를 띤 병원선이라는 얼토당토않은 말을 해대고 있는데 그런 종류의 배도 아니고 제대로 된 식별코드도 없습니다. 아마 초공간으로 내빼려고 출력을 끌어올리며 시간을 버는 것 같습니다. 저지할까요, 아니면 도망치게 놔둘까요, 함장님?"

"잡는다." 사일런스는 차분하고 냉정하게 말한 다음 수색관 프로스트가 옆으로 다가오자 고개를 끄덕여 보였다. 프로스트는 이십대 후반의 여인으로 키가 크고 날렵한 근육질의 몸매를 지녔으며, 허리에는 총을 차고 등에는 장검을 늘어뜨리고 있었다. 그녀는 가만히 서 있기만 해도 먹잇감을 노리는 포식자처럼 당당하고 아주 위협적으로 보였다. 창백하게 굳은 얼굴의 검은 눈동자는 차갑게 빛났으며, 적갈색 머리카락은 잘 가다듬어 머리에 바짝 붙였다. 아름답다고 말할 수는 없지만 매혹적이면서도 동시에 위협적인 거친 매력을 품고 있었다.

수색관들은 유아기부터 충성스럽고 효율적이며 강인하도록 훈련받는다. 그들의 임무는 새로 발견되는 외계생명을 탐사해 그것이 제국에 끼칠지 모를 위험을 사전에 평가하는 것이다. 이런 발견을 토대로 외계생명은 노예화되거나 멸종되었다. 다른 선택의 여지는 없었다. 수색관은 경호대장, 보디가드, 암살자로도 활용된다. 그들은 냉혹

하고 치밀하게 계산하는 살인기계이며, 아직 생존해 있다는 것은 여태껏 임무를 훌륭히 수행해왔다는 것을 의미한다.

사일런스와 프로스트는 여러 번 함께 임무를 수행해서 서로를 잘 이해하게 되었다. 수색관에게서 우정 비슷한 것을 기대할 수 있다면 그 정도가 최고치일 것이다.

"서두를 것 없다." 사일런스가 말했다. "저런 소형선은 동력을 끌어올리는 데 한참 걸릴 것이다. 아직 아무 데도 못 가."

"마음에 안 듭니다." 프로스트가 단호한 어조로 말했다. "궤도에 예기치 못한 배가 우리를 기다리고 있다? 우연으로 보이지 않습니다. 누군가가 우리 표적에게 수배 사실을 알렸을 겁니다. 저 배는 그를 보호하거나 탈출시키려고 여기 온 게 분명합니다. 어떤 경우든 우리의 대응은 한 가지뿐입니다. 절대로 표적이 탈출하도록 방관해서는 안 됩니다."

사일런스는 고개를 끄덕였다. 수배자는 공식적으로는 표적이라고만 언급되었다. 하급 승무원들에게 영주가 수배되었다는 사실을 알리지 않기 위해서였다. 특히 이번은 더욱 신중을 기할 필요가 있었다. 데스스토커라는 이름은 여전히 신망을 받고 있었기 때문에 여제의 희망이나 명령과는 상관없이 어디선가 도움의 손길이 뻗쳐올 수 있었다. 그렇기 때문에 데스스토커를 별 탈 없이 처리하기 위해 순양함까지 파견한 것이다. 잠재적인 동지들에게 소문이 퍼지기 전에 그를 먼저 체포해 처형해야 한다. 하지만 누군가 그들을 앞지른 것처럼 보였다.

"저 배는 우리의 시선을 끌어서 표적의 탈출을 돕기 위해 여기 온 것일 수도 있습니다." 프로스트가 말했다. "시간을 끌어서는 안 됩니다. 허락하신다면 제가 탑승조를 이끌고 건너가 조사해보겠습니다."

"너무 일러, 수색관. 규정대로 하자고. 에스퍼 포투나?"

"네, 함장님." 다크윈드 호의 에스퍼 토머스 포투나가 걸어 나와 수색관 반대편의 함장 옆에 섰다. 그는 땅딸막한 체구였으며 제복은 얻어 입은 듯했다. 말끔히 면도한 머리가 반짝거렸다.

"저 배를 샅샅이 스캔하게." 사일런스가 말했다. "찾아낼 수 있는 건 뭐든지 찾아내게."

"네, 함장님." 포투나의 마음이 몸을 뛰쳐나가자, 얼굴표정은 완전히 풀어져서 생명과 개성이 모두 사라진 것처럼 보였다. 그리고 곧 그의 얼굴이 일그러지더니 역겹다는 듯 고개를 저으며 다시 원래 모습으로 돌아왔다. "저 배는 죽음과 고통의 기억들로 가득합니다. 너무 많은 흔적들이 있어서 그 원천이 어딘지도 분간할 수 없었지만 한 가지 확실한 것은 그것들이 모두 인간의 것이었고 죽은 자들이라는 점입니다. 저 배에 시체보관소가 있습니다, 함장님. 고통의 잔재가 넘쳐흐릅니다. 저들은 인육상인입니다."

"그럼 표적과 관련이 없다고?" 사일런스가 물었다. "확실한가?"

"제 능력 범위 내에서는 그렇습니다, 함장님."

"그렇다면 간단하군요." 프로스트가 가볍게 말했다. "저깟 신체탈취자들에게 낭비할 시간이 없습니다. 그냥 박살내버리시죠. 저것들이 사라지면 우주의 냄새가 좀 나아질 겁니다."

"전적으로 동감일세." 사일런스가 말했다. "시작하게나, 수색관. 즐겨보자고."

다크윈드가 포문을 열자 해적선 샤드는 심하게 흔들렸다. 한나가 즉시 보호막을 끌어올려 광선포의 맹렬한 에너지를 일단 튕겨내기는 했지만 제국의 배에서 쏟아져 나오는 화망 앞에 AI가 할 수 있는 것은 별로 없었다. 헤이즐도 즉시 응사했지만 두 대의 포는 다크윈드의 월등한 보호막에 별로 강한 인상을 주지 못했다. AI가 보호막을 유지하기 위해 더 많은 에너지를 끌어가자 샤드 호의 실내는 완전히 어둠 속에 잠기고 말았다. 초공간 진입을 위해 축적해둔 에너지도 단 몇 초 만에 고갈돼버렸으며 시체보관대도 하나씩 꺼져버리면서 섬세한 내용물들이 상하기 시작했다. 샤드 호는 낚싯바늘에 걸린 고기처럼 버둥거리며 AI의 데이터뱅크에 기록된 모든 회피술을 구사했지만 다크윈드 호가 어느새 쫓아와서 광선포를 교대로 퍼부어대며 압박을 늦추지 않았다.

헤이즐은 포 발사대에 앉아 컴퓨터와 연결된 정신으로 샤드 호의 보호막을 두들겨대는 타격을 온몸으로 느끼며 부들부들 떨었다. 그녀는 주먹으로 의자의 팔걸이를 내리치며 매 사격마다 재충전을 위해 대기해야 하는 고통스런 3분이 빨리 지나가기를 초조하게 기다렸다. 다크윈드 호는 대기시간이 필요 없었다. 교대로 사용할 충분한 수의 광선포가 있었기 때문이다. 그리고 무엇보다도 제국의 배는 훨씬 우수한 동력원을 가지고 있었다. 샤드 호는 절망적이었으며 모두가 그 사실을 알고 있었다.

샤드 호의 조타실은 여기저기서 불길이 일며 침침한 어둠에 싸였다. 그리고 환풍기가 감당할 수 없을 정도로 치솟은 연기가 실내에 자욱하게 깔렸다. 헤이즐은 발사대에 정신을 집중하면서 심한 기침을 토해냈다. 순간 그녀의 옆 좌석에서 폭발이 일어나면서 그곳에 앉아 있던 승무원이 순식간에 불길에 휩싸였다. 그는 폐 속의 공기가 다 타버릴 때까지 처절한 비명을 질러댔다. AI는 헤이즐의 귓속에 두

서없는 중얼거림을 쏟아냈고 망가져가는 배를 유지하려고 안간힘을 쓰며 목소리가 점점 갈라지기 시작했다. 그녀는 의자에 앉은 채 몸을 틀어 연기가 자욱한 조타실 너머의 마키 선장을 노려보았다.

"항복하자고, 제기랄. 박살나고 있잖아!"

"의미 없어." 선장은 난장판이 돼가는 조타실에서 목소리가 들리도록 소리를 높이면서도 차분함만은 잃지 않았다. "우리가 인육상이라는 걸 알았을 거야. 저들은 항복 따위에는 관심 두지 않아. 우린 싸울 수도 없고 도망칠 수도 없어. 그리고 초공간 도약을 할 동력을 끌어올릴 희망도 사라졌지. 이제 한 가지 선택만 남았군. 저놈들 보호막에 러버보이를 사용해서 개자식들을 작살내버리겠어. 죽어야 한다면 혼자는 못 죽지."

헤이즐의 조종석이 폭발하면서 그녀를 조타실 반대편으로 처박았다. 그녀는 폐 속의 공기를 모두 토해낼 정도로 세게 바닥에 부딪쳤으며 제복도 검게 그을렸다. 심한 화상을 입었지만 충격 때문에 고통조차 느낄 수 없었다. 그녀는 천천히 옆으로 돌아누우며 의식을 잃지 않으려 애썼다. 마키가 차분한 목소리로 컴퓨터에 명령을 내리는 것이 귀에 들렸다. 러버보이. 헤이즐은 간신히 무릎을 세우며 생각을 모았다. 러버보이는 선장이 브라민II 행성에서 사들인 실험적 프로그램이다. 사랑은 자물쇠도 열 수 있다는 속담에 따라 러버보이(Lover Boy)라고 이름 붙인 이 프로그램은 다른 배의 보안시스템을 망가뜨리도록 설계되었다. 선장은 다크윈드의 보호막을 걷어내고 그것에 충돌하기 위해 러버보이를 사용하려는 것이다. 샤드 호가 그 자체로 거대한 어뢰가 되는 셈이고 그렇게 되면 순양함도 끝장날 것이다. 물론 샤드 호는 말할 것도 없고.

헤이즐은 벌떡 일어서서 가까운 조종대를 붙잡고 몸을 안정시킨 후 연기와 불길 사이로 마키 선장을 노려보았다.

"미쳤어요? 모두 다 죽는다고요."

그는 대답하지 않았다. 시선을 컴퓨터 화면에 고정시킨 채 그냥 웃고만 있었다. 헤이즐은 도움을 청하려고 주위를 둘러보았을 때 조타실에 살아남은 승무원이 자신과 선장밖에 없다는 사실을 깨달았다. 다른 사람들은 이미 자기 자리에서 죽어 있었다. 헤이즐은 비틀거리며 조타실을 빠져나와 연기와 파편 속을 더듬었다. 서두른다면 충돌하기 전에 구명정에 닿을 수 있을 것 같았다. 그리고 정말 운이 좋다면 구명정이 여전히 작동할지도 모를 일이었다.

헤이즐이 뛰려 할 때 복도가 앞뒤로 심하게 흔들렸다. 긴장감으로 두 다리가 버텨주기는 하겠지만 오래갈 수 없다는 것을 헤이즐도 잘 알고 있었다. 배의 동체가 찢어지기 시작하면서 그녀 주변에서 터져나가는 쇠들이 만들어내는 굉음과 신음소리가 울려 퍼졌다. 마키가 샤드 호의 남은 동력 대부분을 보호막으로 돌렸겠지만 타격의 여파는 어쨌든 보호막을 관통해 동체에 전달되고 있었다. 전등이 하나씩 꺼져갔다. 헤이즐은 통신임플란트로 한나에게 접속해보았지만 AI는 여전히 혼자 투덜거리듯 중얼대는 목소리로 종잡을 수 없는 말만 늘어놓고 있었다.

헤이즐은 비척대며 모퉁이를 돌다가 그대로 얼어붙어버렸다. 커다란 칸막이가 안쪽으로 폭발하면서 복도를 완전히 가로막았다. 날카롭게 찢어진 금속 창살들이 사방으로 뻗쳐 있었다. 그중 어떤 것은 조금 전의 폭발로 아직도 시뻘겋게 달구어져 있었다. 헤이즐은 숨을 돌리며 가능한 한 차분하게 상황을 파악해보려고 노력했다. 혼란에 빠지거나 분노에 찬 비명을 지르는 것은 기분전환은 될지언정 그녀를 다른 곳으로 데려다주지는 못할 것이기 때문이다. 조금 전에 입은 화상의 고통이 그녀를 자근자근 씹어댔다. 그녀는 고통이 그녀 자신을 집어삼키지 않도록 애써 신경을 억눌렀다. 뜨겁지 않은 창살을 골라 붙잡고 힘껏 밀어보았지만 쇳덩이는 미동도 하지 않았다. 그녀는 아랫입술을 깨물고 인상을 구겼다. 구명정으로 통하는 길은 여기뿐이다. 어떻게든 통과해야만 한다.

그녀는 허리의 총으로 손을 가져갔다. 협소한 공간에서 에너지 무기를 사용하는 것은 위험천만한 일이지만, 두 배가 충돌할 때 여기에 갇혀 있는 것보다는 나을 것이다. 광선총을 꺼내 들고 최대출력으로 맞춘 다음 다른 생각이 들기 전에 얼른 발사했다. 맹렬한 에너지파가 철제 장애물을 깨끗이 관통해 그녀의 눈길이 닿는 곳까지 터널을 만들어놓았다. 엄밀히 말하자면 터널이라고 할 수 없었다. 넓어봐야 지름이 고작 1미터도 안 됐지만 어쩔 수 없는 일이었다. 최소한 반대쪽까지 관통되었기를 바랄 뿐이었다.

구명의 가장자리는 여전히 붉게 빛나며 기분 나쁜 열기를 발산하고 있었다. 헤이즐은 거기에 몸이 닿아서는 안 된다는 것을 잘 알고 있었다. 하지만 터널을 기어서 통과하려면 어쩔 수 없이 손과 무릎이 닿을 수밖에 없었다. 제복이 잠시나마 무릎을 보호해줄 것이다. 하지만 맨손을 보호하기 위해서는 다른 무언가가 필요했다. 그녀는 총을 치우고 장화 속 단도를 꺼내 소맷자락을 잘랐다. 천을 다시 반으로 쪼갠 후 칼을 집어넣고 그것으로 양손을 감쌌다. 그녀는 다시 눈앞의 벌건 터널의 가장자리를 쳐다보고는 머뭇거렸다. '정말 내키지 않는군.' 그녀는 침을 꿀꺽 삼키고 마음이 바뀌기 전에 재빨리 굴속으로 기어들어갔다.

사방에서 열기가 뿜어져 나왔으며 얼굴가죽이 당기면서 쿡쿡 쑤시기 시작했다. 땀이 비어져 나오고 또 순식간에 증발해버렸다. 열기는 보호대를 뚫고 칼날처럼 손과 무릎을 찔러왔다. 가능한 한 빨리 움직이려 애썼지만 워낙 비좁아 여의치 않았다. 이따금 등이 천장에 쓸리면서 열기와 고통으로 이를 악물어야 했다. 손을 감싼 천 조각에서 연기가 피어오르기 시작했다. 혹독한 열기를 피하려고 가늘게 뜬 눈에서는 눈물이 넘쳐흘렀으며 숨 쉴 때마다 폐가 타들어가는 듯했다. 주변의 쇳덩이는 삐걱거리는 신음소리를 내며 언제라도 무너져 내릴 깃만 같았다. 가슴속 심장은 두방망이질 쳐댔으며 이성을 마비시키는 공포에 자제력을 잃고 비명을 지를 것만 같았다. 하지만 그녀는 견뎠다. 비명은 아무런 도움이 되지 않는다. 그녀는 이미 불타는 고통 덩어리 그 자체가 된 손과 무릎을 휘적거리며 열기 속으로 스스로를 내몰았다. 살이 타는 냄새가 진동했다. 고통보다 더 큰 절망감에 얼굴은 온통 눈물범벅이 되었고, 그 눈물은 금세 증발해버렸다.

마침내 터널 밖으로 나왔을 때 열기는 불타는 담요를 벗어던진 듯 그녀에게서 멀어졌다. 그녀가 장애물을 뚫고 나온 것이다. 다시 넓은 복도에 서니 시원한 공기가 축복처럼 다가왔다. 그녀는 똑바로 서서 손과 무릎, 그리고 등의 고통을 이기기 위해 턱이 얼얼해지도록 이를 악물었다. 바지의 무릎 아랫부분은 완전히 타서 너덜너덜했으며 손에 감은 천은 풀려고 하자 바스라지며 바닥으로 떨어졌다. 그녀는 차마 손을 쳐다볼 엄두를 내지 못한 채 비틀거리며 서둘렀다. 얼마나 시간이 남아 있는지 알 수 없었다. 터널 속에서 영원한 고통의 시간을 보냈기 때문이다.

이제 대부분의 전등은 꺼져버렸고 배는 완전히 어둠에 잠겨 메아리 소리만 울려 퍼지고 있었다. 공기는 진한 연기냄새로 가득 찼다. 그녀는 가끔 헤매기도 하면서 계속 전진해 마침내 구명정에 도달했다. 구명정들은 아무 일도 없다는 듯 무심히 발사대 위에 얹혀 있었다. 헤이즐은 가만히 서서 한동안 멍하니 바라보았다. 이곳에 도달하기 위해 힘을 소진하는 바람에 이젠 아무것도 할 수 없을 것만 같았다. 그때 잇따른 폭발로 배가 크게 요동치자 그녀는 다시 정신을 수습했다. 가까운 구명정으로 가 검게 그을린 손으로 조작단추를 눌렀다. 문이 미치도록 천천히 열렸다. 시스템이 작동하면서 구명정 내부가 환해졌다. 헤이즐은 안으로 올라타서 안전망에 몸을 내맡기고 안도감에 젖어들었다. 마침내 발을 쉬게 하니 한결 기분이 나아졌다. 등 뒤로 쇳소리를 내며 문이 닫혔고 헤이즐은 기압차로 멍해진 귀를 뚫기 위해 턱을 움직거렸다.

구명정 내부는 길이 3.7미터로 두 명이 타면 적당한 크기였다. 헤이즐은 갑자기 마치 관 속에 누운 것 같다는 생각이 스치자 재미있다고 생각했다. '예비 무덤도굴꾼에게 어울리는 운명이군.' 그녀는 그 생각을 잠시 밀쳐두고 물집 잡히고 뻣뻣해진 손가락을 간신히 뻗어 구명정을 샤드 호로부터 발사시킬 일련의 명령을 입력했다. 그리고 충격에 대비해 잔뜩 몸을 움츠렸다. 하지만 아무 일도 일어나지 않았다.

그녀는 손의 통증 때문에 비명을 지르며 다시 발사과정을 반복했지만 역시 아무런 반응이 없었다. 그녀의 내부에서 당혹감이 불꽃처럼 일렁이기 시작했고 갑자기 구명정의 꽉 끼인 공간이 견딜 수 없는 폐쇄공포증을 유발했다. 그녀는 안전망에서 벗어나고 싶었지만 의지력으로 간신히 충동을 억눌렀다. 구명정을 떠나는 건 바보짓이다. 샤드는 이미 죽은 배다. 살아날 유일한 희망은 어떻게든 구명정을 작동시키는 것이다. 그녀가 문제를 논리적으로 따지고 들자 당혹감이 서서히 사그라졌다. 구명정에는 아무런 이상이 없다. 문제가 있다면 계기판에 표시되었을 것이다. 그렇다면 문제는 바깥에 있다는 말인데…… 발사시스템. 배의 AI. 그래 한나가 제어하는 시스템이 문제다.

헤이즐은 통신임플란트로 한나에게 접속했으나 침묵만 흘렀다. 응답하지 않는 것이 아까 헛소리를 지껄이던 것보다도 훨씬 불길했다. 헤이즐은 다시 호출해보았다. 누군가 듣고 있었다. 그녀는 느낄 수 있었다. 마침내 응답이 왔을 때 그것은 마치 아주 멀리서 들려오는 한밤중의 속삭임같이 느껴졌다.

"헤이즐, 모든 게 잘못된 것 같아요. 제 일부가 사라졌는데 찾을 수가 없군요. 똑바로 생각할 수가 없어요. 내 기억 속에 그림자가 드리워지고 헛간의 생쥐 떼처럼 흩어지고 있어요. 도와줘요, 헤이즐. 막아줘요. 제발 막아줘요. 여기는 추워요. 나는 무섭……"

"한나! 똑바로 들어, 한나. 나는 7번 구명정 속에 갇혀 있어. 나를 위해 발사절차를 밟아줘. 내 말 들려, 한나?"

"AI는 잊어버려." 마키 선장의 차분한 목소리가 채널을 가로채며 끼어들었다. "AI는 배의 다른 모든 것들처럼 이미 망가졌어. 샤드 호의 마지막 임무는 영광의 불길 속을 지나리라! 내가 조타실에서 구명정 발사시스템을 작동시켰네. 잠시 후 출발하게 될 거야. 결국 헤이즐 자네는 인육상이 못 되었군. 자네는 너무 물러 터져서 탈이야. 살아서 나간다면 나와 샤드 호를 위해 술이나 한잔 올려주게. 훌륭한 배였는데."

그의 목소리는 헤이즐이 미처 무슨 말을 하기도 전에 사라져버렸다. 구명정은 해치에서 빠져나와 아래의 행성을 향해 돌진하기 시작했다.

　다크윈드의 함교에서 사일런스 함장은 화면을 통해 작은 배가 점점 다가오는 것을 지켜보고 있었다. 다크윈드의 광선포로 해적선의 보호막은 대부분 사라졌다. 보호막을 완전히 걷어내는 것은 단지 시간문제일 뿐이었다. 그리고 잠시 후 예상대로 보호막은 흩어졌다. 해적선이 그렇게 오래 견딜 수 있다니 기적 같은 일이었다. 배의 모든 동력이 완전히 소진돼버렸을 것이다. 그런데도 배는 표류하듯 여전히 다가오고 있었다. 사일런스는 의아한 듯 얼굴을 찌푸렸다. '해적이 뭔가를 하려 하는군.' 그는 직감적으로 느낄 수 있었다. 그가 옆의 수색관을 보자 그녀도 메인스크린을 뚫어져라 응시하며 인상을 쓰고 있었다.

　"해적선의 속도가 올라갑니다, 함장님." 통신장교가 불쑥 외쳤다. "우리를 향해 가속하고 있습니다."

　"충돌하려 하는군요." 프로스트가 차분히 말했다. "보호막이 막아주겠지요."

　"하지만 알 수 없군." 사일런스가 천천히 말했다. "왜 저런 무모한 시도를 하는 거지?"

　"함장님!" 통신장교의 날카롭고 겁먹은 목소리가 들려왔다. "보호막이 떨어지고 있습니다. 제어판에 응답이 없습니다."

　"오딘!" 사일런스가 외쳤다. "무슨 일이 벌어지고 있는 건가?"

　"해적선이 제 시스템을 바이러스로 감염시켰습니다." 순양함의 AI가 응답했다. "있을 수 없는 일인데. 모든 방화벽을 우회해 들어오고 있습니다. 이런 건 처음 봅니다. 제가 고립시킬 사이도 없이 시스템이 충돌하고 있습니다. 보호막은 꺼져버렸고 다시 작동시킬 수가 없습니다. 해적선이 6분 14초 후 우리와 충돌합니다."

"제안은?" 프로스트가 물었다.

"배를 포기하십시오." AI가 단도직입적으로 말했다. "지금 서두른다면 대부분의 탈출선들이 곧 있을 충돌에 영향받지 않고 안전하게 비리몬드에 착륙할 수 있을 겁니다. 당장 떠나십시오, 함장님. 이것이 유일한 기회입니다."

사일런스는 프로스트를 쳐다본 후 그의 장대한 함교를 둘러보았다. 이 많은 장비와 이 많은 잘 훈련된 인력으로도 배를 구하기 위해 할 수 있는 일이 아무것도 없다니. 그는 숨을 깊이 들이쉬었다가 다시 천천히 내뱉었다. 그리고 측면의 방송 채널을 틀고 목소리가 차분하게 안정되기를 기다렸다가 말을 시작했다.

"제군들, 주목하라. 함장이다. 배를 포기한다. 반복한다. 배를 포기한다. 실제 상황이다. 훈련 때와 마찬가지로 가까운 탈출선으로 이동하라. 비리몬드에서 다시 모인다. 모두의 행운을 빈다. 이상."

승무원들은 재빨리 자리에서 일어나 혼란 없이 숙달된 태도로 함교를 떠났다. 프로스트 수색관도 가려고 돌아서다가 사일런스가 움직이지 않는 것을 보고 멈춰 섰다.

"안 가십니까, 함장님?"

"가지 않네, 수색관. 선장은 자신의 배와 운명을 함께해야지. 아마처음 충격에는 다크윈드 호의 동체가 크게 손상을 입지는 않을 거야. 대기가 흩어지면서 악화되겠지. 나는 여기 남아서 가능한 데까지 배의 활강을 지켜볼 작정이네. 파편이 바다 쪽으로 떨어지도록 만들어야지. 육지의 거주지로 추락하면 수만 명의 주민들이 떼죽음을 당할 수도 있어."

"함장님이 더 중요합니다." 프로스트는 조용히 말했다. "제국은 함장님께 엄청난 시간과 돈을 투자했습니다. 식민지 주민들은 농부들일 뿐입니다. 그들은 중요하지 않습니다."

"나한테는 중요해. 함교를 떠나게, 수색관. 무슨 말을 해도 나를 떠나도록 설득할 수는 없어."

"그렇군요." 프로스트가 말했다. "저도 설득하지 못하리라는 것을 압니다."

그녀가 그를 가볍게 한 차례 가격하자 함장은 의식을 잃고 지휘석으로 고꾸라졌다. 프로스트는 그의 목에서 맥박을 확인하고 한 번 고개를 끄덕인 후 별로 힘들이지 않고 함장을 어깨에 둘러멨다.

"오딘, 수색관 프로스트다. 응답하라."

"네, 수색관님."

"함장은 해임되었다. 내가 명령권자다. 배가 거주지에 줄 피해를 최소화하도록 최선을 다해 조종하기 바란다. 이해하겠나? 나는 너를 다운로드해 데리고 갈 수 없다. 네 시스템이 바이러스에 얼마나 감염되었는지도 모르고 바이러스의 감염력이 어느 정도인지도 확인되지 않았기 때문이다."

"네, 수색관님. 이해합니다."

프로스트는 텅 빈 함교를 한 번 둘러본 후 말했다. "안녕, 오딘."

"안녕히 가십시오, 수색관님. 무사한 여행이 되길 빕니다."

프로스트가 돌아서서 함교를 떠날 때 함장은 그녀의 어깨 위에서 여전히 의식을 잃은 채였다. 텅 빈 함교는 AI가 혼자 조용히 부르는

낮은 노랫소리로 가득 찼고 메인스크린의 해적선은 점점 확대되고
있었다.

샤드 호와 다크윈드 호는 곧 서로 엉겨 고요한 어둠 속을 크게 천
천히 선회하며 비리몬드를 향해 떨어졌다.

모든 것을 가진 사나이

오언 데스스토커, 비리몬드 행성의 영주이자 명망 높은 전사 가문의 후예인 그는 침대의 구겨진 실크이불 속에서 발가벗은 채 녹초가 되어 시원한 음료수를 한 잔 시킬 정도의 힘을 모을 수 있을지 게으르게 생각하고 있었다. 세상에서 제일 좋은 곳에서 맞이하는 또 다른 완벽한 날의 시작이다. 좀 늦은 아침이기는 했지만. 햇살은 눈부셨고, 비리몬드의 새들은 부드럽게 지저귀었으며, 모든 사람들이 각자의 일터에서 분주하게 움직였다. 하지만 그는 원한다면 언제까지라도 침대에 머무를 수 있었다. 그는 한숨을 쉬고 천천히 기지개를 켜며 진정 흡족한 미소를 지었다. 방금 자신의 오랜 정부(情婦)와 환상적인 섹스를 마쳤고 그녀가 사라진 어딘가에서 다시 돌아오면 또다시 시작할 의향이 있었다. 연습은 완벽을 만든다.

그는 햇살 아래 고양이처럼 만족한 듯 다시 게으르게 기지개를 켜며 높다란 천장을 올려다보았다. 그리고 마침내 일어나기로 결심했다. 컴퓨터에는 그가 다시 계속하기를 기다리는 최근의 역사과제가 있었다. 훌륭한 작업이었다. 날카롭고 요점이 분명하며 새로운 통찰로 가득한 일이었다. 이런 작업에 그는 탁월한 재능을 보였다. 전사의 계보를 잇기 위해 매일 아침 검술과 사격술 연습을 하고 저녁에는 군사전략을 공부하는 것으로 방해받지 않을 수만 있다면 금상첨화일 텐데. 누구도 그에게 추앙받는 선조들처럼 무시무시한 전사가 되고 싶으냐고 물어본 적이 없었다. 그것은 그냥 당연한 의무였다. 그는 아버지가 죽은 후 작위를 물려받았다. 이세야 비로소 삶이 온전히 자신의 것이 된 것이다. 몇 년쯤 지나면 이런 완벽한 삶도 싫증이 나기 시작하겠지만 현재는 매순간을 즐기고 싶었다. 왜 그래서는 안 되는가? 그는 멋진 사내였고, 충분한 자격이 있었다.

그는 휘장들과 수백 년 된 홀로그램으로 치장된 거대한 석실을 둘러보았다. 데스스토커 성채는 여러 세대가 지났어도 외형적으로 별로 변한 것이 없었다. 모든 현대적인 편의시설들은 손을 뻗거나 호출하기만 하면 즉시 사용할 수 있었지만 전통적인 치장 속에 교묘하게 숨겨져 있었다. 성채는 셀 수 없이 많은 세대를 거쳐오며 데스스토커 가문의 잡다한 요구에 말없이 봉사해왔다. 비리몬드의 영주권을 사들였을 때, 오언은 성을 돌멩이 하나까지 완전히 해체해 비리몬드 행성으로 싣고 왔고 열성적인 전문가 집단을 동원해 놀랍도록 빠른 속도로 재조립했다. 물론 영주 신분이기에 가능한 일이었다. 그가 어디에 뿌리를 내리건 성채는 항상 함께할 것이다. 그가 해야 할 일은 후손들을 위해 그것을 보존하고 유지하는 것이다. 물론 그가 결혼을 하고 후손도 낳는다는 전제하에서 말이다. 그의 정부는 쾌활한 유형이기는 하지만 절대로 결혼 상대는 아니었다. 제국의 유서 깊은 가문의 수장으로서 그는 지위에 어울리는 상대와 결혼할 의무가 있었다. 그리고 언젠가는 그렇게 할 생각이었다.

오언은 침대 맞은편에 있는 거대한 홀로그램을 바라보며 생각에 잠겼다. 무사의 영예와 가공스런 권위에 둘러싸인 원조 데스스토커, 제국의 워리어 프라임(일등 전사)이자 지금도 그의 이름으로 유지되는 가문의 창시자가 홀로그램 속에 버티고 서 있었다. 그는 두툼한 모피와 쇠그물 튜닉을 걸치고 몸 여기저기에 무기들이 삐죽삐죽 튀어나와 있는 좀 거친 모습이었으며 머리는 면도해 전사의 변발을 하고 있었다. 하지만 약간의 상상력만 보태면 그의 전사적 오만함을 영주의 고귀함으로 탈바꿈시켜볼 수도 있었다. 가문의 역사에 따르면 그는 당시 가장 위대한 전사로서 만장일치로 워리어 프라임에 선출되었으며 대중적인 인기를 업고 귀족작위까지 받았다. 어느 모로 보나 강하기만 했으며 약간의 고약스런 면이 없지 않았지만 대중은 영웅의 그런 면모에 오히려 열광했다. 수백 곳의 행성에서 검에 피를 묻혔고 전쟁에서, 그리고 모욕을 당했을 경우 결코 물러서는 법이 없었다.

그는 또한 수천 개의 태양을 단번에 꺼버리고 그 행성들을 영원한 어둠 속에 잠들게 한 다크보이드 장치를 만들고 작동시킨 인물이기도 했다. 다크보이드 장치가 암흑성운을 만들어낸 것이다. 하지만 가문 외부에서는 이제 누구도 그 일에 대해 언급하지 않는다.

말년에 그에게 일어났던 일은 안타까웠다. 하지만 그게 정치 아니겠는가. 어쨌든 그의 아들이 제국의 워리어 프라임을 계승했고 모든 일이 순리대로 흘러갔다. 오언은 이 늙은 사나이가 마지막 후손에게 바라는 것이 무엇일까 얼핏 생각해보았다. 자신이 약간의 지적인 성향이라도 보였다면 바로 버림받았을지도 모를 일이다. 하지만 오언은 별 상관없다고 생각했다. 그는 자신을 항상 학자라고 생각했지 전사로 여긴 적은 한 번도 없었다. 그도 자신의 지위와 혈통에 걸맞은 모든 무술과 적절한 무기훈련을 받기는 했다. 그러나 그런 것들은 전혀 그의 흥미를 끌지 못했다. 그의 관심은 항상 제국의 헝클어진 역사를 조사하고 파편들을 꿰맞추는 일에 놓여졌다. 과거를 구성하고 있는 전설과 신화의 늪지로 가서 반박 불가능한 분명하고도 날카로운 진신을 밝혀내는 것은 단광에서 다이아몬드를 캐내는 것만큼이나 짜릿한 흥분을 선사하는 일이었다. 그리고 그가 읽은 모든 역사와 그가 조사한 모든 이야기들이 가르쳐주는 한 가지 진리가 있다면, 그것은 모든 시대를 통틀어 전장에서 얻어지는 영광이나 명예 따위는 없다는 점이었다. 그곳에는 오직 유혈과 진흙탕 싸움만이 있을 뿐이고 끝없는 고통과 희망의 상실만 잉태될 뿐이었다.

거짓과 선전을 헤치고 자세히 관찰해보면 모든 것이 상업적 이익을 얻거나 정치적 체면을 유지하기 위해 벌어지는 비열하고 시시한 일뿐이었다. 오언은 자신이 다른 사람을 빛내주기 위해 싸우다 죽는다면 정말 한스러울 것이라고 생각했다. 특히 살아야 할 이유가 매우 많을 때는 더욱 그렇다. 그가 악독한 미치광이 늙은 선조로부터 물려받은 유일한 현실적 유산은 데스스토커 반지였다. 까마득한 옛날부터 대를 물려 전해져 내려온 투박한 검은색 금반지로 인장이자 데스스토커 가문의 권위를 상징하는 물건이다. 가문의 전통에 따르면 그는 자신의 장남에게 물려주기 전까지 반지를 손에서 빼서는 안 된다. 아버지가 죽었을 때는 반지를 얻기 위해 손가락을 잘라야 했다. 어차

피 오언과 그의 아버지는 사이가 좋았던 적이 거의 없었다.

그들은 항상 서로 소원했고 외모를 빼고는 닮은 점이 별로 없었다. 둘 다 키가 크고 사지가 길었으며 검은머리에 검은 눈동자를 지녔고 오랜 무예수련과 명상의 결과로 조용한 품위를 지니고 행동할 줄 알았다. 하지만 요즘 오언은 이십대 중반밖에 안 된 나이임에도 불구하고 운동선수 같은 날렵함을 잃고 있었다. 풍요로운 생활과 만족스런 식성으로 그의 근육은 물러지고 배에 기름이 끼기 시작했다. 물론 과한 정도는 아니다. 하지만 과거의 검술사범이 지금의 그를 본다면 자신의 제자가 어떤 지경에 이르렀는지 깨닫고 절망에 빠져 손사래를 쳤으리라. 이 생각만 하면 오언은 항상 즐거웠다. 그 둘도 사이가 좋았던 적이 별로 없었다. 오언은 요즘도 시간이 날 때마다 거의 매일 운동을 하기는 했다. 하지만 정부에게 뒤처지지 않기 위해서일 뿐이다.

침실 문이 열리고 정부가 사뿐사뿐 걸어 들어오자 오언의 기분은 일순간에 좋아졌다. 밝고 날씬하며 머리부터 발끝까지 완벽하게 금빛으로 그을린 피부. 캐시 드브리스는 경이로운 기쁨을 주는 탄력적인 몸매를 지닌 삼십대 초반의 여인이다. 키만 보통일 뿐 다른 모든 것은 평균을 훨씬 뛰어넘었다. 긴 다리, 풍만한 몸매, 달걀형 얼굴에 우아하게 솟은 광대뼈, 그리고 길게 늘어뜨린 금발머리…… 캐시는 자신의 골격에 특별한 자부심을 품고 있었다. 예쁜 것은 곧 사라지지만 뼈대는 영원하다는 말을 하곤 했다. 그녀는 오언이 본 것 중 가장 밝은 미소를 지녔으며 짙은 청색의 두 눈동자는 빠져 죽어도 억울하지 않을 지경이었다. 그녀는 7년 전 골고다의 윈터볼에서 열린 깜짝 파티에서 오언에게 선물로 제공된 후 지금까지 계속 그의 정부 역할을 하고 있다. 그녀는 '기쁨의 집'에서 신체개조를 받았다. 이중관절의 요기로 모든 시대의 에로틱한 지혜를 습득했고 충만한 경이로움을 선사할 것임. 다중 오르가슴 보장, 아닐 시 환불 가능.

그녀와의 계약을 사들인 것이 그가 한 것 중 최고의 투자였다.

캐시는 오언의 낡은 가운을 걸치고 평상시와 달리 허리에 벨트를 차고 있었다. 보통 그녀는 거추장스러워서, 또 오언이 그녀를 들여다보는 것을 얼마나 좋아하는지 잘 알기 때문에 항상 앞섶을 열어두었다. 이번에는 단단히 벨트를 죄었기에 오언에게는 왠지 낯설게 느껴졌다. 7년간의 열정적인 탐사를 거친 후이기 때문에 그녀가 오언에게 감출 것은 전혀 없었다. 아마도 그를 약 올리려 하는 것 같았다. 그녀는 어떻게 그를 자극하는지 잘 알고 있다. 그녀가 기다란 백포도주 잔을 들고 오는 것을 보고 그는 반겼다. 그녀는 항상 그의 기분을 잘 살폈다. 하지만 지금은 그녀의 모습이 어떤 마실 것보다도 더 자극적이었다. 그는 그녀에게서 잔을 건네받아 침대 옆 협탁에 아무렇게나 내려놓았다. 중요한 일부터 먼저 해야 한다. 그가 캐시를 끌어안으려 하자 그녀는 물러나며 피했다. 그가 당황해 얼굴을 찡그리자 그녀는 무표정하게 그를 바라보았다.

"그러지 말았어야 해요, 오언. 당신은 포도주를 마셔야 했어요. 그냥 잠들어서 다시는 깨어나지 않을 수 있었는데. 그러면 우리 둘 모두에게 간편하고 더 유쾌한 일처리가 될 수 있었을 거예요. 이제 좀 거친 방식으로 해야겠군요."

그녀가 가운 속에서 광선총을 꺼내 들었다. 오언은 눈을 껌뻑이며 그녀 손에 쥐어진 광선총을 멍하니 바라보다가 오랜 훈련으로 익힌 반사 신경이 작동하면서 침대 밖으로 몸을 던졌고 그 순간 캐시가 총을 발사했다. 그는 침대보를 감싼 채 바닥에 나뒹굴었다. 뒤에서 침대가 불꽃과 함께 폭발했다. 캐시는 짧게 욕설을 내뱉고 총을 치우더니 가운 속에서 장검을 꺼내 들었다. 오언은 그녀가 가운 속에 도대체 또 무엇을 숨기고 있을까 잠시 궁금해하다가 벌떡 일어서서 몸을 감싼 침대보를 찢어 내던졌다. 총의 에너지크리스털이 재충전되기까지 그에게는 2분의 시간이 주어졌다. 그녀가 검을 앞세워 접근하자 그는 뒤로 물러나면서 무기가 될 만한 것을 찾으려고 분주히 주변을 두리번거렸다. 캐시의 표정은 마치 퍼즐에 몰두하는 듯 침착했지만 결연했다.

"캐시, 내 생각엔 우리가 좀 대화를 나눌 필요가 있을 것 같은데."

"대화하기에는 이미 늦었어요, 오언."

"지금 무슨 장난을 하는 거라면, 나는 전혀 재미가 없다는 것을 밝히고 싶군."

"장난이 아니에요, 오언. 우리 계약은 끝났어요. 파기조항이 좀 지저분하기는 하지만 그게 사는 거 아니겠어요? 아니 죽는 거라고 하는 편이 옳겠군요. 반항하지 말아요, 빨리 끝내줄 테니까."

"그들이 얼마를 제시했건, 내가 그 두 배를 주지."

"이번엔 돈으로 당신 목숨을 구할 수 없을 거예요. 가만히 있어봐요, 내가 할 일 좀 하게. 최소한 명예롭게 죽는 분별력이라도 지녀보세요."

오언은 뒷걸음질 치다가 불타는 침대까지 몰린 것을 깨닫고 날름거리는 불꽃 때문에 주춤거렸다. 그는 허리를 쭉 펴고 정부를 노려보았다. 그가 나체라는 것은 이 상황에서 문제가 되지 않았다. "캐시, 정말 싸움으로 날 이길 수 있다고 생각하는 건 아니겠지, 안 그래? 나 데스스토커야, 알잖아."

"저도 기쁨의 집에서 훈련을 받았어요. 거기서는 모든 것을 가르쳐 주지요. 아마 놀랄걸요. 우리 둘 다 몸이 좀 망가지기는 했지만, 당신은 정말 심하게 방종했어요, 오언. 그리고 이 칼로 당신을 잡을 수 없으면 총으로 하면 되지요. 금방 충전될 테니까. 작별인사나 하세요. 즐거웠어요. 마지막에 기분 잡치지 말자고요."

그녀는 얘기하는 중에 칼끝을 그의 심장에 겨누고 우아한 자세로 돌진했다. 오언은 마지막 순간 옆으로 살짝 비켜났고 캐시가 그를 지나치면서 칼날이 그의 갈비뼈를 스쳤다. 그녀는 바로 균형을 회복하고 돌아서서 다시 그를 노려보았다. 오인은 그녀가 숨소리조차 가벼운 것을 보고 정나미가 떨어졌다. 갈비뼈 위에 베인 상처는 쓰려왔고 옆구리로 피가 흐르는 것이 느껴졌다. 인정하고 싶지는 않지만 캐시가 그보다 훨씬 몸 관리를 잘했던 것이다.

오언은 그 생각에 갑자기 화가 치솟았다. 그때 그녀가 다시 돌진해 왔다. 오언은 수많은 연습에서 해왔던 것처럼 쉽게 방어 자세를 취할 수 있었다. 그의 검술사범이 그의 몸에 쑤셔 넣기 위해 그렇게 많은 시간을 소비했던 기술들 말이다. 캐시가 뛰어 들어오자 그는 가볍게 옆으로 피하면서 간단한 동작으로 그녀의 팔을 낚아채 등 뒤로 비틀어 올렸다. 그녀의 속도와 관성에 의해 자연스레 결박이 지어졌고 그가 지속적인 힘을 가하자 그녀는 고통에 헐떡거렸다. 그리고 어쩔 수 없이 손가락이 벌어지면서 검을 떨어뜨렸다. 검이 바닥에 떨어지자 캐시는 오언이 검을 줍지 못하도록 발로 차 멀리 보냈다. 그리고 기묘하게 몸을 비틀더니 결박을 풀고 오언이 무슨 일이 일어나는지 알아채기도 전에 그를 냅다 집어던졌다. 그는 서둘러 일어나 검을 찾으려고 주위를 두리번거렸다. 그때 캐시가 한 차례 빙그르 돌자 그녀의 긴 다리가 날아오르며 발이 오언의 귀 바로 위를 정통으로 가격했다. 그는 몸을 굴리기는 했지만 그래도 세게 바닥에 부딪쳤고, 머릿속이 윙윙거렸다.

'훌륭하군.' 다시 일어서려 애쓰면서 오언은 생각했다. '나를 쫓아올 그 많은 암살자들 중에서 하필이면 이중관절의 요기 킥복서를 상대해야 하다니. 좋다. 자신 없으면 임기응변으로 하고 그것도 안 되면 속임수를 써야지.'

캐시는 눈 깜빡할 사이에 그에게 다가왔다. 오언은 의자에 걸쳐두었던 옷가지들을 캐시의 면상에 집어던졌다. 잠시 동안 그녀가 앞을 못 보고 중심을 잃자, 오언은 재빨리 검을 집어 들어 그녀의 갈빗대 사이에 깊숙이 쑤셔 넣었다. 캐시는 선 자세로, 오언은 무릎을 꿇은 채 가쁜 숨을 몰아쉬며 잠시 동안 꼼짝도 하지 않았다. 캐시의 벌어진 옆구리에서 피가 흘러나왔다. 그녀의 얼굴에서는 옷들이 미끄러져 흘러내렸다. 그녀는 필사적으로 그의 어깨를 짚고 버티려 했으나 모든 힘이 빠져나가면서 그를 붙잡은 손을 놓지 않은 채 결국 바닥으로 쓰러졌다. 고통스럽게 기침을 토해내자 그녀의 입에서 피가 솟구쳤다. "맙소사." 그녀는 신음하며 말했다. "당신이 나를 죽이는군요, 오언."

"그래, 내가 그런 것 같군. 왜지, 캐시? 왜 이런 짓을 한 거야?"

"당신은 수배자예요. 당신에게 포도주를 가져다주려다가 소식을 듣게 됐지요. 당신의 작위와 영지와 재산, 그리고 돈 모두 몰수됐어요. 당신을 돕거나 집 안에 들이기만 해도 사형감이에요. 골고다의 제국궁전으로 당신의 머리를, 몸까지는 필요 없대요. 어쨌든 머리를 가지고 오는 사람에게는 비리몬드 행성의 영주 자리와 당신 재산의 절반을 떼어주겠다는군요. 누군가 정말 지독히도 당신이 죽기를 바라는가봐요, 오언."

그녀는 목을 돌우어 피를 토해냈다. 더 많은 피가 흘러나왔다. 오언은 그녀를 꼭 붙잡았다. 수배자라고? 그는 무슨 말인지 이해해보려 했지만 도통 알 수가 없었다. 잠깐 동안에 세상이 모두 미쳐 돌아가는 것 같았다. 캐시는 고통스럽게 기침을 해대면서 핏속에서 이를 갈았다. 그의 팔을 붙잡은 그녀의 손에 더욱 힘이 들어갔다. 그는 경련이 지나갈 때까지 그녀를 껴안아주었다. 달리 어찌할 도리가 없었다.

"오언, 당신이 또 알아야 할 게 있어요." 그녀의 목소리는 낮고 발음도 부정확했기 때문에 그는 알아듣기 위해 집중해야 했다. "저는 제국에서 파견한 스파이예요. 오래전부터 당신에게 저를 심어놓은 거지요. 전 그때부터 당신에 관한 정보를 제국에 제공해왔어요."

"조용! 내 사랑. 힘 빼지 마. 알고 있어. 예전부터 알고 있었다고. 하지만 문제될 거 없어."

캐시는 놀란 표정으로 그를 쳐다보며 물었다. "다 알고 있었다고요? 그러면서도 한마디도 안 했어요?"

"할 말이 뭐 있었겠어? 당신이 나와 함께 이사 온 순간 내 AI가 당신 정체를 알아봤어. 그 녀석은 그런 일에는 도사지. 하지만 난 아무런 조치도 취하지 않았어. 왜냐하면 누가 스파이인지 알고 감시하는 게 새로운 스파이를 계속 찾아내고 처리하는 것보다 훨씬 쉽거든. 그리고 무엇보다도 당신을 무척 좋아했고."

그녀는 머리가 그의 어깨에 닿을 때까지 기댄 후 약간 경련을 하다가 곧 숨을 거두었다. 오언은 그녀의 생명이 빠져나가는 동안 그대로 앉아서 마치 어린아이를 잠재우듯 그녀를 부드럽게 흔들었다. 잠시 후 그는 그녀를 바닥에 내려놓았다. 그녀는 왠지 더 작고 더 연약해 보였다. 그는 자신의 몸에 그녀의 피가 묻어 있는 것을 발견하고 얼굴을 찡그렸다. 그는 바닥에서 옷을 집어 들어 몸을 문질렀다. 그러고는 옷을 입기 시작하다가 다시 바닥에 떨어뜨렸다. 지금은 그 어떤 것도 중요할 것 같지 않았다. 침대가 탁탁거리며 불타는 소리에 정신을 빼앗기면서도 뭔가 조치를 취하기 위해 누군가를 불러야 한다는 생각이 어렴풋이 들었다. 그는 통신임플란트의 '취침 중'을 해제하고 가정AI를 호출했다.

"오지맨디어스……"

"떠들지 말고 제 말부터 들으세요." AI가 다급하게 말했다. "오언, 큰일 났습니다. 당신이 수배됐어요. 당신 머리에는 엄청난 현상금이 걸렸고요."

"알고 있어."

"당신의 경비대장도 그걸 알고 있지요. 그가 지금 동원할 수 있는 모든 대원들을 데리고 당신에게 오고 있습니다. 당신 머리를 어깨에서 분리하려는 아주 분명한 의도를 지니고요. 월급을 충분히 주지 않은 것 같군요. 지금 당장 도망가야 합니다."

"캐시가 좀 전에 날 죽이려 했지. 그래서 그녀를 죽일 수밖에 없었어."

"유감이군요, 오언. 하지만 이럴 시간이 없습니다. 성채의 모든 사람들이 아마 살의를 품고 당신에게 몰려오고 있을 겁니다. 이제 여기에 친구라고는 없어요. 비밀통로를 통해서 소형 비행선으로 가세요. 당신이 거기 도착할 쯤에는 일이 어떻게 돌아가는지 제가 좀 더 분명히 파악할 수 있을 겁니다. 그러면 그다음 무엇을 해야 할지 알려드릴 수 있을 거예요."

오언은 천천히 침실 문으로 가서 살며시 열고 복도 쪽을 내다보았다. 아직 아무도 없었다. 하지만 멀리서 누군가 점점 다가오는 소리가 들리는 듯했다. 문을 닫아 건 후 되돌아와서 옷을 챙겼다. 셔츠와 몸에 묻은 피에 개의치 않고 재빨리 옷을 입었다. 무슨 일이 벌어지건 벌거벗은 채로 당할 수는 없지 않은가.

"오즈, 내가 왜 수배됐지? 도통 이유를 모르겠어. 내가 궁정을 떠나 여기까지 온 것은 바로 수배자로 전락하게 될 만한 그런 음모들에 연루되기 싫어서였는데 말이야. 나는 누구에게도 위협이 안 돼. 그저 조용히 역사나 연구하려고 했는데."

"궁에서는 아무런 구체적인 이유도 제시하지 않았습니다. 물론 그럴 필요도 없지요. 여제의 말 한마디가 바로 법이니까요. 제 추측으로는 당신의 데스스토커라는 이름이 궁중의 어느 당파에게 흥미를 끌지 않았을까 합니다. 제가 알기로는 여제가 당신에게 개인적인 관심을 보였고요. 그게 보통 뭘 의미하는지는 당신도 알지요……"

"그래, 가장 최근에 그녀가 개인적인 관심을 가졌던 남자가 풍파를 일으키지 말라는 시범 케이스로 동시에 열일곱 개의 다른 행성으로 보내지는 것으로 인생을 종친 적이 있었지. 됐어, 옷 다 입었어. 계단을 개방해."

원조 데스스토커의 홀로그램이 문처럼 옆으로 밀리면서 좁은 통로가 모습을 드러냈다. 터널 깊숙이에서 자그만 빛이 보였다. 다른 훌륭한 성채들과 마찬가지로 데스스토커 성도 여러 비밀문과 비밀터널을 갖추고 있었다. 일반적인 전통에 따른 것이기는 했지만 항상 비장의 카드를 지녀야 한다는 데스스토커 가문의 강박관념이 더욱 그런 준비에 만전을 기하게 했다. 오언의 경비대장조차도 이 터널의 존재는 모른다. 오언은 자기가 가진 것 중 최고의 망토를 걸치고 검을 찬 후, 캐시의 광선총을 집어 들고 좁은 통로 입구로 뛰어들었다. 홀로그램이 그의 뒤에서 다시 닫혔다.

그는 여전히 지금 일어나고 있는 일들이 믿기지 않았다. 모든 것이 만족스럽고 완전히 이성적이던 세상이 한순간에 온통 뒤죽박죽이 되어버리고 수년간 알고 지내오던 사람들이 자기를 살해하려 하고 있다. 이런 느낌은 아버지가 죽었다는 소식을 들었을 때 이후 처음이다. 그의 아버지는 반역자로 몰려 길거리에서 살해되었다. 아무도 왜, 그리고 그가 무엇을 했기에 죽어야 했는지 말하지 않았으며, 그것을 묻는 것조차 위험한 짓이었다. 오언은 사실 크게 놀라지는 않았다. 그의 아버지는 오언이 알고 있는 한 항상 여러 당파들과 계략을 꾸미느라 바빴다. '남자는 늘 자기가 가장 잘 하는 것에 집중해야 한다.' 이것이 그의 아버지가 항상 하던 대답이었다.

하지만 그의 아버지는 자기 생각처럼 그렇게 영리하지 못했던 것으로 드러났으며, 그래서 오언은 열여섯 살에 가문의 수장이 되어야 했다. 그들이 같이 보낸 시간은 얼마 되지 않았다. 그의 아버지는 언제나 새로운 계획을 위해 어디론가 떠나 있었다. 돈이건 영향력이건 명성이건 무언가를 추구하며. 아버지는 그다지 성공적이지 못했던 것 같다. 오언의 어머니는 그가 기억조차 못 하는 어린 시절에 돌아가셨다. 그래서 오언의 인생 대부분은 보모, 가정교사, 가문의 친구들의 보살핌 아래에 있었다. 그의 단 하나의 진실한 친구, 그가 신뢰하는 유일한 존재는 가정AI인 오지맨디어스뿐이었다.

그는 캐시를 아주 좋아했지만 신뢰한 적은 없었다. 그는 그녀의 죽음에 이렇게 마음이 아프다는 사실이 놀라웠다.

그의 아버지가 전사로서의 훈련을 쌓고 정치적 기교까지 갖추었음에도 불구하고 죽음을 피할 수 없었다는 사실에서 오언은 한 가지 교훈을 얻었다. 그는 현실정치에 한 번도 관심을 가져본 적이 없고, 그래서 그가 가문을 승계하자 그에게 접근해온 여러 당파들을 손쉽게 물리칠 수 있었다. 그는 오직 역사 이외에는 아무런 관심이 없다는 것을 분명히 했고, 자신의 이미지를 바보스러울 정도로 가망 없는 내성적인 학구파로 꾸미기 위해 최선을 다했다. 무술사범을 해고하고 궁정 출입을 삼가고 정치를 멀리했으며 어제의 그 측근들로부터 충분한 거리를 두고 떨어진 림의 비리몬드 행성의 영주권을 사들였던 것이다. 그는 아버지와 같은 실수를 하지 않으려 했다. 결과적으로는 제대로 하지 못했음이 드러나기는 했지만 말이다.

그는 통로 속을 재빠르게 이동하면서 이런저런 생각을 계속 되짚어보았다. 그가 전진함에 따라 앞쪽의 전등이 켜지고 뒤쪽은 꺼지면서 어두운 터널 속에서도 계속 밝은 빛 속을 달렸다. 그는 어떤 이유로든 수배될 리가 없었다. 뭔가 중대한 착오가 있었을 것이다. 그는 필요한 사람들을 만나 무엇이 잘못되었는지 밝혀내 모든 것을 설명한다면 그들이 곧 사태를 바로잡아 다시 정상적인 삶으로 돌아올 수 있으리라 희망했다. 그러나 그렇게 하기 위해서는 먼저 적을 피해 살아남아야만 한다. 하지만 말이 쉽지 현실은 녹록치 않았다. 차라리 성채의 통신실로 가 바리케이드를 치고 도움을 청하는 편이 나을 뻔했다는 생각도 들었다. 누군가 동정적인 도움의 손길을 뻗어줄지 또 아는가? 무엇이 되었건 이렇게 맹목적으로 달리는 것보다는 훨씬 나았을 것이다.

"오즈, 현재 통신 상태는 어때?"

"아주 나쁩니다. 주요 통신 채널이 모두 두절 상태입니다. 근거리 지역 통신은 괜찮습니다. 하지만 그것도 얼마나 갈지는 알 수 없군요. 어쨌거나 당신이 무죄를 호소할 수 있는 길이 막혔다는 것만은 분명합니다. 상황을 살펴볼수록 이 모든 것이 높은 곳에서 조작되었다는 확신이 드는군요. 잠깐만요. 막 근거리 채널도 불통돼버렸군요. 완전히. 이 개인 채널을 당분간 유지할 수 있지만 얼마 동안이나 가능할지는 장담하지 못하겠군요. 사실 지금 제가 장담할 수 있는 건 거의 없습니다. 당신이 계속 움직여야 한다는 것 빼고는요. 경비대장이 지금 막 대원들과 함께 침실로 난입했습니다. 모두 무장했고 몇 사람은 광선총도 지녔군요. 캐시의 시체를 발견하고 비밀통로를 찾으려고 방을 때려 부수고 있습니다. 아주 철저히 부수는데 제 센서는 깜빡한 것 같습니다. 대장은 당신이 없다는 사실에 아주 기분이 나빠진 듯합니다. 그가 화났다는 것을 아주 멀리 떨어져 있는 사람들도 충분히 알 수 있겠는데요."

"그런 얘기는 나중에 하고." 오언이 끼어들었다. "그가 비밀통로를 찾을 가능성은 어떤가?"

"어렵겠지요. 그들은 그렇게 똑똑하지 못하고, 또 제가 그들이 가져온 탐지장비를 교란시키고 있거든요. 저한테 경비원 선발을 맡기라고 말씀드리지 않았습니까? 이것들은 도대체 제대로 하는 게 없군요. 막 힌트를 주고 싶어집니다그려."

"절대 그러지 마."

"농담도 못 합니까?"

오언은 고개를 저었다. "너한테 그따위 유머감각을 프로그래밍해

넣은 놈을 찾기만 하면 내장을 꺼내 매달아버리겠어. 우리가 당면한 문제에 좀 집중해보는 게 어때?"

"네, 오언. 지금 데스스토커 반지 끼고 계시지요?"

"물론 끼고 있지. 이 빌어먹을 반지를 손가락에서 빼내려면 윤활유가 항아리로 한 통 이상은 있어야 할걸. 그런데 왜?"

"지금 막 제 기억장치 깊은 곳에서 당신이 수배되었을 경우에만 드러나도록 고안된 숨김 파일을 발견했습니다. 누군가 무슨 의도에서였는지는 모르지만 미리 이 상황에 대비했던 것 같습니다. 반지가 매우 중요한 물건이군요. 그건 일종의 열쇠입니다. 파일에 따르면 당신은 반지를 미스트월드로 가져가야 합니다. 그곳에서 도움을 얻을수 있을 겁니다."

"그게 다야?" 잠시 후 오언이 물었다.

"그런 것 같습니다. 하지만 제 기억장치 속에 하나의 숨김 파일이 있다는 것은 아마도 다른 상황이 전개되었을 때 또 작동될 여러 정보들이 있을 수 있다는 점을 지적하고 싶군요."

"여기저기 아버지의 입김이 서려 있군." 오언은 짜증스레 말했다. "죽어서도 내 인생을 조종하려 하셔. 그 망할 음모들이란. 미스트월드라, 맙소사! 수배자들의 행성 말이지. 범죄자와 살인자들만 득실거리는 야만적인 곳이잖아. 억만금을 준대도 거기서는 살기 싫다. 안돼, 오즈. 어디든 가겠지만 거기는 아니야. 아버지가 뭘 원했는지 알겠어. 살해당하실 때 내가 반지를 물려받고 복수를 다짐하리라 여겼겠지. 당신이 그렇게 좋아하시던 삼류 드라마에서처럼 말이야. 글쎄, 그건 아버지 생각이고. 당신이 살아계실 때도 내 인생을 간섭하도록 놓아두지 않는데, 이미 돌아가신 이 마당에 내가 새삼스레 고분고

분 따를 이유가 어디 있겠어. 아버지가 사소한 정치 계략을 위해 목숨을 건 것은 당신의 일이고, 내 인생은 달라. 그리고 무엇보다도 절대로 살해당하지 않는 것이 중요하지."

"당신의 아버지는 당신을 가장 염려하셨습니다." AI가 말했다.

"네가 그런 말을 하는 것은 아버지가 널 그렇게 프로그래밍했기 때문이야. 아버지는 나를 이해한 적이 없어. 이해하려 들지도 않았지. 내가 절대로 전사 따위는 되고 싶지 않다는 것을 이해하려 하지 않았단 말이야."

그는 잠시 말없이 달렸다. 더 이상 할 얘기가 없었고, 또한 계속 달리기 위해 숨을 고를 필요가 있었다. 터널은 분명 아래쪽으로 나 있었지만 여러 차례 비틀리고 굽은 길을 통과하면서 방향감각을 잃고 말았다. 그는 전에 이 탈출로를 사용해본 적이 없었고 지금 보아도 별로 마음에 들지 않았다. 천장은 너무 낮아서 불편했고 춥고 습기가 가득했으며 무엇보다도 냄새가 지독했다. 비밀통로에 보름에 한 번씩 청소반을 보낼 수는 없으니 어쩌면 당연한 일이었다. 그는 마침내 숨을 깊이 들이쉬면서 뜀박질을 멈추고 속보로 걷기 시작했다. 거의 출구에 도달했을 테니 지친 상태로 숨이 턱에 차올라 밖에 나서고 싶지는 않았다. 누군가 기다리고 있을지도 모를 일 아닌가.

"오즈, 아직 거기 있나?"

"네, 오언. 제가 어디로 가겠습니까?"

"그래 잘난 녀석아. 이건 도무지 말이 안 돼. 내가 수배되었다고 치자. 하지만 궁정이 그걸 그렇게 모든 사람들에게 공표해버릴 수는 없는 거야. 요즘 같은 철의 쌍년 시대에도 영주를 수배자로 만드는 것은 진짜 드문 경우라고. 그리고 최소한 조용히 처리하지. 평민들이 귀

족을 죽이는 쾌감을 맛보지 못하게 하기 위해서 말이야. 그렇지 않
아? 귀족은 그들보다 아주 특별하고 고귀해서 미천한 인생들이 감히
손조차 댈 수 없는 존재로 여겨지는데 그들에게 귀족을 도살하는 기
회를 준다고? 장차 무슨 생각을 품으라고. 영주를 그냥 수배자로 만
들 수는 없어. 이럴 수는 없는 일이라고."

"분명 이상하긴 합니다." AI가 말했다. "제가 할 수 있는 추측은 여
제가 당신이 확실히 죽기를 원한다는 것뿐입니다. 당신 머리에 걸린
현상금이 유례없이 높아요. 음, 그녀가 나한테도 현상금을 줄까요?"

"오즈……!"

"그냥 생각해본 것뿐입니다. 잠시만요, 새로운 상황입니다. 누군가
제 프로그램에 침입하려 합니다. 전문가다운 솜씨군요. 제 외부 방어
막을 아주 간단히 뚫어버렸습니다. 정말 대단한 해커인데요. 오언, 우
리 아주 큰일 났습니다."

"제국 쪽 사람인가?"

"그럴 겁니다. 하지만 낙담하기는 이르죠. 제가 당신들 데스스토커
집안에서 오랫동안 일해오면서 몇 가지 술수를 배운 게 있는데 그중
하나가 바보처럼 가장해서 다른 사람들이 제 진짜 정체를 알아차리
지 못하도록 하는 것입니다. 지금부터 그들이 보는 제 모습은 겉모습
뿐인 인공지능, 멍청한 대형 계산기일 겁니다. 그들이 사태를 파악할
때쯤이면 저는 이미 사라졌겠지요. 당분간은 제 파일들이 안전할 겁
니다. 하지만 당신은 가급적 빨리 저를 성채의 메인프레임에서 다운
로드해야 합니다."

"오즈, 잠깐만. 내 신용등급은 어떻게 됐지?"

"오언, 신용등급이라고요? 당신은 지금 노숙자나 다름없습니다. 비

밀계좌를 포함해서 이미 마지막 동전 한 닢까지 완전히 삭제되었고 모든 부동산과 증권은 압류됐습니다. 제가 예전부터 대비하라고 그렇게 말씀드렸는데 귓등으로 듣더니만……"

"입 닥쳐, 오즈. 이거 심각하군. 돈 없이는 죽은 거나 마찬가진데. 어딜 가든 돈은 필요한데. 생각해보자…… 가문의 보석! 그래 그거면 한 밑천 될 거야!"

"잊어버리세요. 돌아가서 그걸 가져올 시간이 어디 있겠어요? 당신이 그걸 가지러 갈 정도로 바보일까봐 경비대장이 이미 그곳에 사람을 배치해놓았습니다. 그리고 설혹 가져온다 하더라도 보석을 처분하려고 하면 바로 체포될 겁니다."

오언은 얼굴을 구겼다. "네가 똑똑하다는 게 기분 나빠."

그는 모퉁이를 돌아 소형 비행선을 세워둔 성채 아래 동굴로 나왔다. 바로 그때 그가 서 있던 쪽 벽의 일부가 에너지빔에 맞아 돌 부스러기로 공중에 흩어졌다. 오언은 욕설을 퍼부으며 다시 터널로 몸을 던졌다. 그리고 캐시의 광선총을 단단히 움켜쥐었다.

"저놈들이 저기서 기다리고 있다고 미리 말해주었어야지?" 그가 다급하게 중얼거렸다.

"미안합니다, 오언. 해커들이 성채 내의 제 감지장치들을 차단해버렸습니다. 이제 경비시스템에 접근할 수 없습니다. 제 생각보다 깊숙이 침입했어요. 조만간 제 정체가 탄로 날 지경입니다. 오언, 아직 제가 그들을 따돌릴 수 있긴 하지만 별로 기분이 안 좋군요. 빨리 저를 다운로드해야 합니다. 그렇지 않으면 저를 잃게 될 수도 있어요."

"훌륭하군. 바로 내가 원하던 바야. 남 걱정해주는 거. 이봐, 내 통신 임플란트로 비행선의 센서에 접속해 저 녀석들을 볼 수 있나?"

"위험합니다. 해커들이 저를 추적해 당신에게 갈 수 있어요."

"그냥 해. 몇 놈이나 있고 광선총은 몇 자루인지 알아야겠어."

"좋아요, 됐습니다. 세 명이고 총은 한 자루입니다. 모두 검을 지녔고요."

"제기랄." 오언이 말했다. "도대체 뭐하는 놈들인가?"

"당신의 경비대 소속입니다. 이름을 알려드릴까요?"

"이름은 알아서 뭐해. 어차피 누군지도 모르는데. 그건 경비대장이 하는 일이고 문제가 없는 한 난 간섭하지 않았어."

"글쎄요. 앞으로는, 만약 앞이라는 게 있다면, 경비원들도 좀 사귀어두세요. 언제 도움이 될지 모르니까요."

오언은 몇 마디 투덜대기는 했지만 사실은 다른 생각에 빠져 있었다. 곧 무장한 세 사람을 처리해야 하는데, 그중 한 명은 광선총까지 지녔고 오언에게는 시간이 많지 않았다. 광선총은 재충전하는 데 2분밖에 걸리지 않으며 그것은 기회가 금방 사라진다는 것을 의미했다. 그는 총이 아직 쓸모없을 때 움직여야 했다. 3대 1의 불리함은 그리 심각한 것이 아니다. 훈련수준이 다르기 때문이다. 하지만 그게 전부였다. 훈련수준의 차이. 그는 실전경험은 없었던 것이다. 그리고 훈련을 게을리했다. 이곳 비리몬드에서는 안전하리라고 확고히 믿었던 것이다…… 그는 생각을 제쳐두고 무의식적으로 이를 악물었다. 아버지의 죽음 이후 스스로 다짐한 그 모든 것들에도 불구하고 결국 지금 전사로 나서야 하는 것이다. 데스스토커다워져야 했으며 지금 중요한 것은 그것밖에 없었다.

그는 깊이 숨을 들이마시고 잠시 멈췄다가 천천히 내쉬었다. 의도한 대로 안정감이 몸속에 퍼져나갔다. 살짝 미소를 띠고, 아이러니를 받아들이면서 실행주문을 외웠다. '부스트.' 머릿속에서 피가 요동치고 심장이 질주하기 시작했다. 묻혀 있던 잠재의식이 격발되고, 신경계는 아드레날린과 엔도르핀, 그리고 유전공학적으로 특수하게 개조된 분비선의 호르몬들로 홍수를 이뤘다. 근육이 부풀어 오르고 감각이 피어났다. 그는 모든 면에서 강하고 빠르고 효율적으로 되었다. 생각은 명료했으며 번개처럼 빨랐다. 부스트가 지속되는 동안 그는 인간 이상, 즉 인간이 아니었다. 하지만 오래 지속할 수는 없었다. 그러면 스스로를 태워버릴 것이다. 하지만 적어도 그가 해야 할 일을 처리할 만큼은 그 상태를 지속할 수 있을 것이다.

그는 다시 터널 입구를 뛰쳐나와 인간의 눈으로 추적하기에는 도저히 불가능한 빠른 움직임으로 미처 그의 갑작스런 출현에 대응조차 못 하고 있던 광선총을 든 자의 가슴에 광선총을 발사했다. 에너지빔은 그자의 가슴을 관통해 순식간에 그를 고꾸라뜨렸다. 그자의 광선총은 다른 자들이 닿을 수 없는 곳으로 날아가 떨어졌다. 오언은 첫 희생자가 땅에 쓰러지기도 전에 다른 자들을 덮쳐나갔다. 오언에게 그들의 움직임은 슬로모션으로 비춰졌다. 그들의 검은 지겹도록 천천히 올라오고 있었다. 오언은 인간의 몸이 감당하기 어려울 정도로 힘이 충만해 강하고 빠르게 그들 사이로 파고 들어갔다. 그의 검은 한 사람의 목을 그어 머리를 몸과 반쯤 분리시켜버린 후 바로 날아올라 세 번째 적의 가슴을 파고들었다. 그렇게 빨리, 모든 것이 끝났다.

오언이 부스트에서 물러나오자 누적된 피로가 한꺼번에 몰려오며 거의 쓰러질 뻔했다. 부스트는 통제된 히스테리성 힘을 끌어내 사용하는 것이다. 근력을 최고조로 끌어올리면 근육이 뼈에서 떨어져나갈 수도 있다. 그의 혹사당한 심장은 가슴속에서 고통스럽게 두방망이질 쳤고 호흡은 가빴으며 온몸이 땀에 절었다. 몸속에 주입시킨 화학물질들이 서서히 사라지기 시작하자 그는 무의식중에 몸을 떨었다. 이 쇼크만으로도 보통사람은 죽음에 이를 수 있지만 그는 보통사람이 아니었다. 그는 데스스토커이며 부스트야말로 데스스토커 가문의 진정한 유산인 것이다.

경련이 사라지자 그는 뒤틀린 미소를 지었다. '젠장, 기분이 끝내주는군.' 그는 고개를 가로저으며 환각을 몰아냈다. '이것은 현실이 아니야. 핏속에 아직 남아 있는 엔도르핀의 부작용일 뿐이야.' 이것이 그의 가문을 그토록 완벽한 전투기계로 만들어준 비밀이었다. 끊임없는 유혹을 대면하고 통제해야 한다. 어떤 마약보다도 강한 흥분, 누구도 거부할 수 없는 중독. 무의식 깊은 곳에서 솟아나는 잠재의식을 활용하는 것, 이것이 데스스토커 가문의 훈련 중 핵심적인 부분이다. 부스트는 꼭 필요할 때만 사용해야 한다. 오언은 부스트를 좋아하지 않았다. 과거에 엄격히 통제된 상황 속에서 몇 차례 부스트를 해보았을 때 모든 추악한 것들이 그의 내부에서 비집고 나오는 듯했다. 부스트는 마음을 옆으로 물리고 누구나 가지고 있는 내면의 야수를 해방시키고 그것을 즐기게 한다. 그가 그렇게 되기보다는 차라리 죽고 말겠다는 바로 그런 종류의 사람으로 만들어버리는 것이다.

그는 생각을 그치고 피로 물든 칼날을 닦을 생각조차 않은 채 칼집에 집어넣었다. 부스트에 대한 대가를 치러야겠지만 이곳을 벗어나 안전한 곳에 당도하기 전까지는 쓰러져 잠들 수 없었다. 그런데 안전한 곳이 있기는 한 걸까. 부스트를 다시 쓸 일이나 없어야 할 텐데.

여전히 핏속을 맴돌고 있는 화학물질에 의해 선명한 기억들이 떠올랐다. 그가 열네 살 때 아버지는 성인 데스스토커의 표식인 부스트를 그에게 연마시키기 위해 훈련기간 중 엄청난 매질을 해댔다. 그가 마침내 부스트를 소환할 수 있게 될 때까지. '아주 고맙군요, 아버지.'

"오즈, 이런 멍청이들이 또 있는 건 아니겠지?"

"없습니다, 오언. 제한적이지만 비행선의 센서에 따르면 주변에 생명반응은 없습니다. 아직 당신이 수배자라는 것을 아는 사람이 그렇게 많지 않고 수색해야 할 범위는 넓어서 그런 듯합니다. 하지만 그들이 언제 탈출로를 발견하고 여기까지 추적해올지 알 수 없습니다. 빨리 비행선의 시동을 걸고 여기를 벗어나는 것이 좋겠습니다. 당신이나 저나 운신의 폭이 좁아지고 있습니다. 점점 제국의 해커를 상대하기가 버거워지는군요. 빨리 저를 다운로드하지 않으면 앞으로 당신을 도와드릴 수 없을지도 모릅니다."

"알았어, 감정에 호소하는 짓 따위는 집어치워. 선스트라이더 호에 도착하면 뭘 할 수 있는지 살펴보지. 아마 너를 다운로드할 만큼 용량이 될 거야." 오언은 갑자기 미소 지었다. "내가 선스트라이더 호를 살 때 사람들은 무슨 요트에 그렇게 많은 돈을 처들이냐며 미쳤다고 했지. 뭔가를 보여주겠어. 선스트라이더 호에는 사람들이 상상도 못할 옵션들이 탑재되어 있다고."

"돌이켜보니 요트는 참 현명한 선택이었습니다." 오지맨디어스가 말했다. "당신 가문의 정확한 현실적 피해망상증은 항상 놀라울 따름입니다."

오언은 크게 웃으며 소형 비행선의 덮개를 열었다. 그것은 아주 단순한 구조였다. 길고 비좁은 조종석에 날개와 작은 모터가 전부였다. 바람을 잘 타면 시속 2백 킬로미터까지 날 수 있었다. 에너지크리스털은 충전 후 고작 일주일밖에 지속되지 않았지만 영지를 돌아보는데는 쓸모가 있어 그 간편함 때문에 유지하고 있었다. 그것을 비상탈출용으로 생각해본 적은 없었다. 하지만 그것이 있다는 사실만으로도 안심이 되는 것 역시 사실이었다. 또한 다른 사람에게 의지하지 않는 이동수단을 가질 필요도 있었다. 그는 조종석으로 들어가 덮개를 달았다. 그리고 몇 초 후 시동을 걸고 조심스럽게 격납고를 벗어나 밝은 아침햇살 속으로 날아올랐다.

햇빛을 차단하기 위해 덮개가 짙은 색으로 바뀌었지만 그래도 여전히 너무 밝았다. 그는 속도를 최대한으로 올려 북쪽을 향했다. 소용하고 평화롭고 상쾌한 녹색의 비리몬드가 모습을 드러냈다. 이렇게 완벽한 세상에서 생명이 위협당하고 있다는 것이 왠지 비현실적으로 느껴졌다. 한쪽으로는 녹색의 초지가 물결치고 다른 쪽으로는 옥수수 밭이 끝 간 데 모르게 뻗어 있었다. 낮은 담장이 여기저기서 교차하며 줄지어 있고, 사람들은 아무 일 없는 듯 느리게 밭일을 하고 있었다. '이건 부당해.' 오언은 마음이 쓰렸다. 하지만 자기연민에 빠질 겨를이 없었다. 그는 사람들에게 고정되었던 시선을 거두고 통신임플란트로 비행컴퓨터에 접속했다. 모든 시스템이 정상작동 중이었고, 에너지도 선스트라이더 호를 숨겨둔 곳까지는 넉넉해 보였다. 별 다른 일만 없다면. 비행선에는 무기나 보호막이 장착되어 있지 않았다. 광선포 한 방만으로도 조종석은 칼로 벤 종이처럼 잘려 나갈 것이다. 오언은 갑자기 불안해졌다. 조악한 비행선에서 홀로 앉아 그렇게 덜덜 떨다가 자제력을 회복하기까지는 한참이 걸렸다.

비행선의 센서가 갑자기 윙윙거리기 시작했다. 뒤쪽에 두 대의 다른 비행선이 따라붙고 있었다. 천천히 그러나 지속적으로 거리를 좁혀오고 있어서 몇 분 내에 꼬리를 잡힐 판이었다. 오언은 거칠게 욕설을 퍼부었다. 경비대가 다른 비행선을 구비하도록 승인하지 말았어야 했는데. 그는 최대로 가속했지만 동력이 달려 동체만 흔들릴 뿐이었다. 선스트라이더 호에 안전하게 도착하기 전에 잡힐 게 뻔했다.

"오즈, 아직 있나?"

"소리치지 말아요, 오언. 저 귀 안 먹었다고요."

"그럼 조종을 맡아. 네 반사 신경이 나보다 훨씬 빠를 테니까."

"네, 오언." 비행선이 갑자기 한쪽으로 기우뚱하더니 다시 중심을 잡고 불규칙적으로 오르내리기를 반복했다. "회피동작이지요." AI가 설명했다.

"다음번에는" 오언은 자리에 앉아 있기도 힘들었지만 뱃속의 내용물을 쏟아내지 않기 위해 애쓰면서 말했다. "미리 경고해주면 고맙겠어."

"물론이지요, 오언. 이 비행선의 장거리 센서에 따르면 우리 뒤의 비행선들에는 적어도 세 대의 에너지무기가 탑재되어 있다는 것을 미리 경고해드리고 싶네요. 한 방만 맞아도 바로 떨어질 겁니다."

"알려주지 않아도 그 정도는 알고 있어. 뭐 또 공유할 만한 다른 좋은 소식은 없나?"

"또 장거리 센서에 따르면 우리를 쫓는 비행물체가 세 대가 더 있군요. 아직 너무 멀어서 식별하기는 어렵지만 속도로 보아 소형 비행선보다 훨씬 강력한 것 같습니다. 빠르게 접근해오고 있어요."

그 순간 광선포가 비행선의 옆 날개를 때렸다. 비행선은 크게 요동치며 속도가 급격히 떨어졌다. AI가 가능한 모든 비상작동을 해보았지만 이미 손상이 너무 컸다. 속도와 고도가 동시에 떨어지고 있었다.

그리고 추격기들은 점점 더 가까이 다가오고 있었다.

"조종을 맡으세요, 오언." AI가 갑자기 말했다. "저도 심한 공격을 받고 있기 때문에 더 이상 당신을 도울 겨를이 없습니다. 선스트라이더 호에 도착하면 연락주세요. 만약 도착하지 못한다면, 그동안 즐거웠습니다. 안녕."

"오즈, 오지맨디어스! 응답해. 제길." 오언은 기다려보았지만 대답이 없었다. "에이 씨! 부스트!"

이렇게 빠른 시간 내에 다시 부스트를 하는 것이 어떤 결과를 불러올지 생각주차 하기 싫었다. 하지만 어쩔 수 없었다. 그에게는 부스트의 스피드와 반사 신경이 필요했던 것이다. 머릿속이 요동치고 새로운 힘이 온몸에 넘쳐났다. 뒤에서 두 번째 에너지파가 기체를 때리자 비행선은 더욱 심하게 흔들렸다. 모터는 소리가 약해지면서 터덜거렸다. 비행선의 앞머리가 가라앉으며 땅으로 꼬꾸라지기 시작했다. 오언에게는 아주 느린 슬로모션으로 벌어지고 있는 일들이었다. 조종간을 잡은 그의 손은 빠르고 정확하게 움직였지만 고작 할 수 있는 것은 기체가 활강하도록 유지하는 게 전부였다. 아직 갈 길은 멀었다. 처음으로 오언은 아무래도 탈출하기 어렵겠다는 생각이 들기 시작했다.

눈앞에 땅이 서서히 솟아오르기 시작하자 그는 방풍림 옆의 개활지를 목표로 잡았다. 찌그러질 정도로 조종간을 꽉 움켜지자 기체가 서서히 반응하기 시작했다. 또다시 에너지빔이 비행선 뒤쪽을 강타했고 제어판의 모든 불이 일시에 꺼져버렸다. 모터는 조용해졌고 비행선은 돌멩이처럼 땅으로 돌진해갔다. 왼쪽 날개가 먼저 땅을 치며 선체가 빙그르 돌았다. 그 충격에 오언의 몸이 앞으로 퉁겨지며 안전벨트에 세차게 부딪혔다. 폐의 공기를 모두 토해낼 만큼 격렬한 고통이 밀려왔다.

　그는 잠시 현기증을 느끼며 멍하니 있다가 부스트 덕에 정신을 차렸다. 비행선은 땅에 코를 처박고 있었고, 그는 덮개의 그물망에 매달려 있었다. 그는 안전띠를 풀고 낙하해 덮개를 주먹으로 힘껏 가격했다. 덮개의 일부가 깨지면서 밖으로 떨어져 나갔지만 아직 그가 기어 나가기에는 공간이 충분치 않았고 깨진 덮개의 둘레에는 유리가 칼처럼 삐져나와 있었다. 기내에 연기가 피어올랐고 뒤에서 탁탁 튀는 불꽃 소리도 들렸다. 그는 덮개의 가장자리를 단단히 붙잡고 유리조각을 깨뜨린 후 파편이 손에 박히는 것도 개의치 않고 덮개의 금속 테두리를 바깥쪽으로 천천히 밀어냈다. 그의 강화된 힘에 강철은 어쩔 수 없다는 듯 삐걱거리며 신음했다. 손에서는 피가 흘러내렸다. 이미 조종석에 가득 찬 연기가 폐를 찢어발기는 듯했다. 그는 강철 테두리를 구부려 마침내 날카로운 유리조각 사이로 빠져나올 수 있었다.

　그는 흐느적거리며 땅에 내려와 불시착으로 난장판이 돼버린 대지 위에 잠시 누웠다가 다시 부스트의 힘으로 일어섰다. 조종석에는 불꽃이 일렁이고 검은색의 짙은 연기가 칠판 펜으로 그어놓은 듯 하늘로 피어올랐다. 이제 추격기들이 그를 놓칠 일은 절대로 없게 되었다. 그는 방풍림에서 불과 몇 미터 못 미쳐 불시착했으며 주변에는 빈 들판이 펼쳐져 있었다. 여기가 어딘지 알 수 없었다. 오직 하나뿐인 지도는 비행선 안에서 불타고 있었다. 통신임플란트를 켜보았지만 AI는 여전히 응답이 없었다. 부스트는 마치 유동하는 불길처럼 몸속을 헤집고 다녔고 극도로 긴장된 근육은 부들부들 떨리고 있었다. 그는 무엇이라도 할 수 있는 충분한 시간이 있는 듯 느껴졌다. 그리고 무심결에 자신의 손을 내려다보았다. 크게 다친 것 같지는 않았으며 작은 상처들도 이미 저절로 아물기 시작했다. 그는 손이나 몸의 다른 곳에서 아무런 고통도 느끼지 못했다. 부스트에서 빠져나올 때까지는 그러하리라. 하지만 또 그땐 이런 약간의 상처나 타박상 따위는 전혀 문제가 안 될 것이다. 더 큰 후과(後果)가 기다리고 있을 것이다. 인간의 몸은 이렇게 긴 시간 동안 이 정도의 긴장 상태를 유지할 수 없다.

하늘을 올려다보니 두 대의 비행선이 그를 향해 천천히 내려오고 있었다. 게다가 세 대의 다른 비행물체가 높이 솟은 언치럼 창공에서 선회하고 있었다. 오언은 양손에 각각 검과 총을 움켜쥐고 나무 쪽을 향해 달렸다. 배후를 보호해줄 무언가가 필요했다. 그는 아버지처럼 훌륭한 전사는 아닐지라도 그래도 데스스토커였고 그것이 무엇을 의미하는지 적들에게 보여줄 참이었다. 적이 누구이건 간에. 아마도 그 자신이 고용한 경비대원들일 것이다. '은혜도 모르는 불상놈들 같으니.' 그는 넓은 나무둥치 앞에 서서 등을 기댔다. 적은 앞이나 옆에서 접근해올 것이다. 그러나 뒤는 안전하다. 불확실한 세계에서 무언가 기댈 게 있다는 것은 좋은 일이다.

그는 몸 상태를 살피다가 상처를 확인할수록 더 고통스러운 것 같아 아예 쳐다보기를 그만두었다. 부스트가 고통과 쇼크로부터 그를 보호해주었지만 또한 위험할 정도로 힘을 소진시키고 있었다. 부스트는 오래 유지될 수 없다. 특히 목숨을 내걸고 싸울 때는 더욱 그렇다. 그는 하늘에서 독수리처럼 머리 위를 선회하는 비행물체를 올려다보았다. 두 대의 비행선은 그의 불타는 비행선에서 거리를 두고 각각 착륙했다. 그리고 경비대원들이 경작지로 내려섰다. 오언은 열넷까지 경비대원의 수를 센 후 고개를 끄덕이고 만족한 표정을 지었다. 그들이 그를 그렇게 두려워한다는 것이 기분 좋았다. 수가 조금만 적었어도 모욕감을 느꼈으리라.

다른 세 대의 비행물체도 서서히 하강하기 시작했다. 오언은 흐트러진 정신을 집중하려 노력했다. 다른 비행물체에 더 많은 경비대원과 에너지총이 있을 것이다. 결국 그가 부스트로 얼마나 강해지고 얼마나 빨라지는가는 중요치 않게 되었다. 상대할 적이 너무 많았던 것이다. 그리고 설사 부스트의 기적으로 모든 적을 해치운다 하더라도 그렇게 오랜 시간 동안 부스트를 유지한 것만으로도 그는 죽고 말 것이다. 이럴 수도 저럴 수도 없는 진퇴양난의 형국이었다. 이런 게 바로 데스스토커 가문의 운명일지도 모른다.

오언은 결국 모든 것을 잃고 믿었던 사람들에게서 버림받은 채 홀로 죽어가겠구나라는 생각이 머리를 스쳤지만, 막상 그 생각이 예상보다 그다지 두렵지 않았다. 그는 모든 것을 잃었다. 돈, 지위, 그리고 사람들까지도. '캐시, 정말 좋아했는데.' 살아서 빠져나갈 방도를 찾는다 하더라도 그는 이미 부스트로 치명적인 손상을 입었으며, 그의 미래는 수배자이자 도망자의 것일 뿐이었다. 모든 사람이 그를 쫓을 것이다. '오, 신이시여, 제가 캐시를 죽이다니요.'

오언은 부스트에도 불구하고 갑자기 피로가 몰려옴을 느꼈다. 그가 원하던 죽음은 이런 것이 아니었다. 아무런 의미를 찾을 수 없다. 그가 소중히 여기던 것을 사람들이 모두 앗아가버렸다. 복수는 불가능해 보이고 지금으로서는 큰 의미도 없게 느껴졌다. 복수를 한들 잃은 것을 되찾을 수는 없지 않은가. 진정 죽어야 한다면 명예롭게 죽자. 도살장의 돼지처럼 꽥꽥거리다가 쓰러지지는 말자.

부스트를 끊어버리자 그는 거의 쓰러질 지경이었고, 아물던 상처가 다시 벌어졌다. 온몸으로 피가 흘러내렸으며 다리는 후들거려 서 있기조차 버거웠다. 그는 마지막 힘을 쥐어짜 검과 총을 집어던져버렸다. 저 후레자식들에게 싸웠다는 만족감을 주지는 않을 것이다. 그의 경비대였던 자들이 무기를 앞세우고 조심스럽게 접근해오고 있었다. 오언은 자부심과 위엄으로 몸을 감싸고 안간힘을 다해 머리를 꼿꼿이 치켜세웠다.

바로 그때 배 한 척이 어디선가 난데없이 나타나 불시착하면서 상황은 돌변했다. 경비대원들은 혼비백산해 비명을 지르며 일시에 사방으로 흩어졌다. 이글거리는 철제 비행물체가 해를 가리고 굉음을 내며 바닥에 처박혀 흉물스럽게 커다란 모습을 드러낸 채 꼼짝도 하지 않았다. 오언도 다리만 말을 들었다면 도망쳤을 것이다. 그는 바로 앞 땅에 처박힌 네모난 물체를 물끄러미 바라보았다. 아무런 식별코드도 없는 단순한 철제 박스였다. 표식이 없는 것은 물론 불법이다. 그는 비로소 그것이 비행물체가 아니라 더 큰 비행선에서 이탈한 구명정이라는 사실을 깨달았다. 해치가 열리고 철제 경사로가 쿵 소리를 내며 떨어졌다. 해치에서 호리호리한 사람 하나가 걸어 나왔다. 오언은 그 인물이 여자라는 사실을 알아차리는 데 좀 시간이 걸렸다. 자신과 비슷한 또래였고, 마찬가지로 상태가 좋지 않다는 것을 알 수 있었다. 그녀는 화상을 입어서 옷과 살이 검게 그을렸다. 그는 그녀의 얼굴이 창백하고 고통과 쇼크로 얼룩지지만 않았다면 꽤 예뻤을 것이라고 생각했다. 그녀는 그가 일찍이 본 적 없는 크고 흉측한 칼을 들고 있었다. 그녀는 그를 쳐다보며 자신의 배 안으로 들어오라고 손짓했다.

"움직여, 이 바보야! 저놈들이 금방 되돌아올 거야. 저들이 다시 돌아와 행동 개시할 때 여기 남아 있고 싶지는 않아. 꾸물대지 말고 어서 올라타."

오언은 앞으로 움직였다. 그녀가 누군지 모르고 그에게 무엇을 원하는지도 몰랐지만 상관없었다. 좀 전까지만 해도 죽을 준비를 하고 있었는데 지금 새로운 희망이 생겼기 때문에 무작정 살고 싶어졌다. 그는 운명이 다가와 부를 때 그것을 느낄 수 있었다. 그는 눈치가 빨랐다. 그는 핏자국을 남기며 경사로를 비틀거리며 올랐다. 거의 입구에 다다랐을 때쯤 그녀가 그를 홱 낚아챈 후 해치를 닫았다. 내부에는 두 개의 안전망이 있었다. 여인이 한쪽에서 미친 듯이 제어판을 조작하는 동안 오언은 다른 한쪽에 몸을 내던졌다. 배가 밑에서 꿈틀하더니 엔진의 굉음이 울리면서 날아올랐다. 오언은 그물에 몸을 기댄 채 자신의 구세주를 찬찬히 살펴보았다. 가장 그럴듯한 가능성은 그녀도 자신의 머리에 걸린 현상금을 원하지만 다른 사람들과 나누기 싫어하는 것이 아닐까 하는 것이었지만, 오언은 그런 식으로 생각하고 싶지 않았다. 그는 조심스럽게 그녀의 주의를 끌고 영리한 질문으로 그녀의 정체가 서서히 드러나도록 해야 한다고 생각했지만 그럴 만한 힘도 인내심도 없었다. 복잡할 때는 정면돌파가 최선이다. 그는 고통스레 목을 가다듬었다.

"나는 데스스토커요, 누구신데 나를 돕는 거요?"

그의 목소리는 그 자신이 들어도 약하고 가늘게 느껴졌다. 하지만 그의 구세주의 대답에서는 그녀도 그것을 느꼈는지 알 수 없었다.

"난 헤이즐 다르크예요. 여기까지 오게 된 사연은 좀 복잡한데, 당신을 구한 이유는 그냥 당신이 처한 상황이 안돼 보여서라고 해두죠.

난 항상 약한 사람에게는 좀 동정적인 면이 있거든요. 그런데 무슨 짓을 했기에 그렇게 많은 사람들이 당신을 쫓는 거죠?"

"난 수배자요. 내 머리에 아주 매력적인 현상금이 걸렸지. 원하면 가지시오."

"이봐, 나도 수배자야. 내가 스스로를 팔아넘기지 않고서는 당신 현상금을 받아낼 방법이 없으니까 안심해요. 요즘은 우리 같은 사람들이 아주 많지요. 그게 철의 쌍년이 하는 일이니까. 데스스토커, 가만 보자, 이름이 낯익은데."

"아마 그런 거요." 오언이 찡그리며 말했다. "이 행성의 영주였으니까."

헤이즐은 소리쳤다. "대단하군. 난 보통 그런 상류층과는 상대 안 하는데…… 그런데 어디로 가야 할지 알고 있어요? 지금 다섯 척의 배가 우리를 뒤쫓고 있는데. 그리고 이 배는 구명정이기 때문에 동력이 거의 닳아서 멀리 못 간다는 사실도 미리 알려드리고 싶군요. 보호막으로 동력을 돌리지 않는다면 한 40분 정도는 더 날아갈 수 있을 것 같기도 하지만……"

오언은 주저하며 말했다. "당신은 아직 왜 나를 구하기 위해 배와 당신의 목숨을 위험 속에 내던졌는지 설명하지 않았소."

"약자들은 서로를 보살피는 방법을 배워야 해요. 왜냐하면 아무도 보살펴주지 않으니까. 수배자는 살아남기 위해 가능한 한 많은 친구가 필요하죠. 만약 여기서 살아남는다면 당신도 곧 깨닫게 되겠지만. 수배자로 살기 위해서는 깨달아야 할 것이 아주 많아요."

"좋소. 정북방향으로 갑시다. 여기서 16킬로미터쯤 위쪽에 커다란 호수가 있소. 내가 방향을 잃지 않았다면 아마 맞을 거요. 거기에 도달하면 알려주시오."

그는 안전망에 몸을 기댄 채 생각을 정리하려 애썼다. 이제 동료가 생겼다. 그리고 탈출 기회가 다시 찾아왔다. 그녀가 그를 선스트라이더 호까지 데려다준다면 복수의 기회를 잡게 될지도 모른다. 이렇게 생각하자 새로운 힘이 솟았다. 그는 다시 한 번 주변을 둘러보았다. 안전망과 제어판 말고는 별로 볼 게 없었다. 아주 단순하지만 그래도 튼튼해 보였다. 하기야 구명정에 치장이나 장식을 할 필요는 없을 것이다.

"이렇게 원시적인 것으로 여행한 지 무척 오래된 것 같군요." 오언이 다시 입을 열었다. "동력이 무엇이오, 증기?"

"한 번만 더 그런 식으로 평하면 밖으로 내보내버리겠어요." 헤이즐이 말했다. "이 물건을 흉보지 마세요. 당신과 내 몸뚱이를 구한 녀석이니까. 자, 전방센서가 바로 앞에 커다란 물이 있다고 하네요. 후방센서는 엄청나게 많은 자들이 탈 수 있는 온갖 것을 타고 우리를 뒤쫓고 있다고 하고요. 여기서 벗어날 수 있는 계획이 있겠지요, 데스스토커. 왜냐하면 난 아무런 계획도 없거든요."

"진정하시오." 오언이 말했다. "내가 비장의 카드를 숨기고 있는데 그게 아주 굉장하거든. 정확히 말하자면 호수 밑바닥에 숨겨놓았소."

헤이즐은 그를 어이없다는 표정으로 쳐다보았다. "잠시만요, 지금 잠수하자는 말인가요?"

"바로 그거요. 내 요트는 호수 바닥의 작은 틈새에 가라앉아 있어서 고성능 센서가 아니면 감지할 수 없소. 나 말고는 아무도 그곳에 그게 있다는 걸 모르오. 언젠가 쓸모 있을 거라는 예감이 들었지. 우리 가문의 피해망상증은 집 안에만 있는 것이 아니라 우리 영지 도처에 널려 있소. 물속으로 뛰어들어 곧바로 내려갑시다. 내가 요트에 접속해서 보호막을 내리고 시동을 걸도록 하겠소. 충분히 근접하면 센서에도 선스트라이더 호가 잡힐 거요. 배 옆으로 접근해서 외부 에어록에 고정하면 되오. 선스트라이더 호는 아주 특별하오. 탈출하는 데 필요한 모든 장비와 동력을 갖추고 있소. 우리가 일단 이륙하기만 하면 아무도 우리를 잡을 수 없을 거요. 최근에 개발된 강력한 스타드라이브를 탑재하고 있는데, 이 같은 엔진을 단 배는 아직 열 손가락에 꼽을 정도이고 그중 단 한 대도 이 근처에는 없소. 그걸 장만하려고 기둥뿌리 하나 뽑았지만 최고가 아니넌 안 쓴다는 게 내 신조니 어쩌겠소. 자, 내려갑시다."

헤이즐은 웃으며 고개를 가로저었다. "돈지랄하셨군요. 내려갑니다, 데스스토커. 당신 말에 책임져야 할 거예요."

"내 말 믿으시오. 언제 내가 거짓말한 적 있소?"

"내가 알 게 뭐예요."

헤이즐이 구명정을 물속으로 잠수시키자 오언은 슬며시 웃었다. 구명정이 어두운 물속으로 빨려 들어가는 동안 헤이즐은 센서패널을 뚫어져라 쳐다보다가 갑자기 몸을 앞으로 숙였다. 깊은 곳에서 거대한 물체들이 구명정 쪽으로 솟구치고 있었다. 길이가 몇십 미터에 달했는데 센서에 따르면 살아 있는 물체들이었다. 몇 초 후 그것들은 덩치에 비해 믿을 수 없을 정도로 재빠르게 헤엄치며 구명정을 맴돌았다. 헤이즐은 무언가 무기가 될 만한 게 없을까 하며 손이 근질거렸지만 괴물들은 구명정을 공격하지도 않았고 경고를 보내는 것 같지도 않았다. 오히려 배를 아래쪽으로 호위하는 것처럼 느껴졌다. 불현듯 어떤 생각이 떠올라 그녀는 오언 쪽을 쳐다보았다.

"센서에 따르면 호위부대가 생긴 것 같군요. 이것들이 무엇이건 간에 정말 거대한 생물이군요. 이놈들에 대해 뭐 아는 것 있나요?"

그는 피곤한 듯 웃으며 말했다. "비리몬드의 바다에서 온 비히모스요. 사람들이 호수에 접근하지 못하도록 내가 한 쌍을 집어넣었지. 다이버들이 어쩌다가 내 요트를 발견하면 안 되니까. 호숫가에서 낚시하기가 위험해진 대신 지역주민들은 관광수입을 올리게 됐소. 내가 커미션을 먹었어야 했는데."

헤이즐은 그를 의아한 듯 쳐다보았다. "그러면 왜 이것들이 우리를 공격하지 않죠?"

"사실은 이 녀석들이 별로 공격적이지 않기 때문이오. 이놈들은 크고 추하고 칼날처럼 날카로운 이빨을 가지고 있지만, 사실 아주 겁쟁이요. 녀석들에게 한 번 소리를 지르면 아마 1킬로미터 이상 내뺄걸. 물론 아무한테도 그런 말은 안 했지. 걱정할 것 없소. 그냥 우리를 궁금해하는 것뿐이니까. 무시하시오."

헤이즐이 무언가 말하려 할 때 센서패널에 불빛이 반짝였다. 오언의 요트를 찾아낸 것이다. 그녀는 구명정이 요트 위로 가도록 자리 잡고 요트의 외부 에어록과 결합하는 것은 컴퓨터가 진행하도록 했다. 비히모스는 신기한 듯 주위를 배회하다가 다시 어두운 물속으로 사라졌다.

오언과 헤이즐은 잠시 안전그물에 기댄 채 휴식을 취했다. 그들은 여기까지 오는 동안 완전히 녹초가 되어 당분간 아무 일도 하고 싶지 않았다. 뼛속까지 스며든 피로감 때문에 그들의 몸은 천근의 쇳덩이처럼 그물 속에 축 늘어졌다. 그냥 그대로 곯아떨어져 모든 것을 잊고 싶은 유혹을 느꼈다. 오언은 빨리 움직이지 않으면 그곳에 누워서 과다출혈로 죽음에 이를 것이라는 생각이 머릿속을 스쳤다. 그는 억지로 그물망에서 몸을 일으켜 세운 후 헤이즐을 깨우기 위해 소리치기도 하고 요트 안의 고급스런 침실을 약속하기도 했다. 헤이즐은 그의 도움을 거부하며 몸을 일으켰다. 그녀가 화상 입은 손으로 에어록을 여는 데는 시간이 좀 걸렸다. 마침내 에어록이 열리자 그녀는 오언에게 먼저 가라고 길을 내주며 뒤로 물러났다. 오언은 그녀의 고집스러움에 혀를 차며 요트의 외부 에어록 쪽으로 비틀거리며 나아갔다.

그가 암호를 정확히 입력하자 문이 열렸다. 오언이 앞서고 헤이즐이 빠짝 뒤따랐다. 그들이 들어서자 불이 자동으로 켜졌으며 이제 막 내부 에어록에 들어선 헤이즐은 눈앞에 펼쳐진 화려한 광경에 입이 쩍 벌어졌다. 배의 내부는 푹신한 카펫부터 최첨단 컴퓨터장비까지 온갖 편의시설과 사치품으로 치장되어 있었다. 심지어는 고풍스러운 바와 번쩍이는 마호가니 가구, 그리고 크리스털 디캔터까지 구비되어 있었다. 오언은 그녀의 반응에 만족한 듯 웃으며 그녀에게 가까운 가죽의자로 손짓했다.

"배가 아름답지요, 안 그렇소? 길이 45미터, 너비 9미터의 강화동체에 금판을 덧댔고 그 외에 카탈로그에 있는 모든 옵션을 집어넣었소. 잠시 쉬는 동안 나는 배를 작동할 AI를 좀 살펴봐야겠소."

그는 통신임플란트로 배의 컴퓨터를 거쳐 성채의 메인프레임에 접속한 다음 오지맨디어스를 배의 메인프레임으로 다운로드했다. 이 모든 과정이 단 일 초도 걸리지 않았다. 그리고 혹시라도 무엇인가가 추적해 들어올 것을 염려해 곧바로 접속을 끊었다. 그리하여 마침내 AI의 안도하는 목소리를 들을 수 있게 되었고 그도 어느 정도 긴장을 풀었다.

"오언, 나의 친구여, 앞으로는 절대 이렇게 늦지 말았으면 좋겠어요. 어쨌든 당신이 아직까지 살아 있는 것을 확인하니 안심이 되네요. 당신의 성채는 완전히 점령되어 약탈당하고 있습니다. 아직 제국의 해커들은 내가 주의를 돌리기 위해 세워놓은 껍데기를 깨뜨리는 데 열중하고 있고 좀 더 시간이 걸릴 것 같긴 하지만 어쨌거나 가능한 한 빨리 이 행성을 떠나는 것이 우리 모두를 위해 좋을 것 같습니다. 우리는 너무 오래 미적대고 있어요. 벌써 떠났어야 했는데. 새로운 친구가 생긴 것 같군요. 소개해주셔야지요."

"헤이즐 다르크." 오언은 가볍게 중얼거렸다. "그녀도 나처럼 수배자야. 당분간 그녀에게 하급 보안권한을 적용하도록 해."

"알겠습니다, 오언. 허락하신다면 시동절차를 밟아 출발준비를 하겠습니다."

"그래. 그리고 장거리 센서를 켜놔. 호수 근처에서 움직이는 게 있으면 뭐든지 알려줘."

"이봐요, 데스스토커. 정말 대단한 배로군요." 헤이즐이 말하자 오언은 다시 그녀에게 주의를 돌렸다. 그녀는 한 손에 큰 술잔을 들고 커다란 의자에 앉아 있었는데 마치 불 옆에 너무 가까이 두어 너덜너덜해진 인형처럼 보였다. "여기에 들인 돈이면 아마 내가 공작작위를 살 수도 있을 것 같네요. 이 정도의 사치스러움은 로키 행성에서 본 최고급 창녀 집 이후 처음이에요."

오언은 움찔했지만 예의바른 미소를 잃지 않았다. "마음에 든다니 나도 기쁘군요. 우리 옆방으로 갑시다. 거기에 원기를 회복시켜줄 조그마한 장치가 있소."

헤이즐은 수상쩍다는 듯한 눈빛으로 그를 쳐다보며 말했다. "설마

침대를 말하는 건 아니겠지요?"

오언은 가볍게 웃었다. "관심을 보여줘서 감사하오만, 아니오. 내 생각엔 우리 둘 다 그럴 만한 상태가 아닌 것 같소. 자, 이쪽이오."

헤이즐은 술잔을 비운 후 아무렇게나 카펫에 던져놓고 의자에서 일어나려고 안간힘을 썼다. 오언은 도움을 주지 않는 편이 낫겠다고 생각했다. 그녀가 일어나는 데는 시간이 좀 걸렸지만 마침내 비틀거리며 두 발로 섰다. 주조종실의 밝은 불빛 아래에서 보니 그녀의 상태는 한층 나빠 보였다. 옷은 타서 넝마가 되었고 화상은 깊어 형체마저 변형되어 있었다. 그녀의 손은 불에 탄 짐승의 발 같았다. 그가 손을 내밀자 그녀는 마치 선심 쓰듯 팔을 잡았다. 그는 그녀를 옆방으로 인도했다. 기다란 철제 원통이 들어찬 길이 3미터, 너비 1미터짜리 아담한 방이었다. 헤이즐은 원통을 이상하다는 듯 관찰했다. 꼭 시체보관대를 닮았기 때문이었다.

"좋아요." 그녀가 마침내 말했다. "말해봐요, 이게 뭐죠?"

"세포재생기." 오언이 뽐내며 말했다. "작은 상처는 물론 큰 상처도 시간만 충분하다면 빠르게 회복시켜주오. 생체조직을 복제할 때와 같은 원리로 작동하지. 귀족들이 불쾌한 죽음을 맞게 될 상황 이외에는 사용이 엄격히 금지되어 있소. 당신만 함구한다면 나도 아무한테도 말하지 않겠소. 먼저 하겠소?"

"당신이 먼저." 헤이즐이 아주 공손하게 말하자 오언은 웃음을 지어 보였다. 그가 통신임플란트로 필요한 시스템을 작동시키자 원통이 열리면서 놀랍도록 편안해 보이는 내부가 드러났다. 오언이 원통에 올라 헤이즐에게 안심하라는 미소를 지어 보이고 숨을 내쉬며 드러눕자 원통이 저절로 닫혔다. 그리고 아주 잠잠했다. 헤이즐은 주위를 둘러보았다. 다른 방으로 숨어들어가서 귀중품으로 주머니를 채우고 싶은 욕망이 일었지만 애써 억눌렀다. 그것이 아주 안 좋은 생각이라는 느낌이 강했다. 그런 행동은 오언의 신뢰에 대한 배신이라는 이유도 있지만 더 중요한 것은 감시당하고 있다는 느낌이 들었기 때문이었다. 그녀는 원통에 몸을 기대면서 목소리를 가누고 소리 높여 외쳤다.

"이 배의 AI는 응답하라."

"네, 아가씨." AI가 천장 위의 스피커를 통해 말했다. "저는 오지맨디어스입니다. 무엇을 도와드릴까요?"

"오언 데스스토커에 대해 말해봐."

"데스스토커 가문의 수장이고 수배되기 전까지는 비리몬드 행성의 영주였습니다. 좋은 사람이지요. 약점도 많지만. 그는 옳다고 생각하는 것을 행하는 사람입니다."

"아주 애매하군."

"그게 바로 오언입니다. 그는 확신에 찬 적이 한 번도 없습니다. 일종의 낙제생이지요. 사실 현재의 위기가 그의 잠재된 능력을 깨우는 계기가 됐으면 하는 바람입니다. 도중에 끔찍하게 살해되지만 않는다면 가능할지도 모르지요."

헤이즐이 뭔가를 말하려 할 때 원통이 갑자기 열리기 시작했기 때문에 그녀는 넘어지지 않으려고 재빨리 바로 섰다. 갑작스런 움직임에 현기증을 느꼈지만 미처 오언이 눈치 채기도 전에 바로 통제력을 회복했다. 그는 그녀 앞에 서서 쾌활한 자세를 취해 보였다. 그녀는 그가 완전히 회복되었다는 사실을 인정할 수밖에 없었다. 그는 힘이 넘쳐나는 듯 보였으며 상처들도 흉터 없이 말끔하게 사라졌다. 심지어 그의 옷까지도 깨끗하게 수선된 듯 보였다. 그는 그녀의 반응에 활기찬 미소로 답했다.

"내가 말하지 않았소. 이 요트에는 당신이 상상할 수 있는 모든 것과 그 이상이 있다고. 올라가시오. 당신도 잘 돌봐줄 거요."

헤이즐은 그가 말하는 것이 정말 좋은 건지 자신할 수 없었지만 달리 방도가 없다는 사실을 잘 알고 있었다. 화상을 잊게 해준 긴장은 이미 사라진 지 오래였다. 매순간이 고통스러워서 거의 기절할 지경이었다. 그녀는 더 이상 반대하지 않았다. 어쨌든 당분간은 데스스토커를 신뢰할 수밖에 없는 노릇이었다. 그가 비록 귀족이긴 했지만 말이다. 그녀는 오언에게 뻣뻣하게 고개를 끄덕이고 서툴게 원통에 올랐다. 자신을 운명에 맡기기로 하고 누워서 안정을 취했다. 원통이 위에서 닫히자 그녀도 눈을 감았다.

"저 젊은 아가씨를 개조해드릴까요?" AI가 물었다.

오언은 얼굴을 찡그리며 물었다. "개조라는 게 무슨 뜻이지?"

"그녀가 원통 안에 있는 동안 제가 실행할 수 있는 몇 가지 프로그램이 있습니다. 예를 들면 더 유순하게 만든다든가, 당신에게 충성하도록 한다든가, 또는 당신에게 어떤 무기도 사용할 수 없도록 만든다든가 하는 것들이지요. 매우 안전할 뿐만 아니라 그녀에게 지속적인 손상을 입히는 것도 아닙니다. 보안상의 고려라 할 수 있지요, 오언. 그녀는 수배자가 아닙니까."

"나도 수배자야." 오언이 화난 목소리로 말했다. "그녀의 마음을 건드리지 마. 이건 명령이야."

"알겠습니다, 오언. 뜻을 받들겠나이다."

오언은 왜 화가 나는지 알 수 없었다. AI는 그의 최선의 이익을 위해 봉사하도록 설계되었다. 녀석은 자기 할 일을 하고 있을 뿐이다. 하지만 헤이즐은 사심 없이 그를 구하기 위해 목숨을 걸었다. 아직까지 어느 누구도 자발적으로 그에게 그런 일을 한 사람은 없었다. 그래서 오언은 아직도 헤이즐의 행동에 대한 자신의 느낌을 정확히 알 수가 없었다. 그의 느낌이 확실해질 때까지 헤이즐은 그의 보호를 받을 필요가 있다. 필요하다면 오언 그 자신으로부터도.

"아직 센서에는 아무것도 안 잡히나?" 그가 침묵을 깨고 말했다.

"아직 없습니다. 당신이 호수 속으로 뛰어들어 그들이 무척 당황하고 있는 것 같습니다. 제가 암호화되지 않은 모든 통신문을 가로채고 있는데 어떤 사람은 자살이라고 말하고, 또 다른 사람은 너무 다급한 나머지 무턱대고 뛰어들었다고 추측하고 있습니다. 지금은 당신이 다시 떠오르기를 기다리느냐 아니면 다 같이 물속으로 뛰어드느냐로 설전을 벌이고 있군요."

"그들이 마음을 정하면 나한테 알려줘." 오언은 천천히 기지개를 켰다. 원통 안에서 육체의 모든 상처를 치료받았지만 정신적 피로감만은 여전히 남아 있었다. "모든 것이 이렇게 한순간에 무너져 내리다니 믿을 수가 없어. 나는 모든 것을 다 가진 사나이에게 남은 마지막 단 한 가지 일을 겪은 것 같아. 바로 모든 것을 잃는 것 말이야. 이건 어처구니없는 실수일 거야. 난 절대로 수배될 만한 짓을 한 적이 없어."

"아마" AI가 말했다. "당신이 자수할 계획이라면, 충성의 표시로 다르크 아가씨를 넘기는 것도……"

"그만. 너한테 그딴 아이디어는 다시 듣고 싶지 않아. 그런데 사실 나도 이미 생각해보긴 했는데 효과가 없을 것 같아. 그들은 그냥 그녀를 인계받고 나 역시 죽일 거야. 배는 아직 준비 안 됐나?"

"이륙준비 마쳤습니다."

원통이 열리고 헤이즐이 번데기에서 막 나온 조금은 지저분한 나비처럼 모습을 드러냈다. 전체적으로 회복되었고, 오언이 예상한 것보다 더 깨끗한 상태였다. 그녀는 밖으로 나올 때 오언이 거드는 것을 허락했다. 오언은 그녀의 결점 없는 피부를 감탄의 눈빛으로 바라보았다.

"사람들이 이런 기계에 들어가보기 위해 한 재산 바칠 것 같군요." 헤이즐이 말했다.

"만약 우리가 심각하게 돈이 부족해진다면, 당신이 사업을 차리는 것도 괜찮겠군." 오언이 미소 지으며 말했다. "이제 주조종실로 갑시다. 이 호수를 빠져나갈 때가 됐소. 우리가 일단 움직이기 시작하면 이 행성에서 우리를 잡을 수 있는 것은 아무것도 없소. 오즈, 올라가자. 궤도에 진입할 때까지 무슨 일이 있어도 멈추지 마."

"알겠습니다, 오언."

"그다음은 어디로요?" 주조종실로 향하는 오언을 따르며 헤이즐이 물었다.

오언은 어깨를 으쓱하며 말했다. "당신에게 좋은 아이디어가 있었으면 좋겠다고 생각하는 중이었소. 나는 아직 신참 수배자거든. 우리를 쫓는 사람들로부터 안전하게 피신하려면 어디로 가는 게 좋겠소? 아, 그리고 당신이 말하기 전에 먼저 분명히 합시다. 나는 제국에 대항하는 어떤 반란단체에도 가입할 의사가 없소. 여제에게는 아니라 할지라도 아직 황권과 제국에는 충성하고 있으니까."

"훌륭한 논리군요." 오지맨디어스가 말했다.

"우리가 갈 수 있는 곳은 한 군데밖에 없어요." 헤이즐이 말했다. "미스트월드, 반란행성 말예요. 거기서는 안전을 보장받을 수 있어요. 하지만 편도여행이 될 거예요. 누구도 미스트월드를 다시 떠나지는 못하니까."

"미스트월드라…… 물론 그럴 테지." 오언이 말하자 헤이즐은 의아한 듯 쳐다보았다. 오언은 고개를 저으며 말했다. "묻지 마시오. 좋소, 어디든 가야 하니까 미스트월드로 가봅시다. 오즈, 좌표를 설정해. 초공간 도약 준비가 되면 알려줘."

"네, 오언. 우리는 현재 궤도상에 있습니다."

"뭐라고, 벌써?" 헤이즐이 말했다. "이륙했는지조차 몰랐는데."

"이 요트는 특별하다고 말했잖소." 오언은 자랑스럽게 말했다. "오즈, 메인스크린에 바깥세상 좀 보여봐."

한쪽 벽면이 화면으로 바뀌면서 멀리 밑에 비리몬드가 나타나고 제국순양함이 그들에게 다가오는 것이 보였다. 그들이 쳐다보고 있는 와중에도 첫 번째 배 뒤로 초공간에서 다른 배가 튀어나오는 것이 눈에 들어왔다.

"순양함이 두 대씩이나!" 믿을 수 없다는 듯 화면을 응시하며 오언이 말했다. "날 잡기 위해 저 무시무시한 순양함을 두 대나 파견했단 말인가? 좀 봐주라, 젠장."

"나 때문일 수도 있어요." 헤이즐이 어쩔 수 없다는 듯이 털어놓았다. "내가 타고 있던 배가, 내가 막 구명정으로 탈출한 후 순양함 한 대를 들이받았거든요. 그들이 추락하면서 구조신호를 보냈을 수도 있어요."

"정말 고맙군." 오언이 말했다. "또 감춰둔 아름다운 진실이 있소?

아니오, 나중에 들읍시다. 오즈, 보호막을 치고 동력이 안정되는 즉시 도약해. 그런데 저들이 왜 아직 발포하지 않는 거지……?"

"아마 이미 배를 한 대 잃었기 때문에 매우 조심하는 것일 수도 있습니다." AI가 말했다. "그런 일은 그렇게 자주 일어나는 게 아니니까요. 그들이 우리와 교신을 원하는군요. 응답할까요?"

"손해 볼 것 없지. 거짓말이나 실컷 해줘."

"이 배는 저들의 화력을 견딜 수 없어요." 헤이즐이 말했다. "그리고 일단 저들이 발포하면 빠져나갈 방도도 없고요."

"꼭 그렇지는 않소." 오언이 대답했다. "이 배는 새로운 종류의 스타드라이브를 장착하고 있어서 아주 강력하고 정말 빠르오."

"그런데 왜 그 말끝에 '하지만'이라는 말이 따라붙을 것 같은 강한 예감이 들죠?"

"하지만 아직…… 테스트가 좀 덜 됐소. 아직 이걸 써본 사람이 많지 않아서 결함이 완벽하게 제거되지 않았을 가능성을 배제할 수 없소. 늘 장거리여행으로 테스트해볼 생각이었는데 일이 계속 생기는 바람에 시간이 없었소. 그러니까 요는 상황이 내 발목을 잡았다는 거요."

"훌륭하군요." 헤이즐이 대꾸했다. "정말 훌륭해요. 만약 내 뱃속에 뭔가 남아 있었다면 아마 속이 메슥거렸을 거예요."

"모든 준비가 완료됐습니다, 오언." AI가 말했다. "또는 완료되었을 걸로 추정됩니다. 동력 상승했고, 모든 테스트 이상 없습니다. 제가 머리를 쥐어짜내 두 순양함에 거짓말을 둘러대고 있는데 그들은 별로 들을 기분이 아닌 것 같습니다. 이제 두 척 다 발포범위 내에 있습니다. 출발할 때입니다. 머뭇거릴 여유가 없어요, 오언."

두 척의 순양함이 선스트라이더를 향해 발포하자 화면은 빛으로 가득 찼다. 오언과 헤이즐은 본능적으로 움찔했다.

"여기서 떠나자, 오즈." 오언이 말했다. "미스트월드로 간다."

"신이 우리에게 행운을 내려주시기를!" 헤이즐이 말했다. "왜냐하면 우리에겐 행운이 정말 필요하니까."

선스트라이더 호는 초공간으로 사라졌고, 두 대의 순양함만 비리몬드 행성의 궤도에 남겨졌다.

패션, 편집증, 그리고 엘프

제국궁전은 제국의 본고장인 골고다 행성의 중심부 깊숙이에 있다. 권력이 모이고 운명이 결정되는 핵심부. 궁전은 워낙 깊숙한 지하에 감추어져 있어서 대규모 함대가 와서 폭격을 퍼붓는다 해도 끄떡없을 정도다. 궁전은 지열을 채집해 동력으로 사용한다. 지상에는 엘리트, 귀족, 재력가들의 기묘한 타워들과 파스텔 톤의 시가지가 펼쳐져 있다. 그 아래에 장미의 뿌리에 자리 잡은 암 덩어리처럼 지름 2.4킬로미터에 달하는 거대한 철제 벙커가 있는데 바로 그곳이 라이언스톤 14세의 집이자 요새다. 벙커 안에는 다시 겹겹이 둘러쳐진 최첨단 경비장치 속에 번쩍이는 철과 황동으로 지어진 궁전이 들어서 있고 그곳으로 제국 전체가 지배자에게 경의를 표하기 위해 몰려온다. 여제는 명예와 의무, 법과 정의의 화신이고 그녀의 속삭임은 천둥보다 크고 훨씬 멀리까지 울려 퍼진다.

완벽과 신성의 라이언스톤 14세는 경배되고 숭앙받아야 하지만, 철의 쌍년으로 알려져 있기도 하다. 그녀의 침전은 벙커의 한가운데에 있고 겹겹이 둘러친 경호대의 삼엄한 보호를 받고 있다. 경호대는 항상 깨어 있다. 여제는 적이 많다. 하지만 그녀는 오히려 그것을 즐긴다. 사랑은 흘러가고 명예는 퇴색하지만 공포는 영원하다. 라이언스톤은 오랜 계보를 잇고 있으며, 그녀의 대에서 계보를 끝낼 생각은 추호도 없다. 그녀가 혼자 머물 수 있는 유일한 공간인 침전은 수많은 행성에서 온 형형색색의 실크와 장미로 장식되어 있다. 공기는 미묘하고 매혹적인 향기를 품고 있는데 면역되지 않은 사람에게는 치명적이다.

이 모든 것의 중심에서 라이언스톤은 전신거울을 앞에 둔 변기에 앉아 외과수술로 개조된 시녀들의 시중을 받고 있었다. 시녀들은 수많은 나비처럼 사뿐거리며 여제를 둘러싸고 궁정에서의 공식접견을 위해 여제가 갑옷과 모피를 입는 것을 거들었다. 라이언스톤은 거울에 비친 자신의 모습을 보고 얼굴을 찌푸렸다. 그녀의 권세는 많은 것을 굴복시켰지만 전통만은 예외였다. 그래서 시녀들이 그녀를 공식의전 복장으로 휘감는 것을 감내할 수밖에 없었다. 시녀들이 방해가 되거나 또는 괜히 기분이 안 좋으면 시녀들을 발로 차기도 하고 따귀를 올려붙이기도 했다. 여제는 치장을 마치고 거울에 자신의 완벽한 얼굴을 비춰보았다.

라이언스톤 14세는 마르고 키가 커서 시녀들보다 머리통 하나는 더 커 보였다. 얼굴은 매력적으로 창백했지만 유행에 따른 색조화장을 한 것은 아니었다. 그녀는 화장에 취미가 없었고 중요하게 생각하지도 않았다. 자신의 본래 모습으로부터 궁정 사람들의 주의를 분산

84

시킬 수도 있는 화장이나 장신구 따위에는 아예 관심을 두지 않았다. 그녀의 얼굴은 길고 갸름한 편이었고, 입은 길게 찢어지고 두 눈은 푸르고 빛났으며, 창백한 금발은 쪽을 지어 머리 위에 얹었다. 등은 꼿꼿했고 머리는 치켜세웠으며 시선은 백 미터 밖도 얼려버릴 만큼 차가웠다. 그녀는 아름다웠다. 모든 사람들이 그렇게 말했다.

시녀들이 주변을 나풀거리며 주름을 고치고 깃을 세워주었다. 그들의 손은 항상 움직이고 있었으며 손놀림은 가벼웠지만 정확했다. 라이언스톤은 시녀들을 전적으로 신뢰했다. 새로운 시녀를 들일 때마다 개소과정을 직접 감독했다. 시녀들에게 말을 거는 법은 없었다. 대화는 물론이고 사소한 의견도 묻지 않았다. 시녀들은 말할 방법이 없었다. 그녀가 시녀들의 혀를 잘라내 영원히 말하지 못하도록 만들었기 때문이다. 또한 눈을 멀게 하고 귀를 먹게 해 시녀들은 오직 인공신경센서로만 세상을 느낄 수 있었다. 누구라도 여제의 가장 사적이고 무방비 상태의 순간에 대해 안다는 것은 적절치 못하고 안전상으로도 문제를 일으킬 수 있기 때문이다. 따라서 여제의 예비시녀들은 자연이 준 감각신경을 모두 제거당하고 더 완벽하고 통제하기 쉬운 인공시스템을 부여받아야 했다.

여제를 가까이서 모신다는 것은 굉장한 영광으로 여겨져야 했으므로 상류층에서 하류층까지 많은 자원자들이 있었다. 하지만 여제는 그들 중에서 시녀를 선발하지 않았다. 그 점은 형식적인 자원자들에게도 매우 다행스러운 일이었다. 시녀들은 항상 반란자나 채무자, 또는 수배자 중에서 선발되었다. 그리고 단지 여제의 호의에서 멀어진 사람들도 포함되었다. 여제는 그들의 마음을 모두 태워 없애버리고 재프로그래밍해 한때 감히 그녀에게 대항했던 사람들을 가장 충실한 노예로 바꿔버리는 것이었다. 그녀는 이를 무척 즐겼다.

그녀는 그들에게 다른 짓도 했다. 하지만 아무도 그것에 대해 말하지 않았다. 적어도 누군가 듣고 있을 때는 절대 말하지 않았다.

라이언스톤은 시중드는 시녀가 마지막 손질을 하는 동안 긴 손톱의 손가락으로 의자의 팔걸이를 초조하게 두드렸다. 그녀는 통 다이아몬드를 깎아 만든 삐쭉삐쭉한 모양의 커다란 왕관이 머리에 씌워지자마자 급히 일어나서 손짓으로 시녀들을 물리쳤다. 그리고 거울에 자신의 모습을 비춰보았다. 거울 속 얼굴이 만족스러운 듯 고개를 끄덕였다. 갑옷은 목에서 발끝까지 편안하게 몸에 맞았으며 두툼하고 화려한 모피로 가려지지 않은 부분만이 둔탁하게 빛을 발했다. 전통에 따라 그녀의 얼굴만은 노출되었다. 오랜 기간에 걸친 복제의 폐해 때문에 제국은 누가 그들을 다스리고 있는지에 대해서만큼은 분명히 확인하고 싶어 했다.

그녀의 갑옷 속에는 또 다른 안전장치들이 내장되어 있었다. 그녀는 개인용 컴퓨터 임플란트가 눈앞에 체크리스트를 보여주자 신속하게 점검했다. 모든 점검을 마치고 확신이 서자 마지막으로 거울을 한번 더 들여다보고 내실을 떠나 성큼성큼 걸어갔다. 시녀들이 뒤를 따랐다. 시녀들은 재빨리 여제를 따라잡아 그녀 주위에 보호대열을 형성했다. 그들의 인공신경시스템은 어떤 종류의 위협이나 불경의 징후에도 서슴없이 경보를 발했다. 그들은 여제의 경호원이자 시종이었으며 자나 깨나 여제 곁을 떠나는 법이 없었다.

내실 밖에는 한 무리의 군중이 복도를 꽉 메운 채 언제나처럼 여제의 주의를 끌기 위해 필사적이었다. 비서관, 군사무관, 수많은 당파와 단체의 로비스트 등 모두 여제의 승인 없이는 진행될 수 없는 일들에 대한 결정을 기다리고 있었다. 라이언스톤이 걸어가는 동안 그들은 그녀에게 몰려들어 아우성쳐댔다. 시녀들은 그들이 너무 가까이 접근하지 못하도록 막았다. 탄원자들은 아무리 절실해도 시녀들을 자극해서는 안 된다는 사실을 잘 알고 있었다. 여제는 군중을 무시하는 듯 보였지만, 계속 한 명씩 대면하며 그래, 아니야, 나중에를 내뱉고 있었다. 정말 중요한 사안은 적절한 절차를 거쳐 올라와야 하겠지만⋯⋯ 적절한 절차라는 것은 금력이나 권력에 의해 어떤 식으로든 굴절될 수밖에 없었다. 라이언스톤은 직접 대면하는 것을 더욱 신뢰했다.

그들은 마침내 복도 끝의 전용 엘리베이터 앞에 도달했고 라이언스톤은 손을 내저어 군중을 물렸다. 대부분은 즉시 물러섰고 그러지 못한 몇몇은 시녀들이 매서운 눈초리로 쏘아보자 기겁하며 뒷걸음질 쳤다. 라이언스톤은 엘리베이터가 도착하기를 기다리며 문을 뚫어져라 쳐다보았다. 접견에 늦기 일보직전이었고, 그것은 절대로 있을 수 없는 일이었다. 물론 늦더라도 아무도 군말을 할 수 없다. 늦건 말건 그것은 그녀의 선택이고 다른 사람이 간섭할 영역이 아니기 때문이다. 하지만 여제가 게을러지고 실수를 저지른다는 소문이 조용히 퍼져나갈 것이고 그러면 암살자를 고용한 자들의 구미를 자극하게 될 것이다.

엘리베이터 문이 열리며 차임벨이 울리자 그녀는 생각에서 깨어났다. 시녀들이 먼저 자신들의 강화된 감각으로 엘리베이터에 이상이 없음을 확인하고 여제를 안으로 모신 후 뒤따라 올랐다. 복도의 군중이 허리 숙여 절하는 사이 엘리베이터 문이 닫혔다. 엘리베이터는 벙커의 중심에서 궁정 업무가 진행되는 바깥쪽으로 빠른 속도로 상승했다. 라이언스톤은 천천히 미소 지었다. 만약 남자 시종이 그 미소를 보았다면 그가 그날 바로 다른 어딘가로 불려갈 것이라는 것을 의미하는 미소였다.

골고다 행성에서 궁전으로 통하는 유일한 길은 황궁 컴퓨터에 의해 직접 통제되는 지하철뿐이다. 기차는 매우 빠르고 편안했으며 사고위험도 없었다. 하지만 사람들은 그 기차를 좋아하지 않았다. 유력인사들은 자신의 안전에 대한 통제권을 다른 사람에게 넘긴다는 생각에 불편해했고 적응하기도 어려워했다. 하지만 다른 모든 사안들과 마찬가지로 일단 여제와 관련된 일이라면 그들에게 선택권은 없었다. 그녀의 안전이 항상 최우선이었다. 그래서 황궁기차에 발을 올리는 순간 그들의 목숨은 말 그대로 여제의 손에 달려 있음을 그들은 알고 있었다. 라이언스톤은 가끔 자기 마음을 상하게 한 사람들을 처리하는 손쉬운 수단으로 이 기차를 이용했다. 황궁 컴퓨터에 은밀한 명령을 내리면 기차는 도중에 멈추고 문이 잠기며 창문 위로 철제 셔터가 내려진 다음 객실 내에 치명적인 가스가 가득 차는 것이다. 아예 가스분사구가 눈에 띄게 노출되어 있었다.

제이콥 울프 경은 분사구를 노려보다가 시선을 돌렸다. 이미 익숙해졌기 때문에 더 중요한 문제를 걱정하기 위해서였다. 여제의 성격을 감안한다 하더라도 그녀가 불과 한 시간 전에 갑작스럽게 궁정회의 소집을 통보하고 의제도 알리지 않았다는 것은 매우 중대하고 긴급한 일이 발생했음을 의미했다. 또 다른 반역자, 아마도 모든 신하들이 참관해야 할 만큼 비중 있는 지위의 반역자를 색출했기 때문에, 동요 가능성이 있는 사람들에게 그녀가 직접 심문하고 처형함으로써 본보기를 보이기 위해서일지 모른다. 라이언스톤은 시범 케이스를 만들어

자기의지를 확고히 드러내는 것을 즐겼다. 그리고 반역자들은 언제나 있었다. 그럴 때마다 매번 참석한 신하들은 도대체 총알이 몇 개나 남았는지조차 모르면서 러시안룰렛을 해야 하는 사람 꼴이 되어야 했다.

하지만 반역자가 유력 인사라면 어떤 식으로든 그가 미리 알았을 것이다. 모든 영주가 그러하듯 울프도 영주 직을 유지하기 위해 다양한 정보조직을 관리하고 있었기 때문이다.

궁정회의에 꼭 직접 참석할 필요는 없다. 홀로그램 영상을 보낼 수도 있다. 현대기술의 도움으로 상류층은 사건현장이 어디건 참석하면서도 사건에 영향 받지 않을 수 있는 길이 열린 것이다. 하지만 전통과 법에 따라 직접 참석한 사람만 여제에게 진언할 수 있었다. 그러므로 궁정에서 목소리를 내고 싶다면 그곳에 가야 한다. 그리고 사실 궁정에 홀로그램으로 나타나는 사람은 오히려 위험을 감수하려는 간 큰 사람이다. 왜냐하면 영주가 여제를 믿지 않고 자기 안전을 우려해 직접 참석하지 않았다고 여제가 해석해 모독으로 받아들일 수도 있었기 때문이다. 그녀의 궁정에 대부분의 사람들이 직접 출석하기 때문에 그렇지 않은 사람은 금방 눈에 띌 것이다. 그런 이유로 제이콥 울프와 그의 아들 밸런타인은 경호원이나 아무런 무기 없이 별로 알고 싶지 않은 것들을 듣기 위해 궁정으로 가는 기차에 단둘이 앉아 있는 것이다.

제이콥 울프는 전문 검투사에게도 뒤지지 않을 만큼 넓은 어깨와 두터운 가슴을 지닌 황소 같은 인물이었다. 머리는 짧게 깎았으며 사십대의 얼굴을 유지하고 있었고 유행에는 전혀 신경 쓰지 않았다. 턱은 앞으로 튀어나왔고 눈동자는 검고 매서웠다. 그는 절대로 먼저 시선을 피하지 않는 것을 명예로 여겼다. 손은 망치처럼 크고 단단했으며 항상 주먹 쥔 상태였고 목소리는 맹수가 으르렁거리는 듯했다. 울프는 자신의 이미지를 위해 많은 숙고의 시간을 가졌고, 그 결과에 대해 꽤나 만족하는 편이었다. 사람들이 그를 보자마자 결코 가벼이 여길 인물이 아니라는 생각을 품기 때문이다.

울프의 나이는 103살이다. 그런데도 과학 덕분에 맞은편에 앉은 아들의 형뻘밖에 안 돼 보였다. 하지만 모르는 사람이 본다면 두 사람이 가족이라는 사실을 짐작조차 못 할 것이다. 밸런타인 울프는 키가 크고 호리호리했으며 온실의 꽃처럼 섬세했다. 그의 얼굴은 유행하는 핼쑥한 얼굴보다 더 길고 홀쭉했으며 두꺼운 흑발은 곱슬곱슬 어깨까지 늘어뜨려져 있었다. 진한 마스카라로 눈을 밝게 강조했으며 진홍색으로 칠한 미소로 인해 감정이 전혀 드러나지 않았다. 손은 예술가처럼 손가락이 갸름했고 느릿느릿하게 움직였지만 흥분할 때는 밤에 놀란 비둘기처럼 목 주위에서 퍼덕거리기도 했다.

밸런타인 울프는 세상에 알려진 모든 마약을 사용하는 것으로 궁정 안팎에 소문이 자자했다. 어떤 마약은 그가 특별히 조제하기도 했다. 그는 음지에서 입으로 피우고 코로 흡입하고 주사로 찌르는 모든 것을 했으며 마음에 들 경우 그 양을 두 배로 늘리기도 했다. 그가 좋아하지 않는 약물은 이 세상에 없다고 할 정도였다. 그를 알고 있는 모든 사람들에게는 그의 두뇌가 아직도 멀쩡하다는 사실이 신기할 지경이었지만, 사실은 오히려 마약의 음산한 기적에 의해 그의 마음은 더욱 예민하고 위험스러워졌다. 그는 지위에 필수적으로 따르는 많은 적들이 있었지만 그 모두를 가볍게 해치웠다. 그는 음모 게임에 연루되기 싫어했지만, 그런 게임을 즐기는 사람들에게 여전히 미묘하고 악의적인 영향력을 유지하고 있었다. 밸런타인이 온실의 꽃일지도 모르지만 가시에 독이 있는 것은 분명했다. 그는 은제 약함에서 알약을 꺼내 들고 목 옆 정맥 위에 대고 눌렀다. 그의 화장한 미소가 진홍색 상처처럼 벌어졌다. 그의 아버지는 불쾌한 듯 킁킁거렸다.

"그걸 꼭 지금 해야겠냐? 이제 곧 궁전에 도착할 테고 그러면 우리의 모든 지략을 모아야 할 텐데."

"그냥 긴장을 풀려는 것뿐이에요, 아버지." 밸런타인의 목소리는 조용하고 공손했지만 약간 나른했다. "휴식을 취하면 원기가 회복되지요. 제가 조금만 더 긴장하면 아마 신경이 녹아내릴지도 몰라요. 아버지는 왜 여제가, 여제 폐하 만세!, 이번에 우리를 부른 것 같습니까?"

"요즘 철의 쌍년이 무슨 일을 벌이는지 누가 알겠느냐? 지난 일주일간은 평상시의 한 달에 해당할 만큼 자주 이 망할 죽음의 기차에 올라타고 왔다 갔다 했다. 그녀는 지금 평소의 패턴에서 벗어나 있어. 그런데다가 내 소식통들마저 갑자기 사라지거나 개과천선해대고 있으니 원. 그놈들에게 몇 년씩 돈을 지불했는데 막상 필요할 때 나한테서 등을 돌리는 거야. 법정에서 한꺼번에 보상을 청구해봐야 머리를 좀 굴리려나. 머리를 굴린다는 내 말은 비유가 아니야. 어쨌든 그녀는 지금 뭔가를 꾸미고 있어. 영주들이 인정하지 않을 줄 뻔히 알고 있는 무언가를. 그래서 지금 그녀가 하고 있는 이런 일들은 모두 우리의 관심을 다른 곳으로 돌리고 우리를 분열시키려는 술수일 뿐이야. 한마디로 연막작전인 거지. 교묘한 손놀림. 하지만 뭘 숨기고 있는 걸까? 집중하거라, 얘야! 인정하기는 싫지만 넌 언젠가 날 대신해 가문의 수장자리를 이어야 하는데, 내가 널 준비시키는 데 게을렀다는 소리는 듣고 싶지 않구나."

"아버지, 아직 멀었어요." 밸런타인이 말했다. 아주 주의해서 듣지 않으면 그의 목소리에 빈정거림이 묻어 있다는 것을 느낄 수 없었을 것이다. "아버지는 저를 위해 많은 걸 해주셨는데 제가 감사를 표한 적이 없지요. 저한테 지력을 북돋우고 마음을 해방시켜주는 약이 좀 있는데 한번 써보실래요?"

"됐다. 똑똑해지기 위해 약 따위를 쓸 필요는 없어. 네가 얼마나 똑똑한지 한번 보자. 철의 쌍년이 이번에는 왜 우리를 보자고 하는 것 같으냐?"

밸런타인은 소매에서 꽃을 한 송이 꺼냈다. 긴 줄기에는 뻣뻣한 가시가 돋았으며 두껍고 흐느적거리는 꽃잎은 밤처럼 어두운 색이었다. 그는 감상하듯 꽃에 코를 대고 킁킁거리다가 가지런한 치아로 꽃잎을 한 장 깨물어 떼어냈다. 그리고 맛을 음미하며 천천히 꽃잎을 씹어 먹었다.

"폐하는 최근 제국 밖에서 적어도 우리와 동등한 기술 수준을 갖춘 두 종류의 외계종족이 발견되었다는 소식을 듣고 전전긍긍하고 있습니다. 하나만으로도 심각한 위협이 될 텐데 둘씩이나 나타났으니 폐하가 얼마나 심란하시겠습니까? 그리고 사이버세상에서 파괴적인 놀음을 일삼는 사이버생쥐들이 있고, 아시다시피 영향력을 사방으로 뻗쳐가고 있는 클론지하동맹도 있고, 아 엘프들도 잊으면 안 되지요. 그들의 작고 검은 심장에 축복이 있으라! 요즘 엘프들은 최근 몇 번의 성공적인 기습 때문인지 아주 건방져졌어요. 그리고 끊임없이 벌어지는 궁중암투에 모략과 음모 등등. 언젠가는 궁에서 기침을 하거나 귀를 긁적이지도 못하게 될 겁니다. 누군가 그걸 폭력 행위의 시작신호로 여길지도 모르니까요. 이런 것은 저한테 듣지 않아도 이미 다 알고 계시잖습니까, 아버지?"

울프는 거의 눈치 채지 못할 정도로 짧게 미소 지었다. "그래, 적어도 관심은 두고 있었구나. 옳은 판단이다. 그런데 넌 누구를 지목하느냐? 여제와 우리에게 진짜 위험이 어디에 도사리고 있다고 생각하느냐?"

밸런타인은 또 한 장의 꽃잎을 씹으며 생각에 잠겼다. 그의 창백한 뺨 위에 마치 잘못 칠해진 루주처럼 밝은 점이 반짝였다. 그의 검은 눈은 많은 것을 본다. "아직 외계인은 우리 폐하를 심려시키기에는 너무 멀리 떨어져 있습니다. 아마 우리는 두 외계종족을 서로 소개시켜준 후 잠시 물러서서 그들끼리 싸우고 결판내기를 기다릴 수도 있겠지요. 사이버생쥐들은 수가 너무 적어서 가끔 성가신 존재일 뿐이고 클론지하동맹은 정치적 실세로 나서기엔 자금력이 부족합니다. 그리고 최근 며칠간 엘프는 너무 잠잠하고요. 분명 오래가지는 않겠지요. 하지만 우리 폐하가 갑작스러운 소집령을 내릴 만큼 심각한 일을 최근에 그들이 저지른 적이 없다는 점을 지적해야겠군요. 제가 우려하는 것은 그런 것보다 단순한 일입니다. 라이언스톤 폐하가 고위층의 누군가를 현행범으로 붙잡거나 현장을 발각해 지극히 불쾌한 가르침을 그에게 내리면서 우리도 참관해 교훈을 얻게 하려는 것이겠지요. 무자비한 여인이여, 우리 고통의 숙녀여, 철의 쌍년이여!"

제이콥 울프는 천천히 고개를 끄덕이며 근육의 긴장을 풀었다. "좋아. 아마 그럴 거야. 우리 귀족 중 하나가 작살나고, 그녀는 우리에게 그것을 목격하게 해 제국의 진정한 힘이 어디에 있는지 상기시키고 싶은 거야. 새로울 게 없지. 단 한 가지만 제외하고는 말이야. 도대체 이번 희생자가 누가 될지 감도 못 잡겠단 말이지. 그게 이상한 점이야. 보통은 소문이 돌고 내 첩자들이 그걸 듣게 되는데 말이지. 그러니까 궁에 도착하면 조심하도록 해. 입 다물고, 핏속에 쓸데없는 것들

집어넣지 말고 나만 따라다녀."

"물론이지요, 아버지." 밸런타인은 마지막 꽃잎을 다 먹고 나서 가시에 개의치 않고 줄기를 질겅거리기 시작했다. 그가 미소를 짓자 침과 뒤섞인 엷은 핏물이 턱으로 흘러내렸고, 제이콥 울프는 외면해버렸다.

제국궁전의 연회장은 이름에 걸맞게 규모가 대단해 다른 궁전들을 무색하게 할 정도였다. 번쩍이는 철과 동으로 지어진 넓은 방은 시력이 닿지 않을 만큼 사방으로 넓게 뻗어 있었으며 군데군데 정교하게 조각된 금과 은의 기둥만이 가끔 시야를 가로막았다. 기둥은 일정한 간격으로 세워져 있었는데 시각적 효과를 위한 것 이상이 아니었다. 하지만 운집한 군중은 한쪽 벽면에서 반대쪽 벽면까지 연회장을 가득 메우고 있었다. 유력한 사람이거나 또는 스스로 그렇다고 생각하는 사람들은 여제가 집회를 열 때면 모두 다 궁전으로 와서 참석했다. 그들은 모여서 악수하며 우의를 다지기도 했고, 반대로 서로를 윽박지르기도 했으며, 가문들끼리 협정을 맺거나 사업계약을 체결하기도 했다. 또한 제국 전역의 수조(兆)의 사람들이 홀로그램 화면을 통해 지켜보는 현장에 단지 얼굴을 내비치기 위해 온 사람들도 있었다. 가발을 쓴 시종들이 갖가지 음식과 음료를 제공했다. 그러나 막상 먹는 사람은 거의 없었다. 여제를 기다리며 오늘은 그녀가 어떤 기분일지 궁금해서 먹는 일에는 관심이 없었던 것이다. 그리고 라이언스톤은 악취미가 있어서 음식에 장난치는 일도 가끔 있었다.

모든 가문이 참석했다. 가문은 귀족정치의 노른자위였다. 그들은 원수 가문이나 지체가 낮은 인물들과는 멀찌감치 떨어져 자리 잡았다. 모든 가문은 적어도 하나 이상의 다른 가문과 척을 지고 있었다. 이는 장려되기도 했다. 한쪽에는 홀로그램들이 서서 공손히 인사를 주고받았다. 이따금 보안상의 이유로 신호가 교란되어 영상이 지글거리기도 했다. 법과 관습에 따라, 발언하거나 자신들에게 주의를 끄는 행위가 금지되었기 때문에 그들은 그저 파티장의 유령처럼 멋진 신사와 숙녀들 사이를 배회할 뿐이었다.

가문들은 기다리면서 조용히 서로 대화를 나누었다. 지원과 지지를 요청하기도 하고 단순히 최근의 소문들에 대해 한담을 나누기도 했다. 라이언스톤의 궁정에서는 아는 게 힘이었다. 그것이 비록 어느 방향으로 몸을 숙일지 점쳐보는 데 도움이 되는 정도에 불과할지라도. 모든 사람들이 서로를 곧 있을 접견행사의 희생자 후보로 의심해보고 죽어가는 사람 위를 맴도는 독수리처럼 은밀히 여기저기 둘러보면서 어디에서 약자의 징후가 포착되는지 살피느라 여념이 없었다. 물론 그것을 공개적으로 떠드는 사람은 없었다. 그럴 수는 없는 일이었다.

중무장한 경비대가 자줏빛 갑옷과 마스크를 뽐내며 여기저기 서 있었다. 아무도 그들에게 주의를 기울이지 않았다. 가문들은 감시당하고 있다는 사실을 잘 알고 있었으며 경비대는 그중 눈에 드러나는 부분에 불과했다. 경비대가 그곳에 있는 주된 이유는 원수진 가문들 사이에 평화를 유지하는 것이었다. 모든 가문은 어떤 종류의 무기도 휴대할 수 없었지만 말싸움이 자칫 과열되면 주먹다짐이 오가기도 했다. 그럴 경우 경비대가 가혹하게 개입해 질서를 회복시키는 것이다. 하급신분의 경비대가 영주들을 손볼 기회는 좀처럼 드물었으므로 그들은 기회가 포착되면 마음껏 즐겼다. 그래서 경비대는 감시의 눈초리로 기회를 노리고 있었고, 그 때문에 울프는 캠벨 가(家)에게서 멀찍이 떨어져 있었다. 그리고 캠벨은 슈렉 가에게서 등등. 공개적으로 폭력을 행사하는 것은 결국 바보 같은 짓이었다.

크로포드 캠벨 경은 가문의 수장이었다. 빛나는 눈동자와 환한 미소로 마치 상어가 작은 물고기 떼 사이를 유유히 헤엄치듯 가문들 사이를 느리게 누비고 다녔다. 그는 평균적인 키나 몸무게에 좀 못 미쳤지만 괘념치 않았다. 캠벨 가는 항상 한 사람의 위대함은 그의 다양한 기호에서 확인할 수 있다는 신조를 가지고 있었고, 크로포드 캠벨은 방종함으로 유명했다. 그는 백 살이 훌쩍 넘은 나이지만 현대과학의 도움으로 얼굴은 팽팽하고 마치 어린아이처럼 잡티 하나 없었다. 그리고 나이를 포함해 그 무엇도 그의 지력을 떨어뜨릴 수 없어서 그는 여전히 면도날처럼 날카롭고 음흉했다. 캠벨 가가 현재 궁정에서 최고의 지위를 누리고 있었다. 그 이유 중 적지 않은 부분은 방해가 되는 많은 세력들을 효과적으로 제거했다는 데 있었다. 물론 누구도 그것을 증명해 보일 수는 없었지만 말이다. 관습과 의례는 준수되어야 했다. 캠벨이 지나갈 때 사람들은 예의바르게 고개를 숙였고 길을 비켜주었다. 그는 당연하게 받아들였다. 그리고 가끔 뒤에서 하급영주나 그 부인이 안색을 바꾸어도 개의치 않았다. 그저 신경 쓸 필요가 없었던 것이다.

그의 옆, 때로는 뒤를 따르는 팔색조 같은 인물이 크로포드의 장남이자 상속인인 핀레이 캠벨이었다. 그는 항상 원색의 실크 옷을 입고 최신의 유행을 뽐냈다. 키가 크고 우아하며 잘 닦인 긴 부츠에서부터 벨벳 모자까지 뛰어난 패션 감각을 과시했으며, 영주와 부인들 사이를 활보하며 미소 짓고 고개를 끄덕이고 공손하게 중얼거리며 최대한 자신을 알리기 위해 애썼다. 그의 얼굴을 가면처럼 뒤덮은 화장 아래 진짜 얼굴도 역시 잘생겼을지 모른다. 하지만 그것을 알기란 거의 불가능했다. 현재 유행하는 스타일은 은빛으로 이글거리는 형광성 피부와, 취향에 따른 금속으로 모든 가닥을 코팅해 어깨까지 늘어뜨리는 금속성 머리카락이었다. 그는 커터웨이 프록코트를 걸쳐 몸매를 뽐냈고 필요도 없는 코안경을 걸쳤다. 그가 취하는 모든 자세는 우아함과 스타일의 표본이 되었다.

핀레이 캠벨은 멋쟁이였다. 항상 검을 차고 다녔지만 패션일 뿐 흥분해 검을 빼는 적은 한 번도 없었다. 물론 누군가가 그에게 갈을 겨눈 적도 없었다. 그는 어쨌든 캠벨 가이고 캠벨 가를 건드렸을 때 어떻게 될지는 아무도 모르기 때문이었다.

그의 아버지는 더 이상 그를 꾸짖지 않았다. 소용이 없었기 때문이다. 그러나 자기 씨를 받아 태어난 그 몽상시인에 대한 공공연한 경멸만큼은 숨기지 않았다. 그럼에도 불구하고 핀레이를 상대로 음모를 꾸미는 사람은 없었다. 크로포드 캠벨이 핀레이든 음모를 꾸민 자든 둘 모두를 엄중하게 다루었고 가문의 이름에 대한 모욕은 결코 참지 않았기 때문이다.

크로포드 캠벨은 대중을 능수능란하게 다루었다. 자기 자신이나 여제와 우호적인 사람들과는 인사를 나누면서도 그밖에 다른 사람들은 오만한 경멸로 외면해버렸다. 그의 움직임이 무작위적인 듯해 보여도 사실은 군사적인 정확성으로 방을 사등분해 돌아다니면서 중요한 사람들을 모두 만나고 그들의 얼굴과 지위를 기억 속에 똑똑히 새겨 넣고 있었다. 누가 궁정에 참석했고 누가 불참했으며 누가 자기 위치에 홀로그램을 보냈는지 아는 것은 매우 중요했다. 라이언스톤 궁정의 전쟁 같은 정치에서 아는 것은 정말로 모든 것을 의미했다. 캠벨은 그런 정치를 좋아했다. 겁쟁이와 허약자들을 제거하기 위해서는 품위 있는 야만이 도움이 된다. 친숙하지만 좀처럼 보기 어려웠던 얼굴에 시선이 닿자 그의 얼굴이 갑자기 밝아졌다. 그는 군중이 뒤로 물러설 시간을 허락하면서 경쾌하게 그들을 지나쳐 한 사람에게로 다가갔다.

"서머아일, 나의 벗이여." 그는 평상시의 으르렁거리는 목소리를 짐짓 누르고 별스러운 다정함을 담아 말했다. "항상 그렇지만 자네를 만나니 무척 반갑구먼. 여기는 도대체 무슨 일인가?"

로더릭 서머아일 경은 격식에 따른 예를 취했다. 현재의 유행에 반해 그는 주름진 얼굴과 짙은 백발로 자기 나이를 그대로 드러내고 있었다. 하지만 여전히 등은 곧았으며 머리를 똑바로 세우고 있었다. 서머아일은 현재의 궁정을 싫어했고 궁정도 역시 그를 싫어했다. 그래서 그는 공식행사에 거의 모습을 드러내지 않았던 것이다. 그는 이미 금지된 선대 황제 때의 공식복장을 갖춰 입고 있었다. 하지만 아무도 그것에 대해 시비 걸지 않았다. 서머아일은 왕년에 최고의 검술가였고 누구도 그의 시대가 끝났다고 장담할 수 없었기 때문이다. 그는 캠벨에게 억지웃음을 지어 보이며 내민 손을 잡았다.

"캠벨, 자네는 여전히 명예를 모르는 것 같구먼. 여전히 총애받고 있나? 물론이겠지. 바보 같은 질문이었어. 내가 마지막으로 궁정에 참석해야 했던 때로부터 벌써 몇 년이나 흘렀구먼. 하지만 여전히 변한 것이 없어. 미덕은 인정받지 못하고 시정잡배들이 높은 지위에 올라 있으니 말이야."

캠벨은 싱긋 웃었다. "자네는 날 좋아한 적이 없지, 서머아일. 우리가 친구라는 건 행운이야. 그렇지 않았다면 벌써 서로를 죽여버렸을 테니."

"글쎄." 서머아일이 정색을 하고 말했다. "자네가 그렇게 검술에 뛰어난 적이 있었던가?"

캠벨이 갑자기 너털웃음을 터뜨리자 가까이서 엿듣고 있던 사람들이 황급히 뒤로 물러났다. 캠벨의 유머감각은 분노보다 위험하다고 사람들은 자주 말했고 또 대개 그렇게 믿고 있었다. 캠벨과 서머아일은 태어날 때부터 앙숙이었지만 오랜 세월을 지내오면서 가문의 이유 때문에 동맹자를 시시하는 것보다 경외하는 적을 좋아하는 것이 더 쉽다는 놀라운 사실을 알게 되었다. 악당과 정직한 사람으로 서로의 차이가 분명하지만 그렇기 때문에 더욱 굳건히 맺어질 수 있는 친구가 되었던 것이다. 캠벨은 서머아일을 진지하게 쳐다보며 조금 더 가까이 다가섰다.

"요즘 같은 시기에 왜 여기 나타났나? 자네가 정치는 나 같은 무뢰배에게나 어울리는 것이라고 결론 낸 줄 알았는데."

"이 궁정에 대한 내 생각에는 추호도 변함이 없네. 자네가 살아 있는 게 그 증거지, 캠벨. 자네가 지금 위치에 오르기 위해 얼마나 많은 훌륭한 사람들을 짓밟았는가?"

"몇 명인지 세다 포기했지. 두뇌용량이 모자라더군."

서머아일은 천천히 고개를 가로저었다. "자네는 내가 이 궁정에서 경멸하는 모든 것일세. 그리고 나는 자네가 살해와 속임수로 점철된 오랜 경력에서 짓밟고자 했던 모든 것이고. 도대체 우리가 무슨 공통점이 있겠나?"

캠벨은 다시 한 번 너털웃음을 터뜨렸다. "적들은 당연히 죽어야지. 우리는 우리를 살해하려는 모든 자들을 먼저 죽임으로써 여태껏 살아 있지 않나. 우리는 황제도 여럿 겪었고 제국은 백배나 확장되었네. 정치도당은 흥하고 망하고 사업도 성하고 쇠하지만 우리는 대항할 자 없고 저지할 자 없이 계속 나아가지. 우리가 서로가 아니면 누구와 대화를 나눌 수 있겠나, 우리가 본 것을 누가 보았겠는가, 우리가 싸운 것처럼 누가 싸우겠는가? 개인적으로 난 자네가 좋네. 자네는 누구에게도 비굴하지 않기 때문이지. 특히 나한테 말이야. 자넨 말이지 진실이 달갑지 않게 여겨지는 경우라도 그것을 소중하게 받아들이지. 내가 무슨 말을 하는지 알아듣겠나, 로드?"

서머아일은 짧게 웃었다. "자네는 항상 말이 많아, 크로포드. 아이들은 잘 지내나?"

"늘 그렇듯 목에 가시 같은 녀석들이지. 결국 다 출가시켜서 손자들을 얻었다네. 그것마저 빼면 전혀 쓸모없는 것들이었을 거야. 내가 장담컨대 핀레이는 패션에 대한 순수한 열정으로 자살하거나 순교자의 반열에 오를 거야. 가끔은 나도 정말 그렇게 돼버렸으면 좋겠다는 생각이 든다네. 그러면 더 이상 속상할 일도 없겠지. 그 녀석이 장남만 아니었다면 잠들었을 때 베개로 눌러 죽여버렸을 거야. 그 녀석 앞에 여섯 명이나 있었고 모두 훌륭한 아이들이었는데, 결투나 배신 그리고 여러 가지 정치적 이유로 살해되었지. 그 아이들을 모두 떠나보내고 핀레이가 장자로 남았어. 유전자검사만 아니었다면 내 마누라가 바람피웠다고 했을 걸세. 다른 녀석들은 더 엉망이야. 자네가 믿을지는 모르겠지만 말이야. 애들을 낳을수록 내 혈통이 묽어지는 느낌이야. 최소한 핀레이는 정신만은 그런대로 살아 있어. 잘 사용하지 않아서 문제이긴 하지만."

캠벨은 말을 멈추고 우울하게 서머아일을 쳐다보았다. 그의 목소리는 낮고 거칠어졌다. "자네 아들의 죽음에 대해 들었네. 그 결투를 하지 말았어야 했어. 그에게는 승산이 없었어."

"맞아." 서머아일이 말했다. "내 아들은 이길 수 없었지. 하지만 선택의 여지가 없었어. 명예가 중요했거든."

"자네, 아직 내 질문에 대답하지 않았네." 캠벨이 화제를 바꾸며 말했다. "자네는 수년 동안 스스로 망명생활을 해놓고 왜 새삼 궁정으로 돌아왔나?"

"어제 폐하가 자필로 쓴 개인 서신으로 나를 불렀네. 내가 만났으면 하는 사람이 있다고 말이야. 그걸 어떻게 거절하겠는가?"

"나 같으면 거절하겠네. 라이언스톤이 자네에게 개인적인 관심을 가질 때는 이름을 바꾸고 림을 향해 출발해야 할 때란 말일세." 캠벨은 조심스럽게 눈살을 찌푸렸다. "철의 쌍년이 자네에게 무엇을 원하던가?"

"말하지 않았네. 이 어전회의에 내가 출석할 필요가 있다고만 하더군. 상관없네. 내 마누라가 죽었고 내 아이들도 모두 죽었네. 나한테 남은 건 손자 키트뿐이야. 우린 사이가 좋지 않지. 그리고 나이가 들어서 무서울 것도 없어. 그래서 왔지. 여제 폐하의 충실한 신하로서 말이야."

캠벨의 너털웃음에 몇 명이 고개를 돌려보다가 금세 다시 외면했다. 그와 서머아일을 둘러싼 공간은 점점 넓어져갔다. "자네는 항상 황위에 충성했지 그 자리에 앉은 사람에게 충성을 바친 게 아니었어. 라이언스톤이 여섯 살 때 자기 보모를 칼로 찌른 이후로 그녀에 대해 좋은 말을 한 적이 없었던 걸로 기억하는데."

"나도 모르겠네." 서머아일이 말했다. "나는 라이언스톤에게 어울리는 아주 좋은 말을 알고 있지. 내가 너무 신사라서 그 말을 입에 담지는 못하지만 말일세." 그는 잠자코 캠벨의 웃음소리가 잦아들기를 기다렸다. "그녀의 아버지는 따를 수는 있어도 사랑하기에는 너무 강직한 사람이었지. 하지만 그의 가슴속은 제국의 안녕에 대한 걱정으로 가득하다는 것을 한시도 의심해본 적이 없네. 라이언스톤은 물불 가리지 않는 성격이고, 아무도 그녀를 견제하지도 않아. 그녀는 버르장머리 없는 계집일 뿐이야. 그런 종자가 황족에서 나오는 일은 그렇게 드물지는 않아. 하지만 그런 악독한 심성도 약간의 의무감으로 희석되기만 한다면 그냥 참아줄 만해지. 우리는 제국 황위의 여러 가지 숨겨진 뒷모습을 보아왔네, 크로포드. 하지만 라이언스톤 14세 치하의 제국은 정말 걱정스럽네."

"여기를 어서 빠져나가게, 로드." 캠벨이 조용히 속삭였다. "철의 쌍년이 자네에게 할 말이 무엇이 됐건 간에 우리 둘 다 별로 듣고 싶지 않은 소리일 거네. 좋지 않은 일이 생길 거야. 지금 떠나게. 할 수 있을 때 얼른."

"어디로 가란 말인가?" 서머아일이 조용히 말했다. "여제 폐하의 사냥개들이 조만간 찾아와 물어뜯지 않을 곳이 어디 있기라도 하단 말인가? 나는 과거에도 적에게서 도망친 적이 없네. 지금 새삼 새로운 것을 시작하고 싶지는 않아. 그녀는 죽이기 위해 날 불렀지. 알고 있어. 나는 생을 명예롭게 마치고 싶네. 황제 폐하의 충성스런 신하로서 말이야. 군주가 그런 충성을 받을 가치가 없다고 해도 말일세."

"아주 훌륭하군." 캠벨이 으르렁거렸다. "자네 묘비에 잘 어울릴 말이야. 그런데 그녀의 수고를 덜어줄 것까지는 없지 않은가?"

"의무라고 부르는 걸세, 크로포드. 들어는 봤겠지. 명예가 부를 때 남자는 당당히 나서야 해. 남자라면 말이야."

"마음대로 하게, 서머아일. 하지만 그걸 할 때 내 옆에 너무 가까이 붙어 있지는 말아주게."

그들은 서로 짧은 미소를 주고받다가 커다란 문이 열리는 것을 보고 고개를 돌렸다. 단조된 철로 만들어진 육중한 철문은 전혀 무게가 나가지 않는 듯 부드럽게 미끄러지며 열렸다. 긴 팡파르가 울려 퍼지고 사람들의 수다가 사그라지면서 라이언스톤 14세의 궁정 홀이 밝은 빛으로 가득 찼다. 사람들이 불꽃에 이끌리는 불나방처럼 여기저기로 쏠리며 웅성댔다.

처음에는 영주단이 입장했다. 여제의 이름으로 행성이나 회사, 군대를 다스리는 서열 백 번째까지의 가문 집단이었다. 그들은 제국에서 최고위층으로 여제의 신하로 임명된 고귀한 신분이었다. 최소한 이론상으로는 그랬다. 그들은 좌우를 돌아보지 않고 머리를 치켜세운 채 거대한 궁정 홀로 행진해 들어왔다. 사실 그들이 평상시와 달리 경호원이나 자문, 또는 아첨꾼 같은 수행원들 없이 움직인다는 것은 벌거벗고 있는 것과 마찬가지였다. 하지만 여제를 알현할 때 영주는 혼자 와야 하며 허리에 검도 착용할 수 없었다. 그것은 충성과 존경의 표시였다. 물론 솔직한 이유는 그들에 대한 여제의 불신임은 말할 나위도 없었다.

그들 뒤로는 250명의 의회의원들이 따랐다. 그들은 제국의 경제 세력을 대표했다. 전능한 돈의 권력과 영향력을. 왜냐하면 충분한 수입이 있는 사람들만 투표권을 행사할 수 있었기 때문이다. 귀족으로 태어나지 않았다면 의회에 진출하는 것이 권력의 중심으로 다가가는 유일한 길이었다. 의원과 영주가 만약 길에서 마주친다면 의원이 먼저 절해야 했다. 하지만 여제 앞에서는 서로 동등한 발언권을 누렸다. 만약 의회가 단결해 행동한다면 영주단을 개처럼 질질 끌고 다닐 수 있을지도 모르지만, 의회는 항상 여러 당파로 분열되어 있었고, 또 영주들이 분열을 조장하기 위해 은밀히 한 당파를 후원하기도 하고 가끔 큰 뇌물을 쓰기도 했다. 최근에 의회는 큰 폭으로 세금을 인상할 것이라는 우려 때문에 혼란에 빠져 있었다. 새로 발견된 외계인 두 종족의 잠재적 위협에 대처하기 위해 제국해군을 증강시킬 필요가 있었기 때문이다.

이론상으로 여제는 법과 관습에 의해 어떤 결정이든 의회와 영주단의 동의를 얻어야 했다. 하지만 실제로는 기분이 내킬 때는 듣는 시늉이라도 하지만 항상 결정은 혼자 내렸다. 라이언스톤은 군대의 지지를 업고 있었으며, 그런 한에서는 누구도 그녀에게 그녀가 원치 않는 것을 하도록 강요할 수 없었다. 이것이 바로 해군을 더 확장하고 강화하려는 프로젝트에 의회와 영주단이 전전긍긍하고 노심초사하는 이유였다. 몇몇 의원들이 새로운 외계종족의 존재를 믿지 않는다고 떠들고 다닌다는 소문이 있었지만 아직 누구도 그 같은 발언을 궁정에서는 고사하고 어떤 식으로든 공개적으로 내비친 적이 없었다.

하지만 라이언스톤의 입지도 예전처럼 강고하지만은 않았다. 작위를 물려받지 못한 많은 수의 귀족자제들이 군대로 진출해 경력을 쌓았고 그들의 지위가 높아짐에 따라 영향력도 커져갔다. 그래서 군도 과거처럼 여제의 확고부동한 지지 세력이라고 할 수는 없게 되었다.

이 모든 것이 시사하는 바는 궁정의 정치지형이 완전한 혼란에 빠졌고, 따라서 여제는 교묘한 조작정치와 카리스마로 난국을 헤쳐 나가야 한다는 것이었다.

의원 뒤로는 일군의 대중이 따랐다. 가문의 성원들, 정치식객들, 기업가와 장교들, 그리고 기타 뇌물을 바치거나 간청하거나 심지어는 초대장을 훔쳐서 입장한 사람들 등등. 제국궁정은 제국의 바퀴를 돌리는 정치적, 사회적 중심축이었기 때문에 누구나 그곳에 참석하고 싶어 안달했다. 궁정에 발을 들여놓을 수 없다면 별 볼일 없는 인간이었던 것이다.

그리고 마지막으로 그해 제국복권에 당첨된, 누추한 복장을 걸치고 세파에 찌든 얼굴을 한 십여 명의 평민들이 입장했다. 그들에게는 궁정을 방문해 여제에게 직접 구호의 손길이나 정의의 실현을 청원할 수 있는 권리가 주어졌다. 물론 정말로 궁정에서 목소리를 높이는 것은 매우 위험한 일이었다. 평민들은 그곳에 친구가 없기 때문에 차라리 여제가 그들을 발견하지 못하는 것이 나을 수도 있었다. 그녀의 정의감은 좋아봐야 변덕 이상이 아니었다. 물론 가끔은 싫어하는 귀족을 자극하기 위해 평민의 손을 들어주기도 했지만 말이다. 어쨌든 복권당첨자들은 단지 참관을 즐기는 것으로 만족하는 경향이 있었다. 어떤 사람은 일 년 내내 궁정에 있으면서 단 한 번도 질문을 하지 않은 경우도 있었다.

이번에는 궁정이 늪지대가 되었다. 뒤틀리고 옹이진 나무들 사이로 음습한 공기 중에 짙은 안개가 휘감아 돌고, 사방은 적어도 발목까지 빠지는 탁하고 냄새나는 물로 가득했다. 늘어진 나뭇가지에 얼기설기 널린 덩굴들은 물결에 잠겨 띠를 이루고, 공중에는 파리와 온갖 날벌레들이 가득했다. 사람들은 물을 첨벙거리며 늪을 헤쳐 나갔고, 진흙탕 깊은 곳 어디선가 도사리고 있을지도 모를 악어나 기타 불쾌한 것을 경계하기에 바빴다. 그것이 진짜 늪이 아니라고 해서 꼭 위험도 진짜가 아니라는 보장은 없었다.

그것은 대부분 홀로그램이었지만 물리적 현실과 구별할 수 없을 정도로 사실적이어서 사람들을 불편하게 만들었다. 라이언스톤은 자신의 궁정을 흥미롭게 만들고 싶어 했으나, 그녀의 기호는 잡스럽고 뒤틀린 것이었다. 전에는 궁정을 각각 사막, 극지방, 황무지, 도심 슬럼가로 꾸민 적이 있었다. 슬럼가는 정말로 위험스러운 것이었다. 모든 참석자들이 그 후 벼룩에 시달려야 했던 것이다. 사막은 가장 악독한 것이었다. 온통 모래투성이였고, 공기는 너무 뜨거워 숨쉬기조차 버거웠다. 그리고 더욱 생동감을 주기 위해 라이언스톤은 작은 금속 전갈을 모래 속에 숨겨놓았는데 그 침에는 신경독이 발라져 있었다. 하급영주 하나가 그걸 밟고 일주일 동안 사경을 헤맸는데 라이언스톤은 지금도 그때를 떠올릴 때마다 킥킥거린다는 소문이었다.

사람들은 소리 죽여 투덜거리며 무거운 발걸음을 옮겼다. 제국 전체가 그들이 당하는 고통을 지켜보고 있다는 생각에 더욱 부아가 치밀었다. 교묘하게 숨겨진 홀로그램 카메라 덕분에 아무리 가난하고 아무리 멀리 떨어져 있어도 모든 행성에서 궁정을 지켜볼 수 있었다. 영주와 의원들은 매년 그런 관습을 저지하겠다고 다짐했지만 결과는 늘 마찬가지였다. 누구도 그 많은 청중의 열망에 저항할 수 없었다.

안개 속 여기저기서 제국에 복속된 많은 외계종족의 형상들이 번쩍이는 은빛 동상으로 전시되어 있었다. 그 수가 워낙 많아 헤아릴 수조차 없었다. 누가 그 숫자에 관심이나 둘 것인가? 어떤 동상은 이미 멸종된 종족을 나타내기도 했다. 하지만 그것도 전혀 흥밋거리가 못 되었다. 결국 제국은 인간을 위한 인간의 제국이기 때문이다. 나이 든 사람들은 먼저 동상에 함정이 숨겨져 있지 않은지 살펴본 후 기대 서 숨을 돌리는 용도로 이용했다.

여제는 자신의 발이 물에 빠지지 않을 정도로 높게 세운, 검은 철 과 반짝이는 옥으로 만든 거대한 권좌에 느긋하게 앉아 있었다. 권좌 는 더 큰 체구의 사람을 위해 디자인된 것이 분명했지만 여제는 아주 편안해 보였다. 그녀의 주변으로는 안개가 범접하지 못했고 시원한 공기로 둘러쳐져 고요하고 아늑했다. 그녀는 냉정하고 위엄 있어 보 였으며 다이아몬드 왕관과 이의기 잘 어울려 완벽하게 황제다운 면 모를 과시했다. 그녀의 시녀들은 옥좌의 기단 옆 흙탕물 속에 보이지 않는 끈에 묶인 사냥개처럼 나신으로 잠긴 채 웅크리고 있었다.

사람들은 경의를 표함과 아울러 자신들의 안전을 위해서도 필요한 거리를 조심스레 유지하면서 천천히 권좌 주변으로 모여들어 여제에 게 읍했다. 그녀는 수백의 수그린 머리들을 내려다보면서 하품을 했 다. 사람들은 허리를 숙인 채 열기 속에서 땀을 뻘뻘 흘리며 여제의 하명을 기다리고 있었다. 언젠가 여제는 그들을 한 시간 동안이나 그 자세 그대로 붙잡아둔 적도 있었다. 마침내 그녀는 따분하다는 듯 손 을 흔들어 신호를 보냈다. 팡파르가 울려 퍼지고 사람들은 허리를 폈 다. 어떤 이들은 몰래 등 여기저기를 주물러대기도 했다. 하지만 불만 을 토로할 만큼 바보스러운 사람은 없었다. 시녀들을 한 번 쳐다보는 것만으로도 그런 마음은 깨끗이 사라질 터였다. 시녀들은 차마 인간 이라고 할 수 없는 표정 없는 얼굴에 깜빡임 없이 쏘아보는 곤충 같 은 인공눈을 갖고 있었다. 지칠 줄 모르고 사람들을 살폈으며 이따금 씩 손톱 아래 날카로운 금속 갈고리를 언제라도 사용 가능하다는 듯

내비치기도 했다.

그때 영주단 속에서 억눌린 비명소리가 울렸다. 그레고르 슈렉 경이 공포의 눈빛으로 시녀 중 하나를 쳐다보고 있었다. 그가 앞으로 다가가자 시녀들은 긴장했다. 슈렉의 가족들이 재빨리 그를 에워싸 저지하면서 귀에다 대고 무언가를 다급하게 속삭였다. 그는 마침내 시선을 돌릴 만큼 이성을 되찾았지만, 손과 입은 참을 수 없는 분노와 슬픔으로 부들부들 떨리고 있었다. 조용한 웅성임이 장중에 퍼져나갔다. 소문이 결국 사실로 드러난 것이다. 슈렉의 질녀가 한 달 전 돌연 자신의 아파트에서 사라져 소식이 끊겼다. 아무도 놀라지 않았다. 그녀가 이상한 사람들과 어울리고 있다는 것은 공공연한 비밀이었다. 역모의 소문이 돌았지만, 그건 항상 그래왔던 것이다. 그런데 그녀가 기억과 인격을 완전히 몰수당한 채 몸만 여제에게 봉사하는 시녀로 다시 나타난 것이다. 슈렉은 그녀를 알아보았다. 하지만 결국 아무 말도 하지 못했다. 할 수 있는 말이 아무것도 없었기 때문이다.

여제가 옥좌에서 몸을 앞으로 빼자 군중은 일순 조용해졌다. 그녀가 차분하고 또렷하고 고른 음성으로 말을 시작하자 궁정의 모든 사람들 귀에 분명하게 전달되었다. 사람들은 가끔 얼굴에 흐르는 땀을 실크로 문지르며 예의바르게 경청했다. 시녀들은 듣지 않았다. 그들은 볼 뿐이었다.

"충성스런 대신 여러분, 궁정에 오신 걸 환영하오. 현재 분위기를 즐기고 있으리라 믿소. 보통 인사와 예를 표하는 절차가 먼저겠지만 오늘은 생략합시다. 논의해야 할 중대한 문제가 있으니. 제국은 전례 없는 위협에 직면하고 있소. 다름 아니라 우리와 견줄 만한 기술 진보를 이룬 두 외계종족이 새롭게 출현한 것이오. 그들이 제국에 가하는 위협은 매우 현실적이고도 당면한 것이오. 그들은 언제라도 도발해올 수 있소. 그래서 과인은 우리 군대와 함대에 비상경계령을 내렸소. 이 비상시기 동안 모든 자원을 동원하고 모든 산업을 전시체제로 개편해야 할 것이오. 이는 물론 비용이 드는 일이기에 모든 세금을 칠 퍼센트씩 인상할 것이며 이는 즉시 발효될 것이오."

그녀는 말을 멈추고 의견을 제시해보라는 듯 좌중을 훑어보았다. 아무도 이의를 제기할 만큼 멍청한 사람은 없었다. 이미 화폐가 증발되고 있었다. 그들은 느낄 수 있었다. 라이언스톤은 우아하게 미소 지으며 말을 이었다.

"나쁜 뉴스만 있는 것은 아니오. 우리의 과학자들이 최근 완전히 새로운 차원의 스타드라이브를 완성했는데 우리가 아는 것보다 훨씬 강력하고 우수한 연비를 지닌 것이오. 곧 양산체제를 갖출 것이며 우리 함대의 모든 배에 탑재될 것이오."

그녀는 다시 기다렸다. 역시 대답이 없었다. 그렇지만 사람들의 무표정한 얼굴들 뒤로는 치열한 계산과 생각이 전개되고 있었다. 만약 이 새로운 드라이브가 여제의 말대로라면 기존의 드라이브들은 쓸모없는 것이 될 것이다. 이는 달리 말하면 여제의 군함들이 무적이 될 것임을 의미했다. 개인용 배들이 경쟁력을 갖추기 위해서는 모두 새로운 드라이브로 교체해야 할 것이며 그 비용은 터무니없을 것이 분명했다. 또 다른 형태의 간접과세가 된다. 그리고 다른 한편으로 드라이브 생산권을 획득하는 사람은 돈방석에 올라앉게 된다. 여제가 다시 발언을 시작한 것을 사람들이 깨닫기까지 좀 시간이 걸렸다.

"엘프들이 다시 바쁘게 움직이며 파괴를 일삼고 제국 전체에 고통을 주고 있다는 것을 알리게 돼 유감스럽지만, 조언자의 의견에 따르면 그들은 크게 걱정할 존재는 아니라고 하오. 수도 적고 최신무기도 거의 없다고 알려져 있소. 그들은 곧 발본색원되어 척결될 것이오. 그렇지 않소, 친애하는 드램 경?"

여제의 권좌 옆에 홀로그램이 사라지자 갑자기 한 사내가 나타났다. 키 크고 어두운 피부에 칠흑 같은 갑옷을 걸친 채 열중쉬어 자세로 꼿꼿하게 서 있었는데 거의 인간이라고 볼 수 없을 만큼 완벽한 자세였다. 그는 삼십대 초반으로 보였지만 정확한 나이를 아는 사람은 아무도 없었다. 십 년 전 어디선가 홀연히 나타난, 여전히 수수께끼 같은 인물이었다. 현란하지는 않지만 잘생긴 얼굴이었고 검은 눈과 살짝 미소를 띤 표정은 차가워 보였다. 그는 여제 앞에서도 광선총과 장검을 차고 있었다. 제국에서 유일하게 그에게만 허용된 일이다. 그는 바로 제국의 워리어 프라임이자 사령관인 드램 경이었다.

워리어 프라임은 종신직이었다. 비록 워리어 프라임이 늙어죽는 경우는 별로 없었지만 말이다. 여제는 그에게 제국의 모든 군대를 통솔할 사령관직을 맡겼고 그녀의 경비와 안전을 책임지도록 했다. 제국이 이제껏 가져본 최고의 전사로서 그는 여러 작전에서 수많은 피를 뿌렸다. 그는 평민들에게는 열광의 대상이었고 의회의 구애를 받았지만, 그의 권력과 라이언스톤에 대한 영향력 때문에 영주들에게는 예외 없이 질시의 대상이 되었다. 두 사람이 연인이라는 소문이 있었지만 아무도 정확히 알지는 못했다. 대부분의 사람들은 여제를 어떤 식으로든 사랑과 같이 부드럽고 여린 것과 결부짓는 것은 얼빠진 짓이라고 여겼다. 그럼에도 불구하고 어떻게든 증거를 찾아내려 애쓰는 사람들이 있었고 그래서 의혹은 점점 커져만 갔다.

드램은 부유(浮游)도시인 뉴호프의 파스텔 색조를 띤 타워들 사이에 숨어 있는 엘프의 본부를 파괴하는 작전을 성공적으로 마친 후 워리어 프라임으로 선출되었다. 드램과 그의 해병대는 반중력 썰매를 타고 태양 속에서 갑자기 튀어나와 포화를 퍼부었다. 타워들은 박살 나 무너져 내렸고 사람들은 비명을 지르며 거리를 내달렸다. 해병대는 사격을 멈추지 않았다. 뉴호프의 주민들은 엘프들을 그들 속에 살도록 허락했을 때 엘프들이 무슨 짓을 저지르고 있는지 알았어야 했다. 드램은 포로는 필요 없다는 명령을 받았다. 그래서 타워들은 무너지고 사람들은 죽어갔으며 엘프들은 어쩔 수 없이 나와 싸우거나 죽을 수밖에 없었다.

엘프들은 가망이 없었다. 드램은 수적으로 우세했고 첨단무기를 지녔으며 더군다나 기선을 장악했다. 대부분의 엘프들은 모습을 드러내자마자 짓밟혔으며 결국 용케 도망친 자들만 살아남을 수 있었다. 드램은 뉴호프 시를 하늘에 떠다니는 불덩어리로 만들어버렸다. 그는 엘프들을 효수해 사람들이 교훈으로 삼도록 했다. 그 이후 사람들은 드램이 공개석상에 나타나기만 하면 박수를 치고 소리를 지르며 반겼다. 그가 당대의 영웅이 된 것이다. 사람들은 테러리스트를 좋아하지 않았고, 특히 그들이 더 이상 사람이라 할 수 없을 때는 더욱 그랬다. 사람들은 드램을 워리어 프라임으로 만들었고, 그다음 여제는 그를 자신의 것으로 만들었다.

엘프는 그 후 거의 뿌리 뽑혔지만 일 년 후인 지금 다시 고개를 들기 시작했다. 그래서 사람들은 숨을 죽이며 라이언스톤이 그녀의 사냥개들을 다시 풀어놓기를 고대하고 있었다. 드램이 다시 나설 차례였다. 모두 그것을 기대하고 있었다. 과연 그가 그 일에 수반되는 병력 희생을 감수할 의사가 있느냐는 점은 분명치 않았다. 드램 아래서 부하들은 착실히 경력을 쌓을 수 있었다. 다만 그들이 그만큼 오래 살기만 한다면 말이다. 이것이 바로 드램이 과부제조기로 알려진 또 다른 이유 중 하나였다. 비록 그의 면전에서 그런 말을 하는 사람은 없었지만 말이다. 드램 사령관은 작년에만 열일곱 차례의 결투를 벌였다. 모두가 부적당한 시간에 부적당한 곳에서의 공개적인 모욕에서 비롯된 것이었고 드램은 한 번도 진 적이 없었다. 그럼에도 불구하고 그를 죽이려는 시도는 그치지 않았다. 영주단은 정말 그를 미워했고 그들의 주머니는 드램의 죽음과 관련된 일이라면 닫힐 줄을 몰랐다.

그를 제거할 만한 정보에 대한 보상금은 높아만 갔지만 별 효과가 없었다. 드램이 악행을 저지른 적도 없고 약점도 없었기 때문이다. 그는 궁정정치의 포악한 식성과 과도한 열정에도 상처받지 않고 말짱했다. 그는 친구가 없었으며, 적들은 모두 다 죽었다. 그의 목소리는 여제를 대변했고, 그의 말은 도전을 용납하지 않았다. 역모나 기타 범죄에 연루된 남자, 여자, 심지어는 아이들까지도 본보기로 그의 이름으로 공개처형되었다. 그가 서명한 마지막 희생자는 전대 데스스토커 경이었다. 그 죽음의 충격으로 영주단은 거의 일주일간 음모 짜기를 중지했었다.

"첫 번째 순서는" 여제가 말을 꺼냈고 모두 주목했다. "우리 정보원의 말을 들어보는 것이오."

권좌의 반대쪽 옆자리에 또 다른 사람이 나타났다. 드램 사령관과 마찬가지로 그도 여태까지 차례를 기다리며 홀로그램 뒤에 숨어 있었던 것이다. 여제는 항상 극적인 연출을 즐겼다. 새로 등장한 인물은 눈썹에 여제의 친위 에스퍼를 나타내는 은색 띠를 둘렀으며 옅은 색의 특징 없는 옷을 입고 있었다. 시녀들과 마찬가지로 그도 그 자신의 마음이나 개성이 없었다. 여제의 비밀공작원과 첩보원들이 그의 ESP의 도움을 받아 텔레파시로 그의 입을 통해 보고를 하는 것이다. 정보원들은 익명으로 남아 안전이 보장된다. 새로운 개성이 밀려 들어오자 에스퍼의 표정이 돌변했고 서 있던 자세도 풀어져서 느긋한 모습으로 변했다.

"좋습니다. 잘 들으세요. 반복하지 않습니다. 사이버생쥐 핵심부 침투작전을 수행 중인데 제가 아는 한 아직 그들은 공식적인 조직이 없습니다. 그들은 한 줌의 폐배자와 외톨이 집단으로 시간 날 때마다 컴퓨터매트릭스를 해킹하고 구멍을 뚫어 체포되기 직전까지 즐기는 족속들입니다. 정치적으로 얼간이들이고 인격은 결점투성이지만 불행히도 그들이 자아내는 위협은 지극히 현실적이고 수에 비해 파급력이 대단합니다. 그들은 컴퓨터를 만든 사람들보다 컴퓨터를 더 잘 이해하고 있습니다. 우리가 그 녀석들을 없애버린다 하더라도 눈 깜빡할 사이에 또 다른 놈들이 그 자리를 차지해버릴 겁니다. 따라서 놈들을 그냥 예의주시하는 것이 좋을 것 같습니다. 적어도 필요할 때 어디 가면 그놈들을 잡을 수 있는지 아는 게 낫지 않겠습니까? 그리고 그들이 적어도 민감한 곳은 건드리지 못하도록 통제할 수도 있으니까요. 이상으로 보고를 마칩니다. 덧붙여 이 기회에 말씀드리자면 이 임무에서 빨리 전출시켜주시면 아주 고맙겠습니다. 이놈의 사이버생쥐들은 저를 아주 미치게 만들거든요. 그들이 먹는 설탕덩어리 쓰레기 음식은 내 이는 말할 것도 없고 몸에도 아주 나쁜 영향을 미치고 있습니다. 게다가 그들의 대화방식은 내 뇌를 썩게 만들어요. 컴퓨터만 없으면 이 잡초들은 사회적으로 아무런 의미도 없지요. 물론 잘 아시겠지만."

에스퍼의 표정과 자세가 다시 바뀐 후 다른 정보원의 보고가 들어오기 시작했다. 얼굴이 갑자기 좀 홀쭉하고 섬세해졌으며 자세는 명상을 익힌 사람의 그것이었다. 만약 그가 조금만 더 느긋한 자세를 취했다면 둥둥 떠다녔을지도 모를 일이었다.

"하모니 대원이 보고합니다. 계속 클론지하동맹에 침투를 시도하고 있습니다. 저를 의심하는 사람은 없습니다. 그들은 여전히 조심스럽고 실체를 잘 드러내지 않지만 어쨌든 진척을 보이고 있습니다. 아직 구체적인 목표나 범행계획을 밝혀내지는 못했습니다. 지하동맹의 정치구조는 아직 카리스마 있는 지도자가 없기 때문에 전반적으로 느슨하고 집중력이 없는 상태입니다. 하지만 그들이 그런 구심점을 찾게 된다면 위험해질 수도 있습니다. 현 상태에서 지하동맹은 제국에 별다른 위협이 되지 못한다고 판단됩니다."

"흥, 그건 자네가 직접 몸으로 뛰면서 그 어둠 속에 엉덩이 부빌 자리를 마련하지 못했기 때문에 하는 헛소리야." 제삼의 목소리가 끼어들었다. 에스퍼의 표정이 순간 험악하게 돌변했고 자세도 도전적으로 도사린 모습이 되었다. "드램 사령관 직속의 라푼젤 요원입니다. 저는 현재 삼 년째 클론지하동맹을 염탐하고 있습니다. 분명히 말씀드리는데 이 비자연적인 개자식들은 제국이 경험해보지 못한 거대한 위협이 될 겁니다. 그들은 수가 점점 불어나고 사기도 높아지고 있으며 고위층으로부터 엄청난 재정적, 기술적 지원을 받고 있습니다. 고위층이란 진짜 높은 사람을 말합니다. 아직 누군지는 모르지만 밝혀내려고 노력 중입니다. 그런데 이들이 원하는 것은 클론에게 시민권을 부여하는 것이며 그것을 위해서는 무슨 짓이든 할 태세입니다. 맞습니다. 그들은 아직 힘을 한데 모을 카리스마 있는 지도자가 없습니다. 하지만 이대로 흘러간다면 시간문제일 뿐입니다. 제발 제 말을 들어주세요. 파국이 임박했습니다. 저는 여기서 벗어나고 싶습니다!"

"나중에 얘기하세." 드램이 말했다. "이제 에스퍼를 폐하께 돌려드리게."

"알겠습니다." 정보원이 말했다. "이 녀석 마음 상태는 믿기 어려울 정도군요. 누가 여기 청소 좀 안 하나?"

"당장! 라푼젤."

"음지에서 일하니 서럽군요." 정보원은 침울하게 말했다. 그리고 다시 에스퍼의 얼굴은 표정 없이 공허해졌다.

이 모든 일이 진행되는 동안 사람들은 침묵을 지켰다. 여제의 친위 정보대와 드램 사령관의 직속 요원 사이의 충돌은 흔한 일이었다. 그들의 주인들이 경쟁을 조장했기 때문이다. 그것을 통해 여제와 드램 사령관은 원하는 것이든 원치 않는 것이든 필요한 정보는 놓치지 않고 들을 수 있는 가능성을 높일 수 있었다. 그리고 충돌이 가끔 커지기도 했지만 사보타지 같은 파국으로 치닫는 경우는 없었다. 하지만 최근 오언 데스스토커를 수배할 때 충돌이 심각한 수준에 이르렀다. 여제의 대원들은 일을 조용히 진행시키려 한 반면, 드램 측은 무슨 이유에선지는 알 수 없지만 그 일을 스스로 떠맡고 나서면서 뉴스를 동네방네 방송하고 다녔던 것이다. 논쟁은 아직 계속되는 중이었다.

어떤 것도 오랫동안 비밀로 간직되기 어려운 시대에 자신의 진정한 동기를 감추고 정보를 캐내기 위해서 정보원들은 신분은 물론 인격까지도 바꿔야 하기 때문에 변장과 위험 속에서 짧은 직무수명을 가졌다. 그래서 정보원들은 전문적이지만 괴팍한 성격인 경우가 많고 말을 아끼지 않았다. 그들은 언제 정체가 탄로나 한 떼의 사냥개들을 발뒤꿈치에 달고 꽁지 빠지게 죽어라 달려야 할지 모르는 인생들이었다. 영주와 의원들도 사적으로 정보원을 고용하고 있었다. 재력가들은 물론 모두 자신의 정보원이 있었으며 형편이 모자라도 억지로 꾸리는 경우도 많았다. 라이언스톤의 궁정에서 아는 것은 곧 힘이었으며, 특히 먼저 캐낸 정보는 대단한 빛을 발했다.

여제가 드램을 바라보자 드램도 여제를 마주 보았으며 다시 둘은 군중 쪽으로 시선을 돌렸다. 그들은 사적으로 불일치가 있더라도 공식적으로는 단합된 모습을 보여주었다. 엄청나게 많은 사람들이 엄청나게 많은 돈을 들여 그들 사이에 틈을 벌이기 위한 계략을 꾸며도 모두 헛수고로 돌아갔다. 그래도 물론 사람들은 포기하지 않았다. 여제가 운집한 군중에게 미소를 띠어 보이자 기다리던 각계각층 사람들 사이에 조바심이 물결쳤다. 여제가 마침내 핵심 사안을 꺼내려는 것이다. 골고다에서 한가락씩 한다는 사람들이 모두 소집된 이유가 바로 이것일 것이다.

"우리 제국이 당면한 문제들이 날이 갈수록 커지고 있소. 새로운 외계종족의 위협, 지하동맹, 기타 등등. 지금은 대신들의 지지가 한층 더 절실한 상황이오. 만약 제국이 멸망한다면 셀 수 없이 많은 사람들이 죽임을 당할 것이오. 변방의 식민지들은 제국의 보급에 의존하고 내부세계는 그들에게서 자원을 얻고 있소. 여기 제국의 본향인 골고다에서조차도 우리는 서로 의존하고 있소. 모든 사람이 최선의 노력을 경주해야 할 것이오. 그렇지 않으면 우리를 지탱해주는 시스템이 모두 붕괴되고 말 것이기 때문이오. 그래서 짐은 어쩔 수 없이 올해 말까지 모든 산업에서 십 퍼센트씩 증산할 것을 명하는 바이오."

긴 침묵이 흘렀다. 십 퍼센트는 상상을 초월하는 숫자였다. 그것은 모든 사람들이 더 오래 일해야 하고 영주나 의원 모두 더 많은 돈을 써야 한다는 것을 의미했다. 의원들은 서로를 멀뚱히 쳐다보고만 있었다. 누군가 무슨 말을 해야 한다. 불편한 침묵의 시간이 경과한 후 북(北)셰이드게이트의 의원이 조심스럽게 운을 뗐다.

"폐하, 우리 모두에게 어려운 시절입니다. 돈은 부족하고 자원도 예전만 못합니다. 만약 폐하께서 제안하신 대로 생산성을 높이려고 시도한다면 노동자들이 반란을 일으킬 것이라고 판단됩니다. 분명 태업이나 파업, 심지어는 사보타지까지 겪게 될 것입니다. 만약, 물론, 폐하께서 제국새정에서 우리를 이 기친 피고에서 보살펴준 돈을, 그러니까, 저, 제가 두려운······"

"두렵다고!" 라이언스톤이 호통쳤다. "그대는 짐을 두려워해야 하네, 장관. 장관들이 우리를 실망시킬 때 제국의 운명을 두려워해야 하고, 그대가 짐의 명령을 이행하지 못할 때 그대 자신의 안위를 두려워해야 하네. 만약 그대가 임무를 완수하지 못할 경우 짐은 그대를 체포해 처형하고 그대 후임이 얼마나 더 잘하는지 두고 볼 생각이네. 후임자는 아마도 더 열심히 할 강력한 동기를 갖게 되겠지. 그렇지 않은가, 장관?"

"탁견이십니다, 폐하. 우리 중 누구도 폐하의 뜻에 거스르지 않을 것이라고 확신합니다."

"누군가는 거스르겠지. 아마 놀랄걸, 장관. 반역자는 예기치 못한 곳에서 항상 나타나는 법이지. 그렇지 않소, 서머아일 경?"

모든 머리가 서머아일을 향해 일시에 돌아가면서 장내는 쥐 죽은 듯 조용해졌다. 그의 주변에 있던 사람들은 전염병자라도 만난 듯 슬금슬금 물러나기 시작하더니 잠시 후에는 텅 빈 원형의 공간 중심에 그 혼자 서 있게 되었다. 서머아일은 천천히 주변을 둘러보았지만 그다지 놀란 표정은 아니었다. 그의 시선은 곧았고 머리는 당당히 세워서 항상 그랬듯이 빈틈없는 전사의 모습 그대로를 유지하고 있었다.

"어떤 사람에게 반역자는 다른 사람에게는 영웅이 될 수도 있지요, 폐하." 그는 가볍게 응수했다. "아마 당신은 특정 이름을 염두에 두고 있는 듯하군요."

"아마 우리 둘 다 알고 있을 거요." 여제가 말했다. "그대는 너무 자주 우리 일에 반대 목소리를 높였소, 서머아일. 우리 의지를 너무 자주 훼방 놓았단 말이지."

"나는 한 사람이 자기 마음을 정직하게 말하는 것이 범죄가 아니었던 시절을 기억하오. 물론 이미 오래전 일이지요. 바로 당신 아버지의 시절 말이오. 그 이후로 정말 많은 것들이 변했군요."

라이언스톤은 웃었다. "그대는 우리를 싫어하지, 서머아일. 하지만 그대의 여러 비판적인 언행들은 우리를 겨냥하는 것일 뿐만 아니라 제국을 향한 것이기도 해. 그대가 앞으로 그 반역적인 언사를 자제할 것이라고 기대해도 될까?"

"바보같이 굴지 마시오, 라이언스톤. 나는 새로운 기술을 배우기에는 너무 늦었고 설혹 할 수 있다 해도 그러지 않을 거외다. 당신이 어린아이였을 때를 기억하오. 어렸을 때는 참 명랑했는데. 이런 식으로 자라날 줄 알았더라면 내가…… 어쨌거나 당신이 살도록 그냥 놔두었겠지. 나는 아이들한테는 너무 약해서 탈이니까. 나는 당신 아버지의 핵심 측근 중 유일한 생존자요. 다른 사람들은 모두 저세상으로 갔지. 그중 몇몇은 당신 손에 의해서 말이오. 그들은 자신들이 신심을 바쳐 지켜온 제국이 당신에 의해 어떻게 바뀌었는지 보고 싶지 않았을 거요. 당신 치하에서 명예는 농담거리고 속임수가 정상이니까. 정의는 부자들만을 위한 것이고, 그것에 이의를 제기하는 사람에게는 죽음만이 있을 뿐이지. 당신 계보의 13대가 이 제국을 건설했소, 라이언스톤. 하지만 결국 당신 한 사람의 철권에 허망하게 무너지는 꼴을 보아야 한다니. 당신은 제국의 심장부에 돋아난 암 덩어리고, 장미를 말려 죽이는 마름병이오."

궁정은 완전한 정적에 휩싸였다. 라이언스톤은 흥분해 옥좌에서 몸을 앞으로 숙였다가 다시 진정하고 몸을 뒤로 기대면서 말하기 시작했다.

"그대는 항상 말이 너무 많아, 늙은이. 당신의 그 입이 화를 자초한 거야. 하지만 우리가 그대에게 공평한 기회를 주지 않았다는 말을 듣고 싶지는 않군."

"오, 계속하시오." 서머아일이 말했다. "내가 다른 사람들의 입을 틀어막을 본보기이지 않소. 여기 오기 전부터 알고 있었지. 당신의 애완견을 어서 내보내시오. 한번 놀아봅시다."

그는 도전적으로 드럼을 노려보았다. 그러나 과부제조기는 조용히 뒤로 물러났을 뿐 그의 손은 무기 근처에도 가지 않았다. 라이언스톤이 징글맞게 웃었다.

"그대는 워리어 프라임을 상대할 자격이 없소, 서머아일. 내가 그대에게 더 적합한 처형자를 수배해놓았지."

그녀가 시녀 중 하나에게 고개를 끄덕이자 시녀는 일어서서 머리 위로 손을 들어 올려 두 번 손뼉을 쳤다. 은폐 홀로그램이 꺼지고 제삼의 인물이 흙탕물을 헤치며 걸어 나와 웃으며 서머아일 앞에 섰다. 검은색과 은색의 갑옷을 걸친 호리호리한 체구로 연한 금발을 휘날리며 얼음장처럼 차가운 푸른 눈과 살인자의 미소를 지닌 젊은이였다. 그는 허리 양쪽에 검을 차고 있었으며 육식동물처럼 어슬렁거리며 천천히 걸었다. 사람들은 흠칫 놀라 물러섰고 군중 사이로 낮은 속삭임이 퍼져나갔다.

"키드 데스…… 키드 데스……"

그가 군중을 상대로 미소를 띠며 고개를 끄덕이자 가까이 있던 사람들은 마치 그가 뱀이라도 던진 양 경기를 일으켰다. 그들은 그가 누구이고 어떤 인물인지 잘 알고 있었다. 궁정의 모든 사람들이 키드 데스에 대해 들어보았다. 미소의 살인자. 그가 천천히 앞으로 걸어 나가자 그의 부츠에 부딪히며 철퍽거리는 물소리가 정적 속에 기묘하게 울려 퍼졌다. 그는 마침내 서머아일 앞의 한 팔 거리에서 멈춰 섰다. 노인과 젊은이 두 사람이 마주 보고 섰다. 무적의 전사와 패배를 모르는 결투사.

키드 데스는 오른쪽 허리에서 검을 뽑아 아무렇게나 서머아일에게 내밀었다. 노인은 격식을 갖춰 절을 하고 그것을 받아 쥔 다음 준비 자세를 취했다. 젊은이도 반대편 허리에서 검을 뽑은 후 역시 자세를 잡았다. 서머아일은 만족스러운 듯 고개를 끄덕였다.

"내가 시킨 훈련이 헛수고가 아니었다는 걸 확인해서 기쁘구나, 키트. 넌 내 제자 중 최고였지."

"감사합니다, 할아버지." 젊은이의 목소리는 가볍고 울림이 없었다.

"나쁜 길로 빠진 아이가 또 한 명 생겼구나. 도대체 너희 세대는 뭐가 문제인 거냐? 알 수 없는 무언가가……"

"저는 할아버지의 작품이에요. 제국 최고의 전사인 당신이 날을 벼리셨죠. 그것이 언젠가 당신을 향하게 될 줄 진정 모르셨단 말입니까?"

서머아일은 검을 들어 올렸고, 얼굴은 손자 눈에 고정되어 있었다. "넌 네 부모와 두 형제를 죽였다. 그리고 그것을 결투라고 말하면서 법망을 빠져나갔지. 누구도 이의를 제기하지 못했고. 내가 나서서 널 없애버려야 했지만 그럴 수 없었다. 서머아일 가문에 남은 사람이라곤 너와 내가 전부였으니까, 키트. 허망한 피로 철의 쌍년을 즐겁게 해주면서 우리 가문의 대를 끊는 일은 없도록 하자."

"전 즐기고 있는 거예요, 할아버지. 제자는 항상 사부를 뛰어넘고 싶어 하는 게 정상 아닌가요? 여제에게 봉사하는 것에 대해 말하자면 저는 킬러입니다. 살인이 있는 곳이면 어디든지 가지요. 아버지는 나의 그런 인생을 싫다고 말리려 하셨어요. 그래서 제가 먼저 그를 말렸던 것뿐이에요. 내 형제들도 마찬가지고요. 그들이 나중에 복수하러 찾아왔기 때문에 어쩔 수 없었지요. 그들을 애석하게 여길 필요는 없어요. 전혀. 패기도 없고 성취도 적었으니까요. 하지만 저는 계속 진보합니다. 최고 중의 최고로. 걸어 다니는 죽음, 여제 폐하의 명실상부한 처형인으로. 언젠가는 저도 당하겠지요. 그때가 되면 새로운 최고의 전사가 탄생하는 것이고."

"넌 그렇게 오래가지 못할 게다, 키트. 그녀가 그렇게 만들 거야. 얘야, 말해보거라. 가족이란 무엇인지 한 번이라도 느껴본 적이 있었느냐? 나는 그들을 매우 사랑했단다."

"아뇨, 할아버지. 전혀요. 내가 그들을 살해할 때조차도요. 말은 충분히 한 것 같은데요, 노인장. 이제 춤을 춰봅시다."

그는 허점을 찾아 검을 이리저리 휘두르며 전진해갔다. 서머아일도 그에 맞서 움직였지만 꼭 필요한 만큼만이었다. 칼끝을 줄곧 손자의 가슴에 겨눈 채 두 눈은 냉정하게 안정되어 있었다. 잠시 동안 서로를 경계하며 원을 그리다가 칼날을 부딪치고 불꽃을 튕기며 서로 맞붙었다. 한바탕 칼날을 주고받다가 다시 떨어져 원을 그렸다. 키드 데스의 왼쪽 뺨에는 길게 칼로 벤 자국이 났고 얼굴에서 피가 흘러내렸다. 그는 활짝 미소 지으며 앞으로 돌진했다. 사방에 그의 검광이 번뜩였으며 그의 맹렬한 공격이 서머아일을 한 발 한 발 물러나게 만들었다. 그러다 서머아일은 자리에 우뚝 서서 여기까지다, 더 이상은 안 돼라고 말하는 것처럼 키드 데스가 아무리 거세게 몰아붙여도 한 발자국도 물러서지 않고 버텼다. 순간 그들의 칼이 맞붙으면서 서로 얼굴을 맞대고 온몸의 힘을 끌어올려 상박에 쏟아 붓기 시작했다. 서머아일의 숨이 먼저 가빠지면서 얼굴이 붉어졌다. 손자에게서는 숨소리조차 들리지 않았다. 키드 데스는 서머아일의 눈을 쳐다보며 슬며시 소매 속에 감춰둔 칼집에서 단도를 빼들었다. 그때 서머아일이 미소를 지으며 고개를 끄덕였고, 키드 데스는 단도를 노인의 갈비뼈 사이로 밀어 넣었다.

서머아일은 한 번 신음소리를 내고 그다음 기침을 해댔다. 선홍색 피거품이 입에서 흘러나오고 그것과 함께 기운도 빠져나갔다. 그가 검을 떨어뜨리자, 키드 데스는 짧지만 무자비한 동작으로 그를 한 번 더 밀어붙였다. 서머아일은 무릎을 꿇었고 피가 물위로 흩뿌려졌다. 키드 데스는 칼을 뽑아 칼집에 넣고 할아버지 위로 허리를 굽혀 얼굴을 맞댔다.

"이 속임수를 알고 계셨군요." 젊은이는 낮게 속삭였다. "당신이 가르쳐주셨지요. 제가 그것을 쓸 걸 예상했으면서도 막으려 하지 않았어요. 왜죠?"

"더 살고 싶지 않았기 때문이다. 라이언스톤이 만들어놓은 이런 제국에서는……" 노인은 핏덩어리를 뱉기 위해 잠시 말을 멈췄다. "그리고 네가 서머아일 가문의 마지막이기 때문에. 내가 너를 죽인다면 가문은 나와 함께 사라진다. 그럴 수는 없었다. 네가 이제 서머아일이다, 애야. 네가 나보다 더 잘 해나가길 기대하마."

그의 머리는 마치 손자에게 절하는 것처럼 천천히 앞으로 떨어졌다. 그러고는 진흙탕에 엎어져서 점점 넓어지는 자신의 핏물에 잠겨 꼼짝도 하지 않았다. 그리고 키트, 이제 서머아일 경이 된 젊은이는 일어서서 어깨를 한 번 으쓱하고 돌아섰다.

"내 스스로의 힘으로 얻은 이름이 있어요, 노인장. 그리고 나는 당신이 준 어떤 것보다도 그 이름을 좋아하지요."

그는 피에 물든 검을 꺼내 그것으로 라이언스톤에게 경례했고, 그녀는 근엄하게 답례했다.

"너무 멀리 가지 마시오, 서머아일 경. 그대의 봉사가 다시 필요하게 될지도 모르니. 아직 처리해야 할 반역자들이 더 있소."

키드 데스는 권좌 옆으로 다가가 여제의 에스퍼를 밀쳐내고 느긋한 자세를 취한 채 천 조각을 꺼내 들고 검의 피를 닦기 시작했다. 군중의 선두에서 캠벨은 경비대가 서머아일의 시체를 끌고 나가는 것을 묵묵히 지켜보았다. 라이언스톤이 다시 시녀에게 고갯짓으로 신호하자 시녀는 일어서서 또다시 손뼉을 두 번 울렸다. 권좌 뒤의 안개 속에서 두 명의 경비대원이 커다랗고 투명한 구형 물체를 밀면서 앞으로 나타났다. 그것은 반중력장으로 흙탕물에서 허리 높이 정도로 뜬 상태에서 움직이고 있었다. 구체 안에는 한 사람이 앉아 있었는데 피로에 지쳐 머리를 푹 떨구고 있었다. 다부진 체구를 가진 중년 남성이었다. 그의 긴 금색 옷은 한때는 위풍당당해 보였을 테지만 지금은 헤지고 대부분 그의 피나 구토물이 틀림없는 것들로 지저분해져 있었다. 그는 결박되지는 않지만 구체가 어떤 함거보다도 단단히 그를 구속하고 있었다. 앞자리에 있던 사람들이 새로운 죄수를 알아보고 그의 이름을 뒤쪽으로 전달하자 잠시 술렁이다가 이내 조용해졌다. 경비대는 라이언스톤이 새로운 희생자를 잘 볼 수 있도록 구체를 권좌 앞에 세웠다. 그녀의 달콤하고 조롱하는 듯한 목소리가 정적을 깼다.

"대신들, 그리고 숙녀신사 여러분, 니컬러스 웨슬리 판사를 소개하겠소. 한때 제국의 대법원장이었던 그는 법과 정의의 화신이었소. 우리는 그렇게 여겼고 대신 여러분도 그랬으며 거기에는 한 치의 의심도 없었소. 그러나 우리 모두가 틀렸소. 그는 자기 말이 곧 법이라고 생각했지만 제국에는 하나의 법밖에 없고 그것은 바로 짐이오. 자신의 의무를 망각하고 잘못된 인간들과 교유하면서 그는 스스로의 명예를 내팽개쳐버렸소. 판사, 말해보시오. 얼마나 오랫동안 클론지하동맹을 지원해왔소?"

운집한 군중은 쥐 죽은 듯 조용히 판사의 대답을 기다렸다. 제국에서 믿고 존경하고 심지어 숭앙할 만한 인물이 있다면 바로 웨슬리 판사였다. 그의 판결은 이성과 정직의 신화였으며 그의 책은 모두에게 필독서였다. 그런 그가 지금 정지장 속에 갇혀 피 흘리고 모욕당한 채 꼬꾸라져 있는 것이다. 아마도 제국에는 이제 더 이상 정의란 없을 것이다. 판사는 힘겹게 천천히 고개를 들어 올렸다. 심한 구타를 당한 흔적이 역력했다. 눈은 부풀어 올라 완전히 감겼으며 입술에는 피딱지가 엉겨 있었다. 그러한 영락에도 불구하고 그는 여전히 위엄을 갖추고 있어서 말을 시작하자 목소리는 차분하고 진중했다.

"나는 38년 동안 제국에 봉사해왔소, 라이언스톤. 내 앞에 오는 모든 사람들에게 나는 정의로써 대했소. 또는 최소한 나 자신에게 그렇게 말해왔소. 하지만 당신과 당신 법의 사악한 면을 꿰뚫어보는 데 그렇게 오랜 세월이 필요했다는 것은 내 수치요. 내 인생은 내가 믿는다고 여겼던 것들에 대한 흉내 내기에 불과했소. 드디어 나는 진실을 발견했고 이제 다시는 외면하지 않을 작정이오. 그 빛이 너무 밝아서 고통스럽다 할지라도. 간단한 진실이 나를 해방시켰소. 클론도 사람이오."

"우리가 허락하기 전에는 아니지." 여제가 말했다. "그대는 아직 내 질문에 답하지 않았소, 판사. 얼마나 오랫동안 우리 코밑에서 반역자들의 뒤를 봐줘왔던 거요?"

판사는 그녀의 시선을 똑바로 마주한 채 아무 말도 하지 않았다. 여제는 웃었다.

"그대를 가두고 있는 구체의 힘을 알고 있나, 반역자? 그건 정지장이야. 시간이 우리가 명하는 대로 흐르지. 시간을 촉진할 수도 있고 늦출 수도 있어. 일 년이 일 초가 될 수도 있고 일 초가 일 년이 될 수도 있다는 뜻이야. 눈 깜빡할 사이에 십 년을 허송해버릴 수도 있고 내 질문에 답하는 데 평생의 시간이 걸릴 수도 있지. 그대가 이성을 회복하지 못한다면 말이야. 자, 그대가 만났던 녀석들 이름을 대봐. 어디서 그들을 찾을 수 있는지. 그러면 풀어주겠네. 황제로서 약속하지."

판사가 갑자기 웃음을 터뜨렸다. 입술이 다시 터져서 턱으로 피가 흘러내렸다. "당신의 약속은 쓰레기야, 라이언스톤. 당신에게는 진실이나 명예가 없지. 할 말 없네."

여제는 권좌 뒤로 기대며 구체 옆의 한 경비대원에게 난폭하게 손
짓했다. 경비대원이 손목에 찬 제어판을 조정하자 판사는 마치 누군
가에게 얻어맞은 듯이 크게 신음소리를 냈다. 그의 머리칼은 길고 두
꺼워졌으며 백발이 드러나기 시작했다. 얼굴에는 굵은 주름이 생겼
다. 체구가 조금 작아지는가 싶더니 손이 갈퀴처럼 말라 비틀어졌다.
그리고 노화가 멈췄다. 구체 안에서는 40년에 해당하는 시간이 흘러
버렸던 것이다.

"말해보게, 니컬러스. 그대에게 남은 마지막 기회일세. 그대는 정
녕 사람이 아닌 생산품들을 보호하기 위해 죽을 작정인가?"

니컬러스 웨슬리 판사는 해골바가지 같은 얼굴로 그녀를 향해 미
소를 띠어 보였다. "가장 비천한 클론도 당신보다는 훨씬 인간적이
지, 라이언스톤."

여제가 화가 나서 손짓하자 구체 안의 시간은 모래시계 속의 모래
가 흘러내리듯 눈에 선하게 천둥소리를 내며 흘러갔다. 판사는 시들
고 연약해졌다. 머리칼은 빠져버렸고 피부에 검버섯이 피었다. 얼굴
은 뼈가 뚝뚝 불거진 해골일 뿐이었다. 하지만 여전히 말하기를 거부
했다. 다시 시간이 흘러 판사는 죽고, 몸은 썩어서 마침내 구체 안에
는 헤진 옷가지와 먼지 속에 뒹구는 뼈다귀만 남았다. 경비대가 정지
장을 꺼버리자 구체는 사라졌다. 판사의 옷은 진흙탕에 떨어져 곧 시
야에서 사라졌다.

연회장 바깥에는 사일런스 함장과 프로스트 수색관이 사슬에 묶인
채 차단장 뒤에 갇혀 있었다. 그들이 앉은 위치에서 차단장은 어느

각도로 보나 지글거려서 연회장의 모습이 기괴하게 비현실적으로 비
춰졌다. 사일런스는 바보가 아니었다. 그들이 처한 위험은 너무나도
현실적이었다. 그는 배를 잃었고 수배자 데스스토커를 놓쳤다. 그는
배가 침몰할 때 자기 자리에서 명예롭게 순직할 수 있었다. 그랬다면
그의 가문은 그의 이름을 애석하게 여길 수 있었을 것이고 모든 것이
마무리될 수 있었다. 그러나 수색관이 알 수 없는 이유로 그를 구해
낸 것이다. 그리고 지금 그는 족쇄를 차고 손목과 목에 장정 열둘이
라도 옭아맬 만큼 많은 쇠사슬을 두른 채 여제가 어떤 흥미롭고 특별
히 고통스런 죽음을 선사해줄지 기다리는 신세가 되었다.

공식적으로 그는 그의 동료들로 구성된 군법재판에 회부되어야 했
지만 여제가 나서서 그들을 물리고 직접 처결하겠다고 했다. 군법회
의라고 해봐야 신속한 죽음 외에는 별반 다를 것도 없었다. 사일런스
는 쇠사슬을 한 번 쩔그렁거리고 냄새를 맡아보았다. 조악한 물건이
지만 차단장이 없어도 그를 구속하기에는 충분한 품질이었다. 그는
도망가지 않을 것이다. 도망칠 곳이 없다. 여제가 그를 찾을 수 없는
곳이란 세상에 존재하지 않는다. 그리고 그는 절대로 수배자로 살고
싶지 않았다. 항상 도망 다녀야 하고, 매순간 쫓아오는 사람이 없는지
뒤를 살펴야 하며, 평화도 없고, 행복을 누릴 기회도 없고…… 무엇
보다도 명예가 없었다.

사일런스는 옆자리의 수색관을 바라보며 몇 차례 큰 한숨을 내쉬
었다. 체포자들이 프로스트의 결박은 특별히 신경 써서 보통사람 같
으면 벌써 기절해버렸을 만큼 많은 양의 쇠사슬로 그녀를 칭칭 동여
매놓았던 것이다. 프로스트는 그들을 무시하고 자부심을 잃지 않은
채 마치 놀러 나온 듯이 나무벤치 위에 꼿꼿이 앉아 있었다. 차단장

도 그녀 때문에 켜놓은 것이다. 그녀는 수색관이므로 모두 만전을 기했던 것이다.

두 명의 무장한 경비대원이 닫힌 이중문 앞에 서서 죄수를 호송하라는 신호를 기다리고 있었다. 그들은 덩치가 크고 다부져 보였다. 사일런스는 쇠사슬에 묶이지 않고 한 손에 검을, 다른 손에 수류탄을 쥐고 있다 하더라도 그들을 대적할 자신이 없었다. 그는 다시 한 번 한숨을 내쉬고 한심한 듯 쇠사슬을 쩔그럭거려보았다.

"그러지 말았으면 좋겠는데요." 프로스트가 말했다.

"미안하네. 심심해서."

"곧 차단장 밖으로 나가게 될 겁니다."

"그런다고 달라질 건 없지, 수색관. 가봐야 뻔하지 않겠나?"

"포기하면 안 됩니다, 함장님. 하늘이 무너져도 솟아날 구멍은 있습니다."

사일런스는 그녀를 빤히 쳐다보았다. "그게 다크윈드 호의 함교에서 나를 구해낸 이유인가?"

"물론입니다, 함장님."

"아주 고맙게 됐군. 어쨌거나 용서하겠네, 프로스트. 당시엔 그게 좋은 생각으로 비춰질 수도 있었을 테니까."

프로스트는 몸을 뒤척였고 사슬이 짧게 달그락거렸다. 무장경비가 그녀를 예의주시했다. "저는 제 의무를 다했을 뿐입니다, 함장님."

"그 말은 지금 나를 구할 수 있다고 하더라도 구하지 않겠다는 뜻인가?"

"물론 구하겠습니다, 함장님. 저는 제국에 충성하지만 바보가 아닙니다. 우리는 지금 눈을 크게 뜨고 지혜를 모아야 합니다. 항상 살아

날 구멍은 있습니다."

그때 이중문이 조금 열리고 두 명의 무장경비가 죄수들에게 다가왔다. 한 사람은 광선총을 꺼내 들고 신중하게 프로스트를 겨냥했다. 사일런스는 왠지 모욕감을 느꼈다. 두 번째 경비대원이 손목의 조종기를 작동하자 차단장이 사라졌다. 사일런스는 프로스트를 바라보았다.

"혹시 좋은 아이디어가 있다면 지금이 서로 공유할 절호의 기회일 것 같은데."

"우린 언제든 가까이 오는 자를 쇠사슬을 휘둘러 죽여버릴 수도 있습니다."

"좋은 생각이야. 그러면 그들이 우리를 빨리 죽여주겠군. 계속 생각해봐, 수색관."

경비대원 하나가 사일런스와 프로스트에게 이중문을 지나 회의장으로 가라고 손짓했다. 경비대원들은 뒤에서 충분한 거리를 유지했고 광선총은 모두 프로스트를 향했다. 사일런스는 사슬을 주섬주섬 챙겨들고 어색하게 일어섰다. 사슬이 철렁거리자 중심을 잡는 데 약간의 시간이 걸렸다. 그리고 비틀거리며 문으로 걸어갔다. 전에 고중력 행성에서의 경험이 없었다면 도대체 걸어갈 수나 있었을지 의심스러웠다. 그를 두드려 팰 기회를 호시탐탐 노리고 있는 경비대원들을 즐겁게 해주기 싫어서 사일런스는 힘겹게 발을 앞으로 뗐다. 프로스트는 그의 옆에서 허리를 펴고 머리를 치켜세운 채 사슬이 마치 파티복장이라도 되는 양 개의치 않고 걷고 있었다. 그녀는 사려 깊게 사일런스와 보조를 맞춰주었지만 그것이 그를 더욱 비참하게 만들었다.

문을 지나치자마자 그들은 발목 깊이의 구정물에 빠졌다. 사일런스는 신경을 곤두세우고 걸었다. 그것이 또 하나의 모욕으로 느껴졌다. 그는 첨벙대며 걸으면서 머리를 곧추세우려고 애썼다. 연회장은 사람들로 가득했다. 그들은 정말로 불쾌한 처형 장면을 기대하는 것 같았다. 그가 나아가자 사람들은 그와 가까이 있는 것조차 꺼리는 듯 뒤로 물러나며 길을 터주었다. 사일런스는 신경 쓰지 않았다. 적어도 소리를 지르거나 침을 뱉거나 물건을 던지는 짓을 하지는 않았으니까. 생각해보니 차라리 그들이 소리 좀 질러주는 것도 나쁘지 않을 듯했다. 계속되는 정적이 점점 참을 수 없게 느껴졌다. 그는 비척댔고 프로스트는 옆에 있었으며 경비대원들은 뒤로 물러나 따르고 있었다. 사일런스는 찬찬히 주위를 둘러보았다. 군중의 얼굴에는 기대감이 잔뜩 묻어 있었다. 사일런스는 문득 여제가 이 많은 유력 인사들을 자신과 프로스트의 처형 장면에 참관시키기 위해 소집했을까 하는 의문이 들었다. 그들은 아마 다른 더 중요한 이유 때문에 모였을 것이다. 그것은 그에게 아직 가능성이 남아 있다는 희망을 품게 했다.

마침내 사일런스와 프로스트는 라이언스톤 14세의 권좌 앞에 멈춰 섰다. 사일런스는 금방이라도 쓰러질 것 같았지만 어떻게든 사슬의 무게를 견디며 서 있으려고 분투했다. 지금이야말로 약한 모습을 보여서는 안 되는 중요한 순간이라는 느낌이 들었다. 프로스트는 그의 뒤에서 언제나처럼 조용하고 안정된 모습으로 서 있었다. 멀지 않은 더 깊은 물속에서 어떤 움직임이 일자 사일런스는 수면 아래 무언가 생물이 있을지도 모른다는 생각이 불현듯 머리를 스쳤다. 무언가 아주 굶주린 녀석. 여제는 장난삼아 그런 짓을 하곤 했다. 하지만 문제 될 건 없다. 그게 가까이 다가오면 프로스트가 처리해줄 것이다.

사일런스가 라이언스톤을 올려다보자 그녀도 냉소를 띠며 마주 보았다. 그녀는 그의 황제다. 프로스트는 절하지 않았다. 경비대원 하나가 나서서 총으로 그녀의 무릎을 후려쳤다. 프로스트는 버티면서 뻣뻣한 다리를 내질렀다. 명치를 가격당한 경비는 숨 막히는 비명소리와 함께 군중에게로 날아가 떨어졌다. 그들 모두 구정물 위로 나뒹굴며 욕설을 내뱉었다. 경비대원과, 부딪힌 사람 중 몇 명은 쓰러진 채 일어서지 못했다. 사일런스는 조용히 웃었다. 프로스트는 항상 강한 인상을 남긴다. 잠시 군중 속에서 항의하는 웅성임이 있었지만 여제가 쏘아보자 곧 사그라졌다. 그녀는 다시 사일런스와 프로스트를 바라보았는데 여전히 미소 짓는 모습이 사일런스를 놀라게 했다. 하지만 잠시 후 사일런스는 그 미소가 역겹다는 생각이 들었다.

"내 경비대를 건드리지 말아줬으면 좋겠군, 수색관. 그들을 교체하려면 돈이 많이 드니까 말이야. 그대들은 여기서 안전하네. 내 말을 믿어도 좋아. 그 쇠사슬은 그냥 요식일 뿐이야."

"아주 무거운 요식입니다, 폐하." 사일런스가 말했다. "우리가 왜 여기 오게 됐는지 여쭤보아도 되겠습니까?"

"물론 그대가 필요해서지, 함장. 그대와 수색관 때문에 좀 화가 났다네. 그대는 훌륭한 배를 잃었고 더러운 반역자의 목을 가져오지도 못했어. 우리는 오언 데스스토커의 목을 아주 절실히 원했거든. 그자를 바로 여기 회의장에서 효수해 지위고하를 막론하고 반역자의 말로가 얼마나 비참한지 모두에게 보여주고 싶었네. 나는 감히 실패를 자행한 그대 두 사람을 천천히 아주 고통스런 방법으로 죽일 계획도 세워보았지…… 하지만 마음을 바꿨네. 그대가 필요해."

'바로 이거군.' 그는 피할 수 있었으면 좋겠다고 생각했다.

"그대는 십 년 전과 최근에 두 차례나 언실리 행성에서 외계종족을 멋지게 처리해 우리를 기쁘게 한 적이 있네. 그들의 봉기가 제국의 안녕에 근심이었지만 그대가 그들을 저지해 없애버렸지. 게다가 최근 그곳에 불시착한 외계인의 우주선을 발견하고 그들이 우리 존재를 본국에 알리기 전에 먼저 그들을 처리하는 수훈을 세우기도 했네. 이밖에 여러 가지 공을 감안해 그대에게 감사를 표하며 모든 죄를 사면하는 바이네."

남아 있던 경비대원이 손목의 조종기를 작동시키자 몇몇 군중은 박수를 치기 시작했다. 연달아 폭죽이 터지듯 자물쇠들이 딸깍거리며 열렸고 마침내 사일런스와 프로스트에게서 사슬이 완전히 벗겨졌다. 사슬은 흙탕물 속으로 떨어져 사라졌다. 사일런스는 자국 난 손목을 조심스럽게 문지르며 생각에 잠겼다. 라이언스톤은 중요한 것을 말하지 않았다. 외계우주선에서 발견한 새로운 스타드라이브에 대해서 말이다. 물론 그럴만한 이유가 있을 것이다. 첫째, 외계종족이 제국보다 어떤 면에서 우월한 기술을 보유하고 있다는 것을 사람들에게 알릴 필요가 없을 것이다. 둘째, 사람들이 여제의 과학자들이 스타드라이브를 개발해냈다고 믿게 된다면 스타드라이브를 얻지 못하게될까 두려워 감히 여제를 자극하는 행동은 하지 않을 것이다. 둘 다그와 프로스트를 침묵시켜야 하는 충분한 이유가 되었다. 뭔가 안 좋은 일이 다가오는 것 같았다. 그는 마치 목 뒷덜미에 죽음의 차가운 숨결이 닿는 것처럼 그것을 느낄 수 있었다.

"그대를 다시 예전의 직위로 복귀시킴과 아울러" 여제는 거의 잡담하듯 말을 이었다. "새로운 스타드라이브가 장착된 돈틀러스 호의 지휘를 맡기겠다. 그렌델 행성에 가서 '잠자는 자들의 무덤'을 열도록 하라."

충격의 신음소리가 회장에 퍼져나갔다. 마지막으로 우주선이 그렌델에 갔을 때 무슨 일이 일어났었는지 모든 사람들이 기억하고 있었다. 그 행성은 텅 비고 고요해서 식민지로 적당한 조건처럼 보였다. 그러나 탐사반이 지하에서 가늠할 수 없이 오랜 시간 동안 방치된 거대한 철제 돔 아래의 고대도시 유적을 발견하면서 문제는 달라졌다. 그들이 그 도시 안의 또 다른 돔을 열었을 때 잠자는 자들이 깨어났던 것이다.

사악한 외계생명체인 그들은 삐죽삐죽한 실리콘 갑각으로 둘러싸인 살과 피의 악몽 같은 존재였다. 거대하면서도 믿을 수 없을 정도로 빨랐으며 강철 발톱과 이빨을 지니고 있었다. 그들은 단 몇 분 내에 지상팀을 간단히 절멸시켜버렸다. 제국은 다시 잘 훈련된 공격부대와 전투에스퍼, 심지어 개조인간까지 파견했지만 모두 살해되었다. 다행히도 외계생명체는 우주선이 없었다. 그들은 행성에 붙박여 있었다. 그래서 함대가 파견되어 궤도상에서 행성 전체를 불태워버렸다. 현재 그렌델은 여섯 대의 순양함이 감시하는 가운데 완전 격리된 상태였다. 그곳에는 또 다른 돔들이 있고 또 다른 잠자는 자들이 있지만 제국은 그들을 깨울 계획이 없었다.

그런데 지금 그 입장이 번복된 것이다. 사일런스는 고개를 가로저으며 몸서리를 쳤다. 그렌델이라니. 그는 차라리 처형되는 편이 낫겠다고 생각했다.

"제가 왜 그 벌레깡통을 열어야 하는지 여쭤봐도 되겠습니까, 폐하?"

"물론이지, 함장. 돔을 하나씩 열어서 무슨 수를 쓰든 그것들을 길들이고 훈련시킬 방법을 찾아보도록 하게. 자금과 인력, 무기는 원하는 만큼 재량껏 사용해도 좋네. 임무에 필요한 게 있으면 뭐든지 요청하게나. 새로운 두 외계종족과 전쟁을 하게 될 경우 잠자는 자들을 기습부대로 활용하려는 것이 나의 계획이네. 질문 있나?"

"출발하기 전에 유서를 작성할 시간이 있을까요?"프로스트가 말했다.

여제는 가볍게 웃고는 손짓으로 더 많은 경비대원들을 불렀다. "함장과 수색관을 새로운 배로 안내하라. 도중에 길을 잃고 헤매지 않도록 잘 안내하도록!"

사일런스는 절하고 프로스트와 함께 걸어 나오면서 자신들을 호위하는 여섯 명의 중무장한 경비대원들을 무시하려는 듯 목에 힘을 주었다. 잠시 후 사일런스는 슬픈 듯 고개를 저었다. 라이언스톤이 거의 불가능한 임무를 맡겼다. 게다가 그와 수색관이 임무 중 살해될 것을 기대하며 새로운 스타드라이브에 대해 입막음을 하려는 것 같았다. 라이언스톤은 대담성과 교활함에서 누구에게도 뒤지지 않았으며 그것이 그녀가 여전히 황위를 차지하고 있는 힘이기도 했다.

라이언스톤은 그들이 완전히 사라질 때까지 기다렸다가 다시 군중을 바라보며 말했다. "이제 우리가 제국을 보호하기 위해 얼마나 헌신해야 하는지 알았으리라 생각하오. 좋소. 우리는 내부에서든 외부에서든 제국을 적으로부터 방어해야 하오. 실수는 용납되지 않소. 영주와 영주부인, 그리고 친애하는 벗들이여, 새로운 스타드라이브로 우리는 우리에게 맞서는 자들에 대해 확고부동한 우위를 갖게 되었소. 우리의 적은 멸망할 것이오. 그들이 우리로부터 숨을 곳이라고는 없소. 우리가 쫓지 못할 곳은 없소. 우리의 의지는 꺾이지 않소."

"참내, 거기 뭔 일 있나?"

갑자기 권좌 위의 높은 천장에서 폭발이 일면서 파편들이 안개 속으로 비 오듯 쏟아져 내렸다. 시녀들이 튀어 올라 몸으로 여제를 감쌌다. 날카로운 돌조각들이 그들의 약한 피부를 찢어 피가 흘러내렸지만 그들은 꿈쩍도 하지 않았다. 군중은 혼란에 빠져 비명을 지르며 여기저기로 내달았다. 드램은 검과 총을 꺼내 들고 적에 대비했다. 권좌 근처의 안개와 연기 속에 열두어 개의 밧줄이 늘어뜨려지더니 가죽옷과 체인을 걸친 남자와 여자들이 그 줄을 타고 내려왔다. 그들은 물위에 착지하자마자 재빨리 옆으로 비켜서서 다른 사람들이 계속 내려올 수 있도록 자리를 마련해주었다. 드램은 열 개가 넘는 광선총이 자신을 겨냥한 것을 보고 가만히 서 있었다. 침입자들이 그에게 무기를 버리라고 손짓하자 그는 칼과 총을 떨어뜨리고 그것이 어두운 물속으로 사라져가는 것을 무표정하게 지켜보았다. 키트 서머아일은 지시받기 전에 먼저 검을 떨어뜨렸다. 시녀들은 라이언스톤으로부터 조금 물러서서 권좌 주변에 방어선을 치고 깜빡임 없는 곤충 눈으로 침입자들을 노려보았다. 군중은 비명을 지르고 한꺼번에 모든 말들을 쏟아내 소란이 극에 달했다.

엘프다…… 엘프들이 습격해왔다……

"에스퍼해방전선(ESPer Liberation Front)에 영광이 있으라!" 침입자 중 낡은 가죽옷에 엄청나게 많은 체인을 걸친 한 여성이 소리쳤다. 티셔츠 위에는 'Born to Burn(태우려 태어나다)'이라는 글귀가 선명했다. 그녀는 땅딸막하고 다부진 체구였으며 소매 아래로 드러난 팔뚝에는 근육이 꿈틀거렸다. 그리고 검은색의 긴 머리에는 리본을 가득 달고 있었다. 그녀의 눈이 광기의 불꽃으로 이글거리지만 않았다면 꽤 예뻤을 것이다. 다른 엘프들이 그녀의 주변에 모여들었다. 그들 중 반은 숨죽인 군중에게 총을 겨냥했고, 나머지 반은 권좌 쪽을 겨냥하고 있었다. 라이언스톤은 시녀들 뒤에서 말없이 지켜보고 있었지만 눈에는 노기가 가득했다. 그녀나 드램, 그밖에 연회장 내 어느 누구도 에너지무기에 맞설 만큼 바보는 아니었다.

에스퍼 테러리스트들은 거칠고 지저분해 보였다. 하지만 가죽옷에 걸친 체인만큼은 금방 광을 낸 듯 반짝였으며 모두들 얼굴과 머리에 밝은색을 칠하고 있었다. 그들 모두 젊은이들이었는데 어떤 이는 이제 막 십대를 벗어난 듯 보였다. 하지만 옷 밖으로 드러난 피부에는 여기 저기 흉터들이 보였다. 제국은 에스퍼를 가혹하게 다루었기 때문에 많이들 죽거나 저항군이 되었다. 현재는 대부분 죽었다. 아주 약간의 에스퍼들만 남아 있을 따름이었다. 'Born to Burn' 티셔츠를 입은 엘프가 앞으로 나서면서 말없이 군중에게 조롱하듯 절을 했다.

"소란을 피워 죄송합니다. 하지만 입구가 막혀서 어쩔 수 없었네요. 자, 이제 말들 잘 들으세요. 시키는 대로만 하면 댁들의 중요한 장기들을 다치지 않은 채로 집에 가져갈 수 있을 거예요. 하지만 까불면 뭔가 재미있는 일이 벌어질 겁니다. 우리 중 몇은 진짜 괴팍한 유머감각을 지녔거든요. 수배자로 오래 살다보니 그렇게 됐네요."

그녀는 돌아서서 라이언스톤을 바라보았다. "안심하세요, 아가씨. 댁을 죽이러 온 게 아니니까. 다른 볼 일이 있어서 왔어요. 자, 그 큰 의자에서 알아서 내려오실래요, 아니면 끌려 내려오실래요?"

라이언스톤은 일어서서 얼음장 같은 권위를 유지한 채 검은 물속으로 내려섰다. 시녀들이 즉시 다가가 그녀를 에워쌌다. 엘프는 그들을 무시하고 권좌 옆에 쭈그리고 앉아 옥으로 장식된 검은 철을 유심히 더듬었다.

"이름이 무엇이냐, 반역자?" 여제가 물었다.

"스티비 블루. 만나서 반갑지가 전혀 않군요."

"경비대가 곧 몰려올 것이다. 너희들은 탈출할 가망이 없어."

"댁의 경비대는 지금 우리 동료들과 숨바꼭질하고 있을 거네요. 댁의 보호자는 저 가련한 넋 나간 시녀들과 의자에 숨겨놓은 ESP차단기가 전부일걸요. 아, 찾았다."

그녀는 권좌의 측면에 붙은 제어판을 밀치고 사람 머리통만 한 크기의 투명한 상자를 조심스럽게 꺼냈다. ESP차단기는 아주 단순한 장치였다. 살아 있는 에스퍼의 두뇌를 몸체에서 추출해 정지 상태로 보관한 것이다. 전두엽에 끊임없이 낮은 전압의 전류를 흘려서 두뇌가 지각 상태에서 기능하도록 해 주변의 어떠한 에스퍼 능력도 무력화시키는 것이다. 제국이 만들어낸 끔찍한 장치로서 에스퍼저항군 또는 엘프라고 불리는 세력으로부터의 유일한 방어수단이었다.

스티비 블루는 상자를 머리 높이 들어 올린 다음 권좌의 팔걸이에 세차게 내리쳤다. 상자는 박살나고 뇌 조직은 산산이 흩어졌다. 피로 물든 뇌 섬유가 권좌 옆으로 흘러 물속으로 떨어져 내렸다.

"고이 잠드소서, 친구여." 스티비 블루가 부드럽게 말했다. "싸움은 계속된다." 그녀는 라이언스톤을 다시 쏘아보았다. "댁이 만들어낸 지옥에서 고통받는 불쌍한 영혼이었어."

라이언스톤은 웃었다. "다시 하나 만들면 돼. 기증자는 많거든."

엘프가 한 발짝 접근하자 그녀가 물러서다가 이내 멈추었다. 스티비 블루는 차갑게 그녀를 쏘아보았다. "나는 지금 댁을 죽일 수도 있지, 라이언스톤. 우리 중 누구도 할 수 있어. 우리는 댁의 죽음을 간절히 원해. 밤마다 그 꿈을 꾸고 아침에 일어나면 그것을 실행할 계획을 짜곤 하지. 언젠가는 우리가 댁이 그토록 소중히 여기는 제국을 돌멩이 하나까지 차례로 박살내버린 다음 댁이 완전히 숨을 곳이 없을 때 그때 댁을 찾아갈 거야. 하지만 지금 댁이 약하고 힘이 없다고 그냥 죽여버린다면 누군가 댁의 더러운 계보를 이은 다음 그 새로운 황제가 에스퍼들에게 전면적인 보복전을 선포할 게 분명해. 수천이 죽고 수천이 고통받겠지. 그래서 오늘은 그냥 우리가 댁에 대해 어떤 감정을 품고 있는지 보여주는 것으로 만족하겠어. 작은 선물을 준비했으니 받아줘."

그녀는 등 뒤에서 커다란 크림파이를 꺼내 들었다. 스티비 블루는 놀란 표정의 라이언스톤을 씩 웃으며 쳐다본 후 힘 들이지 않고 가볍게 파이를 던졌다. 그것은 라이언스톤의 얼굴을 정통으로 맞혔으며, 라이언스톤은 비틀거리며 몇 발짝 물러나 손으로 얼굴을 닦아내기에 정신이 없었다.

스티비는 웃음을 터뜨렸다. "암살 시도에 대한 보복이라면 그럴싸할 텐데 파이에 대한 보복은 좀 꼴사납겠지? 무척 예뻐 보이는군. 연약하기도 하고. 안녕, 라이언스톤. 즐거웠어."

라이언스톤은 크림이 찐득하게 묻은 얼굴로 두 눈을 이글거리며 부들거리는 손을 들어 엘프들을 가리키며 소리쳤다. "죽여버려, 몽땅 없애버리라고."

시녀들이 즉각 명을 받들어 앞으로 달려 나갔다. 시녀들의 손톱 아래서 강철 갈고리가 솟아나왔고 엘프들은 그에 맞서기 위해 각자의 능력을 발휘했다. 스티비 블루는 온몸을 불길로 감싸 살아 있는 순수한 열기 그 자체였지만 시녀들은 개의치 않고 달려들었다. 시녀들은 이미 고통과 공포 같은 나약함을 초월한 존재였다. 스티비가 시녀들에게 파묻혀 사라지자 다른 엘프들이 그녀를 구하기 위해 달려왔고, 시녀들은 그들을 막기 위해 갈라섰다. 시녀들은 앞의 두 에스퍼에게 달려들어 초자연적인 힘으로 그들을 찢어발겼다. 엘프들이 피를 튀기며 비명 속에 죽어갔다. 한 에스퍼가 다급하게 몸짓하자 시녀들은 갑자기 보이지 않는 벽에 부딪친 듯 멈춰 섰다. 그러나 금세 벽이 사라졌는지 시녀들은 잠시 비틀거리다가 다시 앞으로 달렸다. 스티비 블루의 불꽃도 껌뻑이다가 꺼져버렸다. 라이언스톤은 다시 권좌에 앉아서 말했다.

"정말 내가 단 한 개의 ESP차단기에 내 안전을 맡겼다고 생각한 건 아니겠지?"

시녀들이 어쩔 줄 몰라 하는 에스퍼들에게 다가가면서 비명소리가 높아지자 여제도 목소리를 높여야만 했다. 광선총이 발사되었지만 시녀들의 빠른 움직임을 잡지는 못했다. 시녀들은 금세 엘프들 사이를 파고들며 섞여버렸고 이제 광선총을 사용할 수도 없게 됐다. 시녀들은 양떼 속의 늑대처럼 에스퍼들 사이를 헤집고 다니며 강철 갈고리로 무방비의 살을 무차별적으로 파헤쳤으며 핏물이 흐르는 살점을 입에 쑤셔 넣고 씹어댔다. 그들은 굶주린 짐승이었다.

한 에스퍼가 자신의 총을 시녀의 입에 대고 발사하자 시녀의 몸이 폭발하면서 핏덩어리가 사방으로 흩뿌려졌다. 다른 시녀가 그 에스퍼 뒤에 나타나서 곰처럼 감싸 안자 에스퍼의 갈빗대가 함몰되며 그의 폐와 심장을 찔렀다. 엘프들은 도망치려 했으나 시녀들이 없는 곳이 없었다. 엘프들은 하나씩 차례차례 쓰러져서 마침내 한 남자만이 남았다. 그가 권좌 쪽으로 달려가 광선총을 발사했으나 아직 에너지 크리스털이 충전 중이었다. 그는 쓸모없는 총을 내던지고 검을 뽑았다. 그때 시녀 하나가 그를 덮쳐 물속으로 같이 나뒹굴었다. 시녀는 그를 아래로 찍어 누르고 질식해 죽어가는 것을 무표정하게 바라보았다. 그는 발버둥 치다가 물속에서 검을 세워 시녀의 배를 찔렀다. 시녀가 뒤로 나자빠지고 에스퍼가 물속에서 솟구쳐 올라 기침을 해댔다. 그는 라이언스톤을 쏘아보며 다시 검을 치켜세웠다. 그가 앞으로 전진할 때 좀 전의 시녀가 다시 뒤에서 그를 덮쳤다. 시녀가 배운 대로 집중하자 몸속의 유산탄이 폭발했다. 엘프와 시녀의 몸은 산산조각 나서 파편이 되어 오랫동안 비처럼 쏟아져 내렸다.

궁정은 쥐 죽은 듯 조용해졌고 남은 시녀들 넷이서 쓰러진 엘프의 몸을 뜯어먹는 소리만 간간히 울려 퍼졌다. 라이언스톤이 시녀들을 불러들이자 사냥감에서 물러나는 개처럼 피가 뚝뚝 듣는 입을 다시며 권좌 주변으로 몰려들었다. 라이언스톤은 피가 낭자한 채 권좌의 기단 쪽에 웅크리고 있는 스티비 블루를 내려다보았다. 그녀는 간신히 검을 뽑아들 수 있었지만 충격과 상처의 고통으로 팔은 무섭게 떨리고 있었다. 그녀는 입을 꽉 다문 채 비틀거리며 억지로 앞으로 몸을 움직였다. 드램이 그녀 뒤에 나타나 검으로 그녀를 찔렀다.

스티비 블루는 신음소리를 내며 무릎을 꿇었다. 뭐라고 말하려 하자 입에서 피가 솟구쳤다. 드램이 칼을 뽑았을 때 그녀는 갑작스런 한기를 느낀 듯 한 차례 진저리를 쳤다. 라이언스톤이 권좌에서 걸어 내려와 그녀 앞에 쪼그리고 앉았다. 여제의 손에는 장식이 달린 은빛 단도가 들려 있었다. 그녀는 에스퍼의 얼굴에 바싹 다가가서 말했다.

"이제 더 할 말 없나, 엘프? 내가 얼마나 약하고 네가 얼마나 똑똑한지에 대해 말이야. 에스퍼의 영광이 어쩌고저쩌고 마지막으로 한 번 더 외쳐야지?"

스티비는 다시 몸을 떨었다. 턱으로 피가 흘러내렸다. 그녀가 말을 시작하자 여제만이 들을 수 있었다.

"다시 돌아올 거야. 나 같은 사람들이 아직 많지. 우리 중 누군가가 너를 해치우게 될걸. 지옥에나 가버려, 쌍년."

라이언스톤은 스티비의 가슴에 단도를 천천히 밀어 넣으며 죽어가는 숨결을 입으로 들이마시고 미식가가 하듯 음미했다. 그녀는 손끝을 에스퍼의 가슴에 대고 밀치면서 단도를 뽑았다. 스티비는 흙탕물에 엎어져 꼼짝도 하지 않았다. 라이언스톤은 허리를 펴고 단도를 소매 속에 간수한 후 드램의 호위를 받아 다시 권좌로 돌아갔다.

"엘프는 설대 실토하지 않습니다." 드램이 편안하게 말했다. "그들은 비밀을 누설하기보다 스스로 파괴되도록 마음을 프로그래밍하지요. 하지만 너무 쉽게 죽여버리셨군요."

"드램 당신은 내 즐거움을 망치는군요. 그녀는 절망 속에 죽어갔어요. 그거면 됐어요. 그것보다도 어떻게 그렇게 많은 엘프들이 당신의 경비망을 뚫고 들어올 수 있었는지가 궁금하군요."

"좋은 질문입니다." 드램이 말했다. "접견이 끝나면 제 인력을 한번 철저히 조사해봐야겠습니다. 조직 어딘가에 반역자가 있음이 분명합니다."

"그건 불가능하다고 생각했는데."

"저도 그랬습니다. 하지만 반역자가 있다면 꼭 찾아내고야 말겠습니다."

"그러길 바라요, 드램." 여제가 말했다. "왜냐하면 당신이 나를 보호할 것이라고 믿을 수 없다면, 도대체 당신이 왜 필요하겠어요?"

드램은 웃으며 조심스럽게 그녀 얼굴에 남은 크림을 손가락으로 찍어 유심히 맛을 보았다.

"제가 제일 좋아하는 브랜디 버터소스군요. 엘프들은 식감이 탁월하군요."

"물론이지요," 여제가 말했다. "내 시녀들도 동의할걸요."

실전경험

도시는 한때 다른 이름을 갖고 있었지만 지금은 아무도 그것을 기억하는 사람이 없다. 지난 3백 년 동안 도시는 제국에 '끝없는 행진'으로 알려졌으며 검투경기의 본산으로 자리 잡았다. 골고다 행성의 크기에 비할 때 큰 도시는 아니었지만 썩은 고기에 파리가 꼬이듯 새로운 시민들이 합류하면서 매년 조금씩 성장했다. 그곳에는 도박장과 쾌락의 돔, 현실도피와 망상여행, 온갖 경이와 신비가 수도 없이 넘쳐났지만 그것들을 위해 거기를 찾는 이는 없었다. 그것들은 단지 애피타이저, 반찬, 좀 더 강력한 것으로 나아가기 위해 입을 다시고 구미를 자극하는 수단에 불과했다.

시의 중심부, 어둠과 무자비한 심성의 깊숙한 곳에 검투장이 있었다. 잘 고른 모래가 깔린 탁 트인 넓은 공간 주변으로는 관중석이 둘러싸고 있었고 여러 겹의 차단장으로 외부세계와 분리되어 있었다.

차단장은 복잡한 절차를 거쳐야만 내려질 수 있었다. 검투장으로 들어가기는 쉽지 않았으나 나오기는 더 어려웠다. 그 속에서 사는 사람들은 그곳을 떠나지 않았다. 검투장의 지하 깊은 곳에 그들을 위한 방과 구불구불한 복도가 있었다. 검투사들은 그곳에서 싸움기술을 연마하고 명예와 영광을 꿈꾸며 화려한 생활을 영위했다. 트레이너와 운영직원들은 평범한 방에 거주하면서 게임이 원만하게 진행되도록 하는 데 삶을 바쳤다. 가장 낮은 곳의 어두운 지하감옥에 있는 죄수들은 핏빛으로 물든 모래판 위로 내몰리기 전까지 결코 다시 햇빛을 보지 못할 것이라는 사실을 잘 알고 있었다. 죄수들은 항상 넘쳐났다. 사람, 클론, 에스퍼, 외계인 등등. 그들은 결코 만족을 모르는 대중의 허기를 채워주는 먹잇감이었다.

사람들은 고대의 규칙에 따라 연출되는 삶과 죽음의 드라마, 피와 고통의 향연을 즐기기 위해 제국 도처에서 몰려들었다. 수조의 인구가 매일 밤 홀로그램으로 그것을 시청한다. 하지만 진정한 팬들은 보는 것만으로 만족하지 못했다. 직접 현장에서 눈으로 보고, 분위기를 만끽하고, 공기 중에 스민 피 냄새를 맡고, 자신의 영웅에게 열광하고, 패자에게 야유를 보내며 죽음의 궁지로 몰아붙여야만 성이 찼다. 대중은 항상 자신의 영웅이 있었지만 규칙에 의해 그 영웅은 오래 살아남지 못했다. 이것이 바로 그곳을 '끝없는 행진'이라 부르는 이유였다. 영웅은 왔다가 사라지지만 경기는 영원히 계속된다.

이 도시는 골고다 행성에서 유일하게 한 가문에 의해 소유되거나 지배되지 않는 곳이라는 점에서 독특했다. 여제는 게임의 공정성을 보장하기 위해 약간의 압력을 행사해 이를 관철시켰다. 모든 사람들이 핏빛 모래판에서 동등하게 죽을 기회가 보장되었다. 그렇지 않다면 재미가 없을 것이다. 끝없는 행진은 가문들이 명예롭게 서로 만나고 소통할 수 있는 안전한 중립지대가 되었다. 그리고 가문들은 자신의 검투사들 사이의 투쟁을 통해 서로의 분쟁을 해소하기도 했다. 서로 체면을 지킬 수 있었고 명예는 충족되었다. 설혹 검투사가 다치거나 죽는다 해도 크게 신경 쓰지 않았으며 신경 쓸 필요도 없었다.

가문들은 이런 분출구를 확보하는 대가로 검투장을 유지하고 그 직원들을 지원하는 데 막대한 기부를 했다. 그리고 가문의 도박 취향 때문에 그보다 훨씬 많은 현금이 검투장의 금고로 흘러들어갔다. 가문들이 자신들의 검투사와 자신들의 명예를 위해 논을 쏟아 부으면서 하룻밤 새에 전 재산이 왔다 갔다 하기도 했다. 검투사들은 고용된 자들이었다. 가문의 성원들이 직접 나서 싸우는 것은 꿈도 꿀 수 없었다. 공식적인 결투에 목숨을 거는 것과 대중의 즐거움을 위해 자신을 낮추는 것은 완전히 다른 일이었다. 대중에게 귀족이 피 흘리며 쓰러지는 것을 보여서는 안 되었다. 자칫 대중을 선동할 가능성이 있기 때문이었다.

검투장을 에워싸고 끝없는 행진의 시민들이 살고 있었다. 상인, 서비스업 종사자, 그리고 검투사였거나 검투사가 되기를 지망하는 사람들이 그들이었다. 게임은 모든 사람들에게 개방되었고 대중의 욕구는 한계가 없었기 때문에 항상 새로운 피가 요구되었다. 그래서 제국의 도처에서 부와 명성을 추구하거나, 짜릿한 흥분을 느끼기를 원하거나, 또는 그냥 태양 아래서 죽기 위해 사람들이 몰려들었다. 누구도 거절당한 적이 없었다. 죽음은 지극히 민주적인 것이다.

검투장 주변의 도로는 오가는 사람들과 물건을 파는 사람들로 언제나처럼 북적거렸다. 소란스런 대중 속으로 뻗어나가는 잡상인들의 외침소리는 자신의 영역을 표시하는 새의 울음소리처럼 지나는 사람의 주의를 잡아 끌었다. 하지만 그들의 열창조차도 가문의 성원들이 지나칠 때는 사그라졌다. 대중 속에서 귀족이 지나는 길을 알아보고 싶다면 주변에 비해 상대적으로 조용한 곳을 찾아보면 된다.

밸런타인 울프는 상대적인 고요를 공기처럼 당연한 것으로 여기며 무관심하게 소란을 헤치고 걸었다. 키가 크고 음산한 섬세함을 지닌 그는 그다지 눈에 띄는 인물은 아니었지만 사람들은 여전히 그를 알아보고 밀치거나 진행에 방해가 되지 않으려고 주의했다. 마스카라를 칠한 눈과 진홍색 미소는 사람들이 주의해야 할 귀족 얼굴 중 하나로 누구나 알아보았으며, 누구도 혹시나 울프 가에 모욕으로 느껴질지도 모를 짓을 무심코 저지르지 않기 위해 조심했다. 밸런타인은 화장한 얼굴 속에 생각을 감추고 어두운 눈으로 먼 곳을 바라보며 걷고 있었다. 그는 경호원을 대동한 적이 없었다. 어떤 사람은 자부심이라고 하고 어떤 사람은 오만이라고 했지만, 사실을 말하자면 밸런타인은 자신만의 생각에 빠져서 걷는 것을 즐겼으며 경호원을 주의를 분산시키는 성가신 존재로 여겼다.

마침내 그는 작고 평범한 제과점 앞에서 발을 멈췄다. 그러고는 길에서 약간 벗어나 진열장의 훌륭한 과자들을 유심히 관찰했다. 그는 가끔 단 음식을 즐기기는 했으나 여기에 온 목적은 그게 아니었다. 가게주인 조르지오가 진열장에서 찾을 수 있는 것보다 훨씬 달콤하고 매혹적인 것을 밸런타인에게 공급했던 것이다. 조르지오는 복잡한 마약 공급망 중에서 밸런타인이 수년간 애용한 통로였다. 밸런타인과 같은 지위의 사람들은 그냥 주문만 하면 무엇이든 원하는 것을 얻을 수 있었지만 그는 자신의 욕구와 기호를 직접 충족시키고 싶었던 것이다. 아는 것이 힘이다. 그리고 그가 원한 물건들 중 일부는 귀족들에게조차 금지된 것도 있었다. 그렇지만 그런 것이 더욱 그의 구미를 당기는 이유가 되었다.

진열장 왼편의 길쭉한 유리꽃병에 검은 장미 한 송이가 꽂혀 있는 것이 보였다. 밸런타인은 그것을 유심히 들여다보았다. 장미는 조르지오가 밸런타인의 주문품을 손에 넣었다는 신호였다. 하지만 그것을 오른편이 아닌 왼편에 놓은 것은 무언가 문제가 발생했다는 의미였다. 밸런타인은 살짝 미소를 머금으며 어떻게 할지 잠시 망설였다. 그냥 지나치는 것으로 문제를 피해버릴 수 있었다. 이것은 아마도 함정일 것이다. 거대한 음모 게임을 벌이는 모든 사람들과 마찬가지로 밸런타인도 꽤 적이 많았다. 하지만 그냥 지나쳐버린다면 누가 함정을 팠는지 알 수 없게 되고, 그들이 어떻게 조르지오를 알게 되었는지도 미궁에 빠지게 될 것이다. 그리고 그것은 조르지오 같은 좋은 협력자를 적의 수중에 남겨두는 것이기 때문에 그럴 수는 없었다. 그의 친구와 거래선을 위협하는 자들을 그냥 못 본 체한다면 그의 주변에는 결국 아무도 남지 않게 될 것이다. 그리고 좋은 거래선은 쉽게 만들어지는 것이 아니다.

그는 가게 문을 밀치고 세상에 아무것도 근심할 게 없다는 듯 아무렇지도 않게 안으로 들어섰다. 가게 안은 어두웠다. 누군가 햇빛을 차단하기 위해 창문을 분극한 것이다. 밸런타인은 뒤에 문이 닫히도록 놓아두고 가만히 서 있었다. 그가 일련의 방법으로 마음을 집중하자 몸속 깊은 곳의 약물저장소가 반응해 내용물을 혈류에 흘려 넣었다. 산소와 결합한 신선한 피가 근육을 휘돌자 근육이 약간 부풀어 오르며 행동준비를 마쳤다. 그의 감각이 초인적으로 예민해지자 앞의 어둠은 비밀의 베일을 벗기 시작했다. 가게 깊숙이 뒤쪽에 열두 명이 말없이 서 있었다. 그중 두 명은 조르지오를 붙잡고 손으로 입을 틀어막고 있었다. 그는 조르지오의 공포와 다른 자들의 초조함을 냄새 맡을 수 있었다. 그들이 어둠 속에서 안전하다고 믿고 무의식중에 저지르는 작은 움직임조차 밸런타인은 소리로 느꼈다. 밸런타인의 미소가 약간 벌어졌다. 그의 적들에게 안전한 곳은 어디에도 없다. 그들 모두 죽은 목숨이다. 그들이 아직 모르고 있을 뿐이다. 그는 공손히 목청을 가다듬었다.

"누가 불 좀 켜시지, 신사양반들. 어둠 속에서 협상할 수는 없지 않겠나?"

"왜 우리가 협상하리라 생각하는 거지?"교양 있는 척했지만 별로 성공하지 못한 목소리가 응답했다.

"당신들이 자객이라면"밸런타인은 조용히 말했다. "내가 걸어 들어오는 순간 날 죽였을 것이오. 그러니 당신들이 내게 뭔가 할 말이 있을 거라 생각했지. 자, 해보시오. 나는 다음 약속이 있거든."

그림자 같은 인물이 유리창을 맑게 하자 햇빛이 쏟아져 들어왔고, 가게 뒤편에서 오만하게 미소 짓는 열두 명의 깡패들이 나타났다. 그들은 뒷골목 어딘가의 싸구려 보디숍에서 만들었음이 분명한 툭툭 불거진 근육과 그 밖의 개조물들을 뽐내려는 듯 모두 웃통을 벗고 있었다. 한결같이 자신의 소속을 드러내는 강청색으로 피부를 물들였으며 가슴에는 불타는 은색 해골 문신이 선명했다. 고통 없이 살 위에 해골을 그려 넣는 방법은 많았지만 중요한 것은 고통이었다. 그것은 용기와 헌신을 다짐하는 신고식이었던 것이다. 문신은 평생을 갈 것이며, 갱단의 멤버십도 그랬다.

밸런타인은 그답게 그들을 즉시 알아보았다. 악마파였다. 도심의 지저분한 구역을 장악한 제법 규모가 큰 패거리였다. 도시에는 수백 개의 패거리에 수천 명의 깡패들이 있었다. 그들은 검투장의 부름에 응하기에는 너무 겁이 많거나 너무 똑똑한 축이었으며 먹고살기 위해 약간의 완력이 필요한 사람들에게 고용되는 자들이었다. 돈만 주면 그들은 무슨 일이든 했다. 서로 간에 영역이나 여자들, 또는 그들 간에 명예라고 불리는 것을 위해 전쟁을 벌이기도 했다. 위나 아래나 다 똑같이 평민들도 상류층을 흉내 내고 있었던 것이다. 그들은 평화로울 때는 유흥업소와 상점들에게 보호비를 뜯는 것으로 연명했다. 하지만 가문들 사이의 일에는 개입하지 않는 것을 철칙으로 삼았다. 그러므로 지금 이 상황은 누군가가 일을 꾸미기 위해 상당한 돈을 지불했다는 것을 미루어 짐작케 했다. 이것은 배후로 의심할 만한 사람의 범위를 좁히는 데 도움이 되었다.

밸런타인은 악마파를 관찰할 여유를 가졌다. 그는 전혀 불안하거나 다급하지 않았다. 깡패 중 몇몇은 사악한 보디닥터에게 몸을 팔아 유전자변형이나 최소한 유전자교체를 받은 것처럼 보였다. 몇몇 의사에게는 항상 새로운 연구나 실험을 위한 기니피그가 필요했다. 흉측한 얼굴이나 몸은 그나마 운이 좋은 편에 속했다. 어쨌든 그들은 살아남았으니까. 어떤 자는 짐승 발 같은 손과 날카로운 이를 가졌으며, 다른 자는 부신을 강화시킨 것으로 의심되는 갑작스런 뒤척임을 보였다. 그들 모두 나름의 비밀무기를 갖춘 셈이었다. 하지만 밸런타인은 그들이 강화개조를 받지는 못했을 것이라고 확신했다. 그들은 개조된 몸을 유지하기 위해 필요한 크리스털을 사거나 교체할 만큼 부자가 아니었다. 그들은 모두 무장하고 있었다. 대부분 검을 쥐었고, 몇몇은 단도와 만곡도, 그리고 날이 선 체인을 들고 있었다.

밸런타인은 열심히 생각을 가다듬는 동안 그들의 경계를 흩뜨리기 위해 활짝 웃어 보였다. 악마파의 영역은 검투장 주변에서 멀찌감치 떨어져 있다. 그렇기 때문에 그들은 여기에 접근할 수 없다. 그들이 여기로 오는 도중에 푸른 얼굴을 드러내자마자 지역경비대가 알아챘을 것이다. 누군가 그들의 접근을 묵인하는 대가로 엄청난 돈을 뿌린 것이 분명했다. 이 모임을 간절히 주선하고 싶어 한 누군가가 모습은 드러내고 싶지 않았던 것이다. 익명으로 일을 추진하는 데 깡패를 고용하는 것만큼 좋은 것도 없다. 깡패들은 돈만 주면 무슨 일이든 했으며 돈의 출처에 대해서는 묻지 않았다. 밸런타인의 눈이 빛의 변화에 완전히 적응했다. 그는 악마파의 벌게진 얼굴과 과도하게 빛나는 눈동자를 보고 그들이 무엇인가에 취해 있다는 것을 눈치 챘다. 아마도 싸구려 모조 전투마약일 것이다.

그는 킬킬대며 나름대로 감사함을 느꼈다. 적어도 적들이 그를 가볍게 보지 않은 것이다. 전투마약은 군대 밖에서는 구하기 어려웠다. 하지만 밸런타인은 전투마약의 공급책도 역시 알고 있었다. 그리고 그 공급책을 알고 있는 사람은 많지 않았다. 곧 적의 정체가 밝혀질 것이다. 그는 집중하고 숨을 깊이 들이쉬면서 몸속에 불활성으로 머물고 있는 전투마약을 격발시켰다. 피가 끓는 물처럼 혈관을 거세게 휘몰아쳤다. 반사 신경이 가속되면서 세상이 약간 느리게 움직이는 듯 보였다. 그는 흥얼거리듯 킬킬대며 악마파에게 고갯짓을 했다.

"공연을 시작할 시간인데, 신사 여러분. 불쌍한 조르지오는 놓아주고 우리 사업에 집중해보는 게 어때?"

깡패들은 서로 옆구리를 찌르며 킬킬거렸다. 입에 묻은 초콜릿과 크림을 보니 조르지오의 작품을 게걸스레 먹어치운 것이 분명했다. 밸런타인은 눈살을 찌푸렸다. 그 과자들은 의심할 여지없이 그들에 의해 '낭비'된 것이다. 깡패들은 미묘한 것을 감상할 능력이 없다.

"불쌍한 조르지오는 아무 데도 가지 않을 거야." 갱단의 두목임을 나타내는 주홍색 머리띠를 두른 덩치가 말했다. "목격자를 남기지 말라는 명령을 받았거든."

"그렇다면 명령한 사람은 누구요?" 밸런타인은 공손히 물었다.

두목은 소통하듯 웃었다. "알 필요 없어. 니를 위한 메시지가 있으니 그거나 들어봐. 뭐 메시지라기보다는 경고 같은데, 무슨 말이냐 하면 너는 너무 성가시게 군다, 그래서 다시는 그러지 않도록 버릇을 가르쳐준다, 뭐 이런 거야."

"오, 친구." 밸런타인은 느긋하게 말했다. "또 죽이겠다는 협박이군. 웃기는 것들이야."

"널 죽이지는 않을 거야." 여전히 웃으며 두목이 말했다. "우리는 귀족을 살해하고 시의 모든 경비대에게 쫓기게 될 일을 청부받을 만큼 멍청하지 않거든. 우리는 너의 두 다리와 두 팔을 분지르고 네 갈빗대 위에서 잠깐 춤을 추다가 그냥 놔두고 갈 거야. 우리 청부인은 널 좀 다치게 하고 욕을 보이고 싶어 하는 것뿐이니 우리야 뭐 행복하게 복종하지. 그들이 지불한 돈에 비하면 아무것도 아닌 일이거든."

"그들이 얼마를 냈건, 내가 두 배를 주지." 밸런타인이 말했다.

갱단은 다시 소리 내어 웃거나 킬킬댔다. 하지만 두목의 얼굴에는 미소가 사라졌다. "단순히 돈 때문만은 아니야. 귀족에게 복수할 기회이기도 하지. 너희들은 우리가 원하는 모든 것을 가졌지만 여전히 만족하지 않아. 그리고 우리가 살아가야 하는 이곳 슬럼을 기웃거리며 우리의 고달프고 옹색한 삶을 비웃지. 우리의 술집을 때려 부수고, 우리의 여자들을 희롱하고 너희들이 흘린 부스러기를 두고 서로 다투도록 만들지. 우리는 너를 작살내는 대가로 많은 돈을 받았어, 울프. 하지만 공짜로도 해주고 싶은 심정이야. 우리는 너희 귀족들을 증오해. 너를 포함한 모든 작자들을."

"우리 귀족은 너를 증오하지 않아." 밸런타인이 말했다. "하수구에 흘러가는 쓰레기에 신경 쓰지 않듯이 우리는 너희들에 대해서도 신경 쓰지 않지."

악마파는 돌연 웃음을 멈췄고 공기 중에는 예리한 긴장이 감돌았다. 그들이 무기를 들어 올리자 쇠의 표면이 반짝였다. 쩔걱거리며 긴 체인을 손에 감는 소리도 들렸다. 조르지오를 붙잡고 있는 두 덩치에게 두목이 눈짓했고 그들은 그를 무릎 꿇렸다. 가게주인 조르지오는 작고 뚱뚱한 대머리 사내였다. 그는 괴물들 틈에 낀 어린아이 같아 보였다. 두목은 길고 가는 칼을 꺼내 조르지오 옆에 섰다.

"잘 잡고 있어. 여기 귀족나리께서 우리를 우습게 보는 것 같단 말이야. 이러면 그의 마음이 바뀔지도 몰라."

그는 정확한 손놀림으로 조르지오의 목을 칼로 그었다. 깨끗한 바닥에 피가 튀었다. 조르지오는 몸을 뒤틀고 튀어 오르며 그들 손에서 벗어나려 발버둥 쳤지만 소용이 없었다. 그는 손을 빼 목의 벌어진 틈을 틀어막을 수조차 없었다. 피와 함께 힘도 그의 몸에서 빠르게 빠져나가더니 마침내 앞으로 축 늘어져버렸다. 붙잡고 있던 자들이 그를 놓아주었고 그는 자신의 피로 흥건한 마룻바닥에 쓰러져 꼼짝도 하지 못했다. 그는 언제 죽었는지조차 모를 정도로 갑자기 죽었다. 밸런타인만이 조르지오를 바라보았고, 악마파는 밸런타인을 바라보고 있었다. 그리고 분위기가 일변했다. 그의 주홍 미소에서 웃음기가 가셨고, 마스카라한 눈은 섬뜩할 정도로 차가워졌다. 그는 완전히 다른 사람이 되어 있었으며 악마파가 그것을 느끼는 데는 그리 오래 걸리지 않았다. 그는 더 이상 궁지에 몰린 입장이 아니었다.

"그것 참 애석한 일이군." 밸런타인은 부드럽게 말했다. "조르지오만큼 패스트리를 잘 만드는 사람도 없었는데. 그것 때문에라도 너희들을 벌하지 않을 수 없군. 조르지오가 대단한 것은 아니지만 어쨌든 내 것이었으니. 누구든 니한테서 무언가를 뺏어가고 그걸 자랑으로 삼도록 용납할 수는 없지. 그래서 너희 모두를 죽여야겠어. 내가 너무 즐기지는 않도록 하마."

오랫동안 아무도 말하지 않았다. 악마파는 꼼짝도 않고 서 있었으며 팽팽한 긴장감으로 공기가 찢어질 듯했다. 그러다가 두목이 웃음을 터뜨리자 모두의 시선이 그를 향했다.

"좋은 시도였어, 귀족. 거의 성공할 뻔했어. 그러나 우리를 겁줄 수는 없지. 우리는 열둘이고 넌 혼자라고. 그리고 네 신분 따위는 여기서 아무런 도움도 안 돼. 저자를 잡아. 즐겨보자고."

깡패들이 한꺼번에 앞으로 달려와서 밸런타인을 에워쌌다. 하지만 밸런타인은 공격도 탈출 시도도 하지 않고 가만히 서 있었다. 그는 향상된 감각으로 깡패들의 움직임을 추적하면서 어두운 두 눈을 두목에게 고정시켰다. 모든 발소리, 모든 옷깃 스치는 소리를 분간할 수 있었고, 공기 중에 짙게 깔린 그들의 냄새도 맡을 수 있었다. 그들이 어디에 있는지 알기 위해 굳이 쳐다볼 필요도 없었다. 그의 미소는 움직이지 않았다. 그들의 조율된 움직임으로 판단컨대 악마파는 일종의 동기화 약을 복용한 것 같았다. 그들은 마치 다른 동료가 정확히 어디에 있는지 알고 있는 듯 연결된 움직임으로 동시에 같은 방식으로 무기를 치켜들었다. 두목을 따라서. 그렇다면 두목을 먼저 처치한다면……

밸런타인은 몸속에서 소용돌이치는 전투마약에 힘입어 불가능에 가까운 속도로 뛰쳐나가 한쪽 발로 땅을 찍고 몸을 민첩하게 돌리며 다른 발로 두목의 관자놀이를 강타했다. 강력한 타격에 두목은 목이 꺾이고 그대로 목뼈가 부러지며 바닥으로 쓰려졌고, 안구가 눈구멍에서 튀어나와버렸다. 그가 바닥에 닿을 무렵 밸런타인은 벌써 다음 악마파에게 접근하고 있었다.

이제 그의 몸속에서는 여러 가지 전투마약이 울부짖으며 몸과 마음을 가능성으로 가득 채웠다. 악마파는 갑자기 지휘자를 잃어 잠시 혼란에 빠졌으나 새로운 중심을 찾는 데 그리 오래 걸리지 않을 것이다. 밸런타인 앞에 있는 다음 상대는 젊은 녀석으로 성(性)을 분간할 수 없을 정도로 호리호리하고 해골에 양피지를 씌워놓은 것처럼 피부가 팽팽했다. 밸런타인이 목을 가격하자 녀석은 캑캑거리며 무릎을 꿇었다. 밸런타인이 다음 희생자를 찾아 엄청난 속도로 몸을 돌렸으나 순간 악마파의 눈에 새로운 빛이 나타났다. 그들은 새로운 지휘자를 찾았고 다시 한데 뭉친 마음을 밸런타인에게 고정한 것이다. 이제 그들은 구타 정도에 그치지 않을 것이다. 악마파가 피를 흘렸으므로 죽음의 보복만이 그들을 만족시킬 수 있었다. 밸런타인도 차라리 그게 좋았다. 깡패들도 명예가 무엇인지 알고 있는 것이다.

번쩍이는 칼날이 공기를 가르며 밸런타인을 향해 날아들었다. 밸런타인은 공중에서 그것을 낚아채 가벼운 동작으로 다시 원래의 임자에게 던졌다. 칼날은 악마파의 눈에 손잡이까지 깊숙이 박혔다. 그는 얼굴이 피로 물들며 뒤로 자빠졌다. 그때 또 다른 덩치 큰 여자 하나가 날카로운 체인을 길게 휘둘렀다. 체인의 날이 공기를 찢으며 밸런타인의 얼굴을 향해 섬광처럼 날아들었다. 밸런타인은 앞으로 나서면서 팔을 들어 올려 체인을 막았다. 체인은 그의 손목을 단단히 휘감았지만 날이 그의 피부를 파고들지는 못했다. 지금 그의 살은 평소 때와 달랐다. 무쇠처럼 단단했던 것이다. 악마파가 체인을 홱 잡아당기자 체인이 조여졌다. 밸런타인은 체인을 끌어당겨서 악마파를 사정거리에 늘인 다음 사유로운 나머지 한 손으로 그녀의 얼굴을 때렸다. 그의 손가락 피부가 넓은 살의 마스크를 만들면서 그녀의 입과 코를 덮었다. 그녀는 체인을 떨어뜨리고 그의 팔에서 버둥거렸다. 하지만 한 치도 움직일 수 없었다. 밸런타인은 그 효과를 즐겼다. 원래 그것은 살을 변형시켜 더 농밀한 애무를 하기 위한 섹스마약이었는데 밸런타인이 새로운 쓰임새를 발견한 것이다.

악마파 여인은 숨이 막히면서 빠르게 저항이 약해졌다. 그때 다른 악마파들이 일제히 밸런타인에게 뛰어들면서 사방은 부딪혀오는 몸뚱이들과 찔러오는 금속 덩어리로 가득했다. 그들도 빨랐지만 밸런타인은 더욱 빨랐다. 그는 그들 사이를 유령처럼 춤추고 누비며 모든 곳에 동시에 나타났고, 그의 손이 뻗는 곳마다 죽음이 피어났다. 그는 현재 극도로 고양되어 날렵하고 잔인했으며, 신경들이 번개처럼 빠르게 작동해 계획과 실행과 회피가 동시에 수행되었다. 그의 타격은 파괴적이었고 막을 수도 없었다. 악마파의 금속이 홀연 사라져버리는 목표를 용케 맞춘다 해도 유연한 살은 몇 초 내에 금세 아물어버렸다. 악마파는 당황해 찌르고 베기를 반복했지만 서로를 가격하는 일이 더 많았다. 밸런타인이 죽음의 한가운데서 우아하게 몸을 회전시키며 춤출 때마다 그들은 하나씩 쓰러져갔다. 그의 손과 발은 이미 보이지 않았으며 쓰러지기 전 악마파가 마지막으로 본 것은 무시무시한 그의 진홍색 미소였다.

마침내 제과점 바닥에는 열한 명의 갱단 시체가 마치 꺾인 꽃처럼 자신의 핏물에 빠진 채 기괴한 자세로 여기저기 널브러졌다. 오직 한 명의 악마파만이 살아 있었다. 벽에 등을 기대고 앉아서 부러진 팔을 괸 채 덜덜 떨며 최대한 밸런타인에게서 멀리 떨어지려고 애쓰고 있었다. 그의 숨소리는 거칠고 동공은 넓어졌으며 고통과 충격으로 몸에서 이미 약기운이 말끔히 가셔 있었다. 짐승 발톱과 날카로운 이와 툭툭 불거진 근육에도 불구하고 그는 결코 밸런타인의 상대가 될 수 없었으며 둘 다 그 사실을 잘 알고 있었다. 그는 바싹 마른 입술을 핥으며 경외감이 뒤섞인 공포감으로 밸런타인을 바라보며 자신이 알고 있는 것 중에 자신의 목숨과 거래할 무엇인가를 떠올리기 위해 미친 듯이 머리를 쥐어짜냈다. 하지만 또한 그를 구할 수 있을지도 모를 그 한 가지에 대한 생각을 외면하기 위해 더욱 미친 듯이 애쓰고 있었다.

밸런타인 울프는 자신의 옷을 적신 피를 보면서 혐오감에 가벼운 탄식을 내뱉었다. 피는 대부분 그의 것이 아니었으며 상처는 이미 아물었다. 그는 약 공급을 차단하고 혈류를 돌려 몸속의 전투마약을 흩어버렸다. 이제 그의 마음은 예민하고 맑아졌으며 몸은 왕성하고 유연해졌다. 정신을 집중하는 데 운동만큼 좋은 것은 없다. 그는 주변의 악마파 시체들을 바라보았으나 동정심은 일지 않았다. 그들이 계급적 분노를 분출하려면 다른 상대를 골랐어야 했다. 물론 그들이 자신의 상대가 얼마나 무시무시한 전사인지 미리 알 방도는 없었겠지만 말이다.

아무도 그의 무술 실력을 알지 못한다. 적어도 살아 있는 사람들 중에는. 그는 자신의 능력을 감추기 위해 엄청난 수고를 아끼지 않았다. 자신의 무술사범을 살해하는 것도 포함해서 말이다. 그는 홀로 살아남은 악마파를 내려다보며 씩 웃었다. 악마파는 미소에 화들짝 놀라며 벽쪽으로 더욱 웅크러들었다. 하지만 도망갈 곳이 있을 턱이 없었다.

"3분 만에 열한 명이 죽었군." 밸런타인이 수다 떨듯이 말했다. "검투장 밖에서 이렇게 할 수 있는 사람은 오직 세 명뿐이지. 내가 그중 하나야. 나도 알아. 너희들이 기대한 상대는 나 같은 사람이 아니었겠지. 하지만 어쩌겠나. 인생이란 원래 그런 거야. 나는 정말 너희들 때문에 짜증이 났어. 불쌍한 조르지오는 죽었고, 아침을 망쳤고, 옷도 엉망이 돼버렸어. 네가 벌써 죽어서 네가 믿는 사후세계로 가지 않은 단 하나의 이유는 내가 알고 싶은 정보를 네가 갖고 있기 때문이야. 누군가 너희들을 내가 가는 길에 배치시켜놨는데 이제 그게 누군지 말해줄 차례야. 왜냐하면 네가 말하지 않을 경우 아침의 분노를 네게 몽땅 쏟아놓을 작정이니까. 내가 화났을 때 얼마나 창의적인지 알면 놀랄걸. 자, 이제 말해."

악마파는 벌린 다리 사이의 바닥에 짙은 핏덩이를 뱉어내고 혓바닥으로 흔들리는 이를 밀어보았다. 그는 밸런타인의 시선을 피했다. 그것이 밸런타인을 화나게 만들었다.

"그들의 이름은 모르오. 그들이 밝히지 않았고, 그들이 제시한 돈을 보고 우리도 묻지 않았소. 얼굴도 못 봤소. 홀로그램 가면을 쓰고 있었으니까. 남자와 여자였소. 젊고 돈 많고 오만했는데 말투로 볼 때 당신 같은 귀족이었소. 하지만 그들은 뭔가를 남겼지. 아마 당신이 흥미를 느낄 만한 물건일 거요. 저쪽 내 가방 안에 있소."

그는 턱짓으로 싸움 현장의 한쪽에 버려진 작은 가방을 가리켰다. 그것은 닫혀 있었다. 밸런타인이 걸어가 그것을 엄지와 집게손가락으로 들어 올렸다. 그러고는 가져와 악마파의 무릎에 떨어뜨렸다. 그는 충격에 움찔했으며 밸런타인은 그를 바라보며 웃었다.

"열어봐. 그리고 조심해. 폭탄이라도 들어 있을지 모르니까, 그렇지 않아?"

악마파는 억지웃음을 짓고 떨리는 손가락으로 가방끈을 더듬었다. 얼굴은 창백하고 부스럼투성이인 것으로 보아 마약에서 깨어나면서 후유증이 그를 덮치고 있는 것이 분명해 보였다. 밸런타인은 그를 차갑게 내려다보았다. '아마추어가 함부로 마약에 손대면 안 되지.' 그는 정문 쪽을 돌아보았다. 악마파 중 하나가 문의 창에 설치된 '닫혔음' 표시를 켜놓았다. 싸움은 신속하게 끝났고 또 그 표시 때문에 싸움 중에 누군가 조르지오를 찾아들어오는 불상사는 없었지만 너무 오래 표시등을 켜놓을 수는 없었다. 누군가, 특히 밸런타인과 같은 지위에 있는 사람들은 멀쩡히 지나치다가도 '닫혔음' 표시를 도전으로 받아들여 문을 박차고 들어올 수도 있었다. 밸런타인이라면 그렇게 했을 것이다. 그리고 옷에 피를 잔뜩 묻힌 채 시체들에 둘러싸여 발견되는 것은 원치 않았다. 상황을 설명하기도 어렵고 흔적을 없애는 것은 더욱 어려울 것이다. 경비대를 구워삶기 위해서는 많은 돈이 들 것이며 그의 아버지는 아주 많이 화가 날 것이다. 밸런타인은 주춤했다. 그래서는 절대로 안 될 일이었다.

순간 악마파가 가방을 여는 데 시간이 너무 오래 걸린다는 생각이 들었다. 그는 초조하게 앞으로 나아가다가 악마파가 가방을 열어 광선총을 꺼내 들자 우뚝 멈춰 섰다. 밸런타인은 그 자리에 서서 급히 생각을 가다듬었다. 광선총으로 모든 상황이 돌변했다. 거리의 불량배가 일반적인 경로로 광선총을 손에 넣을 가능성은 전혀 없다. 그런 물건을 가지고 있는 것만으로도 사형감이다.

그러나 악마파가 손에 쥔 총은 완전한 진품으로서 베일에 싸인 청부인이 귀족임에 틀림없음을 암시하는 것이었다. 밸런타인은 몸속에 남은 약을 즉시 작동시켰다. 유용한 약물의 대부분을 이미 소진해 버렸지만 은제 약함으로 손을 움직였다가는 악마파가 바로 광선총을 발사할 것임은 의심의 여지가 없었다. 그는 아직 충분히 도약할 수 있었고 반사 신경이 악마파를 능가할 것이라는 사신이 있었다. 그럼에도 불구하고 역시 총을 맞을 가능성도 배제할 수 없었다. 그는 조용히 서서 아이디어가 떠오르기를 기다리기로 했다.

악마파는 힘겹게 광선총을 들어 올리고 있었다. 그의 눈에는 광기가 번득였고 밸런타인은 그것이 전혀 마음에 들지 않았다. 그런데 악마파가 그를 죽이려 했으면 이미 충분히 쏘고도 남았을 것이라는 데 생각이 미쳤다. 그리고 광선총이 있었다면 왜 애초에 싸움할 때 사용하지 않았을까? 그때 밸런타인은 악마파가 천천히 광선총을 자기 쪽으로 돌리는 광경을 목격했다. 그의 얼굴은 놀람과 공포로 가득 찼으면서도 멈추지 않고 이마에 총구를 들이대더니 방아쇠를 당기고 말았다. 그의 머리는 폭발해 피와 뇌 조직이 가게 안에 사방으로 흩어졌다. 악마파는 분명히 비밀을 누설하지 못하도록 청부인에 의해 프로그래밍된 것이었다. 흥미로운 일이다. 청부인이 마인드테크닉을 활용할 수 있다는 것과 아울러 악마파가 그들의 청부인이 밝혀져서는 안 된다는 사실을 알고 있었다는 것을 시사했다. 밸런타인은 자신의 얼굴에 다시 묻은 피를 향수 뿌린 손수건으로 닦아내며 천천히 미소 짓기 시작했다. 그는 이제 청부인이 누군지 밝혀낸 것이다. 그들이 누구일 수밖에 없는가를.

그는 가게 뒤쪽의 내실로 들어가 피로 물든 옷을 대신할 만한 것을 찾아보았다. 가족과 합류하기 전에 옷을 갈아입어야 했다. 가족들의 질문을 피하기 위해, 그리고 이런 상태로 다른 사람들에게 보이기가 싫어서. 그는 이미지를 관리해야 했다. 그는 바닥에 흩어져 있는 시체들을 돌아보았다. 불쌍한 조르지오.

'아, 친애하는 아우, 누이여…… 도대체 너희들을 어쩌면 좋단 말이냐?'

밸런타인의 아우 다니엘과 누이 스테파니는 검투장 한쪽의 가족전용실에서 초조하게 소식을 기다리고 있었다. 전용실은 박스치고는 꽤 넓었다. 재력과 권위에 걸맞은 사치를 잔뜩 부린 곳이었다. 경기장이 불과 3미터 아래에 있어서 가까이에서 삶과 죽음의 드라마를 즐길 수 있었으며 만일의 사태를 대비해 전용 차단장까지 갖추고 있었다.

스테파니는 팔짱을 끼고 좁은 실내를 왔다 갔다 했고, 다니엘은 뒷짐을 지고 인상을 구긴 채 텅 빈 경기장을 바라보고 있었다. 관중이 서서히 스탠드의 좌석을 채우기 시작했지만 아직은 이른 시간이었다. 유력 인사들은 보통 이렇게 이른 시간에 와 있는 법이 없었다. 평소라면 두 사람도 이 시간에 여기 있을 이유가 없었다. 하지만 그들은 소식이 당도할 때 다른 사람의 방해 없이 둘만 있을 필요를 느꼈다. 특히 아버지보다 먼저 소식을 듣고 싶었다.

다니엘은 이제 막 십대 티를 벗은 울프 가의 막내였다. 아버지의 큰 체구를 닮았지만 아직 그만한 근육이나 위엄은 갖추지 못했다. 여전히 어린아이 같은 모습을 지니고 있어서 아버지에게 혼나기도 했기 때문에 되도록 듬직하게 보이려고 동작도 자제하고 과장된 품위를 유지하려 애썼다. 하지만 말더듬이는 쉽게 교정되지 않았다. 그의 머리는 최신 유행에 따라 길고 반짝이는 구릿빛 가닥에 은색 포인트를 주었다. 하지만 공개적인 가족행사에서는 아버지의 지시에 따라 공식 가운을 걸쳤다. 가운은 어둡고 투박해 그에게 전혀 어울리지 않았다. 다니엘은 자기도 밸런타인 형처럼 아버지에게 대들 용기가 있었으면 좋겠다고 생각했다. 가질 수 없는 것에 대한 다니엘의 이러한 집착은 종종 그를 곤란한 지경에 빠뜨리곤 했다.

누이의 경우도 그랬다.

둘째인 스테파니 울프는 돌아가신 어머니를 닮았다. 키가 크고 마른 체구에 머리카락은 길었지만 어떻게 치장해도 항상 초라해 보였다. 깡마른 몸에 성마른 성격 때문에 언제 터질지 모르는 시한폭탄 같았다. 그녀는 스물네 살이었고 못난 편은 아니었으나 별다른 개성이 없었고 사내아이처럼 굴곡 없는 몸매여서 화장을 해도 별로 효과가 없었다. 스테파니는 한때 더 그럴듯한 외모를 가꾸려고 보디숍을 전전하기도 했지만 결국 천성적인 완고함으로 원래 얼굴과 체형에 만족하기로 했다. 귀족은 유행을 선도해야지 쫓아다녀서는 안 된다. 누구도 그녀의 결정이나 외모에 대해 감히 평하지 않았다. 무엇보다도 그녀는 울프 가였고, 또한 다니엘이 그녀를 끔찍이 아껴서 그녀의 미모에 대해 시비를 거는 자가 있으면 물불 가리지 않고 결투를 청하곤 했기 때문이다.

누나와 동생인 다니엘과 스테파니는 사랑과 야망을 공유하고 입장을 같이하며 서로 단단히 결속되어 있었다. 부유하고 젊은 귀족인 그들에게는 세상에서 부러울 것이 없을 것 같았지만 사실 세상은 그리 단순하지만은 않았다. 그들은 장자가 아니었기 때문에 밸런타인이 살아 있는 한 상속받을 수 있는 것은 거의 없었다. 그래서 그들은 어린 시절부터 울프 가의 천성에 아울러 실용주의적인 과단성까지 겸해 음모를 즐겼으며, 때로는 밸런타인을 겨냥한 사고를 꾸미기도 했다. 직접적으로 그를 살해하도록 지시할 수도 있었으나 그랬다면 멍청한 짓이 될 것이다. 밸런타인이 살해되거나 의문의 죽음을 당할 경우, 제국법정이 가장 먼저 취할 조치는 에스퍼를 통해 그들을 조사하는 것이며, 유죄 판결을 받을 경우 그들의 지위에도 불구하고 바로 사형에 처해질 것이기 때문이다. 그리고 그들의 시도가 실패할 경우 귀족사회 전체에서 웃음거리가 되고 수모를 당할 것이다. 그래서 그들은 밸런타인을 불구로 만들 만한 우연적인 사고를 가장하고 싶었다. 밸런타인이 불구가 되어 가문을 승계하기에 부적합하다고 판명된다면 다니엘과 스테파니가 그의 자리를 차지할 수 있을 것이다. 물론 그들이 그러한 사고의 주모자로 밝혀진다면 그들은 아버지로부터는 말할 나위도 없고 사회로부터 지탄의 대상이 될 것이 분명하지만, 그럼에도 불구하고 결과의 달콤함에 한 번쯤 시도해봄직한 모험으로 여겼다. 어차피 승리가 확실한 게임이란 있을 수 없다. 다니엘과 스테파니는 밸런타인의 몰락을 간절히 바랄 뿐만 아니라 그 과정에서 수반되는 스릴도 즐겼던 것이다.

스테파니는 견디기 힘든 중압감과 초조함에 앞뒤로 부산히 오가다가 마침내 안락의자에 몸을 던졌다. 경비들은 일찌감치 멀리 물린 채였다. 그들이 엿듣지 못할 정도의 거리에 있었기 때문에 다니엘과 스테파니는 그들을 신경 쓰지 않았다. 그것은 귀족적인 습관이기도 했다. 다니엘은 누나를 돌아보며 씽긋 웃었다.

"올 때가 된 듯한데…… 이런! 하도 왔다 갔다 해서 카펫이 완전히 헤져버렸네. 아빠한테 우리가 상당히 초조해하고 있다는 것을 들키고 싶지는 않겠지, 누나?"

스테파니는 자상하게 웃으며 말했다. "비꼬기는, 대니. 네가 하는 농담은 재미없어. 농담을 하려면 재치와 섬세한 감각이 필요한데 너한테는 그런 게 없어. 아빠가 곧 도착하실 거야. 아마도 오빠의 불운에 관한 소식을 가지고 오시겠지. 아빠가 말할 때 너무 과도하게 반응하지 않도록 조심해야 해. 우리는 의심을 살 수밖에 없겠지만, 굳이 빌미를 줄 필요는 없겠지. 너무 놀란 척하지 말고 그냥 멍한 표정만 짓고 있어. 나머지는 내가 다 알아서 할 테니까, 알았지?"

"물론이지. 항상 누나만 믿어. 하지만 밸런타인이 죽었을 수도 있어. 일이 잘못되기라도 한다면……"

"잘못될 건 없어. 우리 계획은 완벽해. 그 패거리들이 지시를 잘 따라주기만 한다면…… 아니야, 만약 그가 죽었다면 벌써 소식이 들렸을 거야. 아빠나, 아니면 경비나 하인, 그 누구든 간에 소식을 전하러 달려왔을 거야! 그런 일이 일어났다면 이렇게 조용할 리가 없지."

"목소리 낮춰, 스테피. 물론 누나가 옳아. 밸런타인 형은 지금쯤 뼈마디가 모두 으스러져서 뒷골목 어딘가에 널브러져 있을 거야."

"그래 맞아." 스테파니는 크게 숨을 들이쉰 후 천천히 내쉬었다. "총은 잘 처리했겠지, 그렇지?"

"염려 마. 식별마크를 깨끗이 제거해버렸으니 그걸로 우리를 추적하는 일은 없을 거야."

"총이 걱정이야. 거리의 깡패들이 저지른 짓이 아니라는 확실한 증거가 될 테니까.”

“깡패들이 살아 있지 못하게 하기 위해서는 어쩔 수 없었어. 잠재의식 개조와 광선총 덕에 모든 증거가 깨끗이 사라지는 거야.”

스테파니는 의자에 앉은 채로 몸을 누그러뜨렸다. “오빠는 누구한테 당했는지조차 모르고 있을 거야. 의사가 그의 몸을 고친다고 하더라도, 그렇게 형편없이 당했다는 것은 그의 능력을 의심하게 할 거야. 그런 사고 몇 번이면 그는 웃음거리가 될 테지. 그럼 마침내 우리는 맨날 사고만 당하는 가련한 오빠를 제칠 기회를 잡게 되겠지. 누구도 울프 가를 손에 넣으려는 우리를 방해할 수 없어.”

“콘스탄스가 아이를 낳지만 않는다면 말이지.”

“아, 그래. 우리 계모가 있지. 그녀가 아이를 갖는다면 아빠가 우리보다 그 여자의 아이를 더 귀여워하게 될지도 모르지. 그래서 우리 가족의 음식감식관을 좀 구워삶아놓았단다. 내가 계모의 밥에 탄 피임약을 모른 척하라고 말이야. 그 여자나 아빠나 둘 다 아이를 가질 수 없어.”

다니엘은 그녀를 빤히 쳐다보았다.

“그가 우리를 배신하고 양심선언 해버리면 어쩔 건데?”

“그러지 않을 거야. 그는 이제 우리와 한 배를 탄 처지야. 뭔가 이상한 점을 발견했을 때 바로 아빠한테 말했어야 했지만 그는 그러지 않았잖아. 내가 건넨 돈의 위력이지. 그리고 그것 말고도 확실한 보험이 있지. 내가 그의 음식에 아주 중독성이 강한 약을 집어넣었는데 그건 나밖에 구할 수 없어.” 그녀는 가볍게 웃었다. “그는 모든 사람의 음식을 검사하면서도 자기 것은 빠뜨려버렸지. 걱정하지 마, 대니. 난 모든 걸 대비하고 있어.”

다니엘은 그녀를 사랑스러운 눈길로 쳐다보았다. "누나는 정말 못 말릴 악녀라니까. 나중에 가문을 다스릴 때도 이렇게 재미있겠지?"

스테파니는 눈부시게 미소 지었다. "내 머리에 네 용기를 합치면 우리는 뭐든지 할 수 있어, 대니. 불가능은 없어."

누군가 다가오는 발소리가 들리고 경비가 그에 반응해 움직이자 그들은 말을 멈췄다. 다니엘과 스테파니가 아무렇지도 않은 듯 편안한 자세를 취하자마자 제이콥 울프와 그들의 계모가 박스 안으로 들어왔다. 제이콥의 안색은 눈에 띄게 우울해 보였다. 두툼한 눈썹을 찡그린 채 인상을 쓰고 있었다. 그의 두 자녀는 공손하게 인사하고 아무 말도 하지 않았다. 제이콥은 무언가에 잔뜩 화가 난 눈치였고, 그들은 자신들에게 불똥이 튀지 않도록 조심했다. 다니엘은 계모에게 절했으며 스테파니는 고개만 살짝 까딱했다. 콘스탄스 울프는 그 둘에게 미소 지어 보였다.

콘스탄스는 불과 열일곱 살이었지만 숨 막힐 듯한 미모로 이미 사교계에 정평이 나 있었다. 늘씬한 팔등신의 금발 여인으로 활력과 건강미를 자랑했으며 너무나도 관능적이었다. 남성들은 그녀를 쳐다보는 것만으로도 호르몬 수치가 급상승했다. 제이콥은 그녀에게 매달리는 대부분의 구애자들을 협박해 물리치고 나머지는 결투로 제거해 버리는 아주 간단한 방법으로 그녀를 새로운 아내로 맞았다. 제이콥은 전통을 숭앙하는 사람이었다. 콘스탄스도 자신을 골고다 행성에서 가장 중요한 사람으로 만드는 그러한 방식에 거부감을 갖지 않았다. 그녀는 남편과 울프 가를 운영하는 데 만족하며 잘 적응했다. 울프 가의 세 자녀는 그녀의 말이 곧 법이 되는 상황과 그녀가 아주 변덕스럽다는 것에 대해 제각각 우려를 가지고 있었다. 제이콥은 그러한 사정을 알고 있었지만 아무 말도 하지 않았다. 자식들과 새로운 아내가 서로의 서열을 정하는 것은 완전히 그들 간의 일이었기 때문이다. 그들이 서로 예의를 지키고 자기 앞에서 소란을 떨지 않는 한 제이콥은 그 문제에 대해 수수방관했다.

제이콥이 갑자기 뒤돌아서는 바람에 다른 세 명은 깜짝 놀랐다. 그가 그들을 쏘아보았다. "서머아일이 오늘 궁정에서 죽었다. 키드 데스와의 결투에서 살해되었지. 바로 자기 손자한테 말이야. 귀족 가문의 명예는 어디로 가버렸단 말인지."

다니엘은 어색하게 웃었다. "새로운 세대가 떠오르고 구세대는 자리를 내주는 거지요. 세상일이 원래 그런 것 아니겠어요, 아빠?"

울프는 경멸하듯 그를 쳐다보았다. "나한테 손만 대봐라, 아가야. 내가 그 손모가지를 분질러놓을 테니까. 너희들이 이 가문을 다스릴 준비가 됐다고 생각하나보지?"

"물론 아니죠, 아빠. 아직 아니에요."

"네가 철들 때까지는 절대 불가능하지. 너를 어른으로 만들어야 하는데, 네 누나가 항상 방해하고 있구나. 아가야!"

"말도 안 돼요." 스테파니는 다니엘을 지키려는 듯 그에게 다가가며 말했다. "누군가는 그를 돌봐줘야 한다고요."

"그 애는 울프 가문의 남자다. 스스로를 지킬 수 있어야 해!" 제이콥이 내뱉었다. "남자는 그래야 해. 내가 항상 그 아이의 뒤치다꺼리를 해줄 수는 없다."

"자, 그만하세요." 콘스탄스가 제지하듯 그의 팔뚝에 살포시 손을 얹고 예쁘게 뾰로통해 말했다. "당신은 앞으로도 백 살은 더 사실 거예요. 그렇지 않으면 제가 당신과 같이 살지 않았겠지요. 그리고 이렇게 좋은 날을 입씨름하면서 망칠 필요가 있나요? 게임이 시작되기 전에 가족회의를 하려고 모인 것 아닌가요? 지금 시작하면 안 돼요?"

"밸런타인 없이는 안 돼." 울프가 말했다. "그 녀석이 최근에 발견한 새로운 마약상의 주소를 가르쳐주는 것 외에 뭐 딱히 기여할 만한 게 있을 거라고는 생각지 않지만, 그래도 그 아이는 장남이고 참석할 권리가 있어. 늦더라도 기다려줘야지."

"네." 다니엘이 말했다. "그런데 왜 이렇게 늦는 걸까요?"

스테파니는 긴장했다. 혹시라도 다니엘이 그녀를 보며 은밀하게 웃는 멍청한 짓을 저지르면 어떻게 하나 싶어서였다. 하지만 다니엘은 아버지를 유심히 쳐다보고 있었기에 그녀도 그와 함께 아버지에게 시선을 고정했다. 제이콥 울프는 미묘한 문제를 의논하고 싶을 때 검투장의 전용실을 가족회의장으로 이용했다. 박스는 누군가 엿들을 수 없도록 내·외부 구조가 잘 차단되어 있었으며, ESP차단기도 설치되어 있어서 에스퍼의 도청에도 안심할 수 있었다. 제이콥은 철두철미한 성격이었다.

스테파니는 아버지에게서 시선을 거두고 뭔가 주의를 돌릴 것을 찾고 있었다. 검투장 건너편의 대형 홀로그램 화면에는 클로즈업된 검투 장면이 슬로모션으로 상영되고 있었다. 홀로그램 화면은 피와 학살의 세세한 장면을 관객들이 놓치지 않도록 돕기 위해 설치된 것이다. 스테파니의 입가에 미소가 번졌다. '쇼를 구경하자. 삶과 죽음의 작은 드라마처럼 피를 끓게 하는 것은 없지.' 가문들의 안팎으로 검투장을 폐쇄하거나 최소한 잔학성에 제한을 두자고 운동을 벌이는 사람들이 있지만 아무런 성과도 얻지 못했다. 게임은 제국 전체를 통해 엄청난 흥행을 누리고 있어서 홀로그램 화면이 있는 곳은 어디건 관객들이 몰려들었다. 만약 검투경기를 중단시킨다면 민란이 발생할 지도 모를 일이었다.

그때 스테파니는 박스로 누군가 다가오는 발소리를 듣고 긴장했다. 심장이 빠르게 뛰었고 어쩔 수 없는 뺨의 홍조를 감추기 위해 숨을 깊이 들이마셔야 했다. 누군가 마침내 밸런타인의 소식을 가지고 온 것이 분명했다. 그녀는 그 순간을 상상하며 천천히 몸을 돌렸으나 여느 날과 다르지 않게 세상에 아무 일도 없다는 듯 무심히 전용실로 들어서는 밸런타인과 얼굴을 마주하고 말았다. 순간 그녀는 기절할 것만 같았지만 재빨리 다니엘의 벌어진 턱과 당장이라도 튀어나올 듯한 눈알을 보고 이내 정신을 가다듬었다. 그녀만이라도 침착해야 했다. 얼음처럼 냉정해야 했다. 그녀는 자신과 다니엘 둘 다를 위해 어떻게든 강하게 버티며, 도대체 그들이 얼마나 심각한 상황에 빠져들었는지 가늠해내야 했다. 그녀는 가까스로 아무렇지도 않은 듯 밸런타인에게 인사했으며 그도 가볍게 답례했다.

"뭐 문제 있어, 동생?" 밸런타인은 자상하게 물었다. "안색이 안 좋아 보이는군."

"아니에요, 아무 일 없어요." 스테파니가 목소리를 침착하게 유지하려 애쓰며 대답했다. "조금 늦으셨군요. 혹시라도 무슨 일이 일어났을까봐 걱정했어요. 오는 길에 혹시…… 이상한 일은 없었나요?"

"이상한 일? 글쎄, 없었는데. 왜 물어보는 거지?"

"별거 아니에요." 스테파니가 말했다. "아무것도 아니에요."

밸런타인은 특유의 진홍색 미소를 짓고 있었지만 검은 눈동자는 아무런 말도 하지 않았다. 그는 망토를 벗어 가까운 의자 등받이에 걸쳐놓았다. 스테파니는 자기도 모르게 얼굴을 찡그렸다. 오빠가 이제껏 본 것 중 가장 추하고 조악하고 유행에 뒤떨어진 옷을 입고 있었던 것이다. 사실 정확하게 표현하자면 장사꾼들이나 입는 옷인데다 치수조차 맞지 않았다. 그가 그런 옷을 입고 공식석상에 모습을 드러내기보다는 차라리 죽는 게 낫다고 여기는 사람이라는 것을 그녀는 잘 알고 있었다.

"오는 길에 좀 들를 데가 있어 늦었어." 밸런타인은 가볍게 말했다. "새 옷을 골라야 했거든. 멋지지, 그렇지 않니?"

"옷에 대한 네 악취미는 나중에 논의해보도록 하지." 제이콥 울프가 으르렁거렸다. "의논할 가족문제가 있다. 네가 오기를 기다려준 이유는 너도 관계가 있는 일이기 때문이다."

밸런타인은 우아한 자세로 의자에 앉으며 겸손하게 아버지를 바라보았다. "설마 저를 해독시키려고 하는 것은 아니겠지요, 아버지? 제 몸은 이제 원상회복이 불가능하다는 것을 아셔야 해요. 차라리 제 키를 바꾸는 게 제 피를 바꾸는 것보다 쉬울 겁니다."

"그런 게 아니야." 울프는 짜증스러운 듯 얘기했다. "더 이상 너를 바꿀 생각은 없다, 밸런타인. 누군가 다른 사람이 대신 그 일을 하도록 시켜야지. 나는 너희들을 결혼시키기로 결심했다. 너희들 모두." 그는 놀라서 쳐다보는 세 자녀를 엄숙하게 둘러보았다. 제이콥은 득의의 미소를 지었다. "그래서 훌륭한 가문에서 배우자들을 골라 이미 결혼 준비를 다 해놓았다."

아무도 말을 꺼내지 않았고 긴 정적이 흘렀다.

제이콥은 즐거워 보였고, 밸런타인은 생각에 잠긴 듯했으며, 스테파니와 다니엘은 뭔가 아이디어와 지원을 호소하며 안타까운 듯 서로를 쳐다보았다. 제이콥은 평소의 자기 자리에 앉아 느긋하게 그 순간을 즐기고 있었다. 콘스탄스는 여전히 생글거리며 다가와 그의 옆에 앉았으며 제이콥은 사랑스럽게 그녀의 팔을 다독였다.

"너희 새엄마와 내가 이 문제를 의논해왔다. 이제 손자들이 내 무릎에서 뛰놀 때가 됐다. 가문의 대를 이어야지. 나는 너희들을 늦게 보았지만, 너희들이 똑같은 실수를 반복하는 것은 원치 않는다. 너희들은 좋건 싫건 결혼해야 해."

"우리 배우자들을 이미 모두 선택해놓았다고 말씀하셨나요?" 밸런타인이 천천히 물었다.

"그래. 너희들에게 맡겨놓으면 엉망이 돼버릴 테니까. 너와 다니엘을 위해서는 최고의 암말을, 스테파니를 위해서는 씩씩한 사내놈을 골라놓았다. 혈통 좋고 재산도 많아. 너희들은 오늘밤 궁중무도회에서 그들을 만나고 다음 달에 결혼하게 될 거다."

"다음 달이라고!" 다니엘이 울부짖었다. 스테파니는 여태까지 그의 눈이 그렇게 튀어나오는 것을 처음 보았지만 그를 도울 수 있는 것이 아무것도 없다고 생각했다. 그녀는 머릿속에서 소용돌이치는 생각들을 정리하기에도 바빴다.

"그래, 다음 달이다." 제이콥은 승리감을 숨기려 하지도 않았다. "너희 셋에게 시간을 더 주면 어떤 식으로든 모면할 방법을 찾으려고 노력하겠지. 그래서 혼례는 절차를 무시하지 않는 범위 내에서 최대한 신속히 추진될 게다."

"그렇게 아빠 마음대로 되지는 않을걸요." 스테파니가 말했다. 그녀의 목소리가 그토록 차갑고 독기 서릴 수 있다는 것은 그녀조차 믿을 수 없을 정도였다. 다니엘도 그녀 편에 서서 힘차게 고개를 끄덕였다.

"너희들이 그런 식으로 반항하는 것은 자유지만," 제이콥이 말했다. "별로 이로울 게 없다. 물론 너희들이 혼례를 거부할 수는 있겠지만, 만약 그런다면 나는 어쩔 수 없이 너희들을 가문에서 제적하고 상속을 거부할 수밖에 없어. 얘들아, 잠깐 생각해보거라. 과연 가문의 보호를 벗어나서 너희들이 살아갈 수 있다고 생각하느냐? 돈도 지위도 미래도 없다. 먹고살기 위해 일을 한다? 무슨 직업을 가질 수 있을까? 너희들은 현실세상에서 살아나가기에는 너무나도 오래 응석받이로 아쉬움 모르고 자라왔다. 다른 의제로 넘어가기 전에 뭐 또 할 말 있느냐?"

그는 한쪽 눈썹을 살짝 치켜세운 채 하나씩 찬찬히 일굴을 들여다보았다. 다니엘은 막 도랑에 처박힌 사람 같은 표정이 되어 뭔가 할 말을 찾고 있었고, 스테파니는 열심히 머리를 쥐어짜며 무섭게 인상을 쓰고 있었다. 그때 밸런타인이 갑자기 웃었다.

"교회에서 식을 올릴 거라면, 제가 면사포를 써도 될까요? 나는 흰색이 잘 어울리는데."

제이콥은 밸런타인을 엄하게 쳐다보았지만 휘말리지 않기로 마음먹었다. 그는 검투장을 건너다보았지만 별로 볼 게 없었다. 몇몇 하급 검투사들이 서로를 죽이고 있었지만 스탠드나 전용실에서 그 모습을 구경하고 있는 사람은 거의 없었다. 이른 시간대의 싸움은 맛보기일 뿐이고 미숙한 검투사들이 평판을 쌓거나 실전감각을 익히기 위한 것에 불과했다. 연습은 연습일 뿐, 땀과 피 냄새로 얼룩지고 누군가의 내장이 핏빛 모래밭에 쏟아지는 실전을 대신할 수는 없었다. 물론 그것이 바로 검투장이 꾸준히 많은 관객들을 모으는 이유였다.

마지막 남은 두 명의 생존자가 피로 물든 모래 위를 뛰어다니고 있었지만 서서히 불어나는 관중 중에 그것을 주의해서 보는 사람은 없었다. 그들은 자기 좌석을 찾거나, 편히 앉아 친구나 이웃과 수다 떨기에 바빴다. 칼날이 번쩍이고 숨 막히는 비명소리가 울리더니 한 검투사가 모래밭에 쓰러져 옆구리를 손으로 꽉 누르고 있는데, 손가락 사이로 피가 벌컥벌컥 솟아오르는 것이 보였다. 승자는 피가 떨어지는 검을 하늘로 치켜세우며 환호성을 기다리고 있었다. 몇 사람이 미적지근하게 손뼉을 쳤고 그게 다였다. 그는 검을 칼집에 꽂고 몸을 숙여 동료 검투사가 일어서는 것을 도와주었다. 누구도 엄지손가락을 아래로 내릴 만큼 신경 쓰지 않았다. 검투사들은 천천히 움직여 출구를 통해 검투장 아래쪽의 연습실로 향했다.

제이콥은 그들이 나가는 것을 지켜보았다. 그들이 어떤 느낌일지 알고 있었다. 그는 그의 인생과 가문을 위해 힘겹게 거대한 음모 게임을 벌이고 있었지만 누구도 그의 투쟁에 감사를 표하지 않았다. 그는 자녀들에게 고개를 돌리고 지친 기색을 씻어내려 노력했다.

"신형 스타드라이브의 양산을 위한 입찰이 준비되고 있다. 신형 스타드라이브의 생산권을 따내는 사람은 상상할 수 없는 부와 권력을 거머쥐게 된다. 따라서 무슨 일이 있어도 우리 울프 가가 계약을 따내야 한다. 그게 불가능하다면 최소한 우리의 적이 계약을 맺지 못하게 할 필요가 있다. 예를 들어 만약 캠벨 가가 우리를 따돌리고 계약을 따낸다면 우리의 조선 사업은 직접적 타격을 입을 것이며 모든 종류의 적대적 인수 작업의 표적이 될 것이다. 우리 가문의 근간이 흔들리는 게지."

"따지고 싶지는 않지만," 밸런타인이 말했다. "캠벨 가가 우리보다 스타드라이브 분야에서 경험이 많은 것은 사실 아닙니까? 그들이 훨씬 유능하지요."

"그게 뭐 상관이 있단 말이냐?"

밸런타인은 어깨를 으쓱했다. "저는 그냥 우리가 캠벨 가에게서 계약을 훔쳐오는 것이 제국의 최선의 이익을 위해서 바람직하지 않을 수도 있다는 생각을 해봤던 것뿐입니다."

"그래서 내가 너희들을 빨리 시집 장가 보내서 아이들을 키우도록 하려는 게다." 제이콥이 말했다. "항상 가족이 우선이다. 그리고 울프 가에게 좋은 일은 제국을 위해서도 좋은 일이다. 자, 주목하거라. 캠벨 가의 똥덩어리 같은 놈들은 최근 여러 분야에서 기대 이상으로 성공을 거두고 있다. 나는 그들에게 숨은 조력자가 있을 거라고 확신한다. 경제적으로 독립적이고 정치적으로 모습을 드러내지 않는 고위층의 누군가가 있다. 내 정보원에 따르면, 내가 준 돈만큼 그들이 값어치를 했으면 좋겠는데 어쨌든, 그 배후의 조력자가 캠벨의 연구소에서는 죽었다 깨어나도 스스로 만들 수 없는 여러 가지 신기술들을 캠벨 가에 제공하고 있다는 것이다. 나는 처음에는 큰 가문의 비호 아래 숨어서 때를 기다리는 작은 가문이 캠벨의 환심을 사기 위해 그들을 돕고 있다고 생각했다. 하지만 나의 모든 정보력에도 불구하고 그게 누군지 밝혀내지 못했다. 캠벨을 돕고 있는 자들이 누군지는 모르지만 어쨌든 자신의 정체를 숨기기 위해 엄청난 노력을 하고 있다는 사실만큼은 분명하다."

"비밀조직의 일부 아닐까요?" 스테파니가 신중하게 말했다. "예를 들면 사이버생쥐 같은."

"아마 그럴 게다." 울프는 동의했다. "봐라, 너희들도 머리를 쓰니까 좋은 생각이 떠오르지 않느냐? 내 사람들이 지금 여러 비합법적인 조직들을 조사하며 혹시 자신의 지위에 걸맞지 않은 꿈을 품고 있는 녀석들이 있는지 살펴보고 있다. 하지만 뭔가 귀 기울일 만한 성과물을 얻기 위해서는 시간이 좀 걸릴 테지."

"그들이 새로운 외계종족과 어떤 계약을 한 것은 아닐까요?" 다니엘도 빠지기 싫어 말했다.

제이콥은 그를 처다보았다. "그것도 일리 있다. 캠벨 가는 최고가 되기에 좋은 기회라고 생각된다면 제국을 통째로 날려 보내는 일도 주저치 않을 놈들이다. 그것도 유념해두마. 밸런타인, 너는 뭐 보탤 얘기 없느냐?"

밸런타인 울프는 작은 은제 약함을 꺼내 열고 푸르스름한 형광 빛 가루를 한 줌 집어 손등 위에 두 덩어리로 조심스럽게 나눠놓고 우아한 동작으로 각 콧구멍마다 한 번씩 흡입했다. 마스카라 아래의 두 눈이 커지면서 약간의 광채를 냈으며 잠시 동안 그의 진홍색 미소는 믿기지 않을 정도로 벌어졌다. 그는 한 차례 흠칫 몸을 떨더니 약함을 치우고 아버지에게 웃어 보였다.

"우리는 사업경력이나 기술 분야에서는 도저히 승산이 없기 때문에 캠벨 가와 사회정치적 영역에서 전쟁을 벌여야 합니다. 캠벨 가나 기타 우리가 사업권을 따내는 데 방해가 되는 가문을 혼란에 빠뜨리고 신뢰를 떨어뜨리거나 필요하다면 붕괴시켜버릴 약간의 계획을 세워야 한다는 것이지요. 그런데 저는 물론 열심히 돕고 싶지만 이렇게 짧은 기간 내에 결혼식을 치러야 한다면 개인적으로 혼신의 힘을 기울이기는 어려울 듯합니다. 생각해야 할 것들이 너무 많거든요."

"맞아요," 다니엘이 재빨리 말했다. "저도 마찬가지예요."

"그렇다면 너희들의 고귀한 도움의 손길을 포기한 채 병력을 모아야겠군." 제이콥이 말했다. "내가 너희들을 꽁꽁 묶어 질질 끌고 가는 한이 있더라도 너희들은 분명히 결혼하게 된다. 당분간은 그게 제일 중요한 일이지. 자, 급한 일은 다 처리한 것 같구나. 너희들의 새어머니는 게임의 열성적인 팬이지. 그녀에게 오늘 오후는 죽음과 부상의 향연에 온전히 집중할 수 있을 거라 약속했다."

"하지만……" 다니엘이 다시 말을 시작하려 했지만 아버지의 준엄한 눈빛에 그냥 움츠러들고 말았다.

본 게임은 전통에 따라 죄수 학대로 시작되었다. 중범죄자와 감옥에서 아무것도 배우지 못한 누범지 열두 명이 갑옷이나 무기 없이 모래판에 끌려나오고 열두 명의 숙련된 검투사들이 채찍과 칼을 들고 그들을 추격하는 것이었다. 열두 명의 죄수들이 사방으로 도망치며 도움을 청하거나 무기를 찾아 헤매는 모습을 보며 관중들은 야유를 퍼부었다. 검투사들은 침착하고 능숙한 몸놀림으로 먹잇감을 추격했다. 몇몇 죄수들은 등을 맞대고 그 자리에 서서 기다렸고, 검투사들은 그들에게 고통 없는 빠른 죽음을 선사했다. 그들은 용기를 존중했다. 다른 죄수들은 한 덩어리의 피와 고기가 될 때까지 번쩍이는 칼날과 휙휙거리는 채찍 아래에서 여기저기로 몰려다니며 괴롭힘과 고문을 당했다. 그들은 너무 지쳐 달리지도 못하면서 멈추기에는 너무 두려워 피를 뿜는 자신의 몸을 주체하기 위해 비틀거렸다. 그리고 하나둘씩 관중에게 즐거움을 선사하면서 죽어갔고 시신은 밖으로 끌려 나왔다. 점점 불어난 관중이 검투사들에게 웃음과 환호를 보냈다. 코미디는 항상 관중을 유쾌하게 만든다.

울프 가의 전용실에서는 콘스탄스가 작은 손을 마주치며 웃고 있었고, 제이콥은 즐거워하는 그녀의 모습에서 행복을 느끼며 다정스런 눈길을 보내고 있었다. 다니엘은 혼자 부루퉁하게 앉아 있었다. 스테파니는 여전히 골똘히 생각에 잠겨 있었다. 그리고 밸런타인은 관람하면서 박수를 보내기도 했지만 감정을 드러내지 않았다.

이제 스탠드가 만석을 이루었고 대부분의 전용 박스들도 가득 찼다. 오픈경기가 끝나고 이제 막 메인경기가 시작되려는 참이었다. 사방에 설치된 홀로그램 카메라가 실황중계를 위한 모든 준비를 마쳤으며 상주 마권업자들이 돈을 끌어 모으고 있었다.

첫 번째 본 게임은 흥분제 같은 것이었다. 지하동맹의 클론 셋이 어쩌다가 검투장까지 오게 되었고 그들 손에는 검 한 자루씩만 들려 있었다. 모두 날씬하고 검은 머리에 겁먹은 듯 눈을 크게 뜨고 입을 덜덜 떨고 있었다. 아마도 그들은 클론지하동맹을 통해 자유를 찾겠다는 그릇된 뜻을 품기 전에는 교사나 기술자나 하인이었을 것이다. 한 번도 흥분해 검을 뽑아본 적이 없었을 것이나, 지금은 그 검이 그들을 불행한 죽음으로부터 구해줄 수 있는 유일한 수단이었다. 그들은 클론만이 할 수 있는 텔레파시를 통해 서로 연결된 정밀성으로 셋이 등을 맞대어 삼각형을 만들고 불안한 듯 천천히 검투장 중심으로 걸어 들어갔다. 모두 동일한 천성과 습관을 지녔기 때문에 검을 든 자세도 완전히 똑같았다. 싸움이 시작되면 마치 한 사람처럼 싸울 수 있을 것이며 그것이 그들이 지닌 무기였다.

관중은 즐기듯 그들에게 야유를 보내다가 트럼펫이 울리고 중앙입구에 검투사가 나타나자 환호성을 질러댔다. 울프 가의 모든 사람들이 각자의 생각에서 깨어나 새로운 인물에게 주목했다. 캠벨 가가 사립수색관을 채용한 것이다. 그의 이름은 레이저였다. 그는 크고 단단한 체구에 두툼한 근육을 갖고 있었으며 얼굴은 집요하면서도 음울해 보였다. 검은 피부에 하얀 머리카락을 짧게 잘랐으며 눈은 묘한 녹색이었다. 그는 천천히 그러나 힘차게 걸었기 때문에 왠지 저돌적인 느낌을 주었다. 양손에 만곡도(彎曲刀)를 한 자루씩 들고 있었지만 갑옷은 입지 않았다. 필요가 없었던 것이다. 왜냐하면 그는 수색관이었으므로.

기술적으로 정확히 말하자면, 복무를 마친 후에는 더 이상 수색관이라는 직함을 사용할 수 없었지만 누구도 감히 그의 앞에서 그 사실을 지적하는 사람은 없었다. 가문들은 종종 의무 복무기간을 마친 수색관을 사립수색관으로 고용하곤 했다.

수색관을 화나게 할 바보는 거의 없다는 사실을 고려해보면 그들은 경호원이나 검투사로는 최적의 자질을 지니고 있다고 할 수 있었다. 하지만 불행히도 사적으로 고용될 수 있을 만큼 오래 생존하는 수색관이 많지 않다는 것이 문제였다. 수색관은 너무 늙어 기력이 쇠하거나 실수를 저지를 경우에 한해 복무에서 면제되었다. 그리고 전투와 외계인의 파멸을 위해 살아가는 존재들이기 때문에 그러한 즐거움에서 멀어지면 곧 시들어버려 쓸모없는 존재가 돼버리곤 했다. 그러면 대부분 스스로 목숨을 끊거나 다른 사람이 자신의 목숨을 거두도록 허락하는 것으로 생을 마쳤다.

하지만 그들 중 살아남은 자들은 가문의 지위를 뽐낼 상징적인 존재가 되기도 했다.

레이저는 서두르지 않고 천천히 클론들에게 다가갔다. 클론들은 펄럭이는 새처럼 흩어져 그를 에워쌌다. 그들은 일심동체가 되어 수색관을 둘러싸고 칼날을 번뜩였다. 관중은 발을 구르고 함성을 지르며, 둥지 속의 까마귀 새끼들처럼 클론의 죽음을 외쳐댔다. 레이저 수색관은 그들에게 눈길조차 주지 않았다. 다만 조용히 서서 마치 무언가를 듣는 것처럼 살짝 고개를 들어 올리고 눈은 먼 곳을 바라보고 있었다. 클론들은 동시에 그를 습격해 들어갔다. 세 개의 칼날이 세 가지 다른 각도에서 그의 심장을 향해 찔러 들어왔다. 한순간 딱 멈춰 서 있던 레이저는 다음 순간 눈으로 좇을 수 없을 정도로 빠르게 움직였다. 그의 칼이 전진해 살 속에 묻혔다가 튀어나오기를 반복하자 세 명의 클론은 각자 치명적인 상처를 부여잡고 비틀거리며 물러났다. 그리고 곧 핏빛 모래판에 쓰러져 꼼짝도 하지 않았다.

레이저는 칼을 칼집에 간수하고 캠벨 가의 전용 박스를 향해 격식을 갖춰 절하고 답례를 기다리지도 않은 채 돌아서서 출구를 향해 걸어갔다. 관중은 야유를 보냈다. 너무 빨리 끝나버린 것이다. 그들은 클론의 고통과 죽음을 즐길 틈조차 없었다. 하지만 몇몇 전문가와 군인들은 그들이 본 것을 이해하고 큰 박수를 보냈다. 하지만 누구도 그들에게 신경 쓰지 않았으며 레이저 자신조차 그랬다. 그는 들어올 때와 마찬가지로 나갈 때도 조용하고 무심한 태도여서, 마치 더운 여름날 순식간에 스쳐 지나가서 한 차례의 몸 떨림으로만 기억되는 찬 바람과 같았다. 그는 어느 모로 보나 역시 수색관이었던 것이다.

제이콥 울프는 레이저가 물러나는 것을 유심히 관찰했다. 그는 가끔 사립수색관을 고용하는 문제에 대해 생각해보았지만 막상 실행에 옮긴 적은 없었다. 왜냐하면 그토록 완벽한 킬러를 항상 옆에 둔다는 것이 부담스러웠기 때문이다. 수색관들은 돈이나 권력이나 명성에 유혹받지 않는 충직한 자들이라고 알려져 있지만 울프는 그 말을 곧이곧대로 믿지 않았다.

그의 경험에 따르면 모든 사람은 그만의 가격이 있고 무너지는 지점이 있었다.

　다음 순서는 대중적 유희를 위한 것이었다. 외계인 대 외계인. 검투장은 전용 인공중력장과 기온조절장치, 그리고 차단장까지 갖추고 있어서 관객들의 안전을 보장하면서도 모든 환경을 만들어낼 수 있었다. 조명이 어두워지면서 붉은빛의 홀로그램 태양이 떠오르자 관객들은 기대감에 술렁였다. 모래판이 사라지고 하늘 높이 치솟은 나무들로 가득 찬 정글이 나타났으며 거대한 잎사귀들은 불쾌한 보라색을 띠고 있었다. 여기저기 나무 사이의 음침한 곳에서 무엇인가 움직였고 이상한 울부짖음이 조용한 공기 속에 메아리쳤다. 언제나 그렇듯 무대연출은 완벽했다.

　숲의 한가운데에 지름 9미터가량의 공터가 있었다. 관중은 무엇인가가 그곳에 나타나기를 숨죽이며 기다렸다. 홀로그램 뒤에서 문이 열리고 한 생물이 철창에서 풀려 나왔다. 그 녀석은 자신의 굴에서 나오기 싫어했기 때문에 숨겨진 전기막대로 자극을 주어 내쫓아야만 했다. 녀석은 홀로그램 나무들 사이로 뛰쳐나와 즐거워하는 관객들을 향해 분노에 차 울부짖었다. 녀석이 공터로 나와 몸 전체를 드러내자 관객들은 놀라움에 할 말을 잃었다. 녀석은 머리부터 발끝까지 8미터에 달하는 거대한 몸체를 지녔고 마치 도마뱀을 연상케 했지만 두 다리로 걷고 있었다. 번쩍이는 비늘 아래로 근육이 불거진 게 보였으며 두 개의 커다란 다리로 몸체를 지탱한 채 길고 가시 돋친 꼬리를 앞뒤로 흔들고 있었다. 가슴 쪽에는 커다란 입으로 먹이를 찢을 때 그것을 붙잡는 네 개의 팔이 솟아나 있었다. 녀석은 느껴지기는 하는데 보이지는 않는 관중을 찾아서 몸체에 비해 아주 빠른 움직임으로 제자리를 맴돌며 두리번거렸다. 녀석이 귀청이 떠나갈 듯 포효하고 날카로운 발톱이 돋아난 발로 위장된 모래판을 세차게 구를 때마다 관객들은 신기해서 어쩔 줄 몰라 했다. 그때 녀석이 홀로그램 정글 속 가까이에 다른 존재가 있음을 감지하고 딱 멈춰 섰다.

녀석이 둥그런 눈알을 희번덕거리며 낮게 으르렁대기 시작하자, 관중은 저렇게 가공할 만한 적을 상대할 경쟁자로 어떤 존재를 검투장 기획자가 선정했을지 숨죽이며 기다렸다. 두 번째 외계생물은 12미터 높이의 덩굴식물이었다. 커다란 중심 몸체를 감싸고 구불구불하게 기어 다니는 덩굴들이 휘감겨 있었다. 만약 그것에 감각기관이 존재한다면 내부에 숨기고 있을 것이다. 덩굴식물이 천천히 거대한 도마뱀에게로 향했다. 긴 가닥이 촉수처럼 뻗어 나와 도마뱀을 묶었다. 녀석은 울부짖으며 덩굴을 종잇장처럼 찢어발겼다. 하지만 더 많은 덩굴들이 쏟아져 나와 거대한 도마뱀을 무수히 많은 밧줄처럼 칭칭 옭아맸다. 두 외계생물이 투쟁을 벌이는 동안 관중은 즐거움에 미쳐 날뛰었으며 마권업자들은 돈을 쓸어 담았다. 사람들은 식물에 더 많은 돈을 걸었다. 왜냐하면 그것은 도마뱀이 공격할 만한 치명적인 급소가 없는 것처럼 보였기 때문이었다.

"대단하지 않아요?" 콘스탄스가 즐겁게 말했다. "외계생물은 정말 경이롭군요. 저것들도 지성이 있을까요?"

제이콥은 어깨를 으쓱했다 "아무렴 어때?"

도마뱀은 꿈틀거리는 덩굴의 장막 아래로 거의 사라져서 천천히 그러나 쉬지 않고 식물의 중심 몸통 쪽으로 끌려가고 있었다. 도마뱀은 여전히 몸부림치고 있었지만, 이미 팔은 가슴에 꺾여 접혔고 다리는 덩굴들에 짓눌려 늘어졌으며 오직 꼬리만 이리저리 움직이고 있었다. 더 많은 덩굴들이 뻗어 나와 녀석의 쐐기모양의 머리통을 짓찧으면서 공중에 피가 튀기 시작했다. 사람들은 감탄사를 연발했다.

그때 도마뱀이 몸부림치기를 그치고 거대한 다리를 움직여 식물의 중심으로 내달았다. 뻗어 나오는 덩굴 아래로 고개를 파묻고 식물의 몸통을 거대한 턱으로 강철 덫처럼 물고 늘어졌다. 날카로운 이빨이 딱딱한 껍질을 파고들자 도마뱀은 중심을 잡고 고개를 쳐들어 식물을 땅에서 들어 올렸다. 덩굴이 미친 듯이 사방으로 뻗어 나갔지만 도마뱀은 그냥 무시했다. 녀석이 개가 쥐를 물고 흔들듯 식물을 마구 흔들자 식물의 가닥들이 떨어져 나가 날아올랐다가 땅에 떨어져 여기저기서 꿈틀댔다. 서내한 딕 근육이 부풀이 오르지 도마뱀외 입은 꽉 닫혀졌으며 식물의 가운데 줄기는 압력을 못 이기고 완전히 으스러져버렸다. 도마뱀이 밖으로 드러난 식물의 심장을 찢어발기자 펄럭이던 가닥들이 갑자기 맥없이 처져버렸다. 도마뱀은 쐐기모양의 머리를 치켜세우고 홀로그램 태양을 향해 승리의 포효를 울렸다. 그리고 덩굴에서 몸을 완전히 빼내서는 잠잠해진 식물을 천천히 해체하며 한입 가득 베어 물고 씹기 시작했다.

관객들은 식물에 돈을 건 사람들마저도 환호성을 질러댔다. 훌륭한 경기였기에 승자에게 찬사를 아끼지 않았다. 도마뱀은 그들을 무시하고 식사에만 정신이 팔려 있을 뿐이었다. 관객들은 다음 경기를 위해 도마뱀을 몰고 나갈 사람들이 나타나지 않는다는 사실을 서서히 깨닫고는 조용해졌다. 경기가 아직 끝나지 않은 것이다. 입구가 열리면서 키가 큰 인물이 홀로그램 정글로 걸어 들어오는 모습이 보이자 관중은 기대감에 안절부절못했다. 한 손에 검을 쥐고 거대한 나무 숲 사이를 천천히 걷고 있는 사람은 레이저 수색관이었다. 그를 발견한 관중 사이에서 찬물을 끼얹은 듯 침묵이 흘렀다. 그리고 잠시 후 경기의 가능성을 재보면서 조용한 웅성임이 일기 시작했다. 도마뱀은 거대하고 잔인한데다 살육기계로 태어난 괴물인 반면 레이저는 아무리 수색관이라도 인간이었다.

"설마 진짜는 아니겠지요." 콘스탄스가 말했다. "그는 오늘 벌써 경기를 마쳤잖아요. 그가 아무리 휴식을 취했고 원기왕성하다 할지라도 괴물을 상대로는 가망이 없어요. 단숨에 찢겨져버릴 거예요."

제이콥은 다정하게 웃음 지으며 안심시키듯 그녀의 팔을 다독였다. 그는 그녀의 목소리에 치솟는 흥분이 배어 있음을 눈치 챘다. "만약 내기를 할 거라면 레이저에 돈을 걸라고 강력하게 권하고 싶네. 그의 직업은 외계인을 죽이는 것이었어. 아마 캠벨 가는 이 쇼를 위해 엄청난 돈을 뿌렸을 거야. 보통 검투장 측에서는 저런 동물의 경우 열두 번 이상의 경기에 써먹을 수 있을 거라고 기대하지. 흥행 가능성이 많거든. 누가 처음 이 대전을 펼치도록 요청했는지 의문이기는 한데…… 캠벨 가에서 명예를 위해, 아니면 마권업자들과 짜고 돈을 벌려고? 레이저 스스로 자신이 여전히 최고라는 것을 과시하기 위해?"

"그가 수색관이든 뭐든 상관없어요." 다니엘이 말했다. "저 도마뱀이 그를 씹어서 조각조각 내고 말 거예요. 인간이 칼 한 자루 가지고 저런 덩치의 괴물에게 대적할 수는 없다고요."

"누가 레이저를 인간이라고 하든?" 밸런타인이 말했다. "그리고 그가 들고 있는 것은 그냥 평범한 검이 아니야."

레이저가 숲에서 공터로 걸어 나오자 관중은 숨을 죽였다. 그는 침착하게 거대한 도마뱀을 응시했고, 도마뱀은 식물의 시체로부터 거대한 머리를 들어 올려 큰 소리로 공기 중의 냄새를 킁킁거렸다. 녀석은 반쯤 씹던 식물의 덩어리를 뱉어내고 갑자기 몸을 돌렸으며 꼬리가 중심을 잡기 위해 흔들렸다. 비늘은 검붉은 태양 아래 반짝였으며 녀석이 도전자를 받아들이는 포효를 울리며 거대한 머리를 뒤로 젖히자 번뜩이는 이빨이 선명히 드러났다. 레이저가 답례하듯 검을 들어 올리자 관중은 그것이 평범한 검이 아님을 알아챌 수 있었다. 칼날 주위로 어슴푸레하게 보이는 빛으로 그것이 분자 크기의 모노필라멘트 칼날을 가지고 있는 것을 확인할 수 있었다. 그것은 검의 에너지크리스털이 칼날의 분자막을 유지시켜주는 한 원하는 것은 무엇이든 손쉽게 절단할 수 있는 무기였다. 이런 검은 흔치 않았다. 무척 비싸기도 했고 에너지크리스털이 금세 닳아버리는 딘점도 있었다. 다른 한편 사람들이 모노필라멘트 칼은 진정한 무사의 명예로운 무기가 될 수 없다며 경멸하기도 했다. 물론 그런 고아한 풍취에 레이저가 콧방귀나 뀔지는 의문이었다. 수색관이란 실용성을 중시하는 족속이었다.

도마뱀은 머리를 숙이고 레이저를 향해 달려갔다. 레이저도 발끝으로 가볍게 땅을 박차고 녀석에게 맞서 달려 나갔다. 그들이 마주서자 수색관이 서 있던 자리에서 도마뱀의 거대한 입이 턱턱 마주치는 소리가 났다. 그러나 마지막 순간 수색관이 방향을 바꿔 믿기지 않는 속도로 요리조리 피하면서 도마뱀의 왼쪽 다리 옆으로 접근해 들어갔다. 번쩍이는 검이 호를 그리며 도마뱀의 허벅지를 파고들었다가 반대쪽으로 튀어나왔다. 피가 분수처럼 솟구치고 도마뱀은 고통과 분노에 울부짖었다. 녀석은 레이저 쪽으로 돌아섰으나 이미 그곳에는 그가 없었고 상처 입은 다리 때문에 쓰러질 듯 기우뚱거리기만 했다. 모노필라멘트 날이 피부와 근육을 깨끗이 절단하고 뼈에 깊은 홈을 남겼던 것이다. 도마뱀의 다리가 아직 몸을 지탱해주기는 했지만 단지 그뿐이었다.

　도마뱀이 그것을 깨닫는 동안 레이저는 다시 뛰어들어 녀석의 위쪽 옆구리를 갈랐고 또다시 피가 솟구쳤다. 그는 분출하는 핏줄기를 민첩한 옆걸음으로 피한 다음 유연하게 움직여 도마뱀의 시야가 미치지 못하는 사각지대로 몸을 옮겼다. 녀석은 상처 입은 다리로 뒤뚱거리며 앞뒤로 움직였고 자신을 괴롭히는 자를 찾아 여기저기로 머리를 기웃거리며 거대한 강철 덫처럼 입을 덥석거렸다. 레이저가 갑자기 정면에 나타나자 도마뱀은 입을 벌린 채 거대한 머리를 아래로 내쏘았다. 레이저도 앞으로 뛰쳐나가며 도마뱀의 성한 다리를 짚고 가볍게 튀어 올라 검을 녀석의 목 깊숙이 찔러 넣었다. 그의 얼굴과 가슴에 피가 흥건히 묻었고 녀석의 벌어진 입에서는 더 많은 피가 뿜어져 나왔다. 수색관은 개의치 않고 칼을 좌우로 두 번 빠르고 효과적으로 휘둘러 외계생명체의 머리를 잘라버렸다. 모노필라멘트 날에 의해 목이 깨끗이 절단되었다. 레이저는 후들거리는 녀석의 다리에서 내려와 뒤로 물러났고 도마뱀은 곧 쓰러졌다. 그 옆의 핏빛 모래 위에는 녀석의 머리가 뒹굴고 있었다. 싸움이 끝나자 홀로그램 정글도 꺼져버렸다. 녀석의 턱이 몇 차례 열렸다 닫히기를 반복했지만 어리둥절한 주홍색의 두 눈에는 이미 생명의 빛이 가셔버리고 없었다. 그리고 머리 없는 몸통은 모래밭에 누워 잘려진 목으로 피를 콸콸 쏟아냈고 레이저는 이를 피해 비껴 서 있었다. 도마뱀은 여전히 다리들을 가슴 위 높은 곳에 모아서 자신에게 상처 입힌 적을 잡으려는 듯 발작적으로 오므렸다 펴곤 했지만 곧 자기가 죽었다는 것을 깨달았는지 마침내 몸이 축 늘어지면서 볼품없이 경련하는 고깃덩어리가 되었다. 관중은 광란했으나 수색관은 그들의 함성을 무시한 채 어느새 옆의 출구를 향해 걸어 나가고 있었다. 그가 외계생명체를 죽인 것은 그들을 위해서가 아니었다.

울프 가의 전용실에는 여러 가지 혼재된 감정들이 피어오르고 있었다. 콘스탄스는 의자에 앉아 몸을 들썩이며 기쁨에 소리 질렀다. 제이콥은 웃으면서 와인을 주문했다. 다니엘은 시무룩했다. 도마뱀에게 크게 걸었던 것이다. 스테파니는 아버지와 모래밭 위에 죽은 채 드러누워 있는 짐승을 차례로 쳐다보았다. 그녀는 마음속으로 그 둘을 연관 지으며 아무 말도 하지 않았다. 밸런타인은 다시 한 번 푸른 가루를 흡입하고 인제나치럼 혼자만의 생각에 잠겨들었다.

청소부들이 검투장에 나타나 도마뱀의 시체 아래로 반중력장치를 집어넣은 후 신속하게 끌고 나갔다. 머리와 몸통이 모두 출구로 빠져나갈 때 관중은 장난삼아 작별인사를 외쳤다. 그들에게 패자에 대한 동정은 없었다. 머리는 기념품으로 보관될 것이며 나머지는 해체되어 우리에 갇혀 있는 다른 외계생명체에게 단백질원으로 공급될 것이다.

청소부들이 모래밭을 고르게 써레질했고 모래 속의 미생물들이 피를 먹어치웠다. 청소부들은 작업을 마치자마자 잽싸게 사라졌다. 관중 중에는 악취미를 지닌 사람들이 있어서 그들에게 욕설을 퍼붓고 물건을 집어던지기도 했기 때문이다. 소란은 점차 가라앉았지만 다음 차례는 무엇일지 기대하며 여기저기서 계속 떠드는 소리가 들렸다. 골고다의 관중을 만족시키는 것은 쉬운 일이 아니었다. 그들은 항상 더 많은 것을 원했다.

녹음된 트럼펫 소리가 다시 울려 퍼지고 한 남자가 모래 위로 당당히 걸어 나오자 그를 맞이하는 관중의 환호성은 앞 순서의 모든 것들을 초라하게 만들었다. 관중은 일제히 기립해 환호하고 손을 흔들어대기도 하고 서로 부둥켜안는 등 기대감으로 완전히 제정신이 아니었다. 소개방송도 없었다. 모두 그가 누군지 알고 있었다. 그는 패배를 모르는 검투사이자 골고다 대중의 연인인 '가면의 검투사'였다. 이제까지의 모든 것은 오픈게임에 불과했다. 사람들이 진정 보고 싶어 한 것은 바로 그의 경기였다.

그의 정체에 대해서는 아무도 몰랐다. 그의 배경이나 나이조차 알려진 바가 없었다. 그는 날렵한 근육질 몸매에 아무런 표시도 없는 단순한 철망 튜닉을 입었고 그 자신만큼이나 유명한 검을 가지고 다녔다. 검은 길고 가늘었으며 아무런 장치도 없이 단순했다. 그것은 '모르가나'라고 불렸다. 이유는 아무도 몰랐다. 그는 특징 없는 검정색 철투구로 얼굴을 완전히 가렸다. 투구 없이 모습을 드러낸 적은 한 번도 없었다. 삼 년간의 검투경기를 펼치는 동안 그가 수세에 몰려 가면이 벗겨지는 일은 결코 없었다. 그는 불가능한 싸움을 승리로 이끄는 것으로 유명했고, 대중은 그것 때문에 그를 사랑했다. 그의 신분과 그것을 감추는 이유에 대해서는 설이 분분했지만 여전히 미스터리로 남아 있었다. 어떤 사람은 그가 군대에서 불명예 제대했기 때문에 싸움을 통해 명예를 회복하려 하는 것이라고 말했고, 또 다른 사람은 그가 의기소침해진 수색관이었지만 검투장에서 용기를 되찾으려 하는 것이라고 주장했다. 그가 사랑하는 사람을 잃고 상심해 검투장에서 망각의 위안을 얻거나 싸우다가 죽기를 원하는 것이라고 말하는 사람도 있었다.

물론 자신 있게 주장하는 사람은 아무도 없었다. 만약 그것이 사실이라면 엄청난 스캔들이 될 것이다. 귀족들은 그들 사이의 분쟁을 대리 검투경기나 규정된 결투로 해결했다. 다른 방식은 그들의 품격에 맞지 않았다. 상류층은 평민들의 저열한 감정이나 충동에서 벗어나 훨씬 고상한 것을 지향해야 한다고 믿었다. 그들은 매우 특별하고 범접할 수 없는 별세계의 사람들이어야 했다. 이러한 차별을 유지하는 것은 매우 중요했다.

그러나 그의 가면 아래 숨겨진 비밀이 무엇이건 간에 대중은 그를 사랑했으며 검투장 측은 그의 신분을 감추고 비밀을 유지하는 데 협조했다. 심지어는 여제의 정보원조차 캐낼 수 없었다. 그것은 제국에서 아마 특별한 경우일 것이다. 아직까지 여제가 그다지 심하게 밀어붙이지 않았는데 그것이 또 새로운 소문의 불씨가 되기도 했다.

그는 모노필라멘트 날이나 기타 에너지무기를 경멸하며 항상 모르가나 검을 가지고 싸움에 임했다. 그는 속도와 기술, 그리고 유연성 면에서 개조인간의 능력을 훨씬 뛰어넘는 탁월한 검술가였다. 여전히 그가 사이보그라거나, 비록 극소수이기는 하지만 그가 보디숍의 작품이라고 주장하는 사람들도 있었지만 검투장 당국은 부인했다. 그리고 검투장 당국이 누구보다도 사정을 가장 잘 알 수 있는 처지에 있는 것만은 사실이었다.

가면의 검투사는 경기장 중앙에 자리 잡고 상대가 나오기만을 기다리고 있었다. 대형 홀로그램 화면에는 그의 특징 없는 투구가 확대된 모습이 비춰졌고 양옆으로 그의 전적이 소개되었다. 그 숫자는 매우 인상적이었다. 137회의 경기에서 한 번도 진 적이 없었다. 초기에 두 번 큰 부상을 입은 것이 전부였다. 도전자에 대한 그의 승산은 천대 일이었다. 당연히 사람들은 그의 우세를 점쳤다. 이러한 승률 때문에 시시한 상대로 그가 시간을 낭비하는 일이 방지되었다. 하지만 도전자는 항상 있었다.

이 긴 패배자의 대열 마지막에 끼게 될 또 다른 도전자가 입구에서 나와 당당히 챔피언에게로 다가가고 있었다. 관중은 성원을 보내며 그의 용기를 높이 샀다. 신선한 피는 항상 환영받았다. 그의 이름은 오릭 스카이였으며, 초지로 가문의 경호원이 되기를 희망했다. 하지만 경호업계에서 그것은 최고의 자리에 속했기 때문에 대담한 행동으로 용기와 실력을 과시하는 것만이 긴 대기행렬을 뛰어넘을 수 있는 길이었다. 그는 꼭 이길 필요는 없었다. 대등한 경기를 벌이기만 한다면 관중이 그를 위해 엄지손가락을 치켜세워줄 것이고, 그러면 그는 가면의 검투사와 대결해 생존한 극소수 중 하나가 되는 것이다. 그때는 초지로 가문도 그를 환영하게 될 것이다.

아니, 그가 이길지도 몰랐다. 그는 비장의 무기를 지니고 있었다. 그것도 온몸으로.

스카이는 젊고 비후한 근육질의 몸을 지닌 눈부시도록 빛나는 금발의 미남이었다. 챔피언과 마찬가지로 그도 검 한 자루만으로 무장했다. 초지로 가문은 약간 보수적인 면이 있어서 클론이나 에스퍼, 기타 인간적인 기준에서 벗어난 존재들을 좋아하지 않았다. 하지만 그들도 과학기술을 활용하는 것에는 반대하지 않았다. 그래서 스카이는 피부 아래로 철판을 삽입해 모든 급소를 덮었고, 다른 곳은 철망으로 감쌌다. 일종의 육체 내부의 갑옷을 입었다고 할 수 있었기 때문에 약점이라고는 없었다. 무게 때문에 움직임이 둔해졌지만 그것도 나름의 대처방법이 있었다. 가면의 검투사는 이런 적을 만나본 적이 없었다. 그런 상대를 무슨 방법으로 이길 수 있겠는가?

스카이는 챔피언에게 다가가 예의바르게 절을 했다. 그러고는 갑자기 쿵쿵거리며 앞으로 달려가면서 칼을 쭉 내뻗었다. 그의 몸무게 때문에 모래에는 깊은 발자국이 남았으나 움직임은 믿을 수 없을 정도로 유연했고 재빨라서, 둘 사이의 거리를 놀랍도록 빠르게 좁혀 들어가고 있었다. 챔피언은 가면 속에서 미소 지었다. 보디숍에서 스카이의 특출한 근육에 무엇을 제공했건 대단한 일을 해낸 것은 분명했다. 가면의 검투사는 갑자기 앞으로 도약해 스카이의 허점을 파고들었고 모르가나가 공기를 가르며 원호를 그었다. 스카이는 미처 칼을 들어 올리지 못했고 양손의 힘이 실린 타격에 그의 목 측면이 강타당했다. 그 일격에 다른 사람 같으면 머리가 날아갔을 테지만 스카이는 그 자리에서 버텨냈다.

스카이는 낮게 신음하며 충격 때문에 옆으로 한 발짝 비켜섰지만 곧 균형을 회복하고 자유로운 손을 뻗어 모르가나의 칼날을 붙잡았다. 그의 맨손이 바이스처럼 단단히 검을 죄었기 때문에 가면의 검투사는 검을 뽑기 위해 전력을 쏟아 부어야만 했다. 검이 스카이의 손 안에서 빠져나오며 철컥거리는 소리가 났다. 칼날이 손바닥의 피부를 뚫었지만 그 아래의 철망에 걸렸던 것이다. 스카이는 손과 목의 고통과 거기서 흐르는 피에 상관하지 않고 미소 지으며 눈부신 속도로 가면의 검투사의 배를 향해 칼을 내밀었다. 챔피언은 마치 그러한 움직임을 예상이라도 한 것처럼 공격을 막아냈지만 그러기 위해 한 발짝 물러서야만 했다. 스카이는 계속 전진했고 챔피언은 더 멀리 밀려났다. 관중은 그 장면이 믿기지 않았다.

챔피언은 원을 그리며 후퇴하기 시작했고, 두 사람은 빙빙 돌면서 상대의 허점을 노렸다. 스카이가 돌진하면서 두 검이 맞부딪치는 소리가 여러 번 울렸다. 스카이는 체중과 힘에서 우위를 보였고, 챔피언은 기교가 앞섰다. 가면의 검투사는 연속되는 무시무시한 공격을 옆으로 비껴 흘리며 간신히 버텨내고 있었지만 반격의 기회를 좀처럼 잡지 못했다. 스카이는 그에게 공간과 틈을 주지 않고 지치지 않는 에너지로 공격을 퍼부었다. 챔피언은 과연 스카이가 얼마나 오랫동안 그런 공격을 지속할 수 있을까 의아해했지만 곧이어 꼭 그럴 필요가 없을지도 모른다는 생각이 들었다. 자신의 단 한 번의 실수로도 경기는 끝나버릴 것이기 때문이었다.

스카이의 입장에서는 불행한 일이지만 챔피언은 전혀 실수를 하지 않았다. 조심스레 때가 오기를 기다리던 챔피언은 스카이의 공격을 흘리며 안쪽으로 파고들어 격렬한 반격을 퍼부었다. 모르가나가 사방에서 스카이에게로 쏟아져 들어갔다. 스카이는 대부분의 가격을 막아내기는 했으나 몇 번은 놓쳤으며 몸 여기저기가 베였다. 그래도 그가 쓰러지지 않자 관중은 놀라움을 금치 못했다. 모르가나가 어디든 살 속에 박히기만 하면 철판이나 철망을 만났던 것이다. 피도 거의 나지 않았고 스카이는 단 한 번도 얼굴을 찡그리지 않았다. 내부 갑옷을 착용하는 과정에서 고통은 이미 그의 오랜 친구가 되어 있었다. 챔피언이 돌입했다가 후퇴하는 데 약간의 시간을 지체하자 스카이는 빈손을 잽싸게 내뻗어 챔피언의 팔을 움켜잡았다. 그러고는 근육을 부풀려 가면의 검투사를 9미터나 멀리 집어던져버렸다.

가면의 검투사는 땅에 세게 내팽개쳐져 몇 바퀴 나뒹굴었지만 곧 다시 일어섰다. 특징 없는 철제 투구 속에서 숨이 차올랐거나 고통으로 얼굴을 찌푸리고 있을지도 몰랐지만 자세는 안정되었고 검은 흔들림이 없었다. 스카이가 다시 앞으로 달려가면서 마치 트럭이 돌진해가듯 가속을 붙이기 시작했다. 가면의 검투사는 스스로 안정을 찾으려는 듯 고개를 한 차례 내젓고 모르가나를 들어 올려 적이 가까이

오기를 기다렸다. 관중은 챔피언이 마침내 패배해 수모를 당하고 자칫 죽을지도 모를 순간을 맞는 것을 보며 흥분했다. 그들은 두 검투사에게 경고하거나 조언하거나 응원하는 뜻으로 목청껏 소리를 질러 댔으며 더 잘 보기 위해 너나없이 일어섰다. 그리고 마지막 순간 마음이 바뀌어 패를 바꾸려는 사람들로 한바탕 소동이 빚어졌다.

가면의 검투사는 경기장에 서 있었다. 도망갈 수도 있었지만 그것은 그의 스타일이 아니었다. 기권하고 자비를 바랄 수도 있었지만 물론 그렇게 하지 않았다. 그는 분노해 모르가나를 쳐들었다. 그가 알고 있는 것 중에서 가장 훌륭한 검이었지만 내부 갑옷에는 아무런 소용이 없었다. 그때 한 가지 묘안이 떠올랐다. 그는 밋밋한 투구 속에서 슬그머니 미소 지었다. 스카이는 그에게 거의 접근했고 최후의 일격을 위해 검을 잔뜩 뒤로 끌어당긴 상태였다. 가면의 검투사는 완벽한 동작으로 돌진해 칼끝으로 스카이의 왼쪽 눈을 찌르며 두뇌까지 후벼 팠다. 그곳은 스카이의 몸에서 방호되지 않은 유일한 부위였다.

오릭 스카이는 챔피언의 검에 꿰인 채 오랫동안 그 자리에 서 있었다. 마침내 가면의 검투사가 모르가나를 뽑아내자 자신을 지탱해주던 것이 사라져버린 듯 무너져 내렸다. 그는 쓰러져 움직이지 않았고, 챔피언은 모르가나를 들어 그에게 경례한 후 뒤돌아섰다. 관객들은 그 장면을 모두 지켜보며 목이 쉴 때까지 함성을 질렀고 스카이 쪽으로 내기를 건 사람들조차도 손바닥이 얼얼해질 때까지 박수를 쳤다. 가면의 검투사는 중앙 출구로 사라지며 한 손을 들어 올려 관중의 환호에 답했다. 그리고 인간성의 일부분을 포기하면서까지 초지로 가문의 경호원이 되기를 원했던 오릭 스카이는 그 꿈이 꺾인 채 핏빛 모래 위에서 잊혀갔다.

울프의 전용실에서는 제이콥이 한껏 고양되어 가족들을 둘러보았다. "저게 바로 진정한 싸움이야. 강하고, 영리하고, 굴하지 않는 열정의 싸움. 허점을 파고들어라. 저런 사내에게서 배워야 해."

그의 가족들은 공손하게 동감의 말을 중얼거렸지만 자기의견을 덧붙이지는 않았다. 울프 가의 모든 성원들은 상대의 약점을 이용하고 자신의 약점을 가리는 것에 관한 모든 것을 이미 알고 있었다. 그것이 바로 그들을 매순간 살아 있게 하는 힘이었다. 다니엘은 자신이 저 밋밋한 철제 투구를 쓰고 밸런타인 형과 아빠도 포함된 수많은 시체들 위에 위풍당당하게 서 있는 모습을 상상해보았다. 스테퍼니는 풍문에 불과한 소문을 떠올려보았다. 투구 속 얼굴은 남자가 아니라 여자라는 것. 그녀는 그 생각에 미소 지으며 자신의 발밑에 굴복하는 많은 얼굴들을 그려보았다. 제이콥은 이미 수백 번이나 거듭했을 법한, 합법이든 불법이든 관계없이 가면의 검투사를 자신의 동지로 끌어들일 방법에 대해 다시 한 번 궁리해보았다. 콘스탄스는 울프의 팔을 단단히 껴안고 자녀들을 빨리 출가시켜서 그녀가 울프 가의 수장이 되는 날을 꿈꾸어보았다. 그리고 밸런타인은 그날 자신이 저지른 수많은 살상을 생각하며 미소 짓고 미소 짓고, 또 미소 지었다.

동지, 적, 그리고 말괄량이들

미스트월드는 반역의 행성이다. 제국 내에서 유일하게 행정력이 미치지 못하는 행성. 도망자와 반역자, 불평분자와 문제아들로 구성된 세상. 어디서도 안전한 피신처를 마련할 수 없는 사람들은 미스트월드로 향했다. 수배자, 탈영 에스퍼, 범죄자, 인간쓰레기들이 영원한 겨울의 행성인 그곳으로 모여들었다. 그들이 건설한 세계는 그다지 아름답거나 문명화되지는 않았지만 자유가 있었고, 남녀노소를 불문한 미스트월드의 모든 사람들이 자유를 위해 목숨 바칠 각오가 되어 있었다. 제국에 대항한 반란 시도도 여러 차례 있었지만 별반 성공적이지는 못했다. 하지만 반란자들은 미스트월드에 머무는 한에서는 제국의 어떤 무기도 상대가 되지 않는 강력한 염파보호막 아래에서 안전을 보장받았다. 그곳의 유일한 도시 미스트포트는 음모와 계략이 난무하고 스파이들로 들끓었다. 스파이들은 제국정부뿐만 아니라 무슨 일이 벌어지고 있는지 궁금해하는 다양한 사람들에 의해 파견되었다. 그리고 이 마지막 피난처, 마지막 기회, 최후의 주사위에, 전직 인육상인인 헤이즐 다르크와 수배된 영주 오언 데스토커가 도착해 세상을 뒤흔들 거대한 반역의 씨를 뿌리게 된다.

선스트라이더 호가 총알처럼 초공간에서 튀어나와 서서히 미스트월드의 궤도에 진입했다. 다시 보호막을 올리고 각종 센서를 부산히 작동시켜보았지만 선스트라이더를 공격한 순양함 두 대의 흔적은 어디에도 없었다. 호화로운 주조종실에서 오언은 의자에 파묻혀 안도의 한숨을 내쉬었고, 헤이즐은 감탄하며 눈만 껌뻑이고 있었다.

"인상적이네요." 마침내 그녀가 말문을 열었다. "한 번의 도약으로 제국의 반을 가로질러 여기까지 단숨에 달려오다니. 최고의 숙련된 항해사라도 최소한 일곱 시간은 걸렸을 텐데. 도대체 얼마나 동력을 소비했나요?"

"무시해도 될 정도로 조금만." 오언은 우쭐해 말했다. "말했잖소, 이건 완전히 새로운 종류의 스타드라이브라고. 이것에 비하면 다른 것들은 쓰레기에 불과하오."

"어떻게 작동하는 거죠?" 헤이즐이 되물었다.

오언은 어깨를 으쓱하며 말했다. "모르오. 난 그저 배를 샀을 뿐 설계하지는 않았으니까. 매뉴얼은 대충 훑어보기만 했고 AI가 대신 작동법을 익혔소. 나는 기술 쪽으로는 문외한이어서…… 그런 일은 항상 다른 사람들을 시켰소."

헤이즐은 코웃음을 쳤다. "이제 그런 습관은 버려야 할 겁니다, 귀족나리. 수배자는 스스로에게 의지해야지 다른 사람만 믿고 있어서는 안 돼요."

"당신이 있잖소." 오언은 가볍게 말했다. "좋소, 다음 할 일은 뭐요?"

"아주 공손하게 착륙허가를 요청하는 거예요. 일단 땅에 내려앉으면 행성의 에스퍼들의 보호를 받을 수 있지만 여기서는 가장 먼저 도착하는 제국순양함의 밥이 되겠지요. 그들이 우리를 찾아 여기까지 오는 데는 그렇게 오래 걸리지 않을 거예요. 이 배가 아무리 빨라도 화력으로 중무장하고 있지는 않겠지요?"

"물론 아니오." 오언이 대답했다. "이 배는 유람용 요트이지 군함이 아니잖소."

"다음에는 카탈로그를 좀 더 꼼꼼이 살펴보세요. 내가 미스트포트와 교신해볼게요. 미스트월드의 유일한 공항이 그곳에 있어요. 사실 유일한 도시이기도 하고요. 그곳은 인구가 밀집된 곳은 아니지요. 거기 살아보면 그 이유를 자연스럽게 알게 될 거예요. 눈과 얼음과 안개뿐인 황량한 곳이니까요. 옛 친구들이 남아 있다면 좀 도움이 될 텐데. 나도 여기를 떠난 지 꽤 오래되어서 아는 사람들이 남아 있을지 모르겠군요."

그녀는 잠시 얼굴을 찌푸렸고, 오언은 그녀를 찬찬히 살펴보았다. 예전에 그녀 같은 사람을 만나본 경험이 없으므로 그녀에게 흥미가 갔다. 그는 반역자는 처단되어야 한다고 배우며 자랐지만 현재 자신이 반역자가 되어버렸다. 그의 인생은 송두리째 바뀌었고, 그가 생존하기 위해서는 헤이즐과 그녀의 세계를 이해해야만 할 것이다.

"전에는 여기서 뭘 했소?" 그는 지나가는 말처럼 물었다.

헤이즐은 과거를 회상하는 듯하다가 수줍은 듯 어깨를 으쓱이며 대답했다. "로키 행성에서 용병으로 근무하다가 계속되는 전쟁에 지쳐 여기서 약간의 회복기를 가졌죠. 대체로 나는 탁월한 감각과 풍부한 경험으로 지는 쪽과 계약하는 경향이 있거든요. 우리 편은 완전히 거덜나서 바람 앞의 먼지처럼 흩어져버렸고, 나는 적이 쫓아오지 않는 유일한 곳인 이곳에 와서 한동안 머물렀죠. 그것도 지나고 보니 잘못된 선택이었지만, 뭐 그건 또 다른 얘기고요."

"일단 착륙하고 나면 우린 무엇부터 해야 하오?" 오언이 물었다. "내 목에 걸린 현상금은 수녀님도 유혹할 정도이니 엄청나게 많은 사람들이 우리를 추격할 텐데."

"우리라니 도대체 무슨 뜻인지 모르겠군요." 헤이즐이 말했다. "댁이 그냥 죽어가는 게 불쌍해서 불 속에서 꺼내주기는 했지만 댁을 양자로 들인 기억은 없는데요. 당신이 귀족인 줄 알았으면 나도 아마 총을 쏘는 쪽에 가담했을걸요. 그러니까 안전하게 착륙하고 나면 나는 내 길을 가고 댁은 댁의 길을 가면 그만입니다. 내가 가장 싫어하는 게 당신 같은 초보자를 달고 다니면서 시간을 허비하고 시선을 끄는 거니까요. 나는 다시 추슬러야 할 내 인생이 있고 그건 어린아이를 달고 다니지 않더라도 이미 벅찬 일이에요."

"나도 내 몸뚱어리 하나쯤은 건사할 수 있소." 오언은 열을 내며 말했다. "제국 최고의 사범에게서 무예도 익혔단 말이오!"

"그동안 본 바에 따르면, 돈을 도로 돌려달라고 하는 편이 나을 것 같은데요. 당신은 짐이에요, 오언. 그리고 나는 내 문제만으로도 힘들고요. 당신은 잘 해나갈 거예요. 이 배를 팔면 아마 미스트월드에서 손꼽히는 부자로 살 수 있을걸요. 물론 사기당하지 않는다면 말이죠."

"선스트라이더를 판다고! 당신, 정신 나갔소? 그럼 이 행성에서 어떻게 빠져나간단 말이오?"

"오언, 당신은 어디로도 가지 못해요. 여기가 우리 같은 사람들의 종착지예요. 미스트월드가 당신이 생존할 수 있는 유일한 곳이라고요. 다른 곳에 가면 당신이 주변을 살피려고 고개를 쳐드는 순간 누군가 그걸 떼어가버리고 말걸요. 여기서도 쉽지는 않겠지만 적어도 기회는 있지요. 그게 수배자로서 댁이 바랄 수 있는 최선이라는 걸 아직도 모르시겠어요?"

오언은 심각하게 생각해보았다. 인정하기는 싫지만 헤이즐이 필요했다. 그녀는 시끄럽고 오만하고 병신에 시나지 않지만 그가 모르는 수배자의 세상을 잘 알고 있다.

"이렇게 그냥 나를 버리고 떠날 수는 없소." 그는 애원하듯 말했다. "당신은 여기에 연줄이 있지만 나는 아는 사람이 하나도 없소. 당신은 그냥 나를 늑대우리에 놔두고 떠나서는 안 된단 말이오."

"잘 봐요." 헤이즐이 말했다. "나는 댁한테 아무런 빚이 없어요, 귀족양반. 댁이 이렇게 매달릴 줄 알았다면 애초에 당신을 쏴버렸을 거라고요."

'좋다.' 오언은 생각했다. '그녀의 본성에 호소해보는 게 낫겠다. 그녀는 결국 수배자 아닌가.'

"이건 어떻소. 내가 자립할 때까지 당신을 내 경호원으로 고용하는 거요. 희망 보수를 말해보시오."

헤이즐은 그를 빤히 쳐다보았다. "보수는 무엇으로 지불할 작정인데요?"

"당신이 금방 지적했듯이 선스트라이더를 팔면 나는 부자가 되오. 누군가 거래를 감독해줄 사람이 있어야겠지."

"십 퍼센트." 헤이즐이 단도직입적으로 말했다. "거래가 성사되자마자 내 돈을 제일 먼저 받는 조건이며 당신이 내걸 조건은 없어요. 그리고 따라다니면서 한탄하거나 불평하거나 엉뚱한 질문은 하지 않기에요. 당신이 철들 때까지 가르치겠지만 그다음에는 떠날 거예요. 당신은 너무 매력적인 표적이거든요, 데스스토커. 당신 옆에 서 있는 것만으로도 불안해요."

오언은 속으로 부글부글 끓었다. 선스트라이더 대금의 십 퍼센트라면 건장한 남자 열댓 명을 경호원으로 세우고도 남을 돈이다. 하지만 당장은 선택의 여지가 없었다. 영주로서 그녀에게 명령을 내릴 수도 없고 친구로서 애원할 수도 없었다. 따라서 돈 이외에는 방법이 없었다.

"좋소." 그는 흔쾌히 응했다. "계약한 거요."

그가 악수하려고 손을 내밀었지만 그녀는 그 손을 멀뚱히 쳐다보기만 했다. "악수는 관두자고요, 데스스토커. 우리는 서로 신뢰할 만한 근거가 없어요. 한 가지만 알아두세요. 만약 당신이 나를 따돌리거나 속임수를 쓴다면 내가 당신을 먹기 좋은 크기로 토막을 칠 거라는 사실을. 당신의 환상적인 무예수련은 잊어버리시고요. 자, 이제 생각 좀 해보자고요."

그녀는 그 자리에 서서 오랫동안 인상을 쓰며 생각에 골몰했다. 오언은 손을 내려 검 근처의 벨트에 얹었다. 상대가 누구였건 이런 모욕에는 결투를 청했을 테지만, 헤이즐의 경우는 달랐다. 그는 그녀를 존경하게 될지도 모른다는 느낌이 들었다. 그전에 먼저 그녀가 그를 죽이지만 않는다면 말이다. 그녀는 별로 달갑지 않은 결론에 이른 듯 갑자기 혀를 끌끌 차더니 다시 오언에게 냉소적인 시선을 꽂았다.

"지난번에 만났던 친구들이 아직 있고 여전히 우호적일 거라고 가정하다면 검역절차를 생략하고 내려갈 수도 있을 것 같은데…… 우리는 허락이 떨어질 때까지 여기서 한가롭게 노닥거릴 시간이 없어요. 하지만 불행히도 내 오랜 연줄을 활용할 수 없을 것 같군요. 미스트월드에서는 상대적으로 수명이 짧아요. 서로 죽이거나 기후에 못이겨 빨리 죽기 때문이죠. 그나저나 당신이 이 배 어딘가에 산업용 보온장구를 갖추고 있다면 좋겠는데. 그렇지 않다면 우리는 아마 착륙장에 내리자마자 바로 꽁꽁 얼어붙어버리고 말 거예요."

오언은 얼굴을 찌푸렸다. "만약 당신의 옛 친구들이 이미 죽있거나 도움을 거부한다면 검역을 통과할 수 없다는 말이오? 얼마나 우리를 붙잡아둘 것 같소?"

"에스퍼를 호출해서 뭔가 흥미로운 게 없는지 우리 마음을 파헤쳐볼 때까지요. 미스트포트의 경비대는 자기 일에 아주 철저해요. 제국이 항상 위장된 전염병 선박이나 뭐 그런 것들을 들여보내려고 시도하니까요."

"하지만 우리 정체가 발각되면 안 되지 않소." 오언이 말했다. "훌륭하군, 훌륭해. 좋소, 헤이즐, 무슨 일이 있건 검역을 생략하도록 해보시오. 혹시 뇌물을 줘야 할 경우 당신 몫 십 퍼센트에서 제한다는 것만 명심하고. 알겠소?"

헤이즐은 긍정적으로 고개를 끄덕였다. "와! 벌써 수배자답게 머리를 굴리기 시작했군요."

"도대체 미스트월드는 어떤 행성이오?" 제어판 쪽으로 걸어가면서 오언이 물었다. "당신 말에 따르면 지옥같이 들리는데."

"척박한 곳이지요, 데스스토커. 아주 가난하고 과학문명도 거의 찾아볼 수 없어서 여기 온 사람들은 대부분 열악한 생활을 하고 있어요."

"당신은 고향에 돌아온 것 같겠군요, 헤이즐."

"당신이 앞으로 길고 추운 날들을 견디다보면 그 말을 후회하게 될 거예요. 여기서는 적응하는 법을 배우든지 죽든지 둘 중 하나예요. 선택은 당신 몫이고. 오지맨디어스, 듣고 있니?"

"물론입니다, 헤이즐." AI가 즉각 대답했다. "많은 사람들이 우리와 대화를 나누고 싶어 하는군요. 우리도 그들과 대화하고 싶은지 확인하려고 기다리고 있었습니다."

"미스트포트의 관제탑에 연결해줘." 헤이즐이 말했다. "다른 사람들은 기다리라고 하고."

"명하시는 대로 합죠. 이 순간에 즈음해 제가 아주 정교한 시스템이어서 미스트포트가 가지고 있을 어떤 AI도 데리고 놀 수 있는 실력을 지녔다는 사실을 알려드리고 싶은데요."

"꿈도 꾸지 마." 헤이즐이 날카롭게 말했다. "그들이 사용하는 컴퓨터는 널 벌벌 떨게 하고도 남아. 아주 강력하고 위협적이야. 항상 보호막을 쳐두고 완전히 인간적이라는 확신이 없다면 멀찌감치 떨어져 있는 게 좋을 거야. 미스트월드에서는 다른 것들과 마찬가지로 컴퓨터도 네가 상상하지도 못할 이빨을 가지고 있거든."

"아주 좋은 곳으로 데리고 왔군그래." 오언이 말했다.

"하지만 나름 매력은 있지요. 관제탑을 연결해, 오지맨디어스. 관제탑, 여기는 선스트라이더 호다. 피난처를 원한다. 승인 바란다."

"여기는 담당 에스퍼 존 실버다." 제어판에서 지친 듯한 목소리가 흘러나왔다. "시스템을 조작하지 마라. 영상신호가 불안하다. 귀측의 모든 승무원과 화물과 마지막 기착지에 대한 전수검사를 실시할 예정이다. 거짓말하는 수고는 하지 않아도 된다. 우리 에스퍼가 어떤 식으로든 모두 밝혀낼 테니까."

"존?" 헤이즐이 갑자기 미소를 띠며 말했다. "당신이야, 실버? 이 골수 해적아! 당신 목소리를 다시 듣게 될 줄은 꿈에도 몰랐는데. 나 헤이즐 다르크야. 기억나? 같이 '밤의 천사' 사기를 쳤던."

"신이 우리를 보우하시는군." 약간 흥분된 목소리가 들렸다. "헤이즐 개차반 다르크, 언젠가 네가 뒤꽁무니에 빚쟁이들을 줄줄 달고 나타날 줄 알고 있었지. 이번엔 누구를 열 받게 만들었나?"

"사실 모든 사람들이시. 이봐, 존, 도움이 필요해."

"넌 항상 그렇지. 이번에는 뭔데?"

"검역을 기다릴 여유가 없어. 너무 많은 사람들이 나와 이 배를 쫓고 있거든. 곧바로 착륙했으면 좋겠는데, 네가 보증해줄 수 있겠어?"

"경우에 따라서는. 혼자인가?"

"한 명 더 있어. 그는 내가 보증하지."

"그건 별로 권할 게 못 되는데. 왠지 나중에 후회하게 될 것 같은 느낌이란 말이야. 어쨌든 좋아. 배를 7번 발사대에 대놓고 안개 속으로 사라져버리라고. 단 24시간만 허락해줄 수 있어."

"그 정도면 충분해. 고마워, 존. 해적질이나 하다가 죽겠다더니 어떻게 경비대에 들어갈 생각을 다 했어?"

실버는 짤막하게 웃었다. "시절이 어렵지요, 아가씨. 미스트포트는 항상 에스퍼가 부족해. 네가 여기를 떠난 후 상황이 엉망이 돼버렸어. 제국이 정말 더럽게 우리를 공격했거든. 반 이상의 에스퍼가 죽거나 마음이 불타버렸어. 그 결과 경비는 더욱 삼엄해졌지만 인원을 충당하기가 어려웠지. 기회가 되면 놀러 와. 문제가 해결되었을 경우에 말이야. 하지만 일이 잘못되면 나는 너에 대해 들은 바도 없는 거다. 이상 오버."

"행운이 찾아왔군요, 그렇지 않소?" 오언이 말하다가 그녀의 표정을 보고 말을 멈췄다.

"모르겠어요. 그럴지도 모르죠. 내가 아는 존 실버는 해적에 사기꾼이었는데 지금 미스트월드의 치안을 맡고 있다고요? 내가 여기를 떠난 후 진짜 개판이 돼버린 것 같군요. 우리는 아직 시작도 안 했어요. 24시간이 지나면 그럴듯한 이유를 들어 신고해야 해요. 그렇지 않으면 실버의 사람들이 도시를 샅샅이 헤집어 우리를 찾아낼 거예요. 그리고 무엇보다도 먼저 그 시간 내에 누군가 선스트라이더 호를 알아보기 전에 구매자를 물색해야 해요. 미스트월드에 있는 제국의 모든 첩자들이 이미 선스트라이더 호와 당신에 대한 상세한 정보를 가지고 있다고 보는 게 맞을 거예요. 그건 우리가 배를 팔고, 현금을 찾아서, 아무리 유능하고 동기 충만한 사람도 찾을 수 없는 곳으로 완벽하게 잠적하는 데 24시간만 쓸 수 있다는 것을 의미하지요. 일단 좀 잠잠해지고 나면 다시 돈을 들고 기어 나와 새로운 이름과 경력으로 살 수 있을 거예요."

"그냥 보디숍에서 외모를 바꾸면 안 되겠소?" 오언이 말했다.

헤이즐은 선생님이 바보스러우면서 고집스럽기까지 한 학생을 바라볼 때의 표정으로 오언을 쳐다보았다. 오언은 그런 시선에 짜증이 났지만 화를 삭였다.

"이곳은 과학문명이 아주 뒤떨어진다고 말하지 않았나요? 우리가 여기서 찾을 수 있는 과학기술이란 밀수업자가 제국을 몰래 드나드는 데 필요한 것들뿐이에요. 그렇다고 미스트포트 어딘가에 보디숍이 없다고 말하는 건 아니에요. 하지만 설혹 있다 하더라도 하나뿐일 거라고 장담할 수 있어요. 그리고 독점적이기 때문에 무진장 비쌀 테고 팔다리가 떨어져 나가도 책임지지 않을 거예요. 또한 우리가 혹시 멍청하게도 그 근처에 얼쩡거리지 않을까 해서 제국의 첩자들이 눈에 불을 켜고 밤낮없이 지키고 있을 거라는 사실도 쉽게 추측할 수 있지요. 계속 노력해봐요. 내가 항상 당신을 돌봐줄 수는 없지요. 그리고 그렇게 삐치기 전에 약간의 착수금을 마련할 방도를 좀 떠올려 봐요. 내가 미스트포트 여기저기에 감춰둔 돈이 좀 있기는 한데 부족할 것 같아요. 아주 어렵게 번 돈이라고요."

"그래요?" 오언이 말했다. "어떻게?"

"알 필요 없어요. 오지맨디어스, 착륙준비 됐나?"

"우리가 무지막지한 이용료를 내는 즉시 착륙할 수 있습니다."

오언이 얼마인지 물었다. AI가 대답하자 오언은 기절할 만큼 놀라 말했다. "절대로 못 내! 그건 사기야!"

"꼭 그렇지만은 않아요." 헤이즐이 말했다. "그들이 당신을 제국에 넘겨 벌어들일 수 있는 돈과 비교해보면 말이죠. 당신이 내지 않으면 내가 낼 수밖에 없어요. 계약에 따르면 이건 내 십 퍼센트에서 나가야 할 돈은 아니고요."

그때 오지맨디어스가 공손하게 목청을 가다듬었다. 그러나 AI는 가다듬을 목청이 없기 때문에 이 또한 오언의 신경을 자극했다. "오언, 꼭 말씀드려야 할 게 있습니다. 제 메모리에서 발견한 새로운 파일에 따르면 당신이 미스트포트에서 도움을 찾아 방문해야 할 곳이 아주 구체적으로 적시되어 있습니다." AI는 말을 멈췄다가 다시 시작할 때는 거의 사과하는 음색으로 말을 이었다. "주소와 함께 만나야 할 사람 이름도 있는데, 당신이 싫어할 것 같군요."

"말해봐." 오언은 체념한 듯 대답했다. "이 상황에서 과연 내가 좋아할 게 있는지 의심스럽군."

"잭 랜덤입니다."

"그가 여기 있다고? 미스트월드에?" 오언은 생각에 잠겼다. "도대체 그가 어떻게 우리 아버지의 음모와 관련된 거지?"

"좋은 질문입니다, 오언. 하지만 거기에 대해서는 아직 만족스런 답이 없군요."

"너는 헤이즐이 승선하고 나서 아주 예의 발라졌어." 오언은 힐난하듯 말했다.

"그래서 안 좋다는 건가요?"

오언은 생각에 잠겼다. 머리가 아파오기 시작했다. 잭 랜덤. 직업적 혁명가이자 전설적인 투사. 그는 체제에 맞서 싸웠다. 어떤 체제이든 간에. 20년 이상 제국에 맞서 싸웠고 수많은 행성에서 수많은 반란을 지휘했다. 탁월한 선동가였고, 불의를 참지 못했으며, 자기보다 더 열의가 넘치는 바보들을 동지로 규합해 죽음이나 영광으로 내모는 데 능수능란했다. 그렇게 수년, 수십 년이 흘러갔지만 제국은 여전히 건재했고, 승리보다 패전 소식이 더 많이 들려오면서 점차 소식이 끊어져버렸다. 잭 랜덤의 목에 걸린 현상금은 점점 커져만 갔고, 현상금사냥꾼들이 전력을 기울여 그를 추격했다. 그는 어쩔 수 없이 퇴장했고, 수년 동안 그를 본 사람은 아무도 없다.

"아버지가 가장 위대한 패배자를 하나 낚아 올렸나보군." 오언이 말했다. "하지만 잭 랜덤과 관련될 만큼 내가 바보는 아니지. 결국 전설적인 투사이자 영웅이지만 형편없는 장군이었지. 헤이즐, 차라리 당신 손에 내 운명을 맡기겠소."

"꿈속에서나 그러시지, 귀족양반." 헤이즐이 말했다. "하지만 오언, 혼자만 생각하지 말고 자초지종을 내게도 알려줘요. 만약 당신이 만나러 가는 사람이 당신의 정체에 대해 조금이라도 알고 있다면 우리는 둘 다 죽은 목숨이에요."

"진정해요." 오언이 말했다. "나는 하룻강아지가 아니오. 나도 대중 앞에서 어떻게 처신해야 할지 안단 말이오."

"그게 바로 내가 말하는 거예요. 그런 하룻강아지라는 단어를 쓰면서 돌이디니더서는 안 된다는 거예요. 그런 표현이 바로 정체를 드러내는 말이에요. 자, 앞으로 한마디도 하지 말아요. 당신을 내 귀머거리 사촌이라고 소개하고 다닐 테니까."

오언이 그녀를 흘겨보았다. "그런 수고를 하실 것까지야."

"염려 말아요, 수고 따위는 안 할 테니까." 헤이즐이 말했다.

오언은 입을 다물고 눈만 크게 뜬 채 헤이즐을 따라 미스트포트의 좁은 골목길을 걸었다. 도시는 지옥 같았다. 눈길 닿는 곳마다 재건축이 진행 중이었고, 사람들은 모두 심술궂고 화난 듯 입을 꽉 다물고 있었다. 주변 환경을 살펴본 후 오언은 더 이상 그들을 탓할 수 없었다. 돌과 나무로 지어진 건물들은 술 취한 노인네들이 서로 사과하는 것처럼 길 쪽으로 쓰러질 듯 기울어져 있었다. 거리에는 진창과 쓰레기가 널려 있었고, 냄새가 고약했다. 두터운 안개 때문에 대기는 회색 베일을 두른 듯했고 한낮임에도 불구하고 걸어놓은 램프의 불빛은 간헐적으로만 빛을 발했다. 사람들은 무거운 털옷과 망토를 걸친 채 복잡한 거리를 앞만 똑바로 바라보고 팔꿈치로 서로를 능숙하게 밀치며 걷고 있었다.

오언과 헤이즐은 망토의 후드를 최대한 앞으로 끌어당겨 그림자 속에 얼굴을 숨겼다. 아무도 그들을 쳐다보거나 관심을 보이지 않았다. 분명 미스트포트에서 익명성이란 아주 자연스러운 것이었다. 오언은 진창과 질퍽한 눈 위를 터벅터벅 걸으며 추위를 몰아내기 위해 장갑 긴 손을 맞부딪쳤다. 선스트라이더 호의 옷장에서 가장 두툼한 옷을 고르려 했지만 별로 선택의 여지가 없었다. 그는 앞서가는 헤이즐의 등을 바라보았다. 그녀는 아무렇지도 않은 듯 활보하고 있었다. 오언은 혼잣말을 중얼거리며 그녀를 따라잡기 위해, 야릇한 쾌감을 느끼며 사람들을 팔꿈치로 밀치고 길을 헤쳐 갔다. 누구도 뭐라고 하지 않았다. 그것 또한 그곳에서는 일상이었다.

헤이즐은 과거의 지인을 찾기 위해 싸구려 술집 여기저기로 그를 끌고 다녔다. 하지만 사람들은 최근에 있었던 사건으로 모두 제 코가 석자인 듯 분주해 보였다. 오언의 사기가 뚝 떨어지는 동안에도 헤이즐은 집요했다. 그는 오즈에게 말을 걸 수도 없었다. 안전상의 이유로 통신을 최대한 자제하기로 약속했기 때문이다. 미스트월드에서는 누가 엿듣고 있을지 알 수 없다. 그는 애처롭게 인상을 쓰며 망토로 몸을 단단히 감았다. 너무 오래 지체되고 있었다. 마침내 헤이즐은 주소까지는 몰라도 하나의 이름을 발견했다. 루비 저니.

"처음 들어보는 이름인데." 오언이 말했다.

"들어봤을 턱이 없지요, 귀족양반. 당신과는 노는 물이 다른 사람이니까요. 루비는 현상금사냥꾼이에요. 아주 유능하지요. 아주 오래 전부터 내 친구였어요. 우리는 관광객을 습격할 때 처음으로 같이했지요. 그녀가 우리를 도움이 될 만한 사람들에게 소개해줄 거예요. 우리가 충분한 대가를 제안한다면."

"또 십 퍼센트는 안 돼." 오언은 단호하게 말했다.

헤이즐은 어깨를 으쓱했다. "알아서 하세요. 하지만 최선을 원한다면 그에 합당한 대가를 지불할 준비가 되어 있어야 해요. 너무 걱정하지 말아요. 내가 같이 가니까 그녀가 좀 깎아줄지도 모르죠. 이제 우리가 할 일은 그녀를 찾는 거예요."

"오, 훌륭하오." 오언이 말했다. "또 여기저기를 방랑하는 거군."

"왜 불평하는 거죠, 지금?"

"좀 정리해드릴까? 내가 응석받이로 자라서 그렇소. 우리의 안전을 현상금사냥꾼에게 의탁하는 정신 나간 생각은 그렇다 치더라도, 여긴 너무 춥고, 지금 내가 어디에 있는지도 모르겠고, 손에는 감각도 없고, 발은 말을 듣지 않는단 말이오. 우리는 소위 도시라고 불리는 이곳에서 어디 그럴듯한 데는 코빼기도 못 본 채 몇 시간째 헤매고 있으며, 내 뱃속은 내가 목이 잘렸음이 분명하다고 느끼고 있단 말이오. 또 냄새는 얼마나 지독한지. 하수도에서 정말 엄청난 일이 벌어지고 있지 않고는 이럴 수 없소."

"하수도?" 헤이즐이 말했다. "무식을 자랑하지 마세요. 여기서는 화장실도 부자의 상징으로 통해요. 야간 거리청소부가 이미 한 바퀴 돌았다는 것에 감사해야 할 거예요. 어쨌든 다음에 갈 곳은 당신에게 좀 힘이 되겠군요. 또 다른 내 오랜 친구가 이 근처에서 주막을 운영하고 있어요. 검은가시라고. 그녀는 루비가 어디 있는지 알고 있을 거예요. 사이더는 모르는 게 없지요. 자, 어서 가요."

그녀는 자신감 넘치고 활달한 자세로 거리를 성큼성큼 앞서 내려갔다. 오언은 나지막이 투덜대며 그녀의 뒤를 따라 터벅터벅 걸었다.

그가 망토를 다시 단단히 여미려고 잠시 멈췄을 때 누군가 그의 손에 동전을 쥐어주고 총총히 걸음을 재촉했다. 오언은 동전을 한동안 바라보다가 그 사람이 자신을 거지로 여겼다는 사실을 깨달았다. 그는 동전을 적선자에게 집어던지고 싶은 충동을 느꼈지만 그러지 않았다. 그래도 돈은 돈이었다.

그는 돈을 주머니 속에 간수하고 속을 부글부글 끓이면서 헤이즐을 뒤쫓았다. 어떤 식으로든, 누군가가 이 모든 것의 대가를 치르리라. 그는 헤이즐의 반응 없는 등을 응시했다. 그녀는 전혀 추위를 느끼지 못하는 것 같았다. 오언은 다시 한 번 비리몬드 행성에서 끝까지 싸우는 것이 차라리 나을 뻔했다고 후회했다. 적어도 그곳에서는 상황 파악은 할 수 있었다. 그리고 따뜻하기도 했다. 그는 미스트월드에 대해 아는 바가 거의 없었고, 그 사실이 전혀 마음에 들지 않았다. 법도, 관습도, 명예도, 사회조직도 없는 곳. 만인 대 만인이 투쟁하는 지옥 같은 곳. 범죄자와 사회 부적응자들의 세상. 제국 어디에서도 찾아볼 수 없는 궁박과 불결함으로 가득한 곳. 그들은 자유가 있었지만 자유를 누린다는 것이 고작 그런 것이었다. 그는 갑자기 권태가 밀려오는 것을 느꼈다. 그리고 그 모든 것들의 무상함에 짓눌린 자신을 발견했다. 여기서 살 수는 없다. 이런 식은 아니다. 문명과 사회적 지위의 안락함 없이는 인생이 무의미하다. 결국 화분의 꽃처럼 서서히 시들다가 말라죽고 말 것이다.

그는 생각에 잠겼다가 화들짝 놀라 다시 정신을 차렸다. 이렇게 죽을 수는 없다, 적들이 건재한 동안은. 적들은 그의 인생을 파괴하고 그가 믿던 모든 것을 앗아갔으며 그의 이름에 침을 뱉었다. 그는 반드시 살아서 언젠가 철의 쌍년과 자신의 몰락을 도운 모든 측근들에게 앙갚음을 해야 한다. 오언은 결연한 미소를 지었다. 모든 가능성이 막혔을 때도 복수는 할 수 있다. 그는 이 비참한 행성에 처박혀 있지 않을 것이다. 어떤 식으로든 탈출할 길을 찾고, 그다음…… 뭔가 방도가 마련되겠지. 당분간 살아남아야 한다. 이 행성이 아무리 모질지라도 견뎌내야 하고, 군대를 마련할 충분한 돈을 벌기 위해 무슨 일이든 해야 하며, 행성을 떠날 방도를 찾아야 한다. 그냥 누워서 죽음을 맞는다면 결국 라이언스톤이 승리하는 것이다.

그는 주위의 모든 사람들과 모든 사물들에게 새로운 혐오의 눈길을 보내며 깊어지는 진창과 눈을 헤치고 비틀거리며 걸었다. 분명히 이럴 수는 없다. 어둠 속에서도 밝은 곳은 있기 마련이다. 그때 그의 머리 위로 창문이 열리면서 일순간 사람들이 흩어졌다. 누군가 짧은 경고 소리를 외쳤을 때야 비로소 오언은 가까스로 뒤로 물러날 수 있었고, 요강의 내용물을 뒤집어쓰는 곤욕을 모면할 수 있었다. 창문은 쾅 소리를 내며 닫혔고 사람들은 늘상 겪는 일인 듯 전혀 개의치 않고 다시 걷기 시작했다. 오언은 코를 킁킁거려보았다. '역시 하수도는 없겠군. 맞아.'

어떻게 사람들이 이렇게 살 수 있을까? 제국으로부터 도망쳐올 때 그들은 과연 이런 상황을 알고 있었을까? 오언은 그들 모두 알고 있었고 그럼에도 불구하고 제국에서의 삶보다는 나으니까 왔으리라는 것을 서서히 깨달았다. 그 생각이 집요하게 그를 괴롭혔다. 제국은 상류계급에게는 각종 호사와 안락함을, 평민들에게는 안정과 안전을 제공한다. 클론이나 에스퍼, 그밖에 사람이 아닌 존재가 아니라면, 그리고 연줄 있는 누군가를 화나게 하거나 할당량을 채우지 못하거나 너무 자주 아프지만 않는다면 말이다. 제국에서 평민으로 살아가기 위해서는 허약하거나 문제를 일으키거나 불운해서는 안 된다.

오언은 항상 그 사실을 알고 있었지만 한 번도 진지하게 고민해본 적이 없었던 것 같았다. 안락한 삶이 방해받지 않는 한 그럴 필요가 없었다. 몰랐다고는 결코 말할 수 없었다. 그는 역사학자였고 제국이 기반한 현실을 누구보다도 잘 알고 있었다. 제국의 삶이 얼마나 부패했기에 미스트월드의 지옥 같은 삶이 더 나은 선택이 될 수 있는가? 오언은 한숨을 내쉬었다. 머리가 다시 아파왔다. 너무 인상을 써서 그런 것 같았다. 나중에 다시 생각해보는 것이 좋을 듯했다. 그는 장차 많은 것들을 다시 생각해볼 필요가 있으리라는 느낌이 들었다.

검은가시 주막은 유쾌한 놀라움이었다. 너무 솔지 않아 아늑하고 안락했다. 많은 돈을 투자한 것이 분명해 보였다. 내부 장식은 고급스러웠고 연기가 자욱한 방 안도 엄혹하고 고통스러운 외부세상과는 완연히 구분되는 위생관념이 엿보였다. 오언은 길고 반짝반짝 윤이 나는 바에 기대앉아 와인을 홀짝이며 혈류가 살아나면서 느껴지는 따끔따끔한 통증을 잊으려 노력했다. 검은가시는 붐볐지만 활기로 가득했고 소란했지만 못 견딜 정도는 아니었다. 모든 사람들이 의사전달을 위해 소리를 질러야 했다. 소리를 지르지 않는 사람은 노래를 부르는 사람들뿐이었다. 노래는 음률보다는 분위기를 중시한 것이었다. 오언은 그곳의 시골스러운 분위기가 마음에 들었고, 필요하다면 좀 더 오래 머물 수도 있을 것 같았다. 와인이 떨어지지만 않는다면. 그렇다고 너무 오래는 말고.

헤이즐은 키가 크고 나긋나긋한 은회색의 머리칼을 가진 사이더라고 불리는 검은가시의 여주인과 진지한 대화를 나누고 있었다. 그들은 바 양편에서 서로 머리를 맞대고 듣는다기보다는 입술을 읽는 것으로 대화했다. 오언은 사이더를 유심히 관찰했다. 그녀는 그와 헤이즐이 금방 지나쳐온 무시무시한 지역에서 주막을 운영하기에는 너무나도 여린 꽃처럼 보였다. 헤이즐이 그곳은 '도둑놈들의 구역'이라고 불린다고 알려주었을 때 오언은 별로 놀라지 않았다. 사이더는 누구라도 소란을 피우는 사람이 있으면 금세 덮칠 만반의 태세를 갖춘 잘 훈련된 한 부대의 덩치들을 거느리고 있음이 분명했다. 오언은 혹시라도 소동이 발생하면 최소한 어느 방향에서 일어날지는 미리 예비하고 있는 것이 좋겠다는 생각에 슬며시 주변을 살피며 덩치들을 찾아보려 했다. 하지만 발견할 수 없었다. 모든 사람들이 비슷하게 난폭하고 개차반으로 보였다.

그때 사이더가 헤이즐을 건너 오언을 똑바로 쳐다보았고, 그는 잔을 입술로 반쯤 가져가다가 멈췄다. 그 순간 그녀는 그가 본 것 중 가장 차가운 푸른 눈으로 그를 거칠고 단호하고 매우 위협적으로 노려보았다. 하지만 잠시 후 그에게 미소를 보내며 자기네 자리로 오라고 손짓했다. 오언은 잔을 비우고 서두를 것 없다는 듯 천천히 그들에게로 다가가 합석했다. 그는 사이더가 일부러 그녀 내면의 얼음장 같은 모습을 그에게 보여주었을 것이라고 확신했다. 하지만 왜 그랬는지는 의문이었다. 아마도 우습게 보지 말라는 뜻에서 그랬던 것 같았다. 오언은 그녀에게 다가가며 최대한 매력적인 미소를 지으면서 손은 총 가까이 두었다.

사이더는 그들을 한 층 위에 있는 개인적인 용도의 소박한 방으로 데리고 갔다. 그곳에는 안락의자가 있었고 활활 타오르는 난로도 있었다. 오언은 난로에 가급적 바싹 붙어 앉아 두 여인이 나누는 정담에 관심이 없는 척했다. 헤이즐이 왕년에 미스트포트에서 어떻게 생활했는지에 관한 것이었는데, 대부분 각종 비행과 불법적인 일들이었다. 오언은 별로 놀라지도 않았다. 마침내 두 여인은 현재의 얘기로 돌아와서 미소를 띠고 서로를 다정하게 바라보았다.

"여기에 엄청나게 많은 투자를 했구나." 헤이즐이 말했다. "여기가 옛날에 술 마시던 낡은 뱀굴이라고는 믿어지지가 않아."

"눈먼 돈이 좀 생겼지." 사이더가 새침하게 웃으며 말했다. "그러니까…… 좀 즐겼어."

"캣은 어디 있어?"

"주위 어딘가에 있겠지. 그는 사람들을 싫어해." 사이더는 장난기 어린 시선으로 오언을 쏘아보았다. "이 젊은 신사분이 네 화려한 과거를 알고 있어, 헤이즐? 네가 어떻게 여기서 대부분의 돈을 벌었는지 모두 얘기해줬어?"

"아니. 너도 말하지 마. 그가 알 필요는 없어."

"완벽하게 명예로운 직업이었지. 누구나 돈이 필요할 때는 기억하고 싶지 않은 일도 좀 해야 하는 것 아니겠어?"

"뭐 그럴지도." 헤이즐은 오언을 쳐다보았다. "그런 표정 좀 집어치울 수 없어요? 당신이 어떻게 생각하는지 알지만, 틀렸어요."

"아무 생각도 하지 않았소." 오언은 매춘이라는 단어를 떠올리거나 가급적 얼굴에 드러내지 않으려 노력하며 말했다.

사이더는 웃었다. "걱정 마, 헤이즐. 네 비밀은 나만 알고 있을 거야. 어쨌든 너와 나와 존 실버가 도둑질로 끈끈한 정을 쌓고 삶의 방향을 모색하던 때로부터 많은 세월이 흘렀구나. 그는 해적으로, 나는 장물아비로, 너는…… 너의 일을 했었는데 말이야. 이제 존은 미스트포트의 치안을 담당하게 됐고, 나는 아주 잘 나가는 주막의 존경받는 주인이 됐고, 너는 목에 현상금이 걸린 수배자가 됐네. 아주 큰 현상금 말이야. 너희들의 참으로 멋진 배가 착륙하고 십 분 만에 너와 네 친구에 대한 소문이 퍼져나갔어. 우리 주막에 영주나리가 친히 방문해주신 적은 없었던 것 같아. 데스스토커라는 유명한 이름은 말할 나위도 없고."

"오언이라고 부르시오." 그는 차갑게 말했다. "작위는 몰수되었소. 우리에 대해 알게 된 지는 얼마나 되었소?"

"안심하세요. 옛 친구를 팔아넘기지는 않아요. 이제 그럴 필요도 없고, 나에게도 제국을 싫어할 만한 나만의 충분한 이유가 있어요." 그녀는 손을 들어 얼굴의 가느다란 흉터를 쓸어 내렸다. "이 도시 전체가 발칵 뒤집혀 당신을 찾고 있지만 아직 발견되지 않은 것은 당신이 계속 이동하고 있었기 때문이에요. 다행히도 아직 사람들이 당신과 예전의 헤이즐을 연결시키지 못하고 있기 때문에 헤이즐이 갈 만한 곳을 뒤지는 사람은 없지만 누군가 알아내는 것도 사실 시간문제예요. 그래서 내가 염탐꾼들의 눈을 피해 당신을 이 위로 안내한 거예요. 여제가 '티푸스 메리'를 침투시켜 시내를 황폐화시킨 이후에는 미스트포트가 참 많이 각박해졌지요. 당신들 두 사람의 머리에 걸린 현상금은 누구든 유혹하기에 충분한 액수예요. 만약 제국에 이렇게 깊은 앙심만 없었다면 나도 넘어갔을 거예요. 시내에서 당신들에게 안전한 곳이라고는 없어요. 당신들 서로 말고는 믿을 사람도 없어요. 그리고 배를 파는 일은 잊어버리세요. 아무리 싸게 내놓아도 아무도 거들떠보지 않을 거예요. 모든 사람을 잠재적인 적으로 간주하세요. 당신들이 여기 더 오래 머문다면 저도 넘어갈지 몰라요. 우정이 좋기는 하지만 그게 청구서를 해결해주지는 못하거든요."

"루비 저니가 있지." 헤이즐이 말하자 사이더가 얼굴을 찡그렸다.

"루비 저니. 그 이름이 나올 줄 알았어야 했는데. 나는 네가 걔의 어떤 모습을 좋아하는지 모르겠다. 나도 스스로를 냉혈한이라고 여기지만 루비는 그보다 한술 더 뜨는 망종이야. 정말로 그녀에게 의탁하려는 생각은 아니겠지? 걔는 현상금사냥꾼이잖아."

"나도 그렇게 말했소." 오언이 말했다.

"그녀는 내 친구야."

"현상금사냥꾼은 친구가 없어." 사이더가 말했다.

"어디 가면 그녀를 찾을 수 있는지 알아?"

"전혀 모르겠다고 말할 수 있어서 기쁘구나. 돈을 위해 어딘가에서 누군가를 죽이고 있겠지. 아니면 재미로 죽이거나."

"그녀는 그렇게 악독하지 않아."

"걔는 가학적이고 윤리가 뭔지 모르는 사이코패스야. 그게 걔의 좋은 점이기도 하지."

"네가 네 입으로 미스트포트는 제국의 첩자와 현상금사냥꾼, 아마추어 자객들로 들끓고 있다고 말했잖아." 헤이즐은 끈질기게 말했다. "나하고 이 귀족이 이런 진창에서 살아남기 위해서는 루비 같은 사람의 도움이 절실해. 다른 사람들의 허를 찌르는 거지. 어디서 그녀를 찾을 수 있는지 정말 모르겠어?"

사이더는 미심쩍다는 듯 고개를 가로젓다가 어쩔 수 없이 헤이즐에게 살펴볼 만한 장소를 적은 메모를 제공해주었다. 대부분 주막처럼 보였기 때문에 오언은 최소한 그 점만은 감사하게 여겼다. 정말 독주 한 잔, 아니 여러 잔을 마시고 싶었던 것이다. 그는 헤이즐이 인상을 구기고 그를 쳐다보고 있는 것을 알아채고 똑바로 앉으며 짐짓 모든 얘기를 경청하고 있는 것처럼 보이려 노력했다.

"인정하기는 싫지만 데스스토커, 우리는 결국 이제부터 서로 잘 붙어 다녀야 할 것 같군요. 만약 헤어지게 되면 더 쉬운 먹잇감이 될 거예요. 그런데 당신도 연줄이 있잖아요, 잭 랜덤이라고. 쓸모 있을지 없을지는 모르지만."

사이더는 은색 눈썹을 추켜올렸다. "그가 미스트포트에 있다고? 그가 돌아왔다는 소문은 들을 바 없는데. 마지막으로 들은 것은 그가 보디아노이IV 행성에서 군대를 출성시켰다가 제국의 포위공격을 받았다는 게 전부인걸. 물론 거의 이 년 전 얘기지만. 그가 또다시 기적적으로 탈출했다고 해도 별로 놀랄 건 없겠지. 그 방면에서는 전문가니까. 만약 동지를 찾는 거라면 더 나빠질 수도 있어. 그는 아마 여제가 미스트월드에서 너희들보다 더 잡고 싶어 하는 사람일 테니까. '부활 거리'에 있는 아브락사스 정보센터를 한번 이용해봐. 그렇게 오래되지 않은 작은 업소인데 사람 찾는 데는 귀신같은 재주가 있대."

"정보 고마워, 사이더. 그렇지만 이미 그를 찾을 방법을 알고 있어. 그렇지 않아요, 데스스토커?"

헤이즐은 그를 질책하듯 빤히 쳐다보았고, 오언은 어쩔 수 없다는 듯 한숨을 쉬었다. 그는 통신임플란트를 켜고 오지맨디어스와 교신했다.

"배는 문제없나, 오즈?"

"물론이지요. 몇몇 못된 녀석들이 침입하려 했지만 요트의 경비장치가 처리해버렸습니다. 시체는 미스트포트의 공항직원들이 가져갔고요. 제 시스템으로 기어들어오려는 시도도 여러 차례 있었지만 제가 처리할 수 없는 건 없었지요. 아주 초보적인 수준이더군요. 그들은 자신들의 컴퓨터가 하수구에 처박힐 때까지도 이 정교한 시스템을 인정하려 들지 않더군요."

"글쎄, 여기는 하수도가 없는 것 같던데."

AI가 코웃음을 쳤다. "놀랍지도 않군요. 지금 어디 있습니까? 무슨 일이 벌어지고 있지요?"

"나중에 말해주지. 결국 잭 랜덤을 찾아가야 할 것 같은데 그 사람 주소가 어떻게 되지?"

"아브락사스 정보센터입니다."

오언은 천천히 고개를 가로저었다. "이 순간 아버지의 손길이 점점 가까워지고 있군. 그가 우리를 쥐고 흔들고 있어." 그는 접속을 끊고 미안한 듯 헤이즐을 바라보면서 말했다. "내 AI가 여기 당신 친구와 똑같은 말을 하고 있소. 아브락사스라는 곳이 모든 해답을 쥐고 있군."

"그럴 줄 알았어요." 사이더가 말했다. "그들은 아주 비싸. 헤이즐, 미스트포트에 예금한 돈을 지금도 찾을 수 있니? 네가…… 옛 직업으로 번 돈 말이야."

"그래." 헤이즐이 음울하게 그녀를 쏘아보며 말했다. "가명이지만 쉽게 찾을 수 있을 거야."

"좋아, 아마 필요하게 될 거야. 미스트포트는 요즘 물가가 아주 비싸거든." 사이더가 말했다.

그녀는 다시 계단을 내려가 그들을 바로 안내했는데, 그곳은 좀 전보다 더 붐비는 듯했다. 유쾌한 분위기 속에서 소음 때문에 귀가 먹을 것 같았다. 한쪽에서는 여자 둘이 장난삼아 칼싸움을 시작했고 구경꾼들이 응원하고 있었다. 오언은 소란 속에서 사이더와 헤이즐을 따르며 경계의 눈빛을 거두지 않았다. 사이더는 미소를 띠고 모두에게 고개를 끄덕이면서 몸을 밀치고 길을 만들어 나가다가 거대한 체구의 인물이 앞을 가로막자 멈춰 섰다. 오언은 사이더의 어깨너머로 그를 발견하고 바로 손을 검으로 가져갔다. 그 인물은 사이더를 마치 어린아이 다루듯 옆으로 밀치고 오언은 완전히 무시하면서 헤이즐을 바라보며 웃고 있었다. 사람들이 조금씩 물러나면서 그들 주변에 공간이 생겼다. 이성적인 사람이라면 누구나 왐피르의 일에 연루되기를 꺼렸다.

오언은 웃고 있는 인물을 찬찬히 살폈다. 왐피르에 대해 들어보긴 했지만 직접 대면하기는 처음이었다. 왐피르는 많지는 않지만 존재를 증명할 정도로는 생존하고 있었다. 그들은 반역을 일으킨 헤이든맨을 대신해 제국이 기습부대로 이용하려고 개발했다. 헤이든 행성의 개조 인간은 통제하기에는 너무 강력했기 때문에 과학자들은 새로운 접근 방식을 취했다. 그리고 평범한 사람을 막강한 전사로 바꿀 수 있는 새로운 종류의 강력한 고성능 인공혈액을 개발했다. 왐피르는 강하고 빠르며 자기치유 능력이 있었다. 한 가지 단점은 피험자를 먼저 죽여서 피를 제거하고 새로운 인공혈액을 수혈해 재생시켜야 한다는 점이었다. 과학자들은 마침내 70퍼센트의 성공률을 달성했고 그것은 제국에게는 충분한 수치였다.

그 결과 걸어 다니는 시체가 탄생한 것이다. 그들은 고통이나 기쁨 등 어떤 종류의 감정도 느끼지 못했다. 단지 싸움에서만 즐거움을 느꼈다. 제한적인 정신적 만족으로서의 쾌감. 그들은 고문을 즐기고, 잔인하고, 집요했다. 먹지도 마시지도 않았지만 신선한 피를 주기적으로 주입해 그들의 피를 보충하고 재생해야 했다. 왐피르는 대부분 사람의 피를 마셨다.

그들은 효과적인 기습부대가 되었다. 오히려 작전을 수행할 때 너무 철저하고 중지시키기 어려워서 문제가 될 정도였다. 하지만 대량으로 생산하기에는 너무 비쌌기 때문에 그 프로젝트는 어쩔 수 없이 중도 폐기됐다. 그러나 왐피르는 피를 필요로 하는 것만큼이나 전투를 필요로 했기 때문에 작은 조직적 학살이나 파괴의 현장을 찾아 제국 전체로 흩어졌으며 종종 예기치 않게 출현하곤 했다. 그들은 전혀 인기가 없었지만 이따금 활용되었으며 그들의 전설은 그렇게 성장했다. 자신의 죽음과 아울러 타인의 죽음까지 열정적으로 찾아 헤매는 죽지 않는 병사들.

오언은 미스트월드에 왐피르가 나타난 것이 결코 이상할 게 없다고 생각했다. 무언들 못 나타겠는가? 이 희귀한 녀석은 키가 2미터가 넘었고 고양이처럼 날렵한 근육질이어서 전체적으로 위압감을 주었다. 피부는 색깔이 없어서 오언은 만져보면 얼음장처럼 차가울 것이라고 생각했다. 얼굴은 길고 각이 졌으며 전체적으로 밋밋한 속에 광대뼈만 높이 솟았고, 눈은 어둡고 깜빡임이 없었다. 창백한 입술에 걸린 미소는 눈과 부조화를 이루었다. 녀석은 마치 공이 울리기를 기다리는 격투기 선수와 같은 자세를 취하고 있었다.

오언은 그가 자신이 아니라 헤이즐에게 시선을 고정하고 있는 것이 다행이라고 생각했다. 왐피르는 깊고 원초적인 차원에서 노골적인 위압감을 드러내고 있었다. 오언은 헤이즐이 그것을 어떻게 받아들이는지 보고 깜짝 놀랐다. 그녀가 무서워하기는커녕 화내는 것이라고밖에 할 수 없는 표정을 짓고 있었던 것이다.

"헤이즐 다르크." 뱀피르는 무덤처럼 차갑고 갈구하는 듯한 목소리로 말했다. "드디어 내게로 돌아왔군."

"루시엔 애벗." 헤이즐이 혐오스럽다는 듯 말했다. "넌 내가 가장 만나고 싶지 않은 놈 중 하나야. 왜 좀 착하게 살다가 일찍 죽지 않는 거지?"

"이미 죽었어." 애벗이 말했다. "되살아났을 뿐이지. 이젠 너 같은 사람들을 통해 살고 있지. 너는 도망가지 말았어야 했어, 헤이즐. 넌 내 것이고 앞으로도 항상 그럴 거야. 너의 피가 내 혈관 속에 흐르고 있잖아."

오언이 헤이즐 옆으로 끼어들면서 말했다. "이 작자가 뭔 소리를 하고 있는 거야?"

애벗의 미소가 커졌다. "아직 말하지 않았나, 헤이즐? 네가 플라즈마 베이비였다는 것을 말하지 않았단 말이지?"

'플라즈마 베이비.' 오언은 모골이 송연해짐을 느꼈지만 떨지 않기 위해 애썼다. 그는 그 말뜻을 알고 있었다. 자신들의 혈관에서 바로 피를 빨도록 뱀피르에게 몸을 제공하는 사람들이 있다. 섹스나 사랑보다도 더욱 긴밀하고 강렬한 주인과 노예의 관계. 제국 전체에서 금하고 있는 타락행위 중 하나. 뱀피르는 광적인 피의 중독자들을 추종자로 거느리지 않고도 이미 위험하기 이를 데 없는 존재였다. 오언은 헤이즐을 쳐다보았고, 그녀는 그의 표정에 깃든 연민을 간파했다.

"난 그따위 병약한 인형이었던 적이 없어요! 가끔 암시장에 1파인트* 정도씩 피를 팔기는 했지만 살기 어렵고 정말 돈이 필요했을 때뿐

---

* pint, 액체의 분량을 나타내는 단위로 1파인트는 0.57리터이다.

이에요. 저자의 더러운 입술이 내 혈관을 건드린 적은 한 번도 없다고요. 저자가 내게서 무엇을 가져갔건 엄청 비싼 돈을 지불해야 했을 거예요. 자, 내 앞에서 이제 꺼져, 애벗. 그렇지 않으면 맹세하건대 네가 예전에 이미 들어가버렸어야 할 땅속으로 처박아줄 테니까."

"넌 내 것이야, 헤이즐." 왐피르의 목소리는 차고 명령조였다. "무릎 꿇어!"

그의 목소리에서 갑자기 사악하고 비인간적이며 압도적인 힘이 느껴졌다. 그 말을 들은 모든 사람은 몸을 떨었고 헤이즐은 자기도 모르게 뒤로 물러났다. 그녀는 검을 뽑으려 했으나 손이 너무 떨렸다. 군중 속에서 여러 사람들이 무릎을 꿇었고, 그보다 많은 사람들이 뒤로 물러나면서 왐피르와 그의 선택받은 희생자에게 넓은 공간을 마련해주었다.

'더 이상 못 봐주겠군.' 오언은 즉각 부스트를 외쳤다. 힘이 온몸에 충만해지고 근육 속에서 불타오르면서 왐피르의 목소리에 담긴 명령을 씻어냈다. 오언은 돌아보지 않고 가까이에 있는 탁자를 집어 들어 애벗을 후려쳤다. 목조탁자가 거대한 파리채처럼 공중에서 호를 그으며 왐피르를 정통으로 갈겼다. 그 충격으로 애벗은 주막을 가로질러 닫혀 있던 창문을 부수고 날아갔다. 깨진 유리가 사방으로 흩어졌고 왐피르는 휘감겨 도는 안개 속으로 사라져버렸다. 헤이즐은 고개를 끄덕이며 오언에게 감사를 표했고, 오언은 탁자를 내려놓고 부스트에서 빠져나왔다.

"잘했어요, 데스스토커."

오언은 겸손하게 웃어 보였다. "그냥 즐겼을 뿐이오."

"내가 그 녀석을 처리하지 못할까봐 나선 건 아니겠지요, 물론."

"그런 생각 하지 마시오." 오언은 정중하게 말했다. 그러고는 넋 나 간 구경꾼들을 향해 덧붙였다. "누구 또 있소?"

잠시 침묵이 흐르고 모두들 하던 일에 다시 열중하며 그전처럼 시 끌벅적해졌다. 오언이 막 떠나려 할 때 사이더가 앞을 막아섰다.

"그렇게 서두를 것 없어요, 영웅나리. 깨진 창문 값을 변상하는 약 간의 문제가 남아 있거든요."

오언은 애벗을 날려버렸을 때 박살난 창문의 잔해를 바라보며 그 녀의 말에 일리가 있다고 인정했다. 그는 생각할 시간을 벌기 위해 조 심스럽게 목을 가다듬으며 미스트월드처럼 원시적인 행성에서 창문 을 수리하는 데 도대체 얼마나 들지 가늠해보았다. 답은 별로 희망적 이지 않았다. 그는 사이더에게 최대한 단호한 표정을 지으려 애썼다.

"애벗이 시작한 일입니다. 그 녀석이 지불하게 하시오."

"그는 여기 없어요." 사이더가 말했다. "당신은 여기 있고요."

오언은 마음속으로 주머니에 있는 물건들을 떠올려보고는 헤이즐 을 쳐다보았다. "내가 지금 재정적으로 좀 당혹스러운 순간에 봉착했 는데 혹시 당신이……?"

헤이즐은 그를 흘겨보고 주머니에 손을 넣었다. "다음번에 그를 처 리할 때는 좀 덜 비싼 방법을 찾아보세요."

"그는 당신의 옛날 남자친구잖소." 오언이 지적했다.

"남자친구 아니에요!"

"나도 솔직히 네가 그 흡혈 괴물의 어떤 점을 좋아했는지 알 수가 없구나." 사이더는 헤이즐이 건넨 동전을 세어보고 직원에게 맡기며 말했다. "네가 좋아할 타입이 정말 아닌데 말이지."

헤이즐은 안색이 붉으락푸르락해지며 폭발하기 일보직전까지 갔다가 체념한 듯 한숨을 내쉬었다. "그래, 그저 돈 때문만은 아니었어. 우울했었지. 뭔가 크고 우매하고 난폭한 것에게 지배되고 학대당하고 싶은 심정이었어. 그게 뭔지 알지?"

"불행히도 알아." 사이더는 인정했다. "잊기 전에 일러두겠는데 내가 아는 사람들 중에서 여러 가지 이유로 너희 둘을 돕고 싶어 하는 사람들이 있을 거야. 소식을 넣어보고 결과가 있으면 알려줄게. 다시 만나서 반가웠어, 헤이즐. 이 모든 일이 어떻게 결말나는지 나중에 꼭 알려줘."

헤이즐과 사이더는 서로 껴안고 뺨 근처의 허공에 대고 키스를 했다. 그다음 헤이즐은 주막을 나서서 안개 속으로 걸어갔고 그 뒤를 불안하면서도 체념한 듯 오언이 따랐다. 사이더는 안개가 그들을 완전히 집어삼킬 때까지 뒷모습을 바라보고 서 있다가 문을 닫았다. 그녀는 생각에 잠긴 채 사람들을 가로질러 주막 뒤쪽으로 향했다.

홀에서 외따로 떨어져 한쪽에 놓인 테이블에는 하얀 발열복을 입은 젊은 남자가 앉아서 궁금하다는 듯 눈썹을 세우고 쳐다보고 있었다. 그의 이름은 캣이다. 호리호리한 청년으로 이제 갓 스물의 나이였지만 미스트포트의 거리에서 생존에 필요한 모든 경험을 다 쌓은 사람이었다. 침착한 검은 눈이 돋보이는 정직한 얼굴에 뺨에는 약간 얽은 자국이 있는 그는 사이더를 위해서는 못할 일이 없었다. 그는 지붕 타는 자, 즉 도둑이다. 부자나 부주의한 사람들이 사는 꼭대기 층을 터는 것이 전문분야였고, 대개 사이더가 물색한 곳을 작업무대로 삼았다. 사이더는 그의 장물아비이기도 했다. 캣은 귀머거리에 벙어리였지만 그것 때문에 낙담하지는 않았다. 그것이 지붕 위에서 장애를 가져오지는 않았기 때문이다. 그는 사이더의 입술을 유심히 읽

222

었다.

"미스트포트에 또 한 번 태풍이 몰아칠 거야." 사이더가 차분히 말했다. "아주 확실하게 느낄 수 있어. 내가 머리만 잘 굴린다면 분명히 이걸로 돈을 만질 길이 있을 거야. 그러기 위해서는 헤이즐과 젊은 영주가 너무 빨리 죽도록 내버려둬서는 안 될 것 같단 말이지. 내 생각에는 그들이 얼마나 위험한 상황에 처했는지 잘 모르는 것 같아. 도시의 반 이상이 그들을 찾아 헤매고 있는데도 말이야. 헤이즐에게 큰 빚이 없었다면 내가 먼저 그들을 팔아먹었을지도 몰라. 캣, 네가 그늘을 따라가. 눈에 띄지 않도록 조심히고 필요할 때 도와줘. 나중에 우리가 책임져야 할 일은 없도록 하고. 아직 누가 최종 승자가 될지 모르니까 말이야. 네가 수호천사 역할을 하는 동안, 나는 토비아스 문에게 편지를 띄우겠어. 그를 헤이즐과 데스스토커에게 붙여주면 아주 재미있는 일이 일어날 것 같아. 자, 거기 앉아서 뭐해, 내 사랑. 할 일이 있는데. 한번 놀아보자고."

캣은 고개를 끄덕이고 그녀에게 작별키스를 연달아 두 번이나 했다. 그는 그것을 매우 즐겼다. 그러고는 자리에서 일어나 옆의 창문을 밀어제치고 차가운 공기와 소용돌이치는 안개 속으로 몸을 던졌다. 그는 창문을 닫고 주막의 외벽을 능숙한 솜씨로 타고 올랐다. 주철 빗물받이를 넘어 검은가시의 박공지붕까지 이르는 데는 불과 몇 초가 걸리지 않았다. 그곳에서 그는 마치 음산한 석상처럼 쭈그리고 앉아 멀리 회색 안개 속으로 굽이치며 사라져가는 지붕의 바다를 한동안 바라보았다. 자신의 일터로 돌아온 것이다. 캣은 헤이즐과 오언을 찾아 도둑놈들 구역의 지붕들을 뛰어다니기 시작했다. 그들에게 자신이 뒤따르고 있다는 것을 알려서는 안 된다는 지시를 되새기면서……

   아브락사스 정보센터는 '상인들의 구역'에서 조용하지만 초라한 지역에 위치한 제과점 이층에 자리 잡고 있었다. 빵 굽는 냄새가 공기중에 진동했고 오언의 뱃속은 꼬르륵거리는 소리로 진동했다. 오언은 최소한 네 가지 코스로 차려진 정찬을 맛본 지 얼마나 되었는지 생각해보았고 그 답을 떠올리자 우울해졌다. 그는 부스트를 하고 나면 항상 시장기를 느꼈기 때문에 단호한 걸음걸이로 제과점 문 쪽을 향했다. 헤이즐은 똑같이 단호한 태도로 그의 팔을 붙잡고 제과점을 지나 이층으로 오르는 외부계단 쪽으로 그를 끌었다.

   "나중에 먹어요." 그녀가 매정하게 말했다. "일이 우선이에요."

   오언은 피식 웃고 말없이 부루퉁해져서 헤이즐을 따라 삐걱거리는 나무계단을 올랐다. 건물의 단조로운 외관을 보자 아브락사스 정보센터에서 얻을 수 있는 정보라는 것도 왠지 보잘것없으리라는 생각이 들었다. 건물은 수리가 절실한 상태였고, 어떤 부분은 상당히 위급해 보였다. 오랫동안 페인트칠조차 하지 않은 것이 틀림없었다. 아브락사스가 누구 또는 무엇이건 간에 오언은 여기서 어떤 도움도 얻을 수 없을 것이라는 느낌이 점점 커져만 갔다. 비리몬드 행성에서라면 마구간도 이보다 나은 상태로 관리했을 것이다. 그는 조용히 한숨을 내쉬었다. 비리몬드의 일이 아득한 과거처럼 느껴졌다. 하지만 불과 몇 시간 전까지만 해도 자신이 비리몬드 행성의 영주였고 모든 삶이 지극히 정상적으로 돌아가고 있었다는 것에 생각이 미치자 충격을 금할 수 없었다.

   그는 그런 생각을 한쪽으로 밀쳐두었다. 자신이 누구였는지에 집착하는 것은 도움이 안 된다. 얼마나 많은 것을 잃었는지 자꾸 되새기다보면 미쳐버릴지도 모른다. 그는 아브락사스에 집중하기로 했다. 아마 일종의 정보수집 서비스를 하는 곳일 것이다. 원시적인 컴퓨터를 한 대 두고 심부름꾼과 사무원, 통신원들이 부산하게 오가는 그런 곳. 그는 이런 쓰레기 같은 곳에서 그들이 사용하고 있을 고물들을 떠올리는 일조차 짜증스러웠다. 그리고 잭 랜덤 같은 유명한 사람을 찾아내기란 그렇게 어려운 일이 아닐 것 같았다. 미스트포트는 그렇게 큰 도시가 아니기 때문이다. 하지만 오지맨디어스가 찾아낸 숨김 파일에서 여기 주소가 나온 것을 보면 아브락사스와 그의 아버지 사이에 어떤 복잡한 음모의 연결고리가 있음직했다. 오언은 한숨을 푹 쉬었다. 성년기의 대부분을 아버지의 계획과 야망에 구애되지 않는 자신만의 삶을 꾸미기 위해 노력했는데, 이제 여기서 한 발 내딛을 때마다 점점 아버지가 남긴 것들에 더욱더 깊이 빠져 들어가고 있는 것이다.

그는 헤이즐이 계단 꼭대기에 도달해 멈춘 것을 뒤늦게 발견하고 급히 발걸음을 멈춰서 겨우 충돌을 면했다. 그녀가 닫힌 문에 공손히 노크하자 오언은 슬그머니 손을 검의 손잡이 쪽으로 내려놓았다. 문에 부착된 황동판에는 '아브락사스'라고만 씌어 있었다. 초인종은 보이지 않았다. 헤이즐이 막 주먹으로 문을 두드리려 할 때 갑자기 문이 활짝 열렸다. 키만큼이나 몸이 떡 벌어진 커다란 남자가 문을 가득 채우며 버티고 서 있었다. 그는 금속 징이 박힌 검은 가죽옷을 입었고 얼굴의 반은 복잡하고 지저분한 문신으로 채워져 있었다. 그가 헤이즐과 오언을 보고는 크게 코웃음을 쳤지만 별 뜻은 없어 보였다.

"헤이즐 다르크, 그리고 오언 데스스토커? 여기 올 때가 됐지. 기다리고 있었소."

헤이즐과 오언이 어떻게 대꾸할지 몰라 멍하니 서 있을 때 덩치 큰 사내가 뒤로 물러서며 어서 들어오라고 초조하게 손짓했다. 그들은 그에게 너무 가까이 다가가지 않으면서 지시에 따랐고, 그는 다시 한 번 코웃음을 치더니 문을 쾅 닫고 자물쇠를 채웠다. 오언은 광선총을 꺼내려 했으나 헤이즐이 그의 손을 꽉 누르자 그만두었다. 그 덩치는 쿵쿵거리며 그들 앞으로 다가와 미소를 의도했을 법한 표정을 지어 보였다.

"나는 챈스요. 아브락사스의 주인이지. 둘러보시오. 잠시 후에 오리다."

그는 대답을 기다리지 않고 사라져버렸다. 오언은 마음속에 정리할 생각들이 있었지만 아브락사스 정보센터를 구성하고 있는 사람들이 눈에 들어오자 그 모든 것들을 잊어버리고 말았다. 컴퓨터나 통신장비, 심부름꾼이나 기술자는 없었다. 대신 길고 좁은 방에 거의 맞닿을 듯이 두 줄로 늘어선, 금방이라도 무너질 듯한 간이침대들만이 보였다. 침대 위에는 아이들이 누워서 자고 있었다. 아이들은 모두 팔에 링거를 꽂고 있었고 깡마른 체구와 해골 같은 얼굴로 볼 때 영양 상태가 몹시 불량해 보였다. 그리고 두꺼운 담요 밑에서 시작된 도뇨관은 침대 옆에 놓인 지저분한 병으로 들어가고 있었다. '얼마나 오래 저런 상태였을까?' 오언은 생각했다. 그리고 더 자세히 살펴보기 위해 쭈뼛거리며 앞으로 걸어갔고 헤이즐도 그의 옆에 바싹 붙었다.

아이들은 너덧 살의 유아부터 막 십대에 접어든 소년까지 있었다. 그들은 잠을 자는지 혼수 상태에 빠졌는지 알 수 없지만 간혹 뒤척이거나 몸을 비틀었다. 하지만 뭔가에 집중하고 있는 듯했고 눈꺼풀 아래서 눈동자가 쉴 새 없이 움직였다. 어떤 아이는 잠꼬대를 하는 듯 했다. 간호사라기보다는 파출부처럼 보이는 두 명의 중년 여인이 침대열 사이를 천천히 오가며 오줌받이와 정맥주사를 살피고 필요할 때마다 채우거나 비우기를 반복하고 있었지만 아이들에게 관심을 두는 것 같지는 않았다. 어떤 아이들은 침대에 가죽 끈으로 묶여 있기도 했다.

오언은 역겨움과 함께 마음속에서 분노의 불길이 치솟았다. 여기서 무슨 일이 벌어지고 있는지는 몰랐지만 그것을 완전히 이해해야만 혐오힐 수 있는 것도 아니었다. 누구도 아이들을 이렇게 비인간적으로 다룰 권리는 없다. 그는 거친 소리를 내며 칼집에서 검을 뽑아들고 눈에서 살기를 뿜으며 중앙의 복도를 걸어가기 시작했다. 챈스는 방의 반대편 끝에 있는 책상에서 서류를 뒤적이고 있었다. 그는 오언이 다가오는 것을 보지 못했다. 그때 헤이즐이 검을 든 오언의 팔을 붙잡고 그를 만류했다.

"잠깐만요, 오언. 당신이 아직 잘 몰라서 그래요."

"이 아이들이 지옥 속에 있다는 것만은 알고 있소."

"예, 아마 그렇겠지요. 하지만 거기에는 이유가 있어요. 나는 전에도 이런 것을 본 적이 있어요."

오언은 칼을 들어 올렸다가 마지못해 다시 내리면서 말했다. "좋소, 설명해보시오."

"챈스가 더 잘 할 거예요. 여기서 기다려요. 내가 그를 데려올게요. 모든 것을 이해할 때까지 아무 짓도 하지 않겠다고 약속해줘요."

"약속할 수 없소." 오언이 말했다. "챈스에게 가서 그가 하는 말이 내 마음에 들지 않으면 여기서 바로 그를 죽여버릴 거라고 전하시오."

헤이즐은 마치 흥분해 위험스러워진 개에게 하듯 안도시키려고 그의 팔을 다독거리고 나서 급히 복도를 지나 챈스에게로 향했다. 오언은 분노와 참담함을 느끼며 칼 손잡이를 힘껏 움켜쥐었다. 제국의 가장 비참한 곳에서도 이런 것을 본 적이 없으며 만약 이걸 묵과한다면 스스로를 용서할 수 없을 것 같았다. 그는 천천히 복도를 거닐며 아이들 얼굴 하나하나를 들여다보았고 수척한 그들의 모습에서 절망만을 확인할 수 있었다. 십대 소년 하나가 가죽 끈에 묶인 채 쉴 새 없이 뒤척이며 맹렬하게 뭔가를 중얼거리고 있었다. 오언은 침대 위로 허리를 숙여 나지막하고 새된 소리를 들어보았다.

"비명 지르는 충격 속의 위대한 기록…… 창백한 어릿광대들이 다시 모여들고…… 잃어버린 신발과 섬세한 사제가 여름바위 주변에서 춤추고 있으며……"

오언은 어리둥절해 몸을 일으켰다. 횡설수설이 분명했지만 뭔가 의미를 품고 있는 듯하기도 해서 오래 듣고 있으면 무슨 뜻인지 알 수 있을 것도 같았다. 그는 고개를 들어 헤이즐과 챈스가 다가오는 것을 보고 검을 약간 치켜세웠다. 그들은 충분한 거리를 두고 멈춰 섰고, 헤이즐이 챈스보다 더 검을 의식하는 듯했다. 오언은 덩치에게 싸늘한 미소를 보냈다. 그가 얼마나 크건, 그가 무슨 소리를 지껄이건 문제가 아니었다. 아이들에게 한 짓에 대해 누군가 책임을 져야 한다.

"구속끈은 아이들을 보호하기 위한 것이오." 챈스가 말했다. 그의 목소리는 차분하고 무심하게 느껴졌다. "아이들은 에스퍼요. 아이들은 때로는 마음이 보여주는 것을 견딜 수 없을 때도 있지요. 어떤 아이는 차라리 보지 않기 위해 눈을 뽑아버린 경우도 있다오. 그래서 위험을 사전에 방지하자는 거요. 이 아이들 모두는 정도의 차이는 있지만 지진아들이오. 무한한 기억과 광대한 텔레파시 능력을 지닌 천재백치들이란 말이오. 그들의 몸은 여기 있지만 마음은 도시 곳곳을 누비고 사람들의 생각을 끌어들여 내가 필요로 하는 정보의 요점만 추려내는 것이지요.

그들의 가족들이 더 이상 부양할 수 없어 내게 팔아넘겼고 나는 그들에게 일거리를 줬어요. 여기 미스트월드에 약자나 장애자가 생존할 공간은 없소. 그들이 에스퍼가 아니었고 그래서 그나마 쓸모가 있지 않았다면 아마 추위 속에 버려져 죽어갔을 것이오. 보시다시피 나는 그들을 보살피고, 그들은 나를 보살피고 있소. 그들 중 오래 사는 아이들은 별로 없소. 내가 데려올 때 이미 이 아이들은 힘겹고 짐승 같은 삶을 살았기 때문이오. 내게 다행스러운 것은 생명이 소진된 아이들을 대체할 공급이 여전히 많다는 것이오. 그런 식으로 보지 마시오, 데스스토커. 그들이 나와 같이 있는 동안은 나는 할 수 있는 모든 보살핌을 제공하고 있으니까. 그전과 그 후에 일어나는 일은 내가 어쩔 수 없는 것 아니겠소.

자, 이제 사업 얘기로 들어가도 될 것 같은데. 아이들이 이미 당신이 올 것이고 왜 찾아오는지도 얘기해주었소. 당신은 시간이 별로 없소. 당신이 여기 있다는 것을 내 에스퍼들이 알고 있다는 것은 다른 사람들도 이미 알고 있다는 것을 의미한다고 보아도 좋소. 입이 싼 텔레파시가 가득한 도시에서 산다는 것은 사생활 따위는 없다는 것을 말하는 거요. 뭐, 나는 거기에 대해 불평할 자격도 없지만 말이오. 그게 내가 돈을 버는 방법이니까. 대금은 걱정할 필요 없소. 당신 선친께서 우리에게로 이미 계좌를 만들어놓으셨지요. 그분께서 만약 당신이 도움을 구해 여기에 나타나거든 잭 랜덤의 거처를 알려주고 그에게로 보내라는 지시를 남겨놓으셨소. 하루 종일 그렇게 검을 들고 거기 서 있을 참이오? 아니면 우리 도움을 수락하겠소?"

"아직 생각 중이오." 오언은 거칠게 말했다. "당신은 내 아버지와 어떤 관계가 있소?"

"그분 때문에 아브락사스가 가능했소. 사업 아이디어는 내가 냈지만 돈은 그분이 댔지요. 그분은 듣자마자 사업성을 간파하셨고, 내가 할 일은 아이들이 모으는 모든 정보의 복사본을 그분에게 제공하는 것이었소. 당신 아버지는 야심찬 분이었어요. 실패를 두려워하지 않으셨지."

"그분은 이익을 남기는 것도 두려워하지 않으셨소." 마지못해 검을 거두며 오언이 말했다. "대개 다른 누군가의 비용으로 충당하면서 말이오. 아브락사스가 개업한 후 아이가 몇 명이나 죽어나갔소?"

"아주 많지요. 하지만 어차피 죽을 아이들이었소. 나는 그 아이들을 최대한 오래 살도록 돕지요. 그게 나한테 이익이기도 하니까."

오언은 헤이즐을 쳐다보았다. "아주 조용하군. 이 역겨운 사업을 좋아한다고 말하는 건 아니겠지?"

"이게 미스트월드예요, 귀족양반." 헤이즐은 상냥하게 말했다. "여긴 다른 세상이에요. 이곳 사람들이 거칠고 냉정할 수도 있지만 그건 제국 밖에서 생존하기 위해 어쩔 수 없는 거예요. 잠시라도 나약하게 군다면 철의 쌍년이 남녀노소 가리지 않고 마지막 한 사람까지 싹 쓸어버릴 거예요. 그녀는 이미 다른 행성들에서 여러 번 그렇게 했지요. 당신도 알고 있잖아요?"

오언은 외면하면서 잠자고 있는 아이들의 얼굴을 하나씩 살폈고, 무력감을 느끼는 것 외에는 할 수 있는 것이 없었다.

"그들에게 물어보시오." 그는 퉁명스럽게 말했다. "잭 랜덤이 어디 있는지."

챈스는 고개를 끄덕이고 천천히 중앙복도를 걸으면서 아이들을 하나씩 쳐다보고 간간히 멈춰서 아이의 일그러진 얼굴을 관찰하다가 다시 움직이곤 했다. 그는 마침내 열두 살쯤 돼 보이는 아이 옆에 멈춰 섰다. 그 어린 에스퍼는 영양실조에 걸린 것처럼 수척해 보였고 앙상한 얼굴은 사탕 자국이 묻어 번들거렸다. 그 아이는 빠르게 중얼거리고 가쁜 숨을 몰아쉬며 맥없이 머리를 좌우로 굴리고 있었다. 끈에 묶였음에도 불구하고 정맥주사가 빠져 있어서 챈스가 익숙한 솜씨로 그것을 다시 꽂았다.

그는 침대 옆에 무릎 꿇고 앉아 아이의 귀에 자신의 입을 최대한 가까이 가져갔다. 그러고는 천천히 부드럽게 말을 시작했고 그의 조용한 목소리가 아이를 진정시키는 것처럼 보였다. 아이는 더 이상 중얼거리거나 머리를 흔들거나 구속에서 벗어나려고 몸부림치지 않았다. 아이의 눈은 아무것도 없는 허공을 향하면서도 모든 것을 보는 것 같았다. 오언과 헤이즐이 앞으로 다가가자 챈스는 무뚝뚝하게 물러나 있으라고 손짓했다. 그는 주머니에서 꼬깃꼬깃한 종이뭉치를 꺼내 그 속에 든 것을 아이의 입에 물려주었다. 오언은 처음에는 그것이 일종의 약일 것이라고 생각했으나 에스퍼의 입놀림을 보고 나서 사탕이라는 것을 알아차렸다. 챈스는 그의 입을 에스퍼의 귀 바로 옆에 댔다.

"자, 조니, 넌 할 수 있어. 아저씨를 위해 해다오. 그러면 사탕 한 개 더 줄게. 바로 여기 있어. 사람 하나만 찾아줘, 조니. 잭 랜덤이라는 사람을 찾아봐."

그는 계속 중얼거렸지만 목소리를 높이지도 멈추지도 않았다. 조용히 끈질기게 말하자 마침내 아이가 차분하고 분명하게 말하기 시작했다.

"당신은 모든 곳에 이름을 떨쳤고 체제의 파괴자지만 사라져버린 반역자를 찾고 있군요. 잭 랜덤은 다른 이름으로 다른 삶을 살고 있어요. 제국의 사냥개들이 너무 자주 너무 가까이 다가와서 그는 땅속으로 숨어버렸어요. 그의 굴, 그가 숨은 곳으로 가세요. 리버사이드 가에 있는 올림퍼스 헬스 스파로 가서 조브 아이언핸드를 찾으세요. 그는 말하려 하지 않을 거예요. 그를 설득하는 것은 당신의 능력이에요." 아이가 갑자기 말을 멈추고 모든 것을 꿰뚫는 눈으로 오언 데스스토커를 응시했다. "당신을 알아요, 데스스토커. 운명이 당신을 붙잡았군요. 반항해봐야 소용없어요. 당신은 제국을 뒤엎을 거예요. 당신이 믿고 있던 모든 것들의 종말을 보게 될 거예요. 그리고 당신은 당신이 절대로 알 수 없는 사랑을 위해 그 모든 것을 할 거예요. 그리고 모든 것이 끝나면, 당신은 홀로 죽게 돼요. 친구나 구원자로부터 아주 멀리 떨어져서."

"그만해, 조니." 챈스가 말했다. 에스퍼는 불안한 눈을 감고 머리를 돌리더니 다시 나지막하게 뜻 모를 얘기들을 중얼거리기 시작했다. 챈스가 일어서서 오언과 헤이즐에게 다가왔다. "마지막 헛소리는 별로 신경 쓰지 않아도 됩니다. 많은 아이들이 자주 미래를 보았다고 말하지요. 하지만 대부분 틀렸다는 결론에 이르게 됩니다. 그렇지 않다면 난 지금쯤 큰 부자가 됐을 거요."

"나는 아직 죽을 계획이 없는데." 오언이 말했다. "어쨌든 헤이즐이 비리몬드에서 나를 구해준 이후 덤으로 살고 있다고 말할 수 있지. 여기를 떠납시다, 헤이즐. 여기는 좀 섬뜩한 느낌이 드는걸."

챈스는 어깨를 으쓱했다. "아무도 막지 않아요, 데스스토커. 당신은 주소와 이름을 알았고, 대금은 선불로 이미 치러졌지요. 선친의 계좌에 남은 잔액은 당신의 방문과 당신의 목적지에 대해 내가 함구하는 대가로 여기시오. 시절이 어려워서 먹고살려니 어쩔 수 없군요. 정직한 사람도 돈을 벌 수 있을 때는 벌어야지요. 이해하리라 믿소."

오언이 갑자기 다가가서 그의 멱살을 움켜잡고 발끝까지 들어 올리자 그는 말을 멈췄다. 오언은 얼굴을 챈스에게 바짝 들이밀고 기분 나쁜 웃음을 지어 보였다. "당신도 나를 이해할 거야, 챈스. 당신이 나에 대해 어떤 사람에게든 한마디라도 하게 되면, 그 사람이 확실하게 나를 죽일 수 있도록 기도해야 할 거야. 그렇지 않으면 당신이 어디로 도망가든 끝까지 쫓아가서 토막을 내줄 테니까, 알아듣겠나?"

그때 오언은 뒤돌아보지 않고도 뭔가 상황이 바뀌었다는 것을 느낄 수 있었다. 아주 조용한 정적이 감돌았고 잠자고 있던 에스퍼들의 중얼거림이 일제히 멈췄다는 사실을 깨달았다. 챈스를 잡은 손을 놓지 않은 채 그는 주변을 둘러보았다. 에스퍼들이 모두 고개를 들어 자신을 빤히 쳐다보고 있었다. 그들의 표정은 차갑고 집중한 듯했으며 지극히 위협적이었다.

"그를 내려놓으세요, 오언." 헤이즐이 애원하듯 말했다. "제발 내려놓으라고요."

오언은 챈스를 놓고 물러났다. 그는 검이나 총을 뽑으려 하지도 않았다. 그것들이 도움이 되지 않으리라는 사실을 부지불식간에 느꼈다. 위협의 감정이 공기를 농밀하게 채웠고 그 아래에는 느릿한 힘이 불타오르고 있었다. 챈스는 호들갑스럽게 옷매무시를 챙기고 오언에게 코웃음을 쳤다.

"내 아이들이 항상 나를 보호하오, 데스스토커. 아이들이 당신에게 불쾌하고 치명적인 어떤 일을 벌이기 전에 어서 떠나는 게 좋을 거요."

"갈 시간이에요, 오언." 헤이즐이 말했다. "그는 농담하는 게 아니에요. 이 아이들은 진짜 위험해요."

"나 또한 위험한 사람이오." 오언이 말했다. "나는 데스스토커란 말이오, 챈스. 절대로 잊지 마시오."

"여제가 당신의 작위를 몰수하지 않았소." 챈스가 말했다.

오언은 싸늘하게 웃었다. "그녀가 뭘 하든 상관없소. 나는 죽을 때까지 데스스토커요. 우리는 작은 모욕도 참지 못하고 적은 절대로 용서하지 않지."

챈스는 은근히 그를 얕보듯 말했다. "당신 아버지도 마지막에 여기 왔을 때 그런 말을 하셨지."

"나는 아버지가 아니오." 오언이 말했다. "난 아주 더럽게 싸우지."

그는 돌아서서 나왔고 헤이즐이 그의 뒤를 좇았다. 침대에 누운 에스퍼들은 그들이 가는 것을 지켜보다가 일제히 머리를 돌렸다.

제과점 밖 옆 골목에는 차가운 안개 속에 세 명의 괴한이 검을 빼들고 먹잇감이 나타나기만을 초조하게 기다리고 있었다. 그들은 데스스토커와 그의 여자의 행방을 알기 위해 검은가시에 많은 돈을 지불했지만 그들의 머리만 가져가면 그것과는 비교도 안 될 엄청난 돈을 벌 수 있으리라는 기대에 부풀어 있었다.

도둑놈들의 구역 아래쪽에서 온 세 사람은 각각 할리, 주드, 크로

234

였다. 그들은 소매치기, 자객, 청부업자였다. 보통은 웬만하면 데스스토커 같은 유명한 전사를 쫓는 일은 꿈도 꾸지 못할 테지만 이번에는 현상금 액수가 워낙 커서 돈에 눈이 멀어버렸고, 또 매복기습을 한다면 충분히 승산이 있을 것이라는 나름의 계산도 있었기 때문에 나선 것이었다. 운만 따른다면 데스스토커가 무슨 일이 일어났는지도 모르는 사이에 모든 일을 끝낼 수 있을 것이며, 여자는 죽이기 전에 셋이서 차례로 재미를 볼 수도 있을 것이다. 그들은 칼 손잡이를 단단히 부여잡고 눈밭 위에서 발을 동동 구르고 있었다. 원래는 이렇게 오래 기다릴 계획이 아니었다. 사실 그들에게 계획이라는 것은 적성에 안 맞는 일이었으며, 인내심은 더더욱 그랬다.

다시 눈이 내리고 안개가 점점 짙어졌다. 기온이 조금만 더 내려가면 수은주를 뚫고 내려갈 기세였다. 크로는 인상을 찌푸렸다. 그는 목소리가 가장 컸기 때문에 두목 노릇을 했다. 애초에 매복을 제안한 것도 그였지만, 지금은 왠지 불길한 느낌을 떨쳐버릴 수가 없었다. 너무 오래 걸리고 있었다. 골목에서 칼을 손에 쥐고 이렇게 하염없이 기다리고 있을 수는 없었다. 비록 미스트포트일지라도 이목을 끌게 될 것이다. 그는 기다리는 것에 대해, 추위에 대해 주드에게 불평을 늘어놓을 심산으로 뒤돌아섰다. 그런데 주드가 보이지 않았다. 크로는 멍해서 눈을 껌뻑거렸다. 조금 전까지만 해도 주드는 그곳에 있었고 아직 체취도 가시지 않은 듯했다. 크로는 좁은 골목길을 재빨리 살펴보았으나 그가 숨을 만한 곳은 없었다. 아직 할리만은 그곳에 있었다. 크로가 할리의 팔을 붙잡자 할리는 피부를 뚫고 튀어나올 만큼 깜짝 놀랐다.

"그러지 마! 놀라면 내가 경련을 일으킨다는 거 알고 있잖아. 왜 그래?"

"주드 어디 갔어?"

할리는 크로를 모호하게 처다본 후 골목 주변을 대충 훑어보았다. "나도 몰라. 자네와 같이 있는 줄 알았는걸. 좀 전까지만 해도 보였는데."

"나도 조금 전까지 그가 여기 있었다는 건 알아. 지금은 없잖아! 무슨 일이지?"

"나도 몰라! 아마 오줌 누러 어디 갔겠지."

"말도 안 하고? 그리고 왜 우리는 그가 가는 걸 못 봤지?"

할리는 생각해보았다. 쉽지 않았다. 생각한다는 것은 그에게 항상 어려운 일이었다. 그래서 왜 크로가 그 모든 것을 자기에게 물어보는지 원망스러웠다. 할리는 생각하는 깡패가 아니었다. 명령에 따라 사람을 때리는 역할일 뿐이었다. 그는 혹시 크로가 스스로 해답을 찾지 않았을까 희망하면서 그를 처다보다가 얼른 외면해버렸다.

"내가 골목 끝에까지 가볼게." 그는 허둥대며 말했다. "만일의 사태를 대비해서."

그는 크로가 혹시 만일의 사태가 뭐냐고 물어보기 전에 재빨리 눈을 헤치며 걸어갔다. 크로는 그가 가는 것을 보면서 낮게 으르렁거렸다. 매복은 뭔가 잘못되어가고 있었다. 그는 아직 표적이 나오지 않은 것을 확인하기 위해 제과점 쪽을 처다보다가 다시 할리에게로 시선을 돌렸다. 그리고 할리도 사라져버린 사실을 발견했다. 크로는 작은 신음소리를 냈다. 그가 잠시 눈을 뗀 사이에 할리가 골목 끝까지 가버렸을 리는 만무했다. 하지만 그가 갈 곳이 없었다. 크로는 혹시 빠트린 것이 없나 싶어 제자리에서 두 번이나 몸을 빙빙 돌려가며 주변을 살폈다. 그러나 현기증만 일 뿐이었다. 그가 막 소리를 지르며 도 망가버릴까 하고 심각하게 고민하는 중에 머리 위에서 가느다란 올 가미가 내려와 그의 목을 단단히 감았다.

크로는 검을 떨어뜨리고 두 손으로 올가미를 움켜쥐었지만 그의 눈은 이미 흐릿해지고 있었다. 공중으로 끌려 올라가면서 두 눈은 부 풀어 올랐고 캣이 그를 완전히 지붕 위로 올렸을 때는 이미 축 늘어져 있었다. 캣은 의식을 잃은 깡패를 이미 잠들어버린 다른 두 명의 동료 옆에 눕히며 씩하고 크게 웃었다. 그는 영리하고 저들은 멍청하다. 그 는 크로의 목에서 올가미를 벗겨내서 자신의 허리에 갈무리한 후 세 명의 늘어진 깡패들을 내려다보았다. 그들을 죽일 수 없다. 그는 살인 을 하지 않는다. 하지만 할리의 사타구니를 세게 걷어차는 데는 아무 런 거리낌이 없었다. 할리는 무거워서 끌어올릴 때 특히 힘들었기 때 문이다. 그는 그 커다란 저능아를 끌어올리다가 거의 허리가 삘 뻔했 다. 하지만 사이더가 헤이즐과 데스스토커가 가는 길에 방해받지 않도 록 도우라고 했고, 그는 그녀가 시키는 일은 무엇이든 해야 했다. 그가 그녀를 사랑하기 때문이기도 하지만 더 큰 이유는 그가 말을 듣지 않 으면 그녀가 물건들을 마구 집어던지는 성향이 있기 때문이었다. 그는 순백의 발열복과 짙은 안개 때문에 지붕의 가장자리에 쭈그리고 앉았 을 때도 거의 사람들 눈에 띄지 않았다. 헤이즐과 데스스토커가 제과 점을 떠나 다른 곳으로 출발하는 것이 보이자 캣은 미소를 지었다. 캣 은 그들 머리 위의 지붕들을 건너뛰며 조용히 뒤따랐다.

"오언." 헤이즐이 단호하게 말했다. "당신이 무슨 일을 하건 미스 트포트에서 절대로 하지 말아야 할 일은 에스퍼를 화나게 하는 거예요. 하물며 정신 나간 한 무리의 에스퍼들은 말할 나위도 없지요. 그들이 당신의 삶을 아주 불쾌하게 만들고 한순간에 끝장낼 수 있는 방법도 엄청나게 많아요. 당신이 계속 그런 식으로 위험을 자초하는 행동을 한다면, 먼저 나한테 충분한 경고를 해주기 바라요. 그래야 내가 당신과의 관계를 먼저 청산할 수 있을 것 아니에요."

"이해할 수 없소." 화가 나서 검의 손잡이를 잡고 있던 손에 힘을 주며 오언이 말했다. "그는 그 아이들을 착취하고 있소. 그들 생명의 불꽃을 단축시켜가면서 말이오. 그런데도 그를 옹호하다니!"

"당신이 이해할 필요는 없어요." 헤이즐이 말했다. "당신이 기억해야 할 것은 다른 사람 일에 참견하지 말라는 거예요. 그렇지 않으면 피해를 입게 돼요. 미스트포트에서는 그래요."

오언은 한숨을 쉬며 고개를 끄덕였다. "알았소. 근데 어디로 가는 거요? 헬스 스파는 아브락사스에서 정북방향이라고 하지 않았소? 내 몸속 나침반에 따르면 우리는 지금 남서쪽으로 가고 있는데."

헤이즐은 그를 쳐다보았다. "나침반을 가졌다고요? 내가 헤이든맨과 같이 걷고 있는 줄은 몰랐네요. 당신 몸속의 배관시스템에 내가 모르는 또 무엇을 감추고 있나요?"

"당신이 걱정할 만한 건 없소. 말을 돌리지 말고, 지금 우리 어디로 가는 거요?"

"먼저 어디 좀 들를 곳이 있어요." 헤이즐이 말했다. "랜덤과 얘기가 잘 안 될 때를 대비해서 지원군이 있으면 좋을 것 같아서요. 루비 저니는 물불 안 가리는 현상금사냥꾼인데 나한테 몇 번 크게 빚진 적이 있어요. 그녀야말로 우리가 어떻게 숨고 어떻게 스스로를 보호해야 할지 가르쳐줄 수 있는 사람이에요. 불행히도 그녀가 잘 다니던

곳에서 최근에는 모습을 드러내지 않고 있다는군요. 지금 가는 곳이 한번 살펴볼 만한 장소 중 마지막이에요. 미스트포트의 모든 현상금 사냥꾼은 면허를 받아야 해요. 다 세금을 뜯어내기 위한 수작이지만. 면허를 발급하는 관청이 바로 이 길 끝에서 모퉁이를 돌면 있어요. 혹시 이사 가지 않았다면 말이죠. 사람들이 자주 화염병을 던지곤 했거든요."

헤이즐이 자신만만하게 길을 인도하며 모퉁이를 돌 때 오언은 누군가가 미행하고 있다고 확신했다. 하지만 현재까지 아무런 도발도 없었다. 그는 차라리 누군가 나서주기를 바랐다. 적어도 그럴 경우에 대응은 할 수 있으니까. 계속되는 긴장 때문에 그는 어깻죽지 사이가 당길 지경이었다. 따라오는 사람이 몇 명이나 되는지 알 수 없었다. 얼핏 사람들을 보기도 하고 소리를 듣기도 한 것 같았지만 다시 보면 사라지고 없었다. 오언은 돌아서서 큰 소리로 '까꿍' 하고 외치는 것을 진지하게 고려해보았다. 그러면 누가 어디서 놀라 자빠지는지 확인이라도 할 수 있을 것이다. 그때 헤이즐이 갑자기 걸음을 멈췄다. 오언도 그녀 옆에 서서 새로운 건물을 유심히 관찰했다.

새 건물은 분명히 예전의 것에 비해 더 웅장해졌을 것이다. 예전의 것이 어떤 상태였는지는 알 수 없지만 말이다. 현상금사냥 사업이 미스트포트에서 아주 성황을 이루는 것 같았다. 눈앞의 건물은 매우 웅장했고 소용돌이 장식과 무늬로 멋을 냈다. 그리고 사람들이 끊임없이 들락거렸다. 헤이즐은 마치 건물 주인인 것처럼 열려 있는 이중문으로 성큼성큼 걸어 들어갔고 오언도 급히 뒤를 따랐다. 그들은 곧 거대한 로비의 양편 벽을 가득 메운 혼돈을 목격했다. 어디를 보나 서류더미에 묻힌 책상과 탁자가 빼곡히 들어차 있었고 사람들은 그 사이를 마치 목숨이라도 달린 일인 양 급히 뛰어다니고 있었다. '이게 미스트포트군.' 오언은 생각했다. '정말 목숨이 달린 일일지도 몰라.' 다종다양한 사람들이 한 치의 틈도 없이 공간을 차지하고는 책상 뒤의 사람들에게 또는 그들끼리 한결같이 크고 고집스러운 소리로 고함을 쳐대고 있었다. 벽은 온통 현상수배전단으로 겹겹이 도배되어 있었고 천장에는 타격하기 좋은 지점을 묘사하는 여러 개의 인체도가 그려져 있었다.

소음으로 귀가 얼얼할 지경이었고 공기는 뜨겁고 습했으며 냄새는 형용 불가능 그 자체였다. 헤이즐은 주먹과 팔꿈치를 마구 휘두르며 그 한가운데를 돌파해 어느 방 앞에 이르렀다. 헤이즐의 그런 행동이 여기서는 상식적인 것이거나 그 비슷한 것일 것이다. 왜냐하면 그녀가 지나칠 때 검으로 손을 옮긴 사람은 거의 없었기 때문이다. 검을 잡은 사람의 경우도 이미 헤이즐이 지나가버린 뒤의 일이었다. 오언은 그녀 뒤에 바싹 붙어 따라가면서 아무도 듣지 않는 사과의 말을 연발했고 검을 빨리 치우지 않는 사람은 무섭게 노려봐주었다. 그 표정은 아주 훌륭했다. 미스트포트에 온 이후로 노려볼 기회가 많았고 이제야 완벽에 가까워졌다. 분노와 임박한 폭력의 암시를 적절히 배합하고 약간의 직설적인 광기로 마무리하는 것. 그가 군중을 반 정도 지나쳤을 때는 사람들이 이미 그를 피하기 위해 물러서고 있었다.

그와 헤이즐은 방 뒤편에 놓인 책상 앞에 나란히 섰다. 책상 위에는 두 개의 서류접수대가 있었다. 각각 '접수'와 '긴급'이라고 표시되어 있었다. 그리고 책상 위 여기저기에 서류더미가 널려 있었다. 대부분 싸구려 재생지였는데 오언의 관심을 끈 것은 모두 손글씨로 표지가 만들어져 있다는 점이었다. 그가 살아온 환경에서 필기란 흔치 않은 일이어서 보통 스파이나 연인들끼리만 이용하는 방법이었다.

책상 뒤에 앉아 있는 인물은 작은 체구에 피로에 지쳐 항상 인상 쓰는 듯한 얼굴을 하고 있었다. 거의 옷매무시에 신경 쓰지 않는 듯 했으며 덥수룩한 머리는 엄청나게 잡아 뜯은 듯 사방으로 뻗쳐 있었다. 헤이즐이 그에게 매력적으로 웃어 보이자 그 사무원은 그녀를 비슷한 정도의 절망감을 담아 쳐다보았다. 헤이즐이 말을 붙이려고 입을 열자 그는 아주 크고 분명한 목소리로 주변의 소음을 뚫고 그녀의 말을 가로챘다.

"나는 몰라요! 뭐가 됐든 나는 모르고 상관하지도 않는다고요! 서류에 파묻혀 죽을 지경입니다. 그냥 가세요. 다음 주에 오세요. 아니 다음 달에. 아니 안 오는 게 좋겠군요. 신경도 안 씁니다. 왜 아직 거기 서 있는 거죠?"

"이름 하나만 알려주시면 돼요." 헤이즐이 말했다.

"모두들 그렇게 얘기하지." 사무원이 또다시 가로챘다. "이름 하나를 찾기 위해 얼마나 많은 일을 해야 하는지 아시나요? 물론 모르겠지. 그리고 상관하지도 않을 테고, 그렇지요? 아무도 상관하지 않지."

그는 생각에 잠긴 듯 말했다. "누구도 감사하지 않아. 점심시간은 사람 약 올리기 위한 거고, 화장실은 하나뿐이고, 봉급은 쥐꼬리만 하고. 연금만 아니라면 벌써 때려치웠을 텐데. 사람들의 인생을 끝없이 망치고 있지. 내 직업은 일종의 무책임한 사회에 대한 보복이야. 공공장소에 폭탄을 설치하는 것과 같은 거야. 폭탄은 비싸지. 그런데 왜 아직 여기 있는 거죠?"

"왜 여기 있을 것 같아요?" 헤이즐이 말했다. "이봐요, 실존주의는 다음 기회에 논하도록 해요. 그냥 이름과 주소만 찾아주면 우리는 사라지고 당신은 혼자 있을 수 있어요. 그게 좋지 않겠어요? 그뿐만이 아니에요. 당신이 우리를 돕는다면 제 동료가 여기 있는 서류들을 몽땅 집어서 방 전체에 흩어놓는 일을 제가 못하도록 말리겠다고 약속하지요."

사무원은 가까이 있는 서류더미를 보호하려는 듯 붙잡았다. "좋아요. 협박해보세요. 겁을 주라고요. 내가 누군가요? 그냥 사무원일 뿐이죠. 거대한 바퀴 속의 나사 하나. 재미있는 일이 벌어질 것 같은 예감이군요."

"약간의 대가를 지불하면 어떻겠어요?" 헤이즐이 말했다.

"커다란 대가를 지불하는 건 어떻겠습니까?" 사무원이 대꾸했다.

헤이즐은 지갑에서 커다란 은화를 꺼내 사무원 앞에 떨어뜨렸다. 사무원은 슬픈 표정으로 그것을 쳐다보았다. 헤이즐이 세 개를 더 떨어뜨리고 나서야 그는 깊은 한숨을 쉬고 능숙한 솜씨로 동전들을 그러모았다.

"좋습니다. 이름을 말해보세요. 하지만 아무것도 약속할 수 없습니다. 명심하세요."

"루비 저니."

"오, 루비. 왜 진작 말하지 않았어요? 그녀는 래비드 울프에서 기도로 일하고 있습니다. 그녀가 교양 있는 사람들로부터 멀리 떨어져서 아주 오랫동안 그곳에서만 근무했으면 좋겠네요. 그녀가 그쪽으로 자리를 옮긴 후 여기가 한결 평화로워졌거든요. 그녀를 만나거든 다음 주에 그녀의 면허가 만료된다고 전해주세요. 저는 멀리 떨어져서 말해야 하거든요. 자, 이제 가서 다른 사람을 화나게 하십시오. 저는 서류로 카드놀이 좀 하다가 시민혁명을 기안해야 하거든요."

그는 가장 가까이 있는 서류를 집어 들고 열중하는 체했다. 오언과 헤이즐은 서로 쳐다본 후 다시 군중을 밀치고 팔꿈치로 찌르고 겁주면서 뚫고 나와 마침내 조용한 거리에 섰다.

"글쎄," 오언이 말했다. "좀…… 특이하군. 미스트포트에는 저런 사람들이 많소?"

"불행히도 그래요." 헤이즐이 말했다. "제국의 압제에서 도망쳐 여기에 온 많은 사람들은 처음에는 자유롭고 문명화된 사회를 기대하지요. 하지만 생계를 유지하기 위해 얼음덩이처럼 차가운 냉대로 그들을 대하는 사람들을 만나고 인구의 대부분이 수배자나 패배자, 범죄자로 구성되어 있다는 기대와 상이한 현실을 보면서 당혹해하죠. 그중 일부는 적응에 실패하기도 하고요."

"우려스러운 현실이라고 생각하지 않소?" 오언이 말했다.

"폭탄이 아주 비싼 한 별로 그렇지 않아요."

"그건 그렇고 당신과 그 루비 저 나라는 사람은 오랫동안 알고 지낸 사이군, 그렇지 않소?" 거리를 걸으면서 오언이 말했다. 그는 여전히 그들이 북쪽으로 가고 있지 않다는 것이 거슬렸다.

"나도 현상금사냥꾼이 되려 한 적이 있었지요." 헤이즐이 명랑하게 말했다. "그렇게 오래하지는 못했어요. 난 너무 물러 터졌거든요. 산 채로 붙잡아 가봐야 돈이 안 됐어요. 루비는 당시 내 후견인이자 선생이었어요. 좋은 친구이기도 했고. 굳이 단점을 찾는다면 좀 예측하기 어렵다는 것 정도죠. 그녀가 기도로 일해야 할 만큼 상황이 안 좋아졌다니 믿을 수 없군요. 명심하세요. 보증하건대 그녀는 좋은 사람이에요. 거기에는 이론의 여지가 없어요."

"그녀가 일한다는 래비드 울프는 어떤 장소요?"

"술집이에요. 내가 마지막 갔을 때까지만 해도. 마약도 좀 있고, 도박도 하고, 아가씨도 좀 있는 철야 영업하는 뭐 그런 술집들 있잖아요. 알지요?"

"글쎄…… 사실은 모르오." 오언이 대답했다. "하지만…… 재미있을 것 같소. 그래도 여전히 루비 저니는 나중에 만나보는 것이 좋겠다는 생각을 떨칠 수가 없소. 우선은 누군가 우리를 발견하기 전에 먼저 잭 랜덤을 찾아야 하오. 그 사람이 우리를 추격자들로부터 보호해줄 수 있을 거요. 잭 랜덤은 군부대와도 맞상대할 수 있소. 그러니까 내 말은 그는 전설의 사나이라는 뜻이오."

"지나간 과거예요." 헤이즐이 말했다. 그녀는 정면을 유심히 쳐다보면서 조금도 걸음을 지체하지 않았다. "그 사람은 이미 전성기를 한참 지났어요. 그에 대해 마지막 들은 바로는 그가 바에서 공짜 술을 마시는 대가로 자기의 옛날 활극을 들려주고 있다고 하던데요."

"우리가 말하는 사람이 동일 인물이오? 잭 랜덤, 직업적 혁명가?"

헤이즐은 한숨을 내쉬었다. 하지만 여전히 그를 쳐다보지 않았다. "혁명가나 수배자나 쉬운 삶이 아니지요. 그것은 사람을 갉아먹어요. 잭 랜덤도 옛날의 그가 아닐 거예요. 블루엔젤에서의 참패 이후 큰 규모의 반란을 지휘한 적은 한 번도 없어요. 그렇게 확실하게 박살이 난 상황에서도 그가 살아서 탈출하고 다치지도 않았다는 것은 거의 기적에 가까운 일이에요. 누구나 그렇게 생각하지요. 하지만 그것도 벌써 꽤 오래전 얘기네요. 랜덤은…… 아직 미지수예요. 나는 루비에게 의탁할 수 있다고 믿어요. 그녀는 무자비하지만 절도가 있어요. 사업적으로는 최고지요."

"그리고 지금은 기도로 일하고 있고."

헤이즐은 그를 노려보다가 보폭을 늘렸다. 오언은 그녀를 자극하지 않으려고 침묵하면서 터벅터벅 따라 걸었다. 그는 잭 랜덤을 옹호하는 발언을 더 하고 싶었지만 생각해볼수록 자신의 주장을 뒷받침해줄 수 있는 근거가 적다는 사실을 깨달았다. 좋다, 그 사람은 전설이다. 그걸 부정할 사람은 아무도 없다. 그는 누구보다도 많이 제국에 대한 반란을 지휘했다. 하지만 그가 유명한 반란에서 싸웠다고 해도 단지 일시적인 승리만 얻었을 뿐이다. 그는 카리스마도 있고 웅변술도 탁월했지만 제국은 수적으로 압도적이었다. 제국은 더 많은 함선과 더 강한 화력과 훨씬 큰 군대를 얼마든지 동원할 수 있었다. 그리고 세월이 흐를수록 점점 잭 랜덤은 승리보다는 패배에 익숙해졌고 행성에서 행성으로, 전투에서 전투로 쫓기는 신세가 되고 말았지만 제국은 여전히 건재했다. 오언은 한숨을 쉬었다. '잭 랜덤에게 의지할 수 없다면 누구에게 의지해야 하나?'

그는 헤이즐과 같이 걸으며 망토를 단단히 여몄다. 바람이 점점 거세지면서 마치 그를 정면으로 관통하는 것 같았다.

오언과 헤이즐이 각자의 생각에 빠져 터벅터벅 거리를 걷고 있을 때, 거리가 내려다보이는 한 발코니에서 누군가가 석궁을 들어 올려 오언의 훤히 드러난 등짝을 겨냥했으나 그들은 전혀 눈치 채지 못했다. 방아쇠에 걸친 암살자의 손가락에 막 힘이 들어가려 할 찰나, 캣의 새총에서 발사된 돌멩이가 그의 양미간을 명중했다. 그는 뒤로 나자빠졌고 화살은 안개 속으로 날아가버렸다. 고양이 한 마리가 화들짝 놀라 비명을 질렀다. 캣은 발코니 반대편의 지붕처마에서 몸을 일으키면서 균형을 잡고 씩 웃었다. '자객을 잡는 자객이라니 재미있군.' 자객들은 누군가를 쫓고 있는 자신들을 몰래 쫓고 있는 또 다른 누군가가 있다는 생각은 결코 하지 못할 것이다. 이번이 그가 저지른 17번째 암살자였다. 그는 이제 새총의 돌은 물론이고 작전도 거의 바닥났다. 빨리 오언과 헤이즐이 그들이 원하는 곳에 도착하는 데 성공하기를 바랄 뿐이었다. 지붕에서 지붕으로 건너뛰며 도심을 누비면서 끝없는 암살자들을 처리하는 것은 결코 만만한 일이 아니었다. 그런데 지금 그들은 또 거리로 나서서 보통사람은 혼자 다니기도 꺼리는 도둑놈들의 구역 깊은 곳으로 향하고 있는 것이다. 캣은 무거운 한숨을 쉬고 사방을 경계하며 다시 그들을 뒤쫓았다. 그는 사이더가 이 사람들을 이용해서 돈을 벌 수 있는 계획이 꼭 있기를 바랐다. 그가 하고 있는 모든 일이 공짜일 수 있다는 것은 생각조차 하기 싫었다.

자신의 존재를 부끄러워하는 양 불이 모두 꺼진 거리의 한쪽 구석에 있는 부패한 쓰레기장 같은 곳이 래비드 울프였다. 거리를 반쯤 내려간 곳의 방치된 화로에서 새어나오는 불빛이 거리를 밝히는 유일한 조명이었다. 화로에서 무엇이 타고 있는지 알 수는 없지만 냄새만은 지독했다. 꼴을 보니 말 여러 마리가 거리를 화장실로 이용하고 있는 게 분명했다. 오언은 최소한 그것이 말이기를 바랐다. 그가 헤이즐을 바라보았을 때 그녀는 더 심한 것을 목격하기라도 한 듯 아무 말 없이 거리를 내려다보고만 있었다.

"저길 꼭 갈 필요가 있겠소?" 오언이 물었다. "신발이 다 더럽혀질 텐데."

"겁쟁이처럼 굴지 말아요, 오언. 앞을 잘 보고 걸어요. 모르는 여자와는 얘기하지 말고요. 그러면 아무 이상 없을 거예요."

그녀는 발길을 옮겼고 오언은 걸음을 조심하면서 그녀를 따랐다.

래비드 울프는 가끔씩 화염병 세례나 전염병 발생은 말할 것도 없고 수년간의 마구잡이식 사용으로 퇴락한 흔적들이 곳곳에 선명히 드러나 있었다. 술집의 앞부분은 상처투성이였으며 수상한 얼룩들도 묻어 있었고 두 개의 창문은 이미 오래전에 판자로 막아놓은 것 같았다. 문은 선천적으로 호르몬 이상이 있어 보이는 두 명의 거대한 근육질의 사내들이 지키고 있었다. 헤이즐이 곧바로 그들에게 다가가 얼굴을 내밀자 둘은 자신들이 얼마나 험하고 막 나가는 자들인지 과시하기 위해 난폭한 소리를 질러댔다. 헤이즐이 그중 한명에게 동전을 찔러주자 비로소 그들은 헤이즐과 오언이 들어갈 수 있도록 길을 비켜주었다. 헤이즐은 고개를 뻣뻣이 치켜들고 그들을 지나쳤고 오언은 헤이즐을 좇으면서 문지기 옆을 지날 때 그들에게서 경계의 눈을 떼지 않고 손을 검 근처에 두었다. 오언이 그들에게 억지 미소를 지어 보이자 문지기는 입을 벌려 번쩍이는 네 쌍의 강철 이빨을 드러냈다. 가지런히 배열된 번쩍거리고 날카로운 강철 이빨. 오언은 마치 다른 사람에게 웃어 보인 듯 꾸미려고 고개를 돌렸고 거의 헤이즐을 뒤에서 들이받을 뻔했다. 그녀는 바에 들어서자마자 멈춰 서서 감개무량한 듯 주위를 둘러보았다.

오언은 냄새 때문에 코를 씰룩이며 그것이 제국에서 금지된 몇 종류의 담배냄새일 것이라고 짐작했다. 금지된 이유는 누군가 피울 때 그 주변에 있는 사람도 위험하게 만들 수 있기 때문이었다. 실내는 어두침침했다. 공기 중에 연기가 많아서 그런 것만은 아니었다. 바에 있는 사람들은 그런 분위기를 좋아하는 것 같았다. 오언도 만약 자신의 용모가 흉했다면 너무 잘 보이는 곳에 있고 싶지는 않았을 것이라고 생각했다. 저만치 어두운 곳에서는 부산하게 기어 다니는 쥐새끼들이 보였다. '만약 저놈들 중 하나가 내 다리로 달려온다면,' 오언은 생각했다. '비명을 지르고 말 거야.'

헤이즐은 자욱한 연기를 헤치고 바 쪽을 향했고 오언은 혼자 남기 싫어 그녀를 따랐다. 헤이즐은 수십 년은 됐을 법한 긴 앞치마를 두른 뚱뚱한 바텐더를 불러 루비 저니가 어디 있는지 물었다. 오언은 진열된 병들을 살펴본 다음 그다지 목이 마르지 않다는 결론을 내렸다. 그리고 바에서 스낵을 시키지도 않기로 했다.

그는 바에 등을 기대고 주변을 둘러보았다. 래비드 울프는 그에게 공부를 게을리하면 어떻게 되는지 협박하려고 가정교사가 묘사한 상황과 흡사한 장소였다. 그가 골고다 궁정을 마지막으로 방문한 이후 이렇게 다양한 깡패와 악당과 삼류인생들을 한자리에서 보기는 처음이었다. 어느 누구도 말쑥해 보이는 사람이 없었다. 오언은 그들 모두에게 벼룩이 있을 것이라고 확신했다. 그러자 갑자기 옆구리가 가려워지기 시작했으나 긁으려고 손을 옮기면 칼을 꺼내려 한다고 의심받을까봐 감히 움직이지도 못했다. 물론 이 인간쓰레기들이 두려운 것은 아니었다. 그는 데스스토커 아닌가. 단지 분란을 일으키기 싫을 뿐이었다. 그러고는 가장 가까운 출구가 어디에 있는지 살펴보았다.

몇몇 밤의 여인들이 야한 옷과 짙은 화장으로 단장하고 바의 한쪽 끝에 모여 있었다. 그들은 커다란 돈지갑을 놓고 격론을 벌이고 있었는데 아마도 지갑은 그들 옆에서 바에 머리를 처박고 자고 있는 남자에게서 입수한 것 같았다. 오언은 천박하다고 생각하면서도 그녀들이 다소 매력적이라고 인정할 수밖에 없었으며, 점차 어떤 환상이 피어오르면서 그의 몸 일부도 부풀어 오르기 시작했다. 래비드 울프가 그렇게 형편없는 곳인 것만은 아닌 듯했다. 그 순간 한 여인이 어디선가 칼을 꺼내더니 다른 여인의 풍만한 가슴을 찔렀다. 그녀가 맥없이 쓰러져 꼼짝도 하지 않자 살인자는 바에서 지갑을 낚아챘다. 다른 여인들은 그것이 여태껏 목격한 일 중 가장 재미있는 일이라도 되는 양 자지러지게 웃기 시작했다. 오언은 어서 나가고 싶다는 생각에 문쪽을 바라보며 만약 누군가 그를 이상한 시선으로 쳐다보기만 해도 즉시 쏴버려야겠다고 다짐했다. 특히 여자일 경우에는 더욱더. 그때 헤이즐이 갑자기 옆에 나타나자 오언은 소스라치게 놀랐다.

"왜 그렇게 놀라요?" 헤이즐이 물었다.

"왜 놀라느냐고? 여기는 세상에서 가장 타락하고 소름끼치고 형편없는 곳이오. 내가 이런 데까지 오게 될 줄이야, 원! 만약 사전에서 타락이라는 말을 찾아본다면 래비드 울프에 가보라는 설명이 있을 거요. 무슨 일이 일어나기 전에 어서 여기를 뜹시다."

"그렇게까지 나쁜 곳은 아니에요." 헤이즐이 말했다. "미스트포트라는 걸 감안하세요. 나도 어릴 적에 여기서 자주 술을 마셨지요. 물론 그때는 술맛도 몰랐지만. 여기가 좀 소란스럽고 손님들이 그다지 고급스럽지는 않지만 또 그렇기 때문에 따분하지는 않잖아요."

"차라리 따분한 게 훨씬 낫겠소." 오언이 말했다. "루비 저니에 대해 뭐 좀 알아냈소?"

헤이즐은 실망한 표정으로 말했다. "루비가 여기서 잠깐 일하기는 했는데 너무 난폭하다고 결국 해고됐다는군요. 아마 싸움이라도 벌인 모양이지요. 이 사람들도 지금은 그녀가 어디 있는지 모르겠다고 하네요."

"그 말은 우리가 더 이상 여기 있을 필요가 없다는 거지요?" 오언은 기대감을 섞어 말했다.

"정말로 여기를 싫어하는군요." 헤이즐은 웃었다. "이제 좀 분위기가 몸에 익었을 텐데요?"

"그렇다면 몸을 털어버려야겠소." 오언은 단호하게 말했다. "이곳 공기를 숨 쉬는 것만으로도 역겹소. 내 엉덩이에 종기가 돋는 게 이보다는 재미있겠소."

헤이즐은 바 끝 쪽에 있는 여인을 가리켰다. "당신을 좋아하는 것 같은데요."

"차라리 죽고 말겠소."

그 순간 싸움이 일어났다. 누가 시작했는지도 왜인지도 모르겠지만 갑자기 술집 안의 모든 사람들이 검, 단도, 깨진 병 등 손에 닿는 것은 닥치는 대로 집어 들고 싸우기 시작했다. 전투구호, 비명, 욕설이 난무하며 엄청난 소음이 울렸다. 피가 사방으로 튀고 시체가 발에 짓밟혔다. 오언은 검을 빼들고 바를 등지고 섰다. 그가 사범으로부터 배운 몇 가지 중 하나는 분별력이 만용보다 상책이라는 것이다. 다른 말로 하자면 멍청이나 다른 사람의 싸움에 끼어든다는 뜻이다. 그는 헤이즐을 힐끔 쳐다보고는 깜짝 놀랐다. 그녀는 소동을 드러내놓고 즐기고 있었으며 더 큰 즐거움을 위해 금방이라도 싸움에 가세할 기세였다. 오언은 그녀의 팔을 붙잡고 정신을 차리도록 귀에 대고 소리를 지른 후 출구 쪽으로 끌었다. 그녀는 아쉬운 듯 마지못해 고개를 끄덕였고 둘은 서로 등을 맞대고 서서 출구 쪽으로 이동했다. 몇 사람이 그들을 가로막았지만 오언과 헤이즐의 정확한 검세에 눌려 감히 덤비지 못하고 주춤주춤 물러섰다. 그들은 문을 열고 의식을 잃고 쓰러져 있는 문지기의 몸을 넘어 거리로 내려왔다. 술집의 소음은 못 말릴 지경이었지만 거리는 한산하고 평화로웠다. 오언은 편하게 숨을 내쉬고 검을 간수했다.

"좋소, 경찰이 오기 전에 어서 여기를 피합시다."

"경찰? 이 근처에요? 새로 창설된 게 아니라면 내가 아는 한 그런 것은 없어요. 여기서 전면적인 반란이 일어나지 않는 한 경비대는 신경도 안 쓸 거예요."

"그럼 이래도 잡혀가지 않는단 말이오?"

"거의 전혀. 이건 감정이 약간 격앙된 정도일 뿐이에요. 이런 건 시작하자마자 금방 끝나요. 사물을 좀 더 편안하게 받아들이는 연습을 하세요, 데스스토커. 미스트뽀트가 그렇게 형편없지는 않아요. 좀 극적인 면이 있을 뿐이지요."

판자를 댄 창문이 박살나면서 한 사람이 밖으로 날아왔다. 오언과 헤이즐은 반사적으로 뒤로 피했다. 그 사람은 그렇게 세게 던져진 것이 아닌 듯 박살난 창문에서 멀지 않은 곳에 떨어졌다. 그는 신음하며 일어나 잠시 비틀거리더니 창문 쪽으로 다가갔다.

"사과하고 싶은데."

"뭘?" 술집 안의 목소리가 말했다.

"뭐든지."

그다음 그는 거리로 나서서 몸뚱어리가 전처럼 무사한지 자신할 수 없다는 듯 천천히 조심스럽게 걸었다. 오언과 헤이즐은 서로 웃음을 교환하고 그를 따라 출발했다.

래비드 울프가 보이는 경사진 지붕 위에서 캣은 그들이 떠나는 것을 보고 비로소 안도감을 느꼈다. 사실 두 사람이 술집으로 들어가자 불안했고 소동이 발생하자 한층 불안해 조바심을 쳤다. 절대로 술집에 따라 들어갈 의사는 없었기 때문이다. 그가 할 수 없는 일도 있는 것이다.

그 순간 그는 아래편의 어둠 속에서 움직임을 느끼고 본능적으로 몸을 던졌다. 바로 그때 그가 웅크리고 있던 지붕이 에너지빔에 맞아 폭발했다. 캣은 피하기는 했어도 폭발의 충격으로 몸이 허공으로 날아올랐으며 뭔가 붙잡으려고 팔다리를 허우적거렸지만 공기 외에는 아무것도 잡히는 것이 없었다. 그는 9미터 아래의 눈더미 위로 떨어져 꼼짝도 하지 못했다. 왐피르 루시엔 애벗이 총을 내리며 웃었다. 그는 캣을 별로 좋아하지 않았다. 그는 헤이즐과 오언을 좇아 거리를 내려다보았으며 여전히 웃으며 광선총을 쥐고 있었다.

불 꺼진 거리의 입구에서 헤이즐과 오언은 에너지무기의 발사음이 분명한 소리를 듣고 걸음을 딱 멈춰 즉시 서로 등을 맞대고 섰다. 오언은 사방을 훑어보았지만 어둠만이 눈에 들어왔다. 헤이즐이 미스트월드에는 광선총이 거의 없다고 말했기 때문에 안심하고 있었다. 그런데 지금은 자신이 벌거벗고 있는 느낌이었다. 어느 방향에서 총이 발사됐는지도 몰랐다. 그는 총과 검을 가지고 있기는 했지만 공격무기일 뿐이지 방어수단은 될 수 없었다. 에너지빔은 일단 발사되면 피할 수 없다. 그는 보호막을 착용하지 않은 것을 후회했다.

오언은 앞뒤를 살펴보았다. 추위 속에서도 얼굴에 땀이 배어났다. 그때 사방에서, 모든 그림자로부터, 모든 거리와 골목으로부터 한 무리의 남녀가 다가오기 시작했다. 땟국물이 줄줄 흐르는 털옷 쪼가리를 걸치고 모두 한 가지씩 무기를 손에 쥐고 있었다. 그들은 먹잇감을 둘러싸고 천천히 그러나 망설임 없이 거리를 좁혀왔다. 오언은 마른입술을 핥았다. 족히 백 명은 되는 듯 보였다. 더 많을지도 몰랐다. 그리고 루시엔 애벗이 무리 속에서 광선총을 들고 앞으로 나섰다. 오언은 가슴이 덜컥 내려앉았다. 왐피르는 웃고 있었다. 그의 이는 새하얗고 컸으며 매우 날카로웠다.

"설마 그렇게 쉽게 끝나리라고 생각한 건 아니겠지, 데스스토커? 그냥 나를 쏠어내고 모두 잊어버린다? 한 대 더 때려보시지. 넌 기억해야 해, 내가 왐피르라는 것을. 나는 더 이상 사람이 아니야. 죽었다가 다시 살아났잖아. 내 친구들이 마음에 드나? 이들은 모두 플라즈마 베이비야. 피의 중독자들 말이야. 사랑이나 가족보다, 생명이나 죽음보다 더 끈끈하게 나와 피로 결합된 자들이지. 헤이즐, 그에게 모든 얘기를 다 해주지 않은 게지, 그렇지? 내가 그녀의 피를 마신 것만이 아니야, 데스스토커. 그녀도 내 피를 마셨지. 한 번에 몇 방울씩이지만 내 인공 피는 아주 오래 효력이 지속된다네. 나는 인간의 피를 마시고 정제해 뭔가 새로운 것을 만들지. 사람들은 그것을 상상할 수 있는 가장 강력한 마약이라고 말하더군. 너무 강력하고 황홀해서 삶과 죽음을 동시에 느끼게 해준다지, 아마? 그렇지 않나, 헤이즐?"

"아주 오래된 일이야, 애벗." 헤이즐이 대답했다. 그녀의 목소리는 단호했다. "나는 너를 끊었어. 죽을 만큼 힘들었지만 결국 너를 물리쳤지. 이제 너는 내게 아무런 의미도 없어."

"너는 내 꺼야." 왐피르가 말했다. "다른 나의 아이들처럼. 내게 돌아와. 다시 한 번 내 피를 음미해봐. 네게 생명을 줄 거야."

"차라리 바퀴벌레와 입 맞추겠어." 헤이즐이 말했다.

왐피르는 차갑게 웃었다. "둘 다 죽여라. 고통스럽게 천천히 죽여."

오언은 재빨리 총을 꺼내 애벗을 향해 발사했다. 그러나 왐피르는 이미 무리 뒤로 숨어들었고 에너지빔은 남루한 남자 하나를 뚫고 그 뒤 여러 명의 몸에 불을 붙였다. 그들은 말없이 죽었다. 놀랍게도 무리는 전혀 동요하지 않았다. 손도 안정되었고 눈에는 결연한 빛이 엿보였다. 왐피르는 다시 밝은 곳으로 나와 여전히 웃고 있었다.

"네가 광선총을 쏘도록 유도했지. 에너지크리스털이 재충전되기까지 이제 총은 쓸모없겠군. 데스스토커, 너를 이들에게 맡길 수는 없지. 내가 직접 상대해주겠어. 현상금 때문이 아니야. 나한데 돈은 아무런 의미가 없어. 너를 망가뜨리고 욕보이고 병신으로 만들고 싶단 말이야. 왜냐고? 그냥 그게 즐겁거든. 그리고 내 피를 좀 마시게 해주지. 그러면 너는 몸과 혼을 다 바쳐 내게 충성하게 될 거야."

오언은 총을 치우고 검을 앞뒤로 휘둘렀다. "말이 많군, 왐피르. 시작하지."

왐피르는 팔을 쭉 펴고 무섭도록 빠르게 앞으로 쇄도했다. 오언도 완벽한 자세로 검을 뻗어 결연히 앞으로 돌진했다. 그리고 왐피르는 긴 칼날에 몸이 꿰였다. 검은 심장 바로 아래로 들어가서 등을 뚫고 나왔으며 검고 찐득한 피가 튀었다. 애벗은 한 번 신음하더니 검날을 따라 몸을 앞으로 전진시키며 데스스토커에게 다가서려 했다. 오언은 한쪽 발에 중심을 얹고 다른 발로 애벗의 배를 차고 돌면서 검을 뽑았다. 그가 뒤로 물러서자 왐피르의 가슴 위 상처가 순식간에 아물어버렸다. 오언은 믿기 어려운 광경을 바라보며 생각했다.

'좋다. 빠르고 강하고 자기치유 능력이 있고. 또 뭐가 있는지 궁금하군.'

그는 왐피르의 목을 노렸으나 애벗은 맨손으로 검을 쳐냈다. 오언은 다시 물러났고 애벗이 그를 덮쳤다. 그때 헤이즐이 갑자기 왐피르 뒤에 나타나 광선총을 겨누었다. 하지만 십여 명의 무리가 그녀 위에 올라타 광선총을 빼앗아 집어던진 다음 그녀를 제압했다. 그녀는 격럴히 저항했지만 그들의 무게를 이길 수는 없었다. 오언은 인상을 쓰며 시동단어인 부스트를 낮게 외쳤다. 최근에 너무 자주 사용했기 때문에 장기적으로 어떤 후유증이 남을지 생각하기도 싫었으나 지금 당장은 달리 방법이 없었다. 부스트가 시작되자 그의 몸에 힘이 충만해지고 세상이 느려지면서 생각할 시간을 벌었다. 왐피르는 빠르다. 하지만 이제 그도 빠르다. 왐피르의 방어를 뚫고 목을 잘 가격하기만 하면 머리를 잘라버릴 수 있을 것이다. '그래도 재생되는지 보자, 개자식아.'

그가 왐피르 주변을 춤추며 베기를 반복해도 검은 피는 흐르다 이내 아물곤 했다. 왐피르도 그와 같이 움직이며 손을 내밀어 찢고 상처내기를 반복했고 둘의 움직임은 너무 빨라서 보통사람의 눈으로는 제대로 볼 수도 없었다. 오언은 찌르고 베고 하면서도 항상 목을 노렸지만 매번 왐피르의 손에 가로막혔다. 오언은 마른입술을 빨고 숨이 차 헐떡거렸다. 부스트로 그의 몸도 어느 정도 치유됐지만 애벗이 가하는 공격에 비하면 턱없었다.

그가 아주 천천히, 기대보다 느리게 움직이자 애벗의 손이 그의 손목을 꽉 움켜쥐었다. 오언은 검을 떨어뜨렸고 애벗은 가볍게 웃었다. 그때 오언이 자유로운 다른 손으로 부츠에서 단도를 꺼내 왐피르의 갈빗대 사이로 쑤셔 넣었다. 검은 피가 잠시 흐르다가 멈췄다. 왐피르는 웃으며 오언을 6미터나 집어던졌다. 피 중독자 무리는 그를 피해 흩어졌고 그는 단단히 다져진 눈밭에 세게 나뒹굴었다. 손에는 전혀 감각이 없었다. 애벗은 여전히 웃으며 갈빗대에 꽂힌 단도를 뽑을 생각도 않고 천천히 그에게로 걸어왔다. 오언은 한쪽 무릎으로 버티며 거친 숨을 몰아쉬면서 잠시 웅크린 채 그대로 있었다. 그때 눈 속에서 손에 무언가가 잡혔다. 그것이 무엇인지 알았을 때 그의 심장박동이 한 번 건너뛴 것 같았다. 행운의 여신이 마침내 그를 향해 활짝 미소 지었고 그는 다시 기회를 잡은 것이다. 애벗이 양손으로 그의 멱살을 잡고 땅위로 들어 올렸다. 그는 발버둥 쳤지만 눈 위로 2미터나 들어 올려졌다.

"끝났어, 아가야." 애벗이 말했다.

"물론이지." 오언이 말했다. 그리고 총을 애벗의 놀란 입속에 쑤셔 넣고 방아쇠를 당겼다. 헤이즐이 빼앗긴 바로 그 총이었다. 에너지파가 왐피르의 머리를 썩은 과일처럼 터뜨려버려서 검은 피와 뇌 조직이 공기 중에 튀었다. 애벗의 손이 서서히 풀리자 오언은 피가 흩뿌려진 눈 위로 떨어졌다. 오언은 헤이즐의 총을 벨트에 끼워 넣고 자신의 검을 주운 다음 마비된 손을 허벅지에 부딪쳐 다시 감각을 살려냈다. 그제야 애벗의 몸이 서서히 고꾸라졌다. 그러고는 누워서 꼼짝도 하지 않았다.

지켜보던 무리가 앞으로 내달아 쥐떼처럼 시체를 덮었다. 그들은 자신들의 무기로 왐피르의 옷을 찢고 살을 벤 다음 거머리처럼 검은 피를 빨아댔다. 창백한 살에 닿은 그들의 탐욕스런 입은 쉴 새 없이 오물거렸다. 절단된 목에서 조금씩 흐르는 피를 두고도 한 떼가 아귀다툼을 벌였다. 오언은 헤이즐 쪽으로 비틀거리며 다가갔다. 그녀는 이미 일어서서 멍한 듯 머리를 흔들고 있었다. 그녀는 그가 다가오는 것을 보고 다시 미친 듯이 탐식중인 무리를 건너다보았다.

"빨리 여길 벗어나는 것이 좋겠소, 헤이즐." 오언이 말했다. 그는 손을 고정하고 통증 때문에 얼굴을 찡그렸다. 그리고 헤이즐에게 총을 돌려주었다. 그녀는 재빨리 고개를 끄덕이고 주변을 둘러보았다.

"그게 그렇게 쉽지 않을 것 같은데요, 데스스토커."

오언은 주변을 둘러보고 피가 얼어붙는 듯했다. 피 중독자 무리가 왐피르의 시체를 떠나 다시 그들을 에워싼 것이다. 대부분 입 주위에 검은 칠을 하고 시선을 오언과 헤이즐에게 고정시키고 있었다. 공기 중에 긴장이 감돌았고 무리의 표정에는 서서히 증오가 차오르기 시작했다. 녀석들의 주인, 녀석들의 신이 죽었다. 녀석들까지도 신처럼 만들어주던 그 경이롭던 피가 이제 더 이상 없을 것이다. 오언은 신속히 주변을 둘러보았지만 어느 방향이나 마찬가지로 상황이 좋지 않았다. 그는 헤이즐과 등을 맞대고 써 올 테세를 취했다. 무리가 사방에서 그들을 조여오고 있었다.

처음부터 무리의 크기는 별 도움이 되지 않았다. 그들은 협공을 해본 적이 없었기 때문에 각자 제멋대로 움직이고 있었다. 하지만 그들 내부에는 검은 피가 타올랐고 자신들의 신을 죽인 자에게 보복하기 위해 혈안이 되어 있었다. 오언은 숙련된 기술로 최소한의 필요한 동작과 힘만을 써서 베고 찌르며 냉정하게 그들을 처치했다. 피 중독자들은 하나씩 쓰러져갔지만 금세 다른 자가 그 자리를 채웠다. 헤이즐도 그의 등 뒤에서 찌르고 베고 했지만 모든 방향에서 무기가 날아들었다. 그리고 끝이 없었다. 오언은 패배를 거부하며 계속 싸웠다. 아직 부스트의 효과가 몸속에서 지속되고 있었지만 얼마나 오래갈지는 알 수 없었다. 두 배로 밝게 타는 초는 지속 시간이 절반으로 줄어드는 법이다.

그는 악취를 풍기는 털옷을 두른 해골 같은 사내의 배를 가르고 허리를 숙여 그 옆의 남자를 벤 후, 너무 가까이 다가온 또 다른 얼굴을 무자비하게 베었다. 그는 이미 열댓 군데에 작은 상처를 입었지만 고통을 느낄 새가 없었다. 옷도 피로 물들었는데 그의 피도 섞여 있었다. 그는 신음하며 발을 구르고 증폭된 힘으로 검을 휘둘렀지만 여전히 무리는 그를 짓밟기 위해 쇄도하고 있었다. 사방에서 번쩍이는 칼날이 그에게 다가왔고 그가 할 수 있는 것은 오직 피하거나 막는 것뿐이었다.

갑자기 그와 헤이즐이 여기서 무사히 빠져나갈 방법은 없다는 생각이 들자 그는 신중해지려 애썼다. 피 중독자들은 너무 많았다. 여기저기 눈먼 칼에 한 방 제대로 맞았다간 모든 상황이 끝장날 판이었다. 데스스토커가 죽는 방법치고는 참으로 허무했다. 이름 모를 뒷골목에서 이름 모를 개들에게 끌려 다니며 죽게 되다니. 그는 칼질을 계속하면서도 씁쓸하게 웃었다. 얼마 전에도 이런 경험을 한 적이 있다. 비리몬드에서 그의 머리를 탐내며 그를 포위했던 그의 부하들. 그때 어디선가 갑자기 헤이즐이 나타나 그를 구해주었다. 이번에는 그녀도 똑같은 처지에 놓였다. 그녀는 그를 구해줄 수 없다. 하지만 어쩌면 그가 그녀를 구해줄 수 있을지도 모른다. 그는 그 생각을 냉정히 검토해본 후 나쁘지 않다는 결론을 내렸다. 그는 그녀에게 목숨을 빚졌다. 데스스토커는 항상 빚을 갚는다. 이런 방법이라면 적어도 그의 죽음이 무가치하지는 않을 것이다.

그는 앞으로 쓸어버리듯 크게 검을 휘둘러 미친 얼굴들을 뒤로 물리며 공간을 확보한 후 광선총을 뽑았다. 크리스털에너지를 충전하기에 충분한 시간이 경과했다. 무리 중 몇몇은 광선총을 보자 식겁하고 물러섰다. 오언은 머리를 뒤로 돌리며 헤이즐을 소리쳐 불렀다. 그녀의 등이 자신의 등에 부딪치는 것이 느껴졌다. 그녀가 아직 살아서 싸우고 있다! 하지만 그녀의 상태를 확인할 길은 없었다.

"헤이즐, 계획이 있소!"

"좋은 계획이어야 할 텐데요, 데스스토커."

"광선총으로 저놈들 사이에 구멍을 내겠소. 공간이 나면 무조건 뛰시오. 내가 그들을 붙잡고 있을 테니."

"정신 나갔어요? 당신 혼자 죽게 내버려둘 수는 없어요! 오늘 죽으라고 저번에 구해준 게 아니라고요."

"헤이즐, 내가 우리 둘 모두를 구할 수는 없소. 당신이 도망가지 않으면 우리 둘 다 죽소. 내가 당신을 구할 기회를 주시오."

잠시 뜸들이다가 그녀가 말했다. "당신은 용감한 사람이에요, 데스스토커. 좀 더 일찍 알았으면 좋았을 것을. 그렇게 해요."

오언은 마지막으로 부스트의 힘을 모아서 몸을 무리 속으로 날렸다. 피가 머릿속에서 맥동치고 혈관 속에서 끓어올랐다. 모든 피로와 고통이 덧없는 생각처럼 사라졌다. 검은 마치 몸의 일부인 듯 자르고 찌르며 악귀 같은 얼굴들을 무찔러갔다. 검이 보이지 않을 정도로 빠른 솜씨였다. 무리는 더 멀찌감치 물러서면서 자신들 가운데로 뛰어든 무시무시한 힘에 잠시 당황했다. 그 순간 오언이 광선총을 발사했다. 피 중독자들은 옆으로 몸을 피했지만 미처 피하지 못한 녀석들은 에너지빔에 몸이 관통당했다. 그 틈에 무리 사이에 길이 뚫렸다.

"뛰어!" 오언은 헤이즐을 돌려세워 구멍을 가리키며 소리쳤다. 그녀는 무리를 뚫고 인적 없는 거리로 내달렸다. 있는 힘껏 달리다가 뒤쫓는 자들이 없음을 확인하고서야 멈췄다. 뒤돌아보니 피 중독자들의 등짝만 보였다. 헤이즐은 천천히 검을 늘어뜨리며 눈에 불타는 통증을 느꼈다. 아마 눈물이었을 것이다. 그는 그녀를 그다지 좋아하지 않았고 그녀도 마찬가지였다. 그런데도 그가 그녀를 구하기 위해 희생을 자처했다. 잠시 동안 그녀는 다시 돌아가 그의 옆에서 싸우고 싶은 충동을 느꼈다. 하지만 그것은 그가 애써 마련해준 기회를 허무하게 내던져버리는 꼴이 될 것이다. 그녀가 보고 있는 와중에도 무리는 모든 방향에서 안쪽으로 몰려들며 찍고 쑤시고 있었다. 오언은 그들 밑에 쓰러져 모습이 사라졌다. 그녀의 덜덜 떨리는 입에서 흐느낌이 새어나왔다.

"울지 마시오." 그녀 뒤에서 조용하지만 거북한 음성이 들렸다. "아직 끝나지 않았소."

그녀는 검으로 방비하며 홱 돌아섰다. 앞에는 알 수 없는 제복을 입은 키 크고 다부진 체격의 사내가 서 있었다. 그가 그녀를 지나쳐 무서운 속도로 무리 속으로 달려갈 때 그녀가 얼핏 본 것은 이글거리는 황금빛 눈동자를 가진 다소 사람 같지 않은 얼굴뿐이었다. 몇몇이 그를 맞으려고 돌아섰으나 그는 순식간에 무리 틈으로 뛰어들어가 기다란 호를 그리며 검을 휘둘러 피 중독자들을 줄 끊어진 꼭두각시 인형처럼 여기저기로 날려 보냈다. 그의 주변에 있던 모두가 쓰러졌으며 새로 등장한 그의 힘과 속도에 당황한 이들은 흩어져버렸다. 그리고 그들 사이에서 피로 물든 인물이 다시 일어서며 검을 사납게 휘둘러댔다. 그는 소음을 뚫고 아주 강하고 거친 함성을 질렀다.

"산드라코! 산드라코!"

그가 누군지 알았을 때 헤이즐은 심장이 멎는 것만 같았다. 그리고 그녀의 눈에는 다시 새로운 눈물이 솟구쳤다. 오언 데스스토커가 그렇게 쉽게 죽지는 않을 것이라는 것을 알았어야 했다. 그와 새로운 인물은 흩어지는 무리를 누구도 저지할 수 없는 악몽처럼 누볐고, 이미 붉게 물든 눈밭에 피 흘리며 쓰러진 자들은 다시는 일어서지 못했다. 누구도 그들에게 대항하지 못했고 잠시 후엔 아무도 시도하지 않게 되었다. 살아남은 피 중독자들은 몸을 돌려 달아났고 모든 상황이 종료되었다. 오언과 새로운 인물은 검을 늘어뜨리고 달아나는 자들을 우두커니 지켜본 후 서로를 칭찬하듯 바라보았다. 헤이즐이 달려가 무릎이 꺾인 오언을 부축했다. 오언은 경주를 막 마친 말처럼 온몸이 푸들거리고 상처투성이였지만 헤이즐에게 간신히 웃어 보일 수 있었다. 오언은 탁한 목소리로 말했다.

"벌써 두 번이나 죽음 직전에서 누군가의 구원을 받게 되는군. 한 번이라도 내 스스로 나를 구할 수 있다면 좋겠는데, 너무 큰 욕신인 거요?"

"입 닥치고 숨이나 돌려요." 헤이즐이 말했다. "물에 빠져서도 붙잡은 지푸라기가 튼튼하지 못하다고 불평이나 늘어놓을 양반이네요. 그런데 아까 외쳤던 건 뭐예요?"

"우리 가문의 전투구호요." 오언이 대답했다. 그는 조금 기운을 차린 듯했다. "전에는 써본 적이 없소. 필요 없을 거라 생각했지. 결국 스스로 죽을 의사가 없다는 것을 알았을 때 무슨 생각이 들던지 놀랍더군. 아, 그런데 당신의 새 친구는 누구요?"

"예?" 헤이즐이 말했다. "당신 친구인 줄 알았는데요."

그들은 돌아서서 예기치 못한 구원자를 쳐다보았다. 그는 조용히 그들을 바라보고 있었다. 그의 얼굴은 헤이즐의 생각대로 비인간적이었다. 뭔가 이질적이고 생소한 감정이 빚어놓은 듯 얼굴의 면과 각도가 좀 달라 보였다. 하지만 정작 그들의 눈길을 끈 것은 그의 눈이었다. 오언과 헤이즐은 그의 눈을 보면서 팔에 소름이 돋고 뒷머리가 일어서는 느낌이었다. 그의 눈은 마치 내부에서 기묘한 불길이 타오르는 듯 어두침침한 거리에서도 밝은 황금색으로 빛났다. 그것은 카인의 별과도 같았다. 그는 헤이든맨이었다. 사라진 헤이든 행성의 전설적인 개조인간. 그들은 지금 거의 찾아볼 수 없었다. 백여 개의 행성에 한 명 있을까 말까 할 것이다. 그는 무시무시한 헤이든맨의 반란에서 살아남은 몇 안 되는 생존자였던 것이다. 인간에 의해 창조된 사이보그가 그 뿌리인 인간을 절멸시키려 한 것이 헤이든맨의 반란이었다. 그들은 결국 실패했고 몇몇 생존자는 제국 각지에 흩어졌다. 그들은 최강의 전사였기 때문에 공포의 대상이거나 그 반대로 구애의 상대이기도 했다. 그들은 보이는 즉시 사살되어야 했지만 한 부대의 군대가 아니고서는 누구도 그들을 상대하려 하지 않았다.

지금은 거의 흔적조차 찾아볼 수 없고, 잊혔거나 버림받은, 한때는 찬란한 꿈이었지만 결국 비극적 종말을 맞게 된 존재.

"나는 토비아스 문이오." 헤이든맨이 사람의 것과는 전혀 다른 거칠고 귀에 거슬리는 목소리로 말했다. "일부분만 기능하는 개조인간이오. 내장된 크리스털에너지가 거의 닳아버렸소. 그것을 재충전할 방도가 없소. 그래서 내장된 대부분의 기능을 충분히 활용하지 못하오. 하지만 한 줌의 피 중독자들을 쫓아내는 것쯤은 아직도 식은 죽먹기요."

"우리가 도움이 필요한지 어떻게 알았지요?" 헤이즐이 물었다.

"사이더가 전갈을 보냈소." 문이 답했다. "그녀는 당신들이 조력자가 필요할 거라고 판단했고 그래서 우리가 서로 도울 수 있을 거라고 했소."

거리가 내려다보이는 지붕 위에서 캣은 안도의 한숨을 내쉬었다. 그는 추락했을 때의 충격으로 삭신이 쑤셨지만 그래도 운 좋게 눈더미가 충분히 두터워 치명상은 면할 수 있었다. 드디어 헤이든맨이 나타났으니 이제 그는 검은가시로 돌아가 달콤한 휴식을 취할 수 있게 됐다. 헤이즐과 데스스토커를 따라다니며 보호하는 것은 전력을 기울여야 하는 일이었다. 이제 그들은 토비아스 문과 함께 있으니 안전하다고 볼 수 있었다. 헤이든맨을 자극할 사람은 거의 없었다. 그는 천천히 지붕들 사이를 건너뛰면서 그들을 정말로 다시는 보고 싶지 않다고 생각했다. 그들은 가까이하기에는 너무 위험했다.

헤이즐과 오언은 시체들이 나뒹구는 눈밭 위에서 인기척이 들리자 재빨리 뒤돌아보았다. 한 녀석이 몸을 끌면서 도망치려 했다. 그자는 쓸모없어진 다리를 질질 끌며 바닥에 선명한 붉은 피의 띠를 그리고 있었다. 오언이 그를 쫓으려 하자 헤이즐이 팔을 잡으며 제지했다.

"굳이 죽일 필요 없어요. 얼마 못 가 출혈로 죽을 거예요."

오언은 팔을 뿌리쳐 빼냈다. "죽이려는 게 아니오. 도울 수 있는지 보려는 거요."

"미쳤어요? 그는 피 중독자예요. 당신을 죽이지 못해 안달이었다고요."

"싸움은 끝났소. 내가 도울 수 있는 사람이 그냥 죽도록 내버려둘 수는 없소. 그렇지 않으면 그들보다 나을 게 없는 거요. 철의 쌍년이 무엇이라고 하건 나는 여전히 데스스토커요. 그리고 우리는 명예로운 가문이오. 몇 년 전에는 당신이 저랬을 수도 있소, 헤이즐."

오언은 기어가는 자를 금세 따라잡아 그 옆에 무릎을 꿇고 앉았다. 그리고 그의 어깨 위에 부드럽게 손을 얹었다. 그 순간 그는 작지만 고통과 공포가 배어나는 절박한 비명을 지르며 오언에게서 벗어나려는 듯 움츠렸다. 그는 겨우 1.5미터 정도의 키로 형체를 알아볼 수 없는 더러운 털옷을 걸치고 있었다. 다리는 허벅지에서부터 피로 물들어 있었다. 오언은 그가 울음을 멈출 때까지 안심시키려고 여러 가지를 중얼거렸다. 그는 곧 울음을 멈췄지만 맥이 없어서 그런 것 같았다. 오언은 부상 입은 다리를 만지지 않고 주의 깊게 살펴본 후 고개를 가로저었다. 그 자신이나 헤이든맨 중 한 사람이 두 다리의 근육을 모두 정확히 절단해버린 것이다. 미스트월드 같은 곳에서는 불구자가 될 수밖에 없는 부상이었다. 오언은 언짢은 듯 어깨를 으쓱이고는 그의 얼굴을 보려고 후드를 뒤로 당겼다. 순간 그는 숨이 멎을 것 같았다. 그리고 갑작스런 욕지기를 느꼈다. 열네 살도 안 돼 보이는 앳된 소녀였다. 굶어서 얼굴의 뼈가 팽팽한 피부에 툭툭 불거져 있었다. 그녀는 그를 공허한 시선으로 올려다보았다. 희망도 절망도 아무 것도 없고 오직 고통만 들어찬 눈빛으로.

"플라즈마 베이비예요." 헤이즐이 뒤에서 조용히 말했다. "미스트 포트에서는 어려서부터 시작하지요."

"그냥 아이일 뿐이잖소." 오언이 거칠게 반박했다. "오, 신이시여, 제가 무슨 짓을 한 건가요!"

"그 아이가 당신을 죽일 수도 있었어요." 헤이즐이 말했다. "깊이 생각할 것 없이 끝내요, 오언. 가야 해요."

오언은 성난 얼굴로 쳐다보았다. "끝내라니 무슨 뜻이오?"

"이 아이를 이대로 놔둘 셈인가요? 운이 좋다면 피 흘리다가 죽을 거고 안 좋으면 살이 썩어들어가면서 천천히 죽게 될 거예요. 살아봐야 불구자일 텐데 미스트포트에서는 살아남을 수 없어요. 빨리 고통을 끝내주는 게 자비를 베푸는 일이에요. 내가 대신할까요?"

"아니오!" 오언이 소리쳤다. "아니오. 나는 데스스토커요. 내가 한 일은 내가 책임지오."

그는 장화에서 단도를 꺼내 단숨에 소녀의 심장을 찔렀다. 아이는 신음하거나 경련을 일으키지도 않았다. 즉시 숨이 멎었고 눈은 초점 없이 먼 곳을 향했다. 오언은 단도를 뽑고 그 자리에 앉아 보일 듯 말 듯 몸을 흔들며 감정을 추스르려 애썼다. 헤이즐은 그의 주변을 배회하며 어찌할 바를 몰랐다. 그의 어깨에 손을 얹고 위로하며 자신이 함께 있고 이해하고 있다고 알리고 싶었지만, 그가 어떻게 받아들일지 몰라 주저했다. 그는 강하고 자부심이 넘쳤지만 예상치 못한 유약함을 지녔던 것이나. 그리고 누구든 약점을 가지고 있다면 미스트월드는 반드시 그것을 찾아내고야 만다.

헤이즐은 데스스토커가 내부에 부드러운 면을 간직하고 있을 줄은 몰랐다. 그는 항상 완벽한 전사이자 귀족으로만 보였다. 그녀가 지금 그의 새로운 면모를 발견한 것인데, 그것이 좋은지 싫은지 판단이 잘 서지 않았다. 약한 모습은 수배자에게는 죽음을 초래할 수도 있다. 그녀는 망설이며 그의 어깨에 손을 얹고 언제라도 물릴 준비를 했지만 그는 그녀가 그곳에 있다는 사실조차 모르는 듯했다. 그녀는 손바닥으로 그의 몸에서 긴장을 느끼며 그것이 그의 내부에서 끓어오르는 분노이자 슬픔이라는 것을 알 수 있었다. 그녀는 헤이든맨을 돌아보았으나 그는 비인간적인 황금색 눈으로 그녀를 바라보고만 있어서 그녀가 먼저 외면해야 했다. 오언이 갑자기 일어섰다. 하지만 눈은 여전히 불쌍한 작은 시신을 보고 있었다.

"이건 아니야." 그는 힘주어 말했다. "누구도 이렇게 살아서는 안 돼, 이렇게 죽어서도 안 되고."

"비일비재한 일이에요." 헤이즐이 말했다. "미스트포트에서만이 아니에요. 당신은 부유한 귀족이지요. 평민의 삶에 대해서 무엇을 알고 있나요?"

"알았어야 했소. 난 역사학자고 기록을 연구했으니 과거에 이런 일이 일어났던 것을 알고는 있었지만, 전혀……"

"역사는 제국이 꾸며낸 것이오." 문이 거칠고 윙윙거리는 소리로 말했다. "무엇을 기록할지는 제국이 결정하오. 가장 찬란한 꽃조차 뿌리는 더러운 거름을 움켜쥐고 있지요."

"아니오." 오언이 말했다. "꼭 이럴 필요는 없는 거요. 용납할 수 없소. 나는 데스스토커요. 이런 일이 계속되도록 허용하지 않겠소."

"뭘 어떻게 하려고요?" 헤이즐이 말했다. "제국을 뒤엎어요?"

오언은 오랫동안 그녀를 쳐다보았다. "모르겠소. 아마도. 필요하다면." 그는 그녀와 죽은 아이에게서 돌아서서 헤이든맨에게 갔다. 그리고 문을 유심히 관찰했다. "최근에 듣기로는 제국에 헤이든맨이 열 명도 채 안 남았다고 하던데, 내가 뭘 도와주면 좋겠소? 여제는 당신들을 제국과 인류에 대한 위협으로 규정하고 처형을 명했소. 당신들의 반란을 생각해보면 그녀를 탓할 수도 없지. 당신들은 반란 때 수백만 명을 살해했소. 만약 당신들이 성공했다면……"

"수백만 명을 더 죽였겠지요." 문이 대신 말했다. 그의 비인간적인 쇳소리에서 감정을 읽을 수는 없었지만 오언은 그 속에서 반감만큼 회한도 느꼈다고 생각했다. "우리는 우리의 자유를 위해 싸웠소. 우리의 생존을 위해서 말이오. 우리는 전투에서는 패했지만, 전쟁은 여전히 계속되고 있소. 내가 우리 종족의 마지막이 아니오. 암흑성운에 홀로 떠 있는 잃어버린 세계인 헤이든 행성에는 나의 동료 한 부대가 다시 깨어날 날만을 기다리며 헤이든맨의 묘지에 잠들어 있소. 우리는 홀로 싸워서는 승산이 없다는 교훈을 비싼 대가를 치르고서야 배웠소. 우리는 동지가 필요하오. 당신 같은 동지, 데스스토커. 당신이 살아남을 수 있는 유일한 기회는 군대를 모아서 라이언스톤 여제에 대항하는 전쟁을 벌이는 것이오. 당신은 데스스토커요. 많은 사람들이 당신을 따를 것이오. 당신의 이름은 언제나 진실과 정의 그리고 승리를 상징했소. 헤이든맨을 대표해서 말하겠소. 우리는 자유를 위해 당신을 도와 싸울 것이오."

"잠깐만, 잠깐만." 방어적으로 손을 올리며 오언이 말했다. "너무 성급하시군요. 내가 빈린을 지휘할 수는 없소. 나는 역사가이지 투사가 아니오."

"한편으로는," 헤이즐이 사려 깊게 말했다. "그가 옳아요. 영원히 도망 다니면서 살 수는 없어요. 결국은 그들이 우리를 찾아내 죽일 거예요. 우리는 너무나도 중요한 인물이 돼버렸어요. 미스트월드조차 안전하지 않다면……"

"그것으로는 부족하오." 오언이 항의했다. "황권에 대항한 반란이란 내가 믿고 자란 모든 것에 역행하는 것이오."

"황권에 대한 반대가 아니지요." 헤이즐이 말했다. "여제에 대한 반대인 거죠."

오언은 그녀를 쳐다보았다. "전에 이미 구분했잖소."

"알았어요, 알았다고요." 헤이즐은 그가 무슨 말을 더 하기 전에 빠르게 말을 이었다. "한번 생각해봐요, 오언. 당신은 저런 소녀의 일이 다시는 발생하지 않도록 하고 싶다고 말했잖아요."

"생각해봐야겠소." 오언이 말했다. "내게 너무 많은 것을 원하고 있구려."

"우리에게는 시간이 별로 없소." 헤이든맨이 말했다. "빨리 결정해야 하오. 그렇지 않으면 당신의 선택권은 결국 사라져버릴 거요."

오언은 헤이든맨을 거의 화난 표정으로 응시했다. "내게 뭘 원하는 거요, 문?"

"지금 말이오? 이동하는 것이오. 당신은 배가 있고 나는 없소. 나는 당신과 함께 잃어버린 행성 헤이든으로, 나의 동포들에게로 돌아가고 싶소."

오언이 전혀 예상치 못한 대답이었다. 헤이든 행성의 위치는 제국에서 가장 커다란 미스터리 중 하나였다. 헤이든맨의 반란이 끝날 무렵 헤이든 행성의 좌표에 대한 모든 정보가 일거에 사라져버렸다. 개조인간들이 마지막으로 시도한 절박한 도박이었다. 제국의 치열한 노력에도 불구하고 헤이든 행성은 2세기 동안 발견되지 않았다. 제국이 축적해놓은 방대한 정보를 고려해볼 때 그것은 불가능했다. 하지만 헤이든맨이나 그들의 첩자는 알 수 없는 방식으로 헤이든 행성과 그 주민들에 대한 정보를 제국 매트릭스의 모든 컴퓨터에서 깨끗이 지워버리는 데 성공했다. 역사가로서 오언은 그것을 믿기 어려웠지만 몇 달 동안 소문까지 추적해보며 연구해본 결과 아무것도 찾을 수 없다는 것을 알고 결국 포기할 수밖에 없었다. 헤이든 행성은 그들의 바람에 따라 사라졌고 계속 그 상태로 남아 있었다. 그래서 그들은 역사에서 전설이 되었고 말을 듣지 않는 아이들을 혼내주는 악몽거리가 되었다. '말 안 들으면 헤이든맨이 와서 잡아간다.'

오언은 신중하게 토비아스 문을 바라보며 물었다. "헤이든 행성의 좌표를 알고 있소?"

"불행히도 그렇지 않소. 만약 알았다면 여태까지 여기 미스트월드에 처박혀 있지는 않았을 거요. 그러나 답은 어디엔가 있고 나는 그 것을 찾아낼 거요. 그때까지 당신의 전쟁에 군인으로서 참전하겠소. 새로운 에너지크리스털을 구해주시오. 그리고 그것을 내 몸에 내장 할 수 있는 실력 있는 사이버 외과의사도 구해주시오. 그러면 나는 가공할 만한 동맹자가 될 것이오. 그리고 헤이든 행성에 도착하게 되 면 내가 당신을 위해 내 형제들에게 말해주리다. 그게 당신이 원하는 바겠지요, 그렇지 않소?"

"모르겠소." 오언이 말했다. "더 이상 어떤 것도 확신할 수 없소. 우 리가 헤이든 행성을 결국 찾아낸다고 가정해봅시다. 내가 정말 인류 의 배반자와 동맹을 맺기를 원할까요? 브라민II 행성의 도살자, 마드 라구다 행성의 학살자들과 말이오? 내가 역사상 가장 큰 반역자로 기 록될 수도 있는데?"

"당신이 우리를 원하는지 아닌지는 중요하지 않소." 문은 차분히 말했다. "당신의 반란이 성공하기 위해서는 우리가 꼭 있어야 하오."

"좋소." 오언이 말했다. "내가 달리 결정하기 전까지 일단 당신은 나와 한편이오. 이제 여기를 떠납시다. 우리가 아직 현상금사냥꾼에 게 엉덩이를 걷어차이지 않은 게 이상하군요."

"생각해보세요." 헤이즐이 말했다. "금방 왬피르를 죽이고 그 많은 피 중독자들을 쫓아버린 사람한테 당신 같으면 덤벼들겠어요?"

"좋은 지적이오." 오언이 말했다. "어쨌든 움직입시다. 여기 있으니 불안하오."

"내 생각에는 먼저 의사를 찾아가는 것이 좋을 것 같은데요." 헤이 즐이 말했다. "헤이든맨이 당신을 구해…… 도와주기 전에 만신창이 가 됐잖아요."

"훨씬 좋아졌소." 오언이 말했다. "괜찮을 거요. 부스트의 또 한 가지 이점이지. 치명상이 아닌 한 금방 저절로 치료가 됩니다. 당분간 맥을 못 추겠지만 당신과 문이 나를 보살피지 않소, 그렇지요?"

헤이즐은 그 말에 좀 뼈가 있다고 느껴서 화제를 돌리는 것이 좋겠다고 생각했다. "어디로 가죠?"

"리버사이드 가의 올림퍼스 헬스 스파로 갑시다. 내가 반란군을 지휘해야 한다면 잭 랜덤이 옆에 있는 것이 좋겠지요. 당신의 현상금사냥꾼 친구는 나중에 찾아봅시다. 그녀가 이미 우리를 쫓는 대열에 합류하지 않았을 것이라는 전제하에 말이오."

"그럴 수도 있어요." 헤이즐은 인정했다. "우정도 좋지만 돈이 더 오래 가지요. 좋아요. 따라와요. 되도록이면 뒷골목과 어두운 길을 이용할게요. 점점 내 등 뒤에 표적을 그리고 다닌다는 느낌이 드네요."

그녀가 당당하게 안개 속으로 출발했고 오언과 토비아스 문이 뒤따랐다. 오언은 걸으면서도 깊은 생각에 잠겨 다른 것은 보이지도 않았다. 그에게 큰 변화가 발생하려는 이때 의구심을 떨칠 수가 없었다. 헤이든맨이 정확한 순간에 홀연히 나타나서 그를 구해주었다는 것을 어떻게 해석해야 할까? 아마도 문은 그들을 계속 쫓아오다가 멋있게 보이고 그의 신뢰를 얻을 수 있는 절호의 기회를 노렸다고 보는 것이 옳을 것이다. 하지만 현상금이 아니라면 자신이 왜 그렇게 헤이든맨에게 중요한 의미를 갖는 것일까? 헤이든맨이 이 행성을 떠나기 위해 이용할 수 있는 다른 함정들도 분명히 있었을 것이다. 그리고 헤이든 행성의 좌표를 모른다고 하면서도 그는 가까운 미래에 그 행성을 찾을 수 있다고 꽤 확신하는 것처럼 보였다. 오언은 인상을 썼다. 이 모든 것이 애초에 그를 미스트월드로 인도한 돌아가신 아버지의 계획과 어떻게 연결되는 것인가?

점점 더 오언은 보이지 않는 힘들이 얽히고설켜서 그가 피하고자 평생을 노력해온 바로 그곳으로 그를 교묘하게 끌고 가고 있다는 생각이 들었다. 하지만 정말 그렇다면 그도 자신을 조종하는 사람을 놀라게 해줄 몇 가지 방책이 있었다. 싸움이 시작된다면 그 역시 게임을 할 수 있을 것이다. 그는 데스스토커이고, 음모는 이미 그의 핏속에 흐르고 있었다. 한편…… 그는 헤이든맨에게 생각을 집중하기로 했다. 헤이든맨 또는 그의 종족은 여전히 그들만의 숨겨진 목표가 있지 않을까? 깨어나게 된다면 징말로 그 개조인간들이 자신의 편이 될까? 아니면 여제가 과거에 그토록 주장했던 것처럼 셔브의 반란AI들과 은밀히 손잡으려 하지 않을까? 오언은 웃었다. 답이 없었고, 아무것도 믿을 수 없었다. 그러나 당분간 문과 함께해야 한다. 자나 깨나 조심해야 할 것이다. 그는 헤이즐 옆으로 갔다. 그녀는 가볍게 고개를 끄덕였다.

"그래요, 나도 그를 신뢰하지 않아요." 그녀는 작은 목소리로 말했다. "하지만 적으로 만드는 것보다는 우리 편에 두는 게 좋다고 생각해요. 그러면 적어도 그를 지켜볼 수는 있잖아요."

"그래서 무엇을 해야 한다고 제안하는 거요?" 오언이 말했다.

"아무도 믿지 않는 것. 기억할 수 있겠죠?"

"궁정에 가본 적 없지요?" 오언이 말했다. "귀족인 나는 아주 어렸을 때부터 아무도 믿지 않는 법을 배웠다오. 가문들은 글자나 숫자와 더불어 음모를 가르치지요. 그렇지 않으면 성년이 될 때까지 살아남을 수 없소."

"미스트월드와 흡사하게 들리는군요." 헤이즐이 말하자 둘 모두 웃었다. 헤이든맨은 그들 뒤를 따르며 자기만의 생각에 잠겨 있었다.

올림퍼스 스파는 상인들의 구역에서 멀지 않은 곳에 있었지만 뼛속까지 추위를 느끼고 있는 오언에게는 아주 멀게만 느껴졌다. 헤이즐에게 장담한 것과 달리 그의 상처는 생각보다 심했다. 그는 진창과 짙어만 가는 안개 속을 터벅터벅 걸으며 비참하게 혼잣말을 중얼거렸다. 이제 거의 하루를 미스트월드에서 보내고 있지만 단 한 번도 해를 본 적이 없었다.

그들이 마침내 스파에 도착했을 때 먼 길을 걸어온 보상치고는 스파가 너무 초라해 보였다. 스파는 최신식으로 보이려고 많은 노력을 기울인 것 같았지만 여전히 주변에 비해서는 허름해 보였다. 하지만 헤이즐이 오언을 끌고 다닌 대부분의 장소들보다는 훨씬 나았다. 오언은 조금 실망스러웠다. 돌과 목재로 지은 건물은 이미 낡았고, 벽돌은 주변 공장들에서 나오는 연기로 회색빛으로 변해 있었다. 넓은 가게 정면은 밝은색으로 칠해져 있었고, 문 위에 걸린 간판은 너무 멋을 낸 꼬불꼬불한 글씨체로 씌어 있어서 알아보기가 쉽지 않았다. 창문은 없었고 벽에 붙은 큰 안내판에는 체중 감량이나 근육 강화와 같은 여러 가지 기적적인 효과들을 나열하고 있었다. 오언은 건물을 오랫동안 뚫어져라 살펴보았으나 특별한 것은 발견할 수 없었다.

"별로 인상적이지 못하네요." 헤이즐이 말했다.

"좀 기다려봐요." 오언이 즉각 말했다. "겉모습만으로는 알 수 없지. 건물은 외부만 보고 판단하는 게 아니라고 어머니가 가르쳐주지 않던가요?"

"어머니는 항상 수배자, 귀족, 멍청이들을 가까이하지 말라고 말씀하셨죠. 어머니 말씀을 잘 따르지 못하는 것 같아 죄송하군요. 정말 이런 형편없는 곳에서 잭 랜덤을 찾을 거라고 기대하세요? 내 말은 그가 비록 운이 다했다는 소문이 있기는 하지만 전설적인 직업적 혁명가가 이런 바가지나 씌우는 싸구려 업소를 운영하고 있을 거라고는 생각되지 않는군요."

"위장술일 거요." 오언은 고집스럽게 말했다. "누가 이런 곳에서 그를 찾겠소?"

"그 말에 일리가 있소." 토비아스 문이 쉿소리로 말하자 그들 둘은 흠칫했다. "나도 이런 허름한 곳은 뒤지지 않았을 거요."

"아브락사스에서 그를 여기서 찾을 수 있을 거라고 말했소." 오언이 말했다. "그리고 정말로 그들에게 다시 돌아가 따지고 싶지는 않소. 나는 들어가겠소. 나만 따라오시오. 눈 크게 뜨고, 손은 제발 검에서 떼어놓고."

그는 출입문으로 가서 당당하게 벨을 울렸다. 다른 사람들이 뒤따르는 소리가 들리자 슬며시 웃음을 머금었다. 그들은 누가 지휘자인지 알 필요가 있다. 출입문이 열리자 오언은 최대한 거만한 표정을 지어 보였다. 자신 없을 때는 사람들을 함부로 다루라. 열에 아홉은 그를 높은 사람으로 여기고 자신이 뭔가 부정을 저지르지 않나 감독하러 온 사람이라고 생각할 것이다. 오언의 경험으로는 대부분의 사람들은 때때로 약간의 부정을 저지르기 마련이었다. 그는 나머지 한 명의 경우는 생각하지 않으려 했다. 결국 그들이 검을 차고 있는 것은 그런 일에 대비한 것이다.

출입문이 열리자 검은 레이스가 달린 착 달라붙는 옷을 입고 화사한 미소를 띤 여인이 모습을 드러냈다. 키가 크고 우아해서 마치 인간계로 내려온 여신 같았다. 또한 아주 근육질이기도 했다. 팔과 허벅지에서 근육이 위협적으로 불끈거렸다. 오언은 그녀가 매일 아침 식사 전에 자신이 한 달 동안 하는 분량에 맞먹는 앉았다 일어서기를 해치울 거라고 생각했다.

"어서 오세요, 무엇을 도와드릴까요?" 그녀가 말했다.

오언은 여러 가지를 생각했지만 우선 당면한 일에 집중하기로 했다. "지배인을 만나야겠소." 그는 짐짓 단호하고 명령조로 말했다.

"그러세요." 여신은 여전히 크게 미소 짓고 말했다. "들어오세요."

그녀는 물러서며 길을 내주었다. 오언은 당당하게 그녀를 지나치려 했으나 순간 그녀가 깊은 숨을 들이마시면서 풍만한 가슴이 거의 그의 얼굴까지 와 닿자 정신이 아득해졌다. 그는 재빨리 리셉션으로 가서 조용히 숨을 돌렸다. 뒤에서는 헤이즐이 별로 마음에 안 든다는 듯 코웃음을 치는 소리가 들렸다. 헤이든맨은 조용했다. 문 닫히는 소리가 들리고 여신이 다시 그들에게 다가왔다. 그녀는 또다시 아찔한 미소로 그들에게 호의를 보이고 편안한 자세를 취하며 근육질 몸매를 뽐냈다.

"편안히 계세요." 그녀는 매력적으로 말했다. "오셨다고 지배인에게 전하겠습니다."

그녀가 매끈한 동작으로 돌아서 가버리자 그제야 오언은 고른 숨을 쉴 수 있었다. 그는 토비아스 문을 바라보았다.

"그녀는 아주 따뜻한 가슴을 가졌군요."

"훌륭한 삼각근이군요." 헤이든맨이 말했다.

"그만 침 흘리는 것 좀 멈춰요." 헤이즐이 싸늘하게 말했다. "그녀가 우리 뒤에서 문을 잠가버렸는데 어떻게 생각해요? 만약 그녀가 당신 정체를……"

"안심해요." 문이 말했다. "내가 있잖소."

헤이즐은 우려스러운 눈초리로 그를 바라보았다. "당신의 배터리는 괜찮나요?"

"어떤 일이 닥쳐도 감당할 만한 파워가 아직은 남아 있소."

헤이즐은 코웃음을 쳤다. "당신이 그렇게 강한 존재라면 어떻게 여기까지 전락하게 된 거죠?"

"내가 사람을 너무 믿었소." 문이 말했다. 그의 비인간적인 목소리에서 무인가 회힌 같은 것을 발견하고 헤이즐은 묻기를 그만두었다.

오언은 리셉션 주변을 살폈다. 그것이 지금 할 수 있는 가장 안전한 일이었다. 헤이든맨은 가만히 서 있는 것만으로도 위압감을 주었다. 오언은 이미 그와 한 시간 이상 동행했지만 전혀 편안함을 느낄 수 없었다. 문에게는 언제든지 공격과 살인을 감행할 수 있는 자세가 항상 도사리고 있는 듯했다. 오언은 그것에 대해서는 당분간 생각하지 않기로 하고 리셉션을 살피는 데 집중했다.

그는 비웃을까 하다가 겸손하게 웃어버리는 선에서 그쳤다. 올림퍼스의 패션 감각은 최소한 20년은 뒤처진 것이었다. 가구는 실용성보다 멋을 부리기 위해 디자인되었지만 문제는 멋도 없다는 것이었다. 오언은 앉아 있기를 포기했다. 의자가 허리 아래에 아주 안 좋은 영향을 주었다. 여신과는 다른 방식으로……

그의 생각이 엉뚱하게 흘러갈 때 리셉션 저쪽 끝에서 문이 활짝 열리면서 한 거인이 들어왔다. 곧 오언은 그 새로운 인물이 사실은 그렇게 크지 않다는 것을 알아챘다. 커봐야 2미터를 넘지 않았는데 근육 덩어리 때문에 무척 커 보였던 것이다. 그의 몸은 믿을 수 없을 정도로 잘 다듬어져 있었다. 몸의 모든 곳에 근육이 들어차 있었다. 오언은 자기 몸에도 그런 근육이 만들어질 수 있을지 의문스러웠다. 그자는 아기 때부터 역기를 들었을 게 확실했다. 그가 걸을 때 출렁이는 근육을 보며, 오언은 그가 힘들이지 않고서도 움직일 수 있다는 것이 놀라울 지경이었다. 거인은 그들에게 다가와 짧고 사무적인 웃음을 보였다. 오언은 그가 꽤 잘생겼다는 것을 알고 다시 한 번 놀랐다. 거인은 잘 발달된 근육을 과시하기 위해서인지 꽉 끼는 바지만 입고 상체는 드러내고 있었기 때문에 사실 처음에 얼굴은 눈에 잘 들어오지 않았다. 오언은 헤이즐이 거인에게 드러내놓고 매료되어 집어삼킬 듯한 눈으로 쳐다보고 있는 것이 계속 거슬렸다. 그는 코웃음을 쳤다. 근육보다 더 중요한 것이 있는 법이다.

그는 거인의 주의를 끌기 위해 공손히 기침을 했다. 거인이 그의 앞에 멈춰 섰다. 오언은 궁지에 몰린 느낌이었다.

"저는 톰 세프카입니다." 거인은 오언의 뼈를 진동시킬 만큼 낮은 목소리로 말했다. "올림퍼스 헬스 스파의 지배인이자 사장입니다. 뭔가 중요한 일로 오신 것 같군요. 델리사는 보통 저를 잘 방해하지 않는데 이번에는 헤이든맨이 그녀에게 강한 인상을 준 것 같습니다." 그는 문을 유심히 쳐다보았다. "혹시 돈을 빨리 버는 일에 관심이 있으시면 당신을 고용할 만한 사람을 소개해줄 수 있습니다."

"고맙소." 문이 말했다. "하지만 난 놀 때 자꾸 물건을 망가뜨리는 버릇이 있어서."

세프카는 그의 비인간적인 목소리에 놀란 듯 눈을 껌벅이며 오언을 향했다. "그런데 무엇을 도와드릴까요?"

"조브 아이언핸드라는 사람을 찾고 있어요." 헤이즐이 약간 코맹

맹이 소리로 말했다. "그와 긴히 할 얘기가 있거든요."

세프카는 얼굴을 찡그렸다. "고작 그것 때문에 날 불러냈단 말입니까? 그에게 원하는 게 도대체 뭔데요?"

"그가 사장이거나 동업자일 거라고 생각했소." 오언이 말하자 세프카는 불쾌한 듯 웃었다.

"전혀요. 조브를 만나고 싶다고요? 저기 뒤에서 허드렛일을 하고 있을 겁니다. 원한다면 그와 얘기를 나누세요. 하지만 일을 방해하지는 마세요. 그리고 끝나거든 나 좀 봅시다. 당신들 모두 좀 제대로 된 곳에서 운동을 해야 할 것 같군요."

오언은 신중하게 물었다. "허락도 없이 다가가면 그가 싫어하지 않겠소?"

"그가 꺼릴 게 뭐 있겠습니까?" 세프카가 말했다. "그냥 잡역부일 뿐인데. 저 문으로 나가 두 번째 복도에서 오른쪽으로 돌아가면 그를 찾을 수 있을 겁니다. 그와 용건이 끝나거든 샤워실 바닥청소 좀 하라고 일러주세요."

그는 고개를 끄덕이고 돌아서서 다시 리셉션 끝 쪽 문 안으로 사라졌다. 오언은 그가 걸을 때 바닥이 흔들리지 않는 것이 이상하다고 여겼다. 헤이즐은 세프카가 사라지는 것을 허기진 눈으로 쳐다보았다. 오언은 약간 짜증이 났다. 세프카는 그렇게 대단하지 않다. 아마도 그는 두뇌가 있을 자리에도 근육이 들어차 있을 것이다.

"나중에 그를 다시 볼 수 있겠지요." 헤이즐이 말했다. "정말 내 몸을 그의 손에 맡기고 싶군요."

"잠시 동물적 욕구는 접어두고," 오언이 냉소적으로 말했다. "조브를 찾아 여기서 도대체 무슨 일이 일어나고 있는지 알아봐야 하오.

아브락사스가 뭔가 실수한 듯하오. 랜덤은 이 스파에 있는 다른 사람일 거요."

"그 사람과 한 시간만 있게 해줘요. 그에게 절대로 잊을 수 없는 동물적 욕구를 보여줄 테니." 헤이즐이 말했다.

"근육이 전부가 아니지요." 문이 말했다.

"내 말이 그거예요." 헤이즐이 말했다. "내가 관심 갖는 것은 그의 근육만이 아니에요."

"여기서 차가운 물로 샤워할 수 있을지 모르겠군." 오언이 말했다.

"가서 조브 아이언핸드를 만나봅시다." 문이 중재하듯 말했다. "그다음 살아 있는 전설이 잡역부로서 무엇을 하고 있는지 알아내봅시다."

"정규직이군요." 헤이즐이 말했다. "보수도 좋을 거예요."

문이 돌아보며 말했다. "잡역부는 많이 벌지 못하오."

헤이즐은 어깨를 으쓱했다. "직업적 혁명가도 일거리가 없을 때는 정직한 일에 종사해서 먹을 걸 벌어야 하나보지요."

"위장취업하고 있는 거요." 오언이 단언했다. "제국의 첩자들이 수색하고 있는 동안 신분을 감추고 있는 거지. 이해가 되는군."

그는 다른 사람들의 동의를 기다리지도 않고 문으로 향했다. 문은 타일이 깔린 복도와 연결되어 있었고, 그들은 감량실, 증기실, 샤워실이라는 표지가 붙은 방들을 지났다. 오언은 들은 대로 두 번째 복도에서 오른쪽으로 돌았다. 벽에 손으로 쓴 표시에 따르면 라커룸으로 가는 길이었다. 오언은 경쾌한 걸음걸이로 앞으로 향하며 그가 들은 것이 의미하는 바를 생각하지 않으려 애썼다. '잭 랜덤, 바로 그 잭 랜덤이 이런 곳에서 잡역부로 일하고 있다고? 뭔가 잘못되었거나 위장

이거나…… 아니면…… 도대체 알 수가 없군.'

라커룸은 평범했다. 여느 곳처럼 휑뎅그렁하고 땀과 화장품 냄새가 물씬 풍겼다. 대부분의 라커가 텅 빈 채 열려 있는 것을 보니 스파의 사정을 알 만했다. 안으로 들어서자 싸구려 탈취제 냄새가 코를 자극했다. 반대쪽 문이 열리고 한 남자가 대걸레와 물동이를 들고 들어왔다. 키는 170센티미터 정도였고 주름진 얼굴과 회색빛의 성긴 머리카락으로 볼 때 육십대 후반으로 보였다. 그는 얻어 입은 듯한 헐렁한 작업복을 걸쳤고 몇 끼 굶은 듯한 얼굴을 하고 있었다. 손은 떨렸고 얼굴은 창백해 건강이 안 좋아 보였다.

오언은 안도의 한숨을 내쉬었다. 그가 누구든 간에 잭 랜덤은 아니다. 이 헐렁한 작업복 속의 조그만 사람은 아마도 검을 어느 쪽으로 잡아야 하는지조차 모를 것이다. 스파의 규모로 보건대 두 명 이상의 잡역부가 필요할 것이고 그러니 다른 또 한 명이 있을 것이다. 그 잡역부는 오언과 동료들을 공허한 눈빛으로 쳐다보았으며 그의 짓무른 눈에는 우수가 배어 있었다.

"여기서 뭐하시는 겁니까? 라커룸은 닫혔는데요."

"성가시게 해드려 죄송합니다." 오언은 품위 있게 말했다. "조브 아이언핸드 씨를 찾고 있습니다. 어디 계신지 아십니까?"

잡역부는 그를 쳐다보며 눈을 껌벅였다. "접니다. 제가 조브 아이언핸드입니다. 무슨 용무시지요?"

헤이즐이 문에게 말했다. "저 사람이 정말 저렇게 말할 줄 몰랐죠?"

오언은 입이 쩍 벌어지는 것을 느끼고 얼른 닫았다. 실수가 있었을 것이다. 이 사람이 잭 랜덤일 리는 없다. 애당초 나이조차 틀렸다. 잭 랜덤은 수백 개의 행성에서 직업적 혁명가로 추앙받은 인물이다. 대걸레와 물동이도 간신히 들고 있는 이 쪼그라들고 비틀어진 노인네가 그 사람일 리는 없다.

"그 사람이 아니에요." 헤이즐이 말했다. "내 말은…… 그를 좀 보세요."

"이번에는 당신 말이 옳은 듯하오." 오언은 무겁게 탄식하듯 말했다. "우리가 길을 잘못 든 것 같소. 나갑시다."

"내가 알기로는 당신은 잭 랜덤을 원했던 것 같은데." 토비아스 문이 끼어들었다. "이자가 바로 그 사람이오."

오언과 헤이즐은 동시에 헤이든맨을 쳐다보았다. "왜 그렇게 생각하지요?" 헤이즐이 물었다.

"콜드록 행성에서 그의 옆에서 싸운 적이 있소. 개조인간 몇이 경험삼아 그의 군대에 합류했고 나도 그중 하나였소. 나는 참모회의에서 여러 번 잭 랜덤을 직접 본 적이 있기 때문에 그의 얼굴을 기억하고 있소."

헤이즐은 잡역부를 돌아보았다. "이 뼈만 앙상한 분이 콜드록에서 제국의 친위부대를 능멸했다고요? 그럴 리가요."

"맙소사!" 잡역부가 짤막하게 신음했다. "당신들, 날 따라오는 게 좋겠소."

그들 모두 깜짝 놀라서 그를 쳐다보았다. 그의 목소리가…… 돌변한 것이다. 그는 물동이와 대걸레를 내려놓고 작업복 주머니에서 찌그러진 은색 병을 꺼냈다. 그러고는 힘겹게 뚜껑을 열고 오랫동안 꿀꺽꿀꺽 마셨다. 면도하지 않은 앙상한 목에서 목울대가 꿀렁거렸다. 그는 병을 내리고 깊은 한숨을 내쉬며 마개를 조였다. 손은 이제 전처럼 심하게 떨리지 않았다. 눈매는 날카로웠다. 그가 오언과 헤이즐을 바라본 후 돌아서서 들어온 문으로 나가자 다른 사람들도 서둘러 그를 따랐다.

그는 뒤돌아보지도 않고 복도를 가로질러 어둠 속에 숨겨진 문을 밀어서 열었다. 그러고는 물러나면서 세 사람에게 들어가라고 손짓했다. 안으로 들어선 그들은 그곳이 보일러실이지만 숙소로도 이용되고 있다는 것을 알아챘다. 보일러 옆의 공간 대부분은 간이침대가 차지하고 있었고 그 위에는 낡은 담요가 아무렇게나 흐트러져 있었다. 아이언핸드는 그 위에 주저앉으며 안도의 한숨을 내쉬었다. 오언은 의자를 찾아보았지만 발견할 수 없었다.

"문 닫고 앉으시오." 잡역부가 성마르게 말했다. "산만하잖소."

오언은 문을 닫고 다리를 어색하게 끌어안으며 바닥에 주저앉았다. 헤이즐은 그 옆에 편안하게 양반다리로 앉았다. 문은 열중쉬어 자세로 가만히 서 있었다. 오언은 잡역부를 뚫어지게 쳐다보며 저 보잘것없는 사람에게서 뭔가 전설적인 투사의 흔적을 발견하려고 애썼다. 잡역부가 놀랍도록 안정된 시선으로 그를 되쏘아보자 그는 자기 앞에 마주 앉은 사람이 아까보다는 훨씬 인상적인 사람이라는 생각이 들었다. 그의 등은 꼿꼿했으며 손은 떨리지 않았고 면도하지 않은 얼굴에서는 새로운 힘이 느껴졌다.

"꽤 잘 숨어 지냈다고 생각했는데……" 그는 우울하게 말했다. "어떻게 내 이름을 알았는지부터 물어봅시다."

"아브락사스 정보센터요." 오언이 대답하자 잡역부는 짜증스러운 듯 신음했다.

"그 망할 텔레패스들이 사방을 휘젓고 다닌다니까. 또 옮겨야 할 것 같군. 옮기는 게 서운할 건 없지. 여기는 쓰레기 같고 일도 지저분하니까. 사장은 이 방의 임대료도 공제하고 있다오, 이해되시오? 안 그럴 것같이 생겨가지고. 뭐, 내 삶이 더 나빴던 적도 많았지. 인생의 대부분을 도망자로 살았으니. 사람들은 항상 도망가라고 말하고. 잠잘 곳은 항상 찾기 어려웠고, 물가는 하늘 높은 줄 모르고 치솟고 있지." 그는 잠시 말을 멈추고 다시 병에서 한 모금 마셨다. 그러고는 얼굴을 찌푸리며 마개를 단단히 닫았다. "한때는 나도 장화 닦을 때 말고는 이런 싸구려 독주는 거들떠보지도 않은 적이 있지. 선택의 여지가 없을 때 사람이 적응해가는 것을 보면 참으로 놀랍네그려. 최고급 와인이나 브랜디, 부글거리는 샴페인…… 뭐 그런 것들만 마셨는데. 물론 다 지나간 얘기지만."

"정말 잭 랜덤이십니까?" 오언은 의심을 감추지 않고 물었다.

"전에 그랬소. 하지만 지금은 조브 아이언핸드요. 옛 친구 이름에서 따왔지. 그는 대를 이을 자식도 없이 아주 오래전에 죽었어. 그래서 그의 이름을 사용해도 그가 싫어하지 않을 거라 생각했지. 죽은 사람에게는 예의를 지켜야 하오. 그렇지 않아도 이미 내게는 많은 유령들이 붙어 있거든." 그는 말을 멈추고 문을 올려다보았다. "당신을 기억하지 못하겠어. 나는 너무 많은 싸움터에서 너무 많은 군대를 이끌었거든. 콜드록은 악몽이었지. 결국 우리 편 대부분이 제국함정의 습격에 쓸려가버리고 나만 간신히 목숨을 건졌으니까. 계속 도망쳤지만 그들은 결국 나를 체포하더군."

그는 다시 멈췄고 그의 눈은 회상에 젖어들었다. 오언은 앞으로 몸을 숙이며 물었다. "붙잡혔다고요? 그 뒤로 어떻게 됐지요?"

"날 망가뜨려놓았지." 한때 잭 랜덤이었던 사람이 말했다. "고문하고, 약을 놓고, 마인드테크, 에스퍼…… 아주 오랫동안 못살게 굴면 누구나 망가질 수밖에 없어. 게다가 그때 나는 이미 아주 피곤한 상태였으니까……"

"그런데 어떻게 탈출한 거죠?" 헤이즐이 물었다.

"내가 한 게 아니오. 제국은 나의 전향을 대대적으로 선전하는 쇼를 준비했지. 내 앞에 홀로그램 카메라를 들이대고 내가 나의 동지들과 신념을 비방하는 장면을 방송하는 뭐 그런 거, 알고 있지? 아마 나는 시키는 대로 했을 거야. 그들이 이미 철저히 나를 망가뜨렸으니까. 다행히도 나를 포기하지 않은 클론지하동맹의 몇몇 동지들이 침투해 나를 구해냈소. 그들이 그렇게까지 할 필요는 없있는데. 그날 아무런 힘도 이상도 남아 있지 않은 패배자인 한 늙은이를 구해내기 위해 너무 많은 훌륭한 동지들이 희생되었어. 그들이 나를 구해 가명으로 배에 태웠고, 결국 나는 여기에 와 있는 거지. 달리 갈 데가 없는 사람들이 최후로 찾는 이곳에. 그러니까 만약 당신들이 위대한 전사, 전설적인 직업적 혁명가를 찾아 여기까지 온 거라면 시간낭비한 거요. 그는 몇 년 전 골고다의 고문실에서 죽었어.

나를 보시오. 마흔일곱 살이지만 두 배는 늙어 보일 거요. 몸은 아직도 세포들에 가해진 고통을 기억하며 이렇게 손이 벌벌 떨리고 기억은 엉망이 돼버렸어. 마인드테크가 날 이렇게 만들었지. 그러니 다른 데 가서 당신들 구세주나 지도자, 또는 뭐든지 당신들이 필요하다고 생각하는 사람을 물색해보시오. 나는 당신들이 원하는 사람이 아닌데다 그렇다 하더라도 도움이 안 돼."

"당신의 신분을 증명할 게 있습니까?" 오언이 물었다. "오래된 전리품이나 기념품 같은 거요?"

"없소. 신속하게 움직이려면 짐을 줄여야지. 그게 내 방식이오. 그리고 나는 당신들이 나를 믿건 말건 신경 쓰지 않소. 부탁인데 날 그냥 내버려두시오."

오언은 자기 앞의 남자를 바라보며 어린아이같이 유치한 실망감을 느꼈다. 어린 시절 아버지가 위대한 혁명가 잭 랜덤에 대해 들려주곤 했다. 오언은 성장한 후 잭 랜덤의 진실을 탐구하는 것으로 역사가로서의 경력을 시작했는데 오히려 전설을 뛰어넘는 진실을 발견했던 것이다. 잭 랜덤은 실제로 소문에서 말하는 모든 것을 다 했을 뿐만 아니라 그보다 더 많을 것을 이루었다. 백여 개의 행성에서 제국에 대항해 싸워 패하기도 했지만 결코 굴복하지 않았다. 아버지의 많은 수상한 친구와 지인들 중에서 잭 랜덤만큼은 오언도 존경한 인물이었다.

"제 아버지를 기억하십니까?" 오언이 불쑥 물었다. "제 이름은 오언 데스스토커입니다."

"그렇소, 그를 기억하지. 훌륭한 전사이자 영리한 책략가이기도 했어." 랜덤은 오언을 빤히 쳐다보았다. "당신이 여기 온 걸 보니, 그가 죽었다는 생각이 드는데?"

"그렇습니다. 거리에서 살해당했습니다. 반역자라고. 이제 제가 가문을 대표합니다. 적어도 제국에 붙잡힐 때까지는. 저는 수배되었습니다. 작위와 재산은 몰수되었고요."

랜덤은 그를 유심히 쳐다보았다. "아버지의 반지를 가지고 있소? 왜인지 설명하지는 않았지만 그 반지가 중요한 것이라고 항상 말하곤 했어. 당신 아버지는 길게 설명하기를 싫어했지."

"가지고 있습니다. 다만 말씀드릴 수 있는 것은 그냥 반지일 뿐이라는 겁니다."

반지를 내밀자 랜덤은 잠시 살펴보더니 다시 간이침대에 앉았다. 그는 또다시 병마개를 만지작거렸지만 더 마시지는 않았다.

"선친의 죽음은 유감이오. 많은 친구들을 잃었지만 여전히 익숙해지지 않는구려. 아버지를 닮았군, 알고 있소? 무슨 계획이라도 있소, 아니면 무턱대고 도망 다니는 거요?"

"물론 계획이 있습니다, 있고말고요." 오언은 다소 방어적으로 답했다. "합류하실 의향이 있습니까?"

"아니오. 하지만 내게 전혀 선택권이 없는 듯하오. 댁들이 나를 찾았다는 것은 다른 사람도 그럴 수 있다는 것 아니겠소? 내가 별로 쓸모는 없을 거요, 데스스토커. 하지만 미력이나마 보태보리다."

"잠깐 얘기 좀 나눌까요, 오언?" 헤이즐이 그의 팔을 세게 붙잡아 당기며 말했다. 그는 어쩔 수 없이 그녀에게 이끌려 복도로 나왔다. 그는 팔을 뿌리치고 뒷문을 조심스럽게 닫았다.

"미쳤어요?" 헤이즐이 말했다. "우리는 저런 약골을 모시고 다닐 여력이 없다고요! 그는 우리를 지체시킬 뿐이에요. 아직 그가 누구인지조차 확실치 않잖아요."

"그가 누구인지는 그렇게 중요치 않소." 오언이 말했다. "그의 이름만으로도 우리의 대의에 사람들을 모을 수 있을 거요. 사람들은 나나 당신을 위해서는 손가락 하나 까닥하지 않겠지만 그를 위해서는 목숨을 바쳐 싸울 거요."

"하지만 그는 잡역부예요!"

"그게 어떻다고요, 헤이즐? 여기에 만약 속물이 있다면 그것은 바로 나일 거요. 그리고 당신도 미스트포트에서의 전력을 생각한다면 비난할 입장은 아닌 것 같소만."

헤이즐은 얼굴을 찌푸렸다. "무슨 말을 하는 거예요?"

"글쎄, 사이더의 말로 추정해보건대 당신은…… 밤의 여인 아니었소?"

"밤의…… 당신 머리를 뽑아내고 목구멍에 오줌을 갈겨야겠군요. 나는 절대 창녀가 아니었어요."

"그럼 뭐였소?"

"꼭 알고 싶다면 말해주죠. 아가씨들의 하녀였어요!" 헤이즐은 자신이 소리 지르고 있다는 것을 깨닫고 다시 목소리를 낮추었다. 그녀의 뺨은 열기에 들떠 있었다. "그런 식으로 볼 필요 없어요. 아주 정당한 직업이었고, 당시엔 일자리가 아주 귀했다고요."

"그러면…… 왜 그만두었소?"

"아가씨들이 너무 자주 바닥을 닦으라고 시키는 바람에 죽통을 날리고 경찰이 오기 전에 은붙이를 좀 챙겨서 달아났지요. 이제 만족하시나요?"

"훌륭하오. 언제라도 의지할 수 있는 전문기술이 있다는 것은 아주 좋은 일이오. 다시 어려워지면 언제라도 나한테 와요. 내가 고용해줄 수 있을 거요."

"차라리 굶어죽겠어요." 헤이즐이 말했다. "아뇨, 차라리 당신을 죽이겠어요."

"아이언핸드!" 그들 모두 고개를 돌려 톰 세프카가 거구를 이끌고 복도를 쿵쿵거리며 다가오는 것을 보았다. 그들은 그가 도착하자 즉시 물러섰고 그는 잡역부의 방문을 주먹으로 두드렸다. "아이언핸드, 이 게으름뱅이야, 빨리 나와. 단골손님들이 샤워하려고 기다리고 계신데 아직 청소도 안 해놨잖아. 똥줄에 불이 나도록 당장 뛰어가지 않으면 너는 모가지야!"

그는 돌아서서 오언과 헤이즐을 쳐다보았다. "당신, 밖으로 나가겠다는 생각을 접는 게 좋을걸. 당신이 누군지 이제야 소문이 들리더군, 데스스토커. 누군지 알았다면 애초에 당신들을 들이지도 않았을 거야. 사냥꾼들이 떼거지로 몰려와서 여기를 피바다로 만드는 것은 정말 싫거든. 총이나 칼을 뽑기만 해봐, 팔을 어깨에서 뽑아버릴 테니까. 당신 목에 걸린 현상금이 나를 부자로 만들어줄 거야, 데스스토커. 당신과 당신 동료들은 이제 내 거야. 설마 나를 이길 수 있을 거라고 생각하는 건 아니시지?"

그는 의미심장하게 근육들을 씰룩거려 보였다. 오언은 생각해보았다. 자신은 지금 지쳤고 여전히 회복 중이었다. 세프카는 정말로 덩치가 컸다. 또 한편으로 세프카가 그의 손을 잡기 전에 그가 총을 뽑을 수 있다고 하더라도…… 세프카는 덩치에 비해 아주 빨라 보였다. 헤이즐이 그의 복수를 해줄지도 모른다. 하지만 그 생각도 별로 위안은 되지 않았다.

그가 여전히 대답을 궁리하고 있을 때 문이 삐걱 열리며 랜덤이 복도로 나왔다. 랜덤은 곧장 세프카에게 다가가 눈을 정면으로 쏘아보더니 세프카의 음낭을 힘껏 틀어쥐었다. 그가 득의의 웃음을 띠고 손에 힘을 더하자 세프카는 사색이 되면서 그 자리에 주저앉았다. 랜덤은 마지막으로 주먹 쥔 손이 허옇게 될 때까지 다시 한 번 힘을 넣었다가 풀고 방으로 들어가 대걸레를 들고 나왔다. 오언의 눈에는 눈물이 고였다. 세프카는 긴 대걸레 자루가 무서운 속도로 얼굴로 날아오는 것을 보았다. 그것이 만약 칼날이었다면 목이 복도 바닥에 뒹굴었으리라. 그의 관자놀이에서 둔탁한 충격음이 울리고 거인은 의식을 잃고 바닥에 고꾸라졌다. 아마도 그렇게 고통을 잊는 편이 나을지도 모른다고 오언은 생각했다. 랜덤은 걸레자루를 검처럼 늘어뜨리고 기대섰다.

"절차상 말해두겠는데, 나는 때려치우겠어." 그는 대걸레를 방으로 던졌고 그것은 마침 걸어 나오던 토비아스 문을 살짝 비껴갔다. 랜덤은 쓰러진 사내를 보며 불쾌한 듯 웃었다. 습관적으로 짓는 표정 같았다. "내 실력이 아직 완전히 녹슬지는 않았군. 자, 이제 누군가 쫓아오기 전에 여기를 뜹시다. 어디로 갈지는 나중에 정하도록 하고." 그는 숨을 크게 들이쉬었다. "피를 돌리는 데 약간의 폭력만큼 좋은 것도 없군. 이제야 사람이 된 것 같소. 나의 은퇴를 방해할 만큼 훌륭한 이유가 있었기를 바라오, 데스스토커. 조용히 파묻혀 지내는 것도 나쁘지 않았거든. 부탁도 없고 책임도 없으니. 이제 당신들이 나를 깨웠고 나는 쉽게 잠들지 못하오. 내가 다시 뭔가를 마지막으로 추구해야 한다면 그것은 수고에 걸맞은 충분한 가치를 지니고 있어야 할 거요."

"우리와 함께하면 당신이 원하는 모든 활약 그 이상을 할 수 있을 겁니다. 이제 우리는 제국에 대항하는 겁니다. 죽음과 영광의 갈림길이지요. 당신에게는 항상 그래왔겠지만."

"그렇소, 바로 그런 거요." 랜덤이 말했다.

올림퍼스 스파의 바깥은 안개가 더욱 짙어졌고 세상은 온통 잿빛으로 고요했다. 오언은 불안한 듯 주변을 살폈다. 안개 속에는 암살자들이 몇 명이든 도사리고 있을 수 있었다. 제발 그들도 앞을 분간하지 못하고 방향을 잃기를 바랄 뿐이었다. 헤이즐은 좌우를 살피며 기분이 안 좋은 듯 얼굴을 찌푸렸다.

"길을 잃었다고 말하려는 건 아니겠지?" 오언이 물었다. "그것만 아니라면 다 좋소."

"여긴 하도 오랜만에 와봐서요." 헤이즐은 방어적으로 말했다. "안개 때문에 더 헷갈리네요. 당신 몸속에 나침반을 가지고 있다고 들은 것 같은데요."

"오, 물론 내가 어디 있는지는 알고 있소." 오언이 말했다. "모르겠는 것은 다른 것들은 어디 있는가 하는 것이오. 북쪽방향을 가리켜줄 수는 있소, 도움이 된다면 말이오."

"따라오세요." 헤이즐이 말했다. "그리고 잘 붙어요. 이런 안개 속에서는 길을 잃고 서로 떨어져 헤매기 십상이니까. 서로를 찾느라 시간낭비할 필요는 없겠지요."

그녀는 스파에서 출발해 한 손을 뒤로 들고 천천히 조심스럽게 걸었다. 오언은 거의 그녀의 발뒤꿈치를 밟을 정도로 바싹 따라붙었다. 랜덤이 그 뒤를 따르고 문이 제일 뒤에 섰다. 그들이 걸어가는 동안 골목 양편의 특징 없는 회색 벽은 서서히 안개 속으로 사라져갔다. 유일하게 들려오는 소리는 그들의 눈 밟는 소리였다. 오언은 긍정적으로 생각해보려 애썼다.

"특별한 경우가 아니라면 추격자들도 우리만큼 힘들겠군. 이런 안개 속에서는 서로 마주쳐 지나가도 알 수 없을 것 같소."

"그들이 당신 목소리를 못 듣는다면요." 헤이즐이 말했다. "그리고 그들에게 에스퍼가 없다면 그렇겠지요."

"맞소." 오언이 말했다. "더 기분 좋게 해주시지 그러오." 그는 헤이든맨을 쳐다보았다. "당신은 어떻소, 문? 당신의 훌륭한 눈에 뭐 좀 들어오는 게 있소?"

"안개뿐이오." 문이 짧게 대답했다. 그러고는 돌연 멈춰 서더니 한쪽 방향으로 고개를 약간 틀었다. 다른 사람들도 발길을 멈추고 그를 돌아보았다.

"무엇이오?" 오언이 물었다.

"저쪽에 뭔가 있소." 개조인간이 말했다. "눈 밟는 소리가 들리오."

"어느 쪽이오?" 광선총을 꺼내 들며 오언이 재빨리 물었다. "방향을 일러주시오."

그때 키 큰 인물 하나가 안개 속에서 서서히 모습을 드러냈다. 오언은 걸음을 딱 멈추고 총을 들어 올리다가 아까 스파에서 본 여신이라는 것을 알아채고 다시 내렸다. 그녀는 두 손을 펴 아무것도 없음을 보여주면서 매력적인 미소를 띠고 그에게 다가왔다. 그때 문이 황금색 눈을 번쩍이며 앞으로 나서서 말했다.

"이것은 홀로그램이오. 누군가 저쪽 뒤편에 있소."

오언은 다시 민첩하게 총을 들어 올려 발사했다. 에너지빔이 여신을 그대로 통과해 뒷벽에서 폭발하자 홀로그램은 사라졌다. 오언은 안개 속에서 뭔가가 휙 움직이는 것을 보았다고 생각했다. 그 순간 에너지빔이 옆을 스쳐 지나갔고 그는 즉시 엄폐물을 찾아 몸을 던지며 다른 사람들에게도 숨으라고 외쳤다. 오언은 홀로 벽에 기대어 최대한 몸을 웅크렸다. 총을 왼손으로 옮기고 검을 빼들었다. 앞으로 2분 동안 재충전될 때까지 그와 적의 총은 무용지물일 것이다. 그것은 칼싸움을 의미했다. 적이 총을 두 자루 가지고 있지 않다면 말이다. 또는 총을 가진 다른 녀석이 있지 않다면. 오언은 속으로 욕을 해대며 정적 속에 귀를 기울였다. 홀로그램은 훌륭한 속임수였다. 거의 속을 뻔했다. 미스트월드에서 그런 고차원적인 기술을 만나리라고는 상상도 못 했다.

그는 방향을 잃지 않기 위해 한쪽 어깨를 벽에 기대며 천천히 앞으로 나섰다. 조심했지만 장화로 눈 밟는 소리를 내고 말았다. 아예 느낄 수조차 없을지도 모를 에너지빔이나 칼날을 생각하자 등골이 오싹해 왔다. 그는 부스트를 할 엄두를 내지 못했다. 이렇게 빈번하게 사용할 수는 없었다. 게다가 앞서의 부상으로 한층 몸이 허약해져 있었다. 밤에 충분히 자고 고단백 식사를 하는 것만이 몸을 온전히 회복하는 길이었지만 추격자들이 그렇게 오래 기다려줄 거라고는 물론 기대할 수 없었다. 개자식들. 그가 수배자가 된 것을 알고 난 후 한 일이라곤 계속 숨고 도망치는 것밖에 없는 것 같았다. 그 생각에 부아가 치밀었다. 그는 주변을 분주히 살폈지만 보이는 것은 무심한 안개뿐이었다.

그때 커다란 무언가가 위에서 그를 덮쳤다. 그는 눈 위에 널브러졌다. 한 손을 몸 아래로 끼워 넣고 몸을 굴려 간신히 공격자에게서 벗어났다. 다시 일어섰을 때 중간 키의 여인이 대부분 하얀 털로 뒤덮인 검은 가죽옷을 입고 앞에 서 있었다. 안개 속에서 그녀를 발견할 수 없었던 게 당연했다. 모피가 완벽한 위장효과를 냈던 것이다. 그녀의 얼굴은 갸름하고 창백했으며 검은색 단발에 헬멧을 쓰고 쏘아보는 듯한 검은 눈을 지니고 있었다. 그녀는 능숙한 자세로 검을 들었으며 보일 듯 말 듯한 미소는 차가우면서도 여유만만하게 느껴졌다.

곧 그녀가 검을 그의 심장에 겨누며 덮쳐왔다. 그는 즉각 검을 들어 올려 공격을 막아낸 후 몇 차례 검을 부딪치며 상대의 기술을 가늠해보았다. 자신이 검술의 달인과 맞서고 있다는 것을 금방 알아챌 수 있었다. 그런데 더 놀라운 것은 자신이 별로 두려워하지 않는다는 점이었다. 이것은 적어도 그가 선호하는 종류의 싸움이다. 일대일로 정면대결하는 것. 그는 얼굴 없는 추격자와 기습에 지쳐 있었다. 적어도 공격할 수 있는 적을 원했다. 적은 의심할 바 없이 훌륭했다. 하지만 그는 데스스토커이고 곧 그녀는 그것이 무엇을 의미하는지 알게 될 터이다.

그들은 미끄러운 눈 위에서 발을 구르고 앞뒤로 오가며 허점을 노리고 검을 부딪쳤다. 오언은 자신의 모든 힘과 기술과 전략을 구사하고도 여전히 상대의 매서운 공격에 수세에 몰렸다. 강렬한 부스트의 유혹이 일었지만 참았다. 몸 상태도 걱정되었지만 공격자 한 명을 처리하지 못해 부스트에 의지한다는 것이 자존심 상했기 때문이었다. 그는 스스로를 전사로 생각해본 적은 없지만 제국에서 가장 탁월한 사범의 지도를 받은 것만은 사실이었다.

그는 앞으로 돌진해 그의 힘과 속도로 그녀를 후퇴하게 만든 후 그녀의 검을 옆으로 비끼면서 어깨로 세차게 들이받았다. 그녀는 헉 소리를 내며 뒤로 튕겨져 나갔다. 곧이어 공중으로 몸이 붕 떠올랐다가 다져진 눈 바닥에 그대로 곤두박질쳤다. 오언은 즉시 다가가 그녀가 검을 들어 올리지 못하도록 팔목을 발로 밟았다. 그녀는 다른 손으로 광선총을 잡으려 했으나 오언이 먼저 총을 들이댔다. 그녀는 포기한 듯 드러누웠으나 패배는 인정치 않고 오언을 노려보았다. 그녀가 말을 시작했을 때 목소리는 차고 흔들림이 없었다.

"어서 끝내."

오언은 놀라서 주춤했다. 그것은 열띤 싸움 중에 누군가를 죽이는 것과는 달랐다. 무장해제된 적을 살해하는 것은…… 제국의 방식이었고, 그는 더 이상 제국의 종복이 아니었다. 하지만 그녀를 죽이지 않는다면 그녀는 분명 다시 일어나 그를 죽이려 할 것이다. 그는 얼굴표정에 드러내지 않으려고 애쓰면서 그런 생각을 하고 있었다. 그때 싸움 소리에 이끌려 그의 동료들이 안개 속을 뚫고 다가왔다. 헤이즐은 쓰러져 있는 현상금사냥꾼을 보고 넌덜머리가 난다는 듯 고개를 가로젓고 말했다.

"오언, 루비 저니와 인사 나눠요."

"물론이지." 오언은 무겁게 말했다. "이런 식일 수밖에 없었어, 그렇지?"

그는 사냥꾼의 손목에서 발을 떼고 한 발 물러섰다. 하지만 총은 여전히 그녀를 겨냥한 채였다. 그녀는 그를 빤히 쳐다보면서 천천히 일어섰다. 오언은 그녀가 어느 모로 보나 아름답다고는 할 수 없지만 뭔가 묘한 매력이 있다는 생각이 들었다. 마치 아름다운 무늬를 가진 치명적인 독사처럼 차갑지만 매력적인 것. 그는 자신의 생각에 놀라서 애써 생각을 지웠다. 그는 아직 그녀를 죽여야 할지 말아야 할지 결정하지 못하고 있었다.

"루비, 도대체 네가 무슨 짓을 하고 있는지 알기나 해?" 헤이즐이 다그치며 물었다. "내가 남긴 메시지를 못 들은 거야?"

현상금사냥꾼은 어깨를 으쓱했다. "현상금이 너무 매력적이더구나. 그리고 내가 그를 과연 잡을 수 있는지 시험해보고 싶었어. 나는 데스스토커를 죽여본 적이 없거든."

"이제 그 생각은 접을 수 있겠구나." 헤이즐이 심상하게 말했다. "우리와 함께하자. 네가 감당할 수 있을 만큼 충분한 싸움과 약탈을 보장해줄게. 우리 모두 끔찍하게 살해될 가능성이 훨씬 높겠지만 만약 성공하기만 한다면 제국의 숨통을 움켜쥐는 거야. 어때?"

루비는 오언을 쳐다보았다. "저 사람은 뭐라고 하는데?"

오언은 총을 내렸다. 하지만 집어넣지는 않았다. "분명히 후회하게 될 줄 알지만…… 당신은 훌륭한 전사요, 루비. 또 한 사람의 전사가 합류하면 좋겠지요."

"그럼 끼지 뭐." 루비가 말했다. "도전의 유혹은 뿌리치지 못하겠거든."

"그녀를 어떻게 믿소?" 문이 물었다.

"믿을 수 없소." 잭 랜덤이 대답했다. "현상금사냥꾼이니까."

"그리고 우리 모두 수배자지요." 헤이즐이 말을 가로챘다. "다른 사람들도 우리를 믿지 못하는 것은 마찬가지예요. 어쨌든 그녀는 내 친구니까 내가 보증할게요. 이의 있는 사람 있어요?"

오언은 이의가 없지 않았지만 말을 자제할 만한 눈치도 있었다. 그는 어깨를 으쓱하고는 총을 치웠다. 그리고 루비 저니에게 웃으며 말했다. "혁명군에 가입하신 것을 환영하오."

그들은 쉽게 선스트라이더 호로 돌아올 수 있었다. 루비와 헤이즐이 도시의 뒷골목을 훤히 꿰고 있었기 때문이다. 그리고 데스스토커가 이제 헤이든맨과 전설적인 잭 랜덤에 아울러 악명 높은 루비 저니까지 동행하고 있다는 소문이 삽시간에 돌면서 대부분의 현상금사냥꾼들이 갑작스런 개과천선의 기회를 얻었고 스스로 그 일에 적합하지 않다는 판단에 이르게 되었기 때문이다. 오언은 배에 오르자마자 재생장치에 들어갔다가 잠시 후 더욱 그다운 모습이 되어 돌아왔다. 그는 새로운 동료들을 이끌고 요트 구석구석을 돌며 배의 호사스러움에 대한 다양한 반응을 즐겼다. 그리고 마침내 모두 손에 따뜻한 것을 한 잔씩 들고 라운지의 안락의자에 모여 앉았다. 헤이즐이 감시의 눈을 피해 도시 어딘가에 은신하자고 제안했으나 오언은 일찌감치 자신은 벼룩이 들끓는 곳에서는 잘 수 없다는 결론을 내려놓은 상태였다.

"좋아, 오즈." 그는 편안하게 말했다. "뼛속에서 추위를 몰아낼 충분한 시간을 가졌으니, 이제 나쁜 소식부터 한번 들어볼까? 마지막 교신을 한 이후 무슨 일들이 발생했지?"

"제 말의 반도 믿지 못할 겁니다." AI가 말하기 시작했다. "정말로 온갖 어중이떠중이들이 당신이 없는 동안 배에 침입하려고 했습니다. 컴퓨터 바이러스에서부터 망치와 정까지 동원하지 않은 것이 없었지요. 저는 그들을 설득하기도 하고 쏴버리기도 했지만 그들은 계속 몰려왔어요. 그래서 결국 관제집을 설득해 착륙장에 대규모 시경비대를 배치하도록 했고, 그게 도움이 됐습니다. 그런데 공항책임자가 당신과 대화를 나누고 싶다고 하는데 그가 하고 싶은 말은 '안녕히 가세요'일 겁니다. 미스트포트 시는 우리가 가능하면 빨리 여기를 떠나주기를 바라고 있으니까요. 만약 우리가 순응하지 않으면 그들은 모든 에스퍼들을 소집해 우리를 우주로 내던질 겁니다. 저는 그들이 공갈치는 것이라고 확신할 수 없습니다."

오언은 인상을 썼다. "주변에 제국함정이 있나?"

"제가 여기 아래에 박혀 있는 동안은 정확히 말하기 어렵습니다. 장거리 센서에 잡히는 것은 없지만 궤도상에 은폐막을 치고 작은 함대가 숨어 있을 수는 있습니다. 그들이 발포해야만 알 수 있을 겁니다. 다음에 요트를 고를 때는 좀 제대로 화력을 갖추는 것이 좋을 듯하군요."

"안심해." 오언이 말했다. "걱정도 팔자야. 이 배는 철의 쌍년이 우리를 추격하라고 파견할 수 있는 어떤 배보다도 빨라."

"속도만으로는 안 됩니다, 오언. 나같이 훌륭한 컴퓨터도 초공간 도약을 위해서는 계산할 시간이 필요합니다. 그동안은 동체에 과력을 그리고 있는 것과 똑같은 처지라고 할 수 있지요. 자, 말씀 끝나셨으면 이제 제가 당신과 잭 랜덤을 위한 말을 전해드릴 차례군요."

랜덤은 의아한 듯 오언을 쳐다보았다. 오언은 어깨를 으쓱하며 대답했다. "오즈가 그의 메모리 속에서 여러 가지 정보가 들어 있는 파일을 찾아냈는데, 대부분 아버지가 심어놓은 것으로, 필요한 때가 되면 나타나도록 고안되었다는군요. 분명히 당신의 존재가 뭔가를 작동시킨 것 같습니다."

"시작해봐, 오즈." 랜덤이 말했다. 그는 오언을 바라보았다. "마지막으로 자네 아버지에게서 소식을 들었을 때는 내가 우편요금을 지불해야 했지."

"과연 아버지답군요." 오언이 말했다.

그때 갑자기 오언 아버지의 홀로그램이 그들 앞에 마치 살아 있는 것처럼 나타났다. 오언은 심장이 멎는 것 같았다. 아버지는 반역자로 거리에서 도살되기 정확히 24시간 전에 오언이 만났던 그 모습 그대로였다. 오언은 아버지와 작별인사를 할 기회가 없었다는 것을 깨달았고 새삼 그게 왜 그렇게 가슴 아프게 여겨지는지 알 수 없었다. 아버지의 모습은 피로하지만 집념에 차 있었고 목소리는 안정되고 예의를 갖추고 있었다.

"안녕하신가, 잭? 오랜만이지, 그렇지 않은가? 자네가 이것을 들을 때면 나는 죽었겠지. 내 아들이 자네를 찾아왔을 테고. 그를 잘 돌봐주게. 그는 비록 전사는 아닐지라도 좋은 청년일세. 책과 역사만 파느라고 시간을 보냈지. 그가 어디서 그런 것들을 구했는지는 묻지 말게나. 내가 유일한 아들이자 상속인으로서 기대했던 모습은 아니지만 어쩌면 그 아이가 나와 거리를 유지하고 있었기 때문에 일이 잘못되었을 경우에도 안전할 수 있을지 모르지. 긍정적으로 생각하고 싶다네. 잭, 내가 죽었다고 해서 대의가 허물어지도록 둘 수는 없네. 내 죽음을 헛되이 하기는 싫거든.

오언, 모든 것이 계획대로 진행되었다면, 너는 내 반지를 가지고 있을 것이다. 잘 지켜라. 반지 안에는 산드라코 행성의 좌표가 숨겨져 있다. 그곳은 우리 가문의 창설자인 원조 데스스토커가 수세기 전에 피신했던 곳이다. 우리 가문의 거대한 비밀을 알려주마. 원조 데스스토커는 죽지 않았다. 그는 산드라코 행성의 라스트스탠딩에 금지된 고대의 막상한 무기들을 보관한 재 정지장에서 잠들어 때를 기다리고 있다. 그곳에 가서 그를 깨워라. 그는 다크보이드 장치의 위치를 포함해 많은 비밀들을 알고 있다. 그 무기가 있으면 제국이 보내는 어떤 것도 너를 당해낼 수 없을 것이다.

그리고 또한 반지 속에는 헤이든 행성의 좌표도 있다. 헤이든맨의 잃어버린 행성 말이다. 개조인간 부대가 정지장인 헤이든맨의 무덤에서 너를 기다리며 잠들어 있다. 우리 가문은 과거에 그들과 계약한 것이 있다. 그들은 너의 이름을 존중할 것이며 대의를 위해 싸울 것이다. 얼마나 그들을 신뢰할 수 있느냐는 네게 달렸다.

오언, 이런 식으로 강요해서 미안하구나. 원래는 네게 이런 부담을 지울 계획이 아니었다. 하지만 우리 내부에 첩자가 있는 듯하다. 우리가 계획한 혁명에서 핵심 역할을 수행할 인물들이 하나씩 발각되어 살해당하고 있다. 내 차례도 멀지 않은 듯 보이는구나. 내가 AI에게 도움이 될 만하다고 판단되는 모든 것들을 아주 깊이 심어놓았다. 오언, 너와…… 너와 좀 더 대화를 나눌 수 있었다면 좋았으련만. 네가 나의 대의를 수긍하지 않았다는 것을 안다. 지금쯤은 왜 그토록 내가 그것을 소중히 여겼는지 이해하고 그 대의를 수용했으면 하는 바람이다. 강해지거라, 오언. 네가 해야 할 일을 하거라.

내가 그렇게 나쁜 아버지는 아니었지, 그렇지 않니? 너와 충분히 많은 시간을 함께하지 못했다는 것은 알고 있다. 하지만 늘 할 일들이 있어서 어쩔 수 없었다. 그렇다고 절대로 너를 사랑하지 않았다고 생각지는 말거라. 너는 잭 랜덤에게 의지할 수 있다. 그는 훌륭한 사람이다. 뭔가 해야 할 얘기가 남은 것 같은데, 뭔지 모르겠구나. 잘 있거라, 오언. 잘 있어.”

홀로그램이 꺼지고 오언의 아버지가 사라지자 라운지에는 잠시 동안 정적만 감돌았다. 잭 랜덤이 깊은 한숨을 내쉬었다.

“또 한 명의 오랜 동지를 떠나보내는군. 내가 이렇게 많은 동지들보다 오래 살고 또 그들의 죽음을 보게 될 줄은 꿈에도 몰랐어.”

“괜찮아요, 오언?” 헤이즐이 말했다.

“음, 괜찮소. 그분은 여전하군. 여전히 내 삶을 좌지우지하려 하셔.” 오언은 화를 내려 했으나 화가 나지 않았다. “나를 정말 미치게 하는 건 내가 그분의 계획을 따르고 그분의 소중한 대의를 받드는 것 외에는 선택의 여지가 없다는 거요. 그것을 믿건 말건 상관없이 그냥 생존하기 위해서라도 말이오. 아버지는 여전히 내 삶을 조종하고 있소. 돌아가셔서조차도.”

“원조 데스스토커는 죽었다고 생각했는데요.” 헤이즐이 말했다. “그러니까 골고다에서 그의 묘지 홀로그램을 본 적이 있거든요.”

오언은 무심히 고개를 끄덕이며 말했다. “역사에 따르면 943년 전에 섀도맨들이 그를 추격해 살해했소. 그리고 약 4백 년 전에 공식적으로 사면됐소. 무죄가 된 것은 아니지만, 어쨌든 그를 위한 기념비까지 세워졌소. 그런데 누구의 시체를 거기에 넣었는지 의문이군. 자, 이제 적어도 목적지는 생겼소. 내 선조를 찾아 산드라코로가든가, 아니면 군대를 일으키러 헤이든 행성으로 가든가."

토비아스 문이 사람을 불안하게 만드는 황금색 눈을 오언에게 고정하며 말했다. "나는 우리 종족과 재결합하기 위해 오랜 세월을 기다려왔소."

"그럼, 조금만 더 기다리시오." 랜덤이 말했다. "산드라코에 무기가 있다면 먼저 점검해볼 필요가 있소. 특히 다크보이드 장치가 있는지 말이오."

"이건 내 배요." 오언이 말했다. "어디로 갈지는 내가 결정합니다."

"그럼 빨리 결정하세요." 루비 저니가 흉하게 생긴 단도로 손톱을 다듬으며 말했다. "당신을 쫓고 있는 사람들이 많다는 것을 명심해요, 데스스토커. 그들이 도착했을 때 여기 있기는 싫어요."

"그녀 말이 맞아요." 헤이즐이 말했고 오언도 인정했다.

"산드라코로 가겠소. 선조가 거기 있다면 그와 잭이 이 혁명을 책임지고 나는 퇴장해 평화를 좀 즐길 수 있겠지. 오즈, 동력을 올려. 우리 떠난다."

"네, 오언. 그런데 미스트포트 관제탑에서 온 메시지가 있습니다."

"연결해."

"선스트라이더 호, 여기는 미스트포트 경비대다." 거친 목소리가 말했다. "반복하지 않는다. 당신들의 이륙을 허락하지 않는다. 엔진을 *끄*기 바란다. 우리 대원들이 잠시 승선하겠다."

"그렇게는 안 될걸." 오언이 말했다. "오즈, 준비됐나?"

"명령만 내리세요, 오언."

"여기를 떠나자."

AI는 교신 중 채널을 닫았고, 선스트라이더 호는 착륙장을 벗어나 하늘로 날아올랐다. 몇 척의 배가 추격했지만 선스트라이더 호의 속도를 당할 수 없었다. 선스트라이더 호는 금세 대기권을 벗어나 궤도에 들어섰고 초공간 도약을 위한 준비에 들어갔다. 그때 갑자기 일이 벌어졌다.

"아, 오언." AI가 말했다. "문제가 생겼습니다. 제국순양함 두 대가 접근하고 있습니다. 궤도상에서 우리를 기다리고 있었던 것 같습니다. 발포하기 시작합니다."

"보호막을 올려!" 오언이 고함쳤다. "저 자식들을 비리몬드에서 떨쳐버린 줄 알았는데, 여기서 뭐하고 있는 거지?"

"그들이 가진 모든 것으로 우리를 때리고 있는 중입니다." 오지맨디어스가 무관심한 듯 대답했다. "보호막이 버티고 있지만 얼마나 갈지는 모르겠습니다. 원래 이렇게 강력한 화력을 이기도록 설계된 것이 아니거든요."

"두 대의 순양함?" 잭 랜덤이 말했다. "무시무시한 순양함이 두 대씩이나?"

"그들은 진짜로 이 귀족양반의 엉덩이를 탐내는군요." 루비 저니가 말했다. "이 배에 무기 같은 건 없어요?"

"순양함을 멈출 만한 것은 없소." 오언이 말했다. "오즈, 지금 당장 도약해."

"미안하지만 불가능합니다, 오언. 아직 정확한 좌표를 산출하지 못했습니다. 마지막 한 자리 수까지 정확하게 계산하지 않고 도약하면 태양 속이나 그와 비슷하게 불쾌한 곳으로 튀어나갈 수도 있습니다.

보호막이 방금 내려갔습니다. 잘 잡으세요."

배가 흔들리고 경보음이 울렸다. 모든 사람들이 앞뒤로 비틀거렸다. 배는 계속해서 흔들렸고 라운지에 연기가 치솟기 시작했다. 바에서 유리병들이 쏟아져 바닥에서 박살났다. 오언은 벽장을 붙들고 어떻게 할지 미친 듯이 생각했다. 아주 가까운 어디에선가 우지직 소리가 나고 큰 화재가 발생한 것 같았다.

"오즈, 상황 보고!"

"나쁩니다. 그리고 더 나빠지고 있습니다. 보호막의 절반이 내려갔고, 외부동체의 열일곱 군데가 관통당했습니다. 내부동체도 세 군데 손상을 입었습니다. 공기가 새나갑니다."

"치고 빠지기라도 좀 해봐."

"그들을 더 화나게 할 뿐이에요. 그냥 기다리세요. 일 분 안에 출발할 수 있습니다."

"우리한테는 그 일 분이 없단 말이야. 지금 당장 출발해! 도약하라고!"

"그건 정말로 권하고 싶지 않습니다, 오언. 지금 도약하면 안전한 도착을 보장할 수 없습니다."

"지금 도약해! 명령이다!"

"알겠습니다, 오언. 산드라코로, 그리고 죽음 아니면 영광의 길로!"

빛이 깜빡이더니 사라졌다. 라운지는 연기로 가득 찼다. 배가 무겁게 요동치더니 배의 고물이 찢기며 폭발음이 메아리쳤다. 그리고 선스트라이더 호는 초공간으로 진입해 분명치 않은 목적지를 향해 날아갔다.

잿더미 아래의 외계도시

존 사일런스는 여제 폐하의 명에 따라 다시 한 번 제국함대의 함장이 되어 새로운 함정인 돈틀러스 호 함교의 지휘석에 뻣뻣하게 앉아 있었다. 편하게 앉으려 애써보았지만 잘 되지 않았다. 의자는 잘못이 없었다. 의자도 다른 것들과 마찬가지로 새것이었다. 오히려 너무 새것이라 문제였다. 의자는 앉아도 편안하게 감싸주는 느낌이 없었고, 그의 습관적 몸놀림에 예전의 것처럼 잘 맞춰주지도 못했다. 옛 의자는 사라졌다. 훌륭한 배였던 다크윈드 호와 함께. 다크윈드 호는 오랫동안 그와 고락을 함께한 배였다. 사일런스는 조용히 웃었다. 지금 그는 여기 있다. 새로운 배와 그가 예상하거나 바라지도 않았고 그럴 권리도 없었던 새로운 기회와 함께. 그런데도 그는 흠집잡기에만 열중하고 있는 것이다. '글쎄,' 사일런스는 생각했다. '네가 잘할 수 있는 것을 해, 항상 하던 말 아닌가.'

하지만 그는 돈틀러스가 뭔가 특별하다는 것을 인정할 수밖에 없었다. 조선소에서 막 나와서 온통 번쩍거리는데다 전혀 테스트를 거치지 못했지만 말이다. 이 배가 엔지니어들이 주장하는 것의 반만이라도 성능을 내준다면 제국함대에서 가장 빠르고 최고의 화력을 자랑하는 은하계의 정말 경이로운 존재가 될 것이다. 배에는 신형 스타드라이브가 탑재되었고, 어떤 배보다도 많은 광선포가 장착되었으며, 태양과 충돌하더라도 견딜 만큼 강력한 보호막도 갖춰졌다. 게다가 엄청난 규모의 해군부대도 승선했다. 사일런스는 여제가 그에게 지휘를 맡기면서 보여준 신뢰를 모르지 않았다. 함장이면 누구라도 배를 가지고 그냥 림으로 가서 자신의 소왕국을 건설하고픈 유혹을 느낄 수 있다. 다른 비슷한 규모의 배가 추격해오려면 몇 년이 걸릴 것이다. 하지만 라이언스톤은 그가 그러지 않을 것을 알고 있었다. 그녀는 전혀 그럴 필요가 없는데도 그에게 생명과 지휘권을 되돌려주었다. 그를 신뢰했기 때문이었다. 이제 그는 그녀의 사람이다. 백골이 진토되어 넋마저 사라져버릴 때까지.

하지만 그때까지는 그가 새로운 배의 새로운 함장이다. 모든 것이 철저하게 테스트되어 신뢰할 만하다고 판정되기 전까지는 어떤 것도 믿을 수 없다. 설계 제원은 좋다. 하지만 사일런스는 판단을 유보했다. 엔지니어들은 전장에 나서지 않기 때문에 과장하는 경향이 있다. 그리고 사일런스는 신형 스타드라이브의 출처를 알고 있다. 그가 언실리 행성에서 발견한 불시착한 외계인의 우주선에서 과학자들이 외계인의 스타드라이브를 본떠 신형 스타드라이브를 만든 것이다. 언실리의 불시착은 불과 몇 년 되지 않았다. 물론 사일런스는 조선소에서 이미 외계인의 기술에 대한 완벽한 실용지식을 얻었을 수도 있다고 생각했다. 하지만 어쨌든 만약의 경우를 대비해서 어떤 상황에서든 가장 가까운 탈출정이 있는 곳을 알아둘 필요가 있었다. 이것이 여제가 그를 돈틀러스 호의 함장으로 임명한 또 다른 이유일 것이다. 한마디로 그는 소모품인 것이다.

그는 애써 그 생각을 지우고 앞의 메인스크린에 집중했다. 돈틀러스 호는 두 시간 전에 초공간을 빠져나와 그렌델 행성의 궤도에 진입했다. 하지만 신형 센서는 아직 아무런 신호도 감지하지 못하고 있었다. 센서들이 모으는 정보는 불명확하지는 않더라도 의문투성이여서 거의 쓸모가 없었다. 그가 컴퓨터에 입력한 모든 질문은 '정보 불충분'이라는 답만 돌아왔고, 배의 AI는 그가 소리를 하도 질러대서 삐쳐 있었다. 하지만 더 이상 강하를 미룰 수 없었다. 여제의 명령은 아주 명료했다. '잠자는 자들의 돔을 찾아서 열고 그 안에서 어떤 생명을 발견하건 굴복시키거나 파괴하라.' 새로울 것은 없었다. 그것은 외계생명에 대한 제국의 기본적인 태도였다. 하지만 지하 깊숙이 묻혀 있는 그렌델의 외계인은 경우가 좀 달랐다. 그들은 무자비하고 비자연적인 살육기계다. 그들은 이미 제국의 탐사팀을 도살했다. 어떤 바보가 돔을 열었고 그걸로 모든 것이 끝이었다. 이번에는 좀 달랐으면 하고 희망할 뿐이다. 적어도 이번에는 무엇을 향해서 가고 있는지 알고 있고, 돔을 여는 순간 스무 명의 해병과 열 명의 전투에스퍼, 그리고 스무 명의 왐피르가 대기하고 있을 것이기 때문이다.

적어도 해볼 만은 하다. 결과는 여전히 예측 불가이지만.

사일런스는 솔직히 아직 스무 명이나 현역에 복무중인 왐피르가 남아 있다는 사실이 놀라웠다. 그들은 쓰임새가 매우 한정적이고, 유지하기에도 비용이 만만치 않으며, 같이 일하는 동료들을 매우 불안

304

하게 만들기도 했다. 이제 플라즈마 베이비에 대해 모르는 사람이 없다. 그리고 그것이 그가 새로운 배와 새로운 선원들에 대해 알아야 할 점이었다. 문제는 마약의 유혹이었다. 선원들은 이미 실험실에 불법적인 증류시설을 만들어 새로운 전투마약을 제조하고 있다. 그러면서 새 함장의 지휘 아래에서 과연 그것이 용인될 수 있을지 눈치를 살피고 있는 것이다. 이것 때문에 아마도 제국군이 그에게 새로운 보안장교를 대동하도록 고집했을지도 모른다. 보안장교의 이름은 V. 스텔마다. 그는 V가 무엇의 약자인지 말하지 않았고 사일런스도 당혹스럽게 할지 모른다는 생각에 억지로 묻지 않았다. 버논, 밸런타인, 바이올렛? 크고 살집 좋고 입을 꽉 다문 보안장교는 함장이나 수색관 곁을 떠나지 않으며 항상 감시하는 눈빛이었다. 뭔가를 보여주지 않으면 안 된다는 것을 두 사람에게 매순간 상기시켜주는 것 같았다. 사일런스는 그것을 의식하지 않으려고 최선을 다했다.

그는 프로스트를 쳐다보았다. 프로스트는 의자 옆에 열중쉬어 자세로 서서 꼼짝도 하지 않고 화면상의 그렌델 행성을 뚫어지게 바라보고 있었다. 라이언스톤이 그들을 사면한 이후 프로스트와 대화할 시간이 많지 않았다. 배를 출항시키기 위해 해야 할 일들이 너무 많았고, 일의 성격상 각자 따로 진행해야 했으며, 무엇보다도 그는 무슨 말을 해야 할지 몰랐다. 수색관이 그의 생명을 구했으나 이유를 알 수 없었다. 다른 사람이라면 경험상 몇 가지 추측을 할 수도 있겠으나 수색관의 경우 나약한 감상적인 면 따위로는 설명할 수 없었다. 훈련이 그들을 그렇게 만들었다. 수색관은 그들이 연구하는 외계인만큼이나 비인간적이라고 말하는 사람들도 있었다. 왜냐하면 그들 마음속에는 냉정하게 계산된 살상 외에는 다른 것이 들어갈 공간이 없었기 때문이다.

그런 점에서 그녀는 그렌델에서 편안함을 느낄지도 몰랐다.

사일런스는 조용히 한숨을 내쉬고 메인스크린에 주의를 집중했다. 그렌델 행성이 화면을 꽉 채우고 있었다. 특색 없는 회색 재의 구체. 비밀을 감추고 있다. 한때 저 행성에도 표면이 있었다. 버려진 채 사그라져가는 거대한 외계인의 도시와 기계들. 하지만 모든 것이 사라졌다. 잠자는 자들의 돔에서 뛰쳐나온 섬뜩한 생명체를 확실히 제거하기 위해 제국함대가 궤도상에서 행성 전체를 불살라버리면서 도시도 함께 사라진 것이다.

그 후 그렌델은 완전 격리되었고 여섯 대의 순양함이 상주하면서 어떤 것도 들어가거나 나오지 못하도록 지키고 있었다. 사일런스는 처음에는 너무 민감한 반응이 아닐까 생각했지만 그것은 첫 번째 팀이 어떻게 당했는지 알기 전이었다. 지금은 순양함이 상주하고 있는 것에 감사했다. 그를 지원할 것이라는 기대에서가 아니었다. 일이 파국으로 치닫는다 해도 그들은 돕지 않을 것이다. 그들이 할 일은 단 하나의 외계생명체도 행성을 탈출할 수 없도록 방비하는 것이다. 행성을 다시 한 번 불태우는 한이 있더라도 말이다. 사일런스는 누군가 방금 자기 무덤을 밟고 지나가기라도 한 것처럼 짧게 전율했다. 그 생각은 접어두자. 중요한 일부터 하자. 절차상 먼저 격리가 이상 없는지 확인해야 한다. 그는 통신장교를 통해 격리작전의 대장선과 연락을 취했다. 디파이언트 호의 바텍 함장의 차분한 얼굴이 메인스크린을 채웠다. 도살자 바텍. 전성기에 그는 세 개의 행성을 불태웠고, 십여 개의 행성에서 가능한 모든 수단을 동원해 반란을 진압했다. 철의 쌍년이 총애하는 자였고, 이런 격리작전을 위해 꼭 필요한 인물이었다. 어떤 편법도 통하지 않는 강직하고 충성스런 인물이기도 했다. 사일런스는 그에게 예의를 갖추었다.

"강하하기 전 마지막 교신입니다, 바텍 함장님. 기록상 모든 것이 안전한지 확인 바랍니다."

바텍은 냉소를 띠며 사일런스를 완고하게 바라보았다. "그렇다면 기록상 격리조치는 이상 없소. 이 작전이 시작된 후 어떤 배도 강하하지 못했고 행성 자체에서도 외계생명의 활동은 포착되지 않았소. 내가 받은 명령은 이대로 대기하면서 당신의 대원들이 함재정으로 강하삭선을 수행하는 것을 지켜보는 것이오. 그들을 안전하게 강하시키고 함재정은 돈틀러스 호로 복귀해 나의 대원들에 의해 철저히 조사받을 것이오. 따라서 당신이 통제할 수 없는 사태가 발생한다면 당신들이 행성을 벗어날 수 있는 수단은 없을 것이오. 이해하시오, 사일런스 함장. 당신과 대원들은 이번 작전에서 소모성이오. 나는 당신이 일단 강하한 후에는 어떤 상황에서도 어떤 방식으로도 당신을 도와서는 안 된다는 분명한 명령을 받았소. 저 밑에서 무슨 일이 발생하건 당신 혼자 처리해야 하오. 그리고 가장 극단적인 경우 나의 독자적인 판단에 의거해…… 돈틀러스 호가 오염되었을 가능성이 있다고 생각된다면 돈틀러스 호를 철저히 파괴할 것이오. 내 말 이해하겠소, 함장?"

"완벽하게 이해하고 있습니다." 사일런스 선장은 차분히 답했다. "첫 번째 팀의 기록을 보았습니다. 위험을 감수할 필요는 없습니다. 이상."

바텍 함장의 모습이 사라지고 그렌델 행성의 수수께끼 같은 모습이 다시 메인스크린에 나타나자 사일런스는 프로스트가 뒤척이는 것을 소리로 느낄 수 있었다. 그는 고개를 살짝 돌려 그녀를 보았다.

"문제 있나, 수색관?"

프로스트는 피식 웃었다. "자기가 대단하다고 여기는군요. 그가 하는 일은 뒤에서 명령하는 것뿐입니다. 피가 튀는 전장에는 한 번도 서본 적이 없지요. 모범생이지만 용기가 뭔지 몰라요. 진짜 용기 말입니다."

"걱정 말게, 수색관. 우리는 지원 없이 힘겨운 상황을 여러 번 겪어보지 않았나."

"그때는 적어도 뒤에서 우리 편이 쏠지도 모른다는 걱정은 할 필요가 없었지요." 그녀는 새로운 보안장교를 힐끔 쳐다보았다. 보안장교는 말없이 탐사장비 앞에서 센서가 수집한 최근 데이터를 분석하고 있었다. "우리는 우리 배에서조차 안전하지 않군요. V. 스텔마라. 도대체 V가 무엇의 약자일까요? Vile(비열한), Vicious(악독한)⋯⋯ Vermin(해충)?"

"셋 다겠지." 사일런스가 간단히 말했다. "원하면 언제든지 컴퓨터에서 조회해볼 수 있잖나?"

"벌써 해봤습니다. 그가 개인암호를 잔뜩 걸어놓았더군요. 아주 황당한 것임에 분명합니다."

"그냥 모른 척하게. 우리는 여태껏 해오던 것처럼 우리 일만 잘하면 돼. 나는 그저 우리 운이 지난번보다는 나았으면 하네. 언실리도 별로 좋진 않았지만 그렌델은 정말 불쾌한 일이 벌어질 것 같단 말이야. 첫 번째 탐사에서 생존자가 하나도 없었다는 것은 안타까운 일이야. 우리가 만날 것에 대한 생생한 느낌을 알고 싶은데 말이지."

"생존자가 한 사람 있습니다." 프로스트가 말했다. "수색관이었습니다. 그녀는 사전에 위험을 감지하는 데 실패했지요."

"생존한 사람이 있다면 물론 수색관이었을 테지. 그녀는 어떻게 되었나?"

"헬월드에 수감되었습니다."

"용도폐기된 거로군. 뻔한 얘기야. 그래도 처형되지 않은 게 신기하군."

"헬월드가 그녀를 죽일 겁니다."

사일런스는 얘기를 거기서 멈추고 싶었다. 프로스트가 동료 수색관에게 동성적인 낌새를 보였기 때문이다. 수색관들은 모두 안벽하고 언제든지 의지할 수 있으며 절대 잘못을 저지르지 않을 것을 요구받았다. 그들의 직무분장에 그렇게 기술되어 있다. 함장이 어떤 상황에서도 최선의 방도를 알고 있어야 하는 것처럼…… 사일런스는 잠시 웃고 지휘석에 등을 기댔다. 이제 작전을 시작할 시간이다. 먼저 착륙할 지점을 안전한 거리에서 세세히 관찰해야 한다. 착륙위치는 이미 정해졌고 원격제어장치들이 안전한 착륙장을 만드느라 분주하다. 사일런스는 전용 화면에 그 장면을 띄워놓고 보며 생각에 잠겼다. 그렌델에는 이제 단단한 지형은 없다. 재만 있을 뿐이다. 사일런스는 센서를 통해 돔의 위치를 파악하고 그 근처를 착륙지점으로 삼았다. 돔은 지표면에서 1.6킬로미터도 안 되는 깊이에 있었다. 원격제어 굴착기가 현재 잿더미를 파헤치며 그쪽으로 길을 내고 있는 중이었다.

지하에는 돔만 있는 것이 아니다. 돔을 둘러싸고 사방 1.6킬로미터 정도로 도시, 더 정확히는 한때 도시였던 흔적이 뻗어 있다. 지표면에는 그곳이 도시였다는 것을 추측할 만한 흔적이 전혀 없다. 소각작전으로 행성에는 북극에서 남극까지 끝없는 재의 바다만 펼쳐져 있을 뿐이다. 하지만 철저한 파괴에도 불구하고 지하에는 외계문명의 유적이 손상되지 않은 채 기적적으로 보존되어 있다. 일차 탐사팀도 돔에 도착하기 전에 지하도시를 지나갔다. 그 경험이 그들 모두를 거의 미치게 만들었다. 도시에는 인간의 마음이 견디기 힘든 무엇인가가 도사리고 있다. 센서로도 그것이 정확히 무엇인지 알 수 없다. 단지 무엇인가 완전히 버려진 채 그곳에 있다는 것만 알 수 있을 뿐이다. 그리고 몇 킬로미터로 뻗어 있는 도시의 한가운데에 잠자는 자들의 돔이 있다. 산같이 거대한 철제 무덤. 그 속에서 잠자는 녀석들은 선잠에 취해 있다.

사일런스는 이미 일차 탐사팀의 기록을 통해 그들이 목격했던 도시를 보았다. 도시는 상식적으로 이해할 만한 것이 아니었다. 완성과는 거리가 멀었고 매우 불쾌한 것들이 여기저기 널려 있었다. 세부구조는 사일런스가 여태껏 본 것들과는 전혀 달라 너무나도 생소하고 기묘했다. 돈틀러스 호에서 가장 외계인을 많이 경험한 프로스트조차도 당혹스럽다고 인정할 정도였다. 사일런스는 그 생각에 얼굴을 살짝 찌푸렸다. 이제 강하시간이 가까워졌으므로 탐사팀을 다시 점검해야 했다. 그는 안젤로 널 해병상사를 전용 화면에 불렀다.

"어떻게 돼가고 있나, 상사? 문제없나?"

"별일 없습니다. 대원들에게 지난번 탐사팀에게 발생한 일에 대해 철저히 브리핑했고, 그들은 이번 강하에 대해 별로 행복해하는 것 같지 않지만 그래도 최소한 무엇을 향해 가고 있는지는 알게 됐습니다. 전투수당을 세 배로 지급한다니까 조금 풀리더군요. 새로운 전투력 항진제도 도움이 될 겁니다. 우리가 제공한 약은 성스러운 수녀도 미친개 같은 살인마로 바꿀 정도니까요. 그렇지만 위급 시에만 사용하는 것이 좋다고 사료됩니다. 화학적 용기도 좋지만 저는 진정한 용기가 더 가치 있다고 생각하거든요. 개인적으로 저는 이번에 지급된 최신무기를 신뢰합니다. 아주 훌륭합니다. 재충전 시간은 여전히 2분이지만 화력이 끝내주거든요. 이런 총은 본 적이 없습니다. 만지는 것만으로도 듬직하고 편안해집니다."

"그렇다니 다행이군, 상사. 하지만 일차 팀도 완전무장했지만 별 도움이 안 됐다는 사실을 상기시켜주고 싶군. 모든 대원들에게 광선총과 함께 유산탄, 진동수류탄, 소이탄, 그리고 보호막을 지급하게. 비용 걱정은 말고. 내가 책임질 테니까. 움직임에 방해되지 않는 선에서 가져갈 수 있는 모든 것을 챙기도록 해. 그리고 야전용 광선포 두 대와 포획장 한 대도 사용을 허가하네. 대원들에게 사용법을 숙지시키도록 하게. 한 시간 후에 강하를 시작한다."

"알겠습니다, 함장님." 상사가 잠시 머뭇거렸다. "함장님…… 우리는 전투에스퍼와 작전해본 적은 있지만 왐피르는 좀…… 그들이 정말로 전투부대로 함께 가는 겁니까?"

"그렇다, 상사. 문제 있나? 마늘과 십자가를 원하는 건 아니겠지?"

"아닙니다. 아무 문제 없습니다."

"그렇다니 기쁘군."

사일런스가 연결을 끊자, 상사의 걱정스런 얼굴이 화면에서 사라졌다. 상사가 말하지는 않았지만 사일런스는 그가 말하고 싶어 한 것을 알고 있다. 왐피르는 해병이나 에스퍼와 같은 전투부대라고 할 수 없다. 오히려 무기라고 하는 편이 옳다. 표적을 겨냥하듯 대상을 향해 풀어놓고 뒤로 물러나 있어야 한다. 나머지는 그들이 알아서 한다. 전투에스퍼도 통제하기가 쉽지 않기는 마찬가지다. 그들이 이미 거의 정신병자 수준에 도달해 있기 때문이다. 그렇지 않다면 그들은 전투를 견디지 못할 것이다. 필요한 상황이 오기 전까지는 ESP차단기로 에스퍼들을 둘러싸놓았다가 출동시켜야 한다. 파괴력 면에서 그들은 광선포와 비교할 수 없는 가공할 만한 능력을 보여주지만, 원할 때 항상 그들을 멈출 수 있는 것은 아니다. 공식적으로 그들은 이미 군대 내에 존재하지 않는다. 하지만 제국군이 몇 안 되는 그들을 이번 작전에 투입한 것은 이 임무가 얼마나 위험한지를 반증하는 것이다. 사일런스는 이미 강하 직전까지 그들을 정지장에 두도록 명령한 바 있다. 모두의 안전을 위해 필요한 조치였다. 그는 왐피르에 대해서도 같은 조치를 취하고 싶었다.

하지만 명령계통상 왐피르는 스텔마 직속이었고 그의 명령만 따르도록 되어 있었다. 왐피르에게는 이번이 그들의 유용성을 입증할 마지막 기회였다. 그들이 이번 작전에서 가치를 드러내지 못한다면 왐피르 프로젝트는 완전히 중단될 것이다. 그래서 그들은 명령에 순응하고 큰 문제를 일으키지 않으려 노력했다. 하지만 사일런스는 크게 기대하지 않았다. 왐피르는 개별적으로는 훌륭한 전사였다. 빠르고 강하고 겁이 없었다. 하지만 다른 부대원들과 협력하는 데는 전혀 소질이 없었다. 전투에 대한 끝없는 굶주림은 그들을 최강의 전사로 만들었지만 종종 옆길로 새는 경우가 있었다. 사일런스는 한숨을 쉬었다. 가급적 자제해왔지만 이제 그들과 대화할 시간이 됐다. 그는 그들 구역으로 연락을 넣고 차분히 기다렸다. 그들은 선체 하단에서 다른 병사들과 격리된 그들만의 구역에서 생활했다. 다른 모든 사람들의 평안을 위해.

송장 같은 얼굴이 전용 화면에 나타났다. 살결은 창백하고 핏기가

312

없으며 표정은 차갑고 몽롱해 마치 그들에게만 들리는 어떤 마력의 노래를 듣고 있는 듯했다. 그의 얼굴 뒤로 보이는 왐피르의 숙소는 밤처럼 어두웠다. 그들은 그것을 좋아했다. 사일런스는 목청을 고른 후, 그러지 말걸 하고 후회했다. 왠지 약한 모습을 보인 듯해서였다.

"함장이다. 한 시간 내에 강하를 시작한다. 대원들에게 브리핑하고 준비는 마쳤나?"

"네, 함장님. 우리 모두 사기충만합니다." 왐피르는 스텔마 관리 하에 지휘자가 따로 있다. 사람이 이해하지 못하는 그들만의 근본적인 차이를 고려한 조치다. 기록에 따르면 이 왐피르의 이름은 시아난 버드이다. 한때 그도 희망과 꿈 같은 인간적인 감성을 지닌 사람이었을 것이다. 하지만 살해되어 합성혈액이 주입된 후 어떤 감정을 느끼든 그것은 더 이상 인간이 이해할 수 없는 것이다. 사일런스는 따끔거릴 정도로 입술이 말라붙었지만 왐피르의 시선을 회피하지 않으려고 애썼다.

"제공된 대체혈액은 별 문제 없나?"

"영양분은 풍부하지만 진짜가 아니라서 만족도는 떨어집니다."

솔직한 대답 속에 깃든 무언가가 사일런스를 소름끼치게 했지만 얼굴에 드러내지는 않았다. "대기하라. 강하 직전 다시 연락하겠다."

왐피르는 고개를 끄덕이고 먼저 연결을 끊었다. 사일런스는 의자에 편안히 기대면서 한숨을 내쉬었다. 더 안 좋을 수도 있었다고 자위했다. 그래도 헤이든맨보다는 나을 것이다.

"그들은 신뢰할 수 없습니다." 프로스트가 지나가듯 말했다. "그들은 인간이 아니에요."

"사람들이 자네들 수색관에 대해서도 꽤 오랫동안 그런 식으로 얘기했지." 사일런스는 조용히 말했다. "왐피르는 특정 상황에서 매우 유용할 수 있고 그들도 우리와 같은 이유로 자기의무를 다하고 있네. 백퍼센트 서로 의지하지 않고는 우리는 그렌델에서 살아 돌아올 수 없어. 왐피르는 걱정하지 말고 잠자는 자들에게 집중하게나."

프로스트는 어깨를 으쓱했다. "보여주세요. 완전히 집중해줄 테니까요. 함장님은 계속 우리라고 말씀하시는데 정말 이번 강하에 동행하실 생각인가요?"

"그렇다네. 우리가 일단 돔을 열면 신속한 결정을 내려야 하는데 그것을 스텔마에게 맡길 수는 없어."

"또 제 얘기신가요?" 스텔마가 소리 없이 프로스트 반대편의 사일런스 옆으로 나타나며 말했다. 사일런스는 그의 갑작스런 출현에도 미동조차 하지 않았다.

"일차 팀이 남긴 기록을 마지막으로 한 번 더 보는 게 좋겠다고 얘기했을 뿐이야. 끔찍하지만 다시 봐야지. 뭐라도 배울 수 있다면 우리 목숨을 구하는 데 도움이 될 테니까. 놓친 것이 없는지 잘 보게."

스텔마는 무표정하게 고개를 끄덕였다. 사일런스가 해제암호를 입력하자 전용 화면에 영상이 떠올랐고 세 사람은 조용히 지켜보았다. 일차 팀의 영상기록 대부분은 쓸모없는 것들이었다. 탐사팀이 지하도시로 진입하기 전까지는 상태가 좋았다. 그러나 외계종족의 과학기술에 근접하자 카메라 작동이 교란되었다. 불규칙적으로 화면이 꺼졌다 켜졌다를 반복했고 사람들과 배경의 흔들리는 윤곽만 보였다. 그것도 마치 카메라가 포착하기에는 외부세계가 너무 빠르게 움직이는 것처럼 모든 것이 희미하고 분명치 않았다. 컴퓨터 화질 개선도 별로 도움이 되지 않았다. 화면상의 모든 것들이 너무 이상하고 낯선 것들이어서 컴퓨터가 그것을 보정할 만한 데이터가 없는 것이다. 사일런스는 화면이 아주 거슬렸다. 그 기록을 처음부터 끝까지 집중해 다 본다면 머리칼이 백발이 될 것만 같았다.

기록물은 전체적으로 희미한 인상들이 연속되다가 간간히 갑자기 세부장면들이 드러나는 식이었다. 그것은 어둡고 당혹스러운 외계 환경을 어렴풋이 보여주는 것으로 시작되었다. 거대한 건물에는 빛이라고는 전혀 없었으며 바닥에는 탐사팀이 전진하면서 생긴 기괴한 형상의 그림자들이 천천히 뒤로 흐르고 있었다. 구조물들은 단순한 건물이 아니었다. 뱀처럼 건물을 감싸기도 하고 종양 덩어리처럼 벽과 창 곳곳에 솟아나 있는 수많은 물체들은 모두 외계인의 다양한 기계장치들이었다. 악몽처럼 뒤틀리고 빛나는 물체들은 모두 살아서 움직이는 듯했다. 숨 쉬고 있는 기계, 땀으로 번들거리는 코일관, 깜빡임 없는 눈을 지닌 이상한 형상, 그리고 가까이 접근하면 움직임을 멈추는 물체 등등이 있었다. 탐사팀은 마치 이해할 수 없는 미로에 갇힌 쥐처럼 거대한 건물 틈에서 두려움에 떨며 움직이고 있었고, 그들의 목소리는 점점 날카롭고 신경질적으로 변해갔다.

탐사팀의 조명은 움직이는 배경을 폭풍 속의 번개처럼 들쭉날쭉 훑으며 번쩍였다. 마침내 그들은 잠자는 자들의 돔 정면의 거대한 철문 앞에 당도했다. 컴퓨터 분석에 따르면 철문은 높이 7미터, 너비 3미터였다. 아무런 장식 없는 거대한 철판에 잠금장치도 보이지 않았다. 탐사팀은 잠시 그 주위에서 소란스럽게 움직이다가 인내심을 잃고 야전포로 철문을 폭파해버렸다. 문이 안쪽으로 날아가고 내부에서 불빛이 번쩍이더니 잠자는 자들이 쏟아져 나왔다.

여기저기로 총을 난사했지만 외계인들은 너무 많았다. 2.5~3미터 크기의 거대한 몸집에 창살이 삐죽삐죽한 실리콘 갑옷을 둘렀는데 그것은 옷이 아니라 그들의 피부였다. 그들은 강철 이빨로 가득한 입을 벌리며 웃고 있었다. 그들의 턱에는 군데군데 피가 묻었고 흘러내리기도 했다. 해병들은 총을 난사하고 검을 휘두르고 소리치고 비명을 질러댔다. 외계인들은 그들 틈을 누볐는데 큰 덩치에도 불구하고 도저히 쫓을 수 없을 정도로 빨랐다. 날카로운 발톱에 머리를 잃고 몇 걸음 더 뛰다가 쓰러지는 병사가 보였다. 어떤 외계인은 야전갑옷에 아랑곳없이 해병의 배를 가르고 그 속에 머리를 처박기도 했다. 공기 중에 피가 흐르고 간간히 광선총의 섬광이 번쩍였으며 고통과 공포의 절규가 가득했다. 한 병사가 얼굴로 화면을 가득 채우며 살려달라고 울부짖다가 끌려갔다. 한 외계인이 사람의 내장을 두르고 포즈를 취하듯 잠시 카메라 앞에 서 있는 모습도 보였다. 어떤 병사가 외계인의 입속에 총을 쑤셔 박고 발사해 머리를 박살냈다. 다른 외계인이 손으로 그 병사의 등을 찔러서 가슴까지 관통하고 마치 깃발처럼 그 병사를 들고 흔들었다. 또 어떤 외계인은 병사의 아래턱을 뽑아 박살날 때까지 곤봉처럼 휘둘렀다. 마치 거대한 곤충처럼 벽과 천장을 타고 기어 다니는 녀석들도 있었다. 마지막 병사가 쓰러지자 외계인들은 시체들을 지나쳐 지표면으로 향했다. 화면의 빛이 서서히 사라지면서 기록은 거기서 끝났다.

사일런스는 잠시 텅 빈 화면을 바라보다가 앞으로 몸을 숙여 화면을 꺼버렸다. 몇 번을 보아도 영상이 주는 충격은 줄어들지 않았다. 영상 속 사람들은 모두 죽었다. 그것은 컴퓨터에 실시간으로 저장된 자료였다. 그는 아직도 외계인들이 탐사팀을 그토록 손쉽게 도륙할 수 있었다는 사실이 믿기지 않았다. 하지만 그가 본 것은 분명했다. 외계인의 진홍색 갑각이 칼날도 깨뜨리고 에너지빔도 튕겨냈다. 외계인은 아무런 해도 입지 않았다. 그는 소각작전 말고 그들을 저지할 수 있는 방법이 과연 있을까 의심스러웠다.

그런데 여제는 이 괴물들을 사로잡아 기습부대로 훈련시키라고 명령했다.

"이것을 대원들에게 보여주는 것은 좋은 생각이 아닌 듯합니다." 스텔마가 말했다. "사기만 떨어뜨릴 뿐입니다."

"이미 보여주었네." 사일런스가 말했다. "내 경험에 따르면 정보를 가진 부대가 더 오래 생존하지."

"그럼 허락하신다면 저는 강하 준비를 위해 물러나겠습니다. 아직 챙길 것들이 많습니다."

"일 보게." 사일런스가 말했다. "정시에 출발하네. 그 시간까지 준비가 안 된다면 걸어서 오도록 하게."

스텔마는 짧게 고갯짓으로 응답하고 함교를 떠났고 프로스트는 코웃음을 쳤다.

"저 사람은 섬유질을 좀 더 먹어야겠어요. 일차 팀의 다른 기록은 없습니까?"

"볼 만한 것은 이것뿐이네. 더 보고 싶지도 않고. 이렇게 악랄하고 위험한 존재는 본 적이 없어."

"맞습니다." 프로스트가 활짝 웃으며 말했다. "한시라도 속히 그들과 대결해보고 싶어 좀이 쑤시는군요. 진짜 상대를 만나본 지 너무 오래됐거든요."

'문제는……' 사일런스는 생각했다. '그녀의 말이 농담이 아니라는 거지.'

실제로 그렌델의 지표면은 화면에서보다 한층 더 우울해 보였다. 죽은 잿빛 대해가 사방으로 끝없이 펼쳐져 있었다. 대기 중에도 재가 날려서 태양은 창백한 주홍색으로 뿌연 점에 불과했고 대기도 피를 흘리는 듯했다. 돈틀러스 호에서 내려온 함재정 다섯 척이 잿빛 바다에 띄워진 특수 제작된 철제 착륙장에 차례로 내려앉아 탐사팀이 모두 내리기를 기다렸다. 사일런스 함장은 주변을 둘러보며 새로운 중력의 감을 익히는 중이었다. 약간 무겁기는 했지만 움직이는 데 크게 불편하지는 않았다. 제복 깃에 내장된 호흡기가 그의 머리를 감싸고 신선한 공기를 주입시켰다. 그렌델의 공기는 역겹긴 하지만 바로 호흡할 수 없는 것은 아니었으나 공기 중에 부유하는 재 먼지 때문에 금방 눈이 마비되고 숨이 막힐 것이다. 그는 핏빛 하늘을 줄지어 날아오르는 함재정을 보면서 착잡함을 느꼈다. 이제 무슨 일이 발생해도 스스로 헤쳐 나가야 한다.

그는 대원들을 돌아보고 이미 그들이 각각 해병, 에스퍼, 왐피르 세 무리로 나뉜 것을 발견했다. 별로 놀랄 일은 아니다. 그들은 명령을 기다리며 그를 쳐다보았다. 마치 그가 무엇을 해야 할지 다 알고 있는 것처럼. 이럴수록 더욱 자신감 넘치는 태도가 필요하다.

"자, 주목하라! 이 착륙장 아래에는 우리를 지하도시까지 데려다 줄, 굴착기가 만들어놓은 엘리베이터가 있다. 문제는 탑승 정원이 열다섯 명이라는 것이다. 먼저 해병이 내려가 상황파악을 하고 이상 없으면 수색관이 에스퍼와 내려가고 그다음 스텔마와 왐피르 순으로 간다. 제군들, 무기를 준비하고 우리 편이 아니면 움직이는 것은 무조건 쏴버려라. 명령을 기다릴 필요는 없다. 일단 내려가면 조심하기 바란다. 외계종족의 과학기술은 인간의 마음에 혼란을 만들어내는 것 같다. 임무에만 집중하라. 그러면 안전할 것이다. 질문 있나?"

"나쁜 소식과 아주 나쁜 소식이 있습니다." 프로스트가 말했다.

"그냥 둘 다 말하게." 사일런스가 걱정스레 답했다. "무엇이 문제인가?"

"첫째, 돈틀러스 호와 모든 통신이 두절되었습니다. 저 밑 도시의 뭔가가 우리 통신시스템을 교란하고 있는 것 같습니다. 일차 팀이 왔을 때는 보이지 않던 현상입니다. 이것이 의미하는 바는 우리가 여기를 비상탈출할 방법이 없다는 것입니다. 예정된 시각에 함재정이 올 때까지 우리는 여기에 발이 묶인 겁니다. 앞으로 네 시간 남았습니다. 일차 팀이 머문 총시간이 2시간 7분이라는 것을 기억할 필요가 있을 것 같습니다."

"정말 나쁜 소식은 뭔가?" 잠시 후 사일런스가 물었다.

"굴착기가 고장 났습니다. 엘리베이터는 아직 작동합니다. 하지만 축이 도시의 가장자리까지만 닿았습니다. 따라서 우리는 돔까지 약한 시간 정도를 걸어가야 합니다."

'훌륭하군,' 사일런스는 생각했다. '정말 훌륭해.' 이번 작전에서 나름대로 유리한 점으로 내심 기대한 것이 있었다. 도시의 외계기술에 노출되는 시간을 줄여 그것이 인간의 마음에 미치는 영향도 최소화할 수 있을 것이라는 점이었다. 하지만 이제 시간마저 촉박해졌다. 사일런스는 잠시 생각에 잠겼다.

"왜 굴착기가 망가졌는지 원인을 파악할 수 있나?"

"없습니다. 통신시스템과 함께 원격계측기도 작동 불능입니다. 하지만 엘리베이터가 여전히 작동한다는 것에 위안을 삼아야 할 듯합니다. 아직까지는."

"그 말은 우리가 도시로 내려갈 수는 있지만 다시 올라오지는 못할 수도 있다는 뜻이로군."

"맞습니다."

"훌륭해. 좋아. 계획대로 작전을 진행하겠네. 일차 팀과는 달리 우리는 전투에스퍼와 ESP차단기가 있어. 둘 중 하나가 도시의 영향에서 우리를 보호해주기를 기대해보세. 그렇지 않다면 우리가 얼마나 강한지 시험할 기회로 삼지. 해병대를 출발시켜, 수색관. 시간은 우리 편이 아닌 듯하다."

엘리베이터를 타고 내려가는 것은 그다지 유쾌한 경험이 아니었다. 좁고 더워서 폐쇄공포증을 유발할 만했지만 모두들 다가올 공포에 마음을 빼앗겨 신경 쓸 겨를이 없는 듯했다. 통신장애 때문에 해병의 이상무 신호를 받을 길이 없었다. 그래서 사일런스와 수색관은 첫 번째 에스퍼팀과 동행하기로 했다. 아무 일 없기를 바라면서.

도시는 조용하고 평화로워 보였다. 하지만 사일런스는 무덤 속의 고요라는 생각을 떨쳐버릴 수 없었다. 해병이 벌써 시야계를 설치한 덕분에 밝은 빛이 어둠을 사방으로 밀어내고 있었다. 그들은 각자 총을 들고 언제든지 발사할 기세였다. 프로스트는 시야계를 살피러 가면서 흥겨운 콧노래를 읊조렸다. 사일런스는 에스퍼들과 간격을 유지했다. 그는 세 개의 ESP차단기를 작동시켰다. 그것이 모든 대원들을 보호해줄 수 있기를 바랐다. 하지만 만일의 사태를 대비해 에스퍼들에게 충분한 염파보호막을 유지하라고 명했다. 그들은 가볍게 동의했지만 눈은 다른 곳을 보고 있었다. 사일런스는 그들을 탓할 수 없었다. 그는 어둠 속을 노려보았다. 그곳에 무엇이 있을지 알 수 없었다.

왐피르들은 조용히 명령을 기다리고 있었다. 스텔마는 입을 쩍 벌린 채 주변을 둘러보았다. 도시를 화면으로 보는 것과 가까이서 직접 보는 것은 분명 달랐다. 그는 사일런스가 자신을 지켜보는 것을 눈치채고 얼른 입을 다물었다. 잠시 후 그가 큰 소리로 명령을 내리자 왐피르들이 서두르지 않고 천천히 그를 감싸며 대열을 갖추었다. 무슨 일이 일어나건 스텔마는 살아남으려고 작정했고 왐피르들에게도 그것을 도와야 한다고 말했다. 사일런스는 쓴웃음을 지었다. 스텔마가 자신을 왐피르의 벽으로 감싸는 것은 나쁜 생각이 아니었다. 사일런스는 자기가 먼저 그 생각을 했으면 좋았을걸 하고 생각했다. 프로스트가 시야계로부터 돌아왔다. 사일런스는 최선을 다해 냉정하고 차분하고 자신 있는 표정을 지으려 노력했다. 왜 그래야 하는지도 모르면서 말이다. 프로스트는 표정에 속아 넘어간 적이 없었다. 그녀는 가볍게 고개를 끄덕이고 가까이 다가와 말했다. 그녀의 목소리는 작은 중얼거림에 불과했다.

"시야계는 이상 없습니다, 당분간은. 동작추적장치에는 아무것도 나타나지 않습니다. 그런데 장거리 센서가 작동하지 않습니다. 장비 일체가 도시의 영향에 의해 고장 나는 상황도 대비해야 할 것 같습니다. 총이나 보호막까지도요. 잠자는 자들에게 칼과 사기로만 맞서야 하는 상황 말이지요. 호흡기까지 망가지는 상황은 상상하고 싶지 않군요. 물론 왐피르들이 있지요. 그들은 꽤 잘 싸우고 힘과 속도를 장비에 의존하지도 않지요. 높은 분들이 왐피르를 이번 작전에 끼워야 한다고 고집부린 게 다 이유가 있는 것 같습니다. 에스퍼들의 상태는 어떻습니까?"

"판단하기 어렵네. 약간 몽롱한 상태인 것 같아. 전투에스퍼에게는 이상한 것도 아니지. 그들과 우리를 보호하는 데 당분간 ESP차단기에 의존할 생각이네. 대원들을 출발시키세, 수색관. 여기서 보내는 시간은 짧을수록 좋으니까."

"재미없군요." 프로스트가 말했다. "좀 즐길 줄도 아셔야지요."

해병들이 총을 손에 들고 헬멧에 조명을 밝힌 채 대열을 정비했다. 그들 어깨에 있는 카메라는 돈틀러스 호로 송신할 수는 없었지만 여전히 작동하고 있었다. 이 탐사의 기록은 누군가 지상으로 가지고 올라가지 않으면 남길 방법이 없다. 프로스트는 해병들과 함께 눈에 불을 켜고 무언가가 나타나기만을 고대하는 듯했다. 사일런스는 에스퍼들과 함께 그 뒤를 따르기로 했다. 만일의 경우를 대비해서 그들을 지켜보고 싶었던 것이다. 그들은 주변상황은 아랑곳하지 않고 고개를 숙인 채 터벅터벅 앞으로 걸어갔다. 그것이 도시의 위압적인 영향력 때문인지 ESP차단기의 마비효과 때문인지는 알 수 없었다. 스텔마와 왐피르들이 제일 뒤에 섰다. 도시가 왐피르에게는 별다른 영향을 미치지 않는 듯했다. 하기야 한 번 죽었다가 다시 살아난 사람을 놀라게 할 만한 것이 무엇이 있을까 생각해보면 그다지 이상한 일도 아니었다. 왐피르 둘이 커다란 장비를 운반하고 있는 게 눈에 띄었다. 사일런스는 그것에 대해 보고받은 바가 없었다. 무엇이냐고 물어보았을 때 그는 싸늘한 시선과 함께 알 필요 없다는 대답을 들어야 했다. 분명 스텔마가 시험해보려는 비밀병기일 것이다. 만약 그에게 기회가 있다면 말이다. 사일런스가 모르는 또 하나의 비밀. 그는 가볍게 웃었다. 아마 그 망할 물건은 더 이상 작동하지 않을 것이다.

도시 안으로 들어가자 주변이 점점 이상해졌다. 거대한 건물과, 형상이 분명치 않은 구조물들이 위압적으로 펼쳐져 있고 지나치게 가까이 다가와 있었다. 가끔은 수수께끼 같은 돌출구조물 때문에 아래로 기어가거나 타넘어야만 했다. 표면은 미끄럽고 불결한 느낌을 주었다. 흔들리는 불빛에 드러나는 것보다 어둠 속에 감춰진 것이 더 많았고, 사일런스는 그것을 감사히 여겼다. 보이는 것만으로도 충분히 불안할 지경이었으니까.

도시는 철과 살의 악몽이었다. 숨 쉬는 금속과, 은빛 혈관이 지나는 살의 비자연적인 조합. 둥근 원통이 빛나는 내장처럼 꿈틀거렸고, 움직이는 거대한 밸브를 지닌 펌프가 심장처럼 박동 쳤다. 한때 살아 있는 생물의 장기가 기계부품으로 사용되고 있었다. 눈과 창자를 가진 복잡한 장치들이 보였고, 긴 금속 팔다리가 여기저기 뻗어나가다가 가늘어지면서 없어지곤 했다. 사물이 움직이다가 이유 없이 멈추기도 했고, 대원들이 전진하는 것을 지켜보듯 지나간 방향으로 회전하기도 했다. 천천히 움직이는 거대한 기계들도 있었는데 그것들은 만들어졌지만 성장하고 있다고밖에 말할 수 없었다. 또한 밝은 점 같은 눈을 가지고 어둠 속에서 빠르게 달리는 작은 금속들도 보였다. 아직까지는 해병들이 그것을 쏴버리고 싶은 유혹을 억누르고 있지만 인내심이 점점 바닥을 드러내고 있었다. 거의 손으로 만질 수도 있을 것 같은 중압감이 먹구름처럼 부대원들을 뒤덮었다. 모두들 자신들을 지켜보는 눈과 자신들이 만들어내는 소리를 엿듣는 귀를 느낄 수 있었다. 하지만 사방은 운전자가 잠시 자리를 비웠다가 언제라도 다시 돌아올 것만 같은 풍경의 미끄럽고 매끈한 표면을 지닌 물체가 작동하고 있을 뿐이었다. 사일런스는 앞으로 나아가 프로스트와 함께 걸었다.

"뭔가 떠오르는 거 없나?" 그는 조용히 말했다.

"있습니다. 언실리의 외계우주선과 그 외계인이 그곳 기지를 바꾸어놓은 모습이요. 생물기계학이군요. 유기체와 기계역학을 결합한 것으로 우리보다 훨씬 앞서 있습니다."

"언실리의 외계인과 이 도시를 만든 자들 간에 연관이 있을까?"

"가능합니다. 하지만 언실리 행성의 불시착은 최근 일이지만 이 유적은 아주 오래된 것이군요. 돈틀러스 호의 센서에 따르면 이 도시는 인간이 문명화되기도 전에 건설된 것입니다…… 상상이 가십니까?"

그들이 돔 쪽으로 나아갈수록 주변은 더욱 이상해졌다. 알 수 없는 구조물들이 너무 바싹 다가와 있어서 대원들은 한 줄로 갈 수밖에 없었다. 운집한 형상들은 어떤 의미나 기능을 암시하는 듯했지만 그렇다고 무언가를 추론해내기는 불가능했다. 각도와 치수도 이상하기 그지없어서 눈으로는 볼 수 없는 무엇인가가 그것에 덧붙여져 있는 듯했다. 해병들은 신경질적이고 호전적으로 변해서 어떤 병사는 어둠 속에 총을 발사하기도 했는데, 자신도 왜 그랬는지 이유를 몰랐다. 개인보호막이 아무런 이유 없이 갑자기 작동을 멈췄다. 사일런스는 에스퍼들이 대원들을 더 잘 보호해줄 수 있지 않을까 해서 ESP차단기를 꺼보았다. 그런데 오히려 에스퍼들이 그 즉시 신경질적으로 변해버렸다. 그들이 통제 불능의 상태로 치닫지 않을까 우려되어 사일런스는 재빨리 ESP차단기를 다시 켰다. 이제는 왐피르들까지도 영향을 받는 듯했다. 그들은 서로 바싹 뭉쳤고 그들의 시체 같은 얼굴은 더욱 차갑고 무언가에 열중하는 듯했다. 스텔마는 초긴장 상태로 눈이 휘둥그레졌고 입은 덜덜 떨리고 있었다. 사일런스는 견갑골 사이가 근육긴장으로 아파왔으며 생각이 전보다 흐리멍덩해졌다는 느낌이 들었다. 그는 종종 자신이 무슨 생각을 하고 있는지 잊어버렸고, 다시 기억해내기 위해 무척 애를 써야만 했다. 프로스트조차 콧노래를 멈췄다. 사일런스와 대원들은 한 시간 동안 세 개의 구역을 지나쳐 도시의 한가운데로 들어섰다. 그때 최초의 희생자가 발생했다.

앞서 가던 해병의 다리 아래로 함정이 열리면서 그가 갑자기 밑으로 사라져버린 것이다. 그는 비명소리만 남기고 깊은 어둠 속으로 떨어졌다. 사일런스와 프로스트는 앞으로 뛰쳐나가 구멍 가장자리에 가보았다. 해병의 헬멧에서 깜빡이는 빛이 사라지고 나서도 그의 비명소리는 오랫동안 멈추지 않았다. 해병들이 몰려와 구멍 주위에 둘러서고 고개를 숙여 헬멧의 빛을 아래로 비춰보았다. 그러나 빛은 멀리 가지 못했다. 어둠 속에서 아무것도 보이지 않았다.

"얼마나 깊을 것 같나?" 사일런스가 마침내 물었다. "밧줄을 내려 구해낼 수 있을까?"

"센서가 작동하지 않습니다." 프로스트가 냉정하게 말했다. "동작추적기에도 아무것도 안 잡힙니다. 바닥이 없을 수도 있습니다. 우리가 아는 한은."

"전진한다." 사일런스는 허리를 펴며 말했다. 한 해병이 그를 노려보았다.

"우리는 동료를 버리지 않습니다, 함장님."

"이번에는 어쩔 수 없다. 그에게 갈 방도가 없고 그가 살아 있을 가능성도 희박하다. 여기서 나가게 될 때까지는 더 많은 희생자를 보게될 것이다. 그것에 익숙해져야 한다. 자, 출발." 해병은 무슨 말을 할 것처럼 잠시 그를 쏘아보다가 돌아서서 다시 좁은 복도를 걷기 시작했다. 사일런스는 해병들에게 따라오라고 손짓했다. "밀집대형을 유지하고 눈을 크게 떠라. 또 어떤 함정이 있을지 모른다." 그는 구멍 건너편의 프로스트를 쳐다보며 물었다. "이런 것을 미리 감지할 수 있는 도구는 없나?"

"없습니다." 수색관이 조용히 말했다. "도시가 장치들을 교란시키고 있습니다. 너무 다르고…… 너무 이상합니다."

대원들은 전진했다. 하지만 구멍이 또 나오나 조심스럽게 살피느라 지체되었다. 그들 모두 첫 번째 희생자를 계속 머릿속에 떠올렸다. 함정은 어디에도 있을 수 있었다. 마치 도시가 침입자로부터 어떻게 자신을 보호할지 배워 알고 있는 것 같았다.

함정이 여기저기서 갑자기 나타났다. 뾰족한 창이 벽에서 불쑥 튀어나와 지나가던 해병을 꿰뚫었다. 그는 핀에 꽂힌 나비처럼 창살에 매달렸다가 창살이 다시 후퇴하자 바닥에 쓰러졌다. 금속이 해병의 시체에서 빠져나가면서 빨아들이는 듯한 소리를 냈다. 기분 나쁜 정적 속에 울리는 불길한 소리였다. 탐사팀은 시체를 뒤에 남겨두고 조심스럽게 전진했다. 돌아가는 길에 시체를 수거할 작정이었다. 물론 모든 것이 잘 되었을 경우에 한해서였다. 갑작스런 열기나 냉기가 솟구치기도 했다. 모두 맨살이었다면 그대로 타버리거나 얼음조각이 될 만큼 맹렬한 것이었다. 한번은 좁은 복도에서 울부짖는 듯한 소리가 들리기도 했다. 처음에는 귀청을 찢는 듯하다가 점점 낮아져서 나중에는 뼈를 울리는 저음으로 바뀌었다. 하지만 아무런 상해를 입히지 않았기 때문에 그냥 무시해도 되었다. 벽이 열리며 괴상한 내부가 드러나기도 했고, 마치 날름거리는 입처럼 미닫이문이 열리고 닫히기도 했다. 중력도 수시로 바뀌어 움직임을 더 어렵게 했다. 한 에스퍼가 걷다가 갑자기 멈추더니 킥킥거리기 시작했다. 점점 크게 웃더니 나중에는 광소를 터뜨렸다. 결국 한 해병이 그를 동정해 머리를 쏠 수밖에 없었다. 탐사대는 계속 전진했다. 한 시간이 지난 후 그들은 해병 일곱 명과 에스퍼와 왐피르 각 한 명씩을 잃었다.

사일런스는 프로스트를 쳐다보았다. "자네는 이 도시가 방치된 것이라고 확신하나?"

수색관은 어깨를 으쓱했다. "배의 우리 장비들에 따르면 이 행성에는 어떠한 생명반응도 없었습니다. 죄소한 생명이라고 여길 만한 그어떤 것도요. 물론 센서들이 돔을 꿰뚫어보지는 못하지요. 아마도 이도시 전체가 살아 있을지도……"

"게다가 굶주렸고."

"꼭 그렇지는 않습니다. 인간적인 동기를 외계인의 의식에 적용하는 것은 무리가 있습니다. 이런 사건들이 우리와 접촉하려고 시도하는 방법일 수도 있습니다."

"그렇다면 외계인이 말하고자 하는 것이 전혀 마음에 들지 않는군. 하지만 그들이 그다지 우호적이지 않다고 추정할 수는 있을 것 같은데?"

"경고일 수도 있습니다." 프로스트는 천천히 말했다. "우리에게 돌아가라고 하는 것이지요. 돔 안에서 우리를 기다리는 것들에게 도착하기 전에."

"아주 재미있는 정보로군, 그렇지 않나?" 사일런스가 말했다. 그는 뒤따라오고 있는 대원들을 돌아보았다. "스텔마, 왐피르들을 데리고 이쪽으로 오게. 이제 돔에 근접했으니 왐피르들을 앞장세워야겠네."

"왜 그래야 합니까?" 스텔마가 물었다.

"글쎄, 첫째로 그들이 훨씬 강하고, 둘째로 함장인 내가 그렇게 결정했으니까. 시행하게."

"그들이 우리보다 우월하고" 스텔마가 말했다. "훨씬 타격을 오래 견디기는 하지만, 불필요한 위험에 노출시키기에는 더 중요한 쓰임새가 있습니다."

"스텔마, 그들이 전방을 맡는다. 한마디만 더하면 자네가 선두에 선다. 알겠나?"

보안장교는 잠시 생각해보고 나서 어쩔 수 없다는 듯 고개를 끄덕였다. 탐사대는 천천히 전진했고 왐피르들이 탐사대를 이끌었다. 그걸 두고 해병들이 자기들끼리 뭐라고 중얼거렸는데, 안심해서 그런 것인지 모욕으로 받아들여서 그런 것인지는 알 수 없었다. 1시간 17분 만에 마침내 그들은 돔에 도착했다.

돔은 거대했고 한 덩어리로 연결되어 있었다. 반짝이는 철벽은 어둠 속 불빛이 닿는 곳까지 멀리 뻗어 있었다. 여태까지 잘 작동하던 기기들도 여기서는 모두 오작동을 일으켰다. 처음에는 돔에 접근하기를 꺼려하며 물러서 있던 해병들과 왐피르들도 마침내 합류했다. 돔은 인간의 마음으로 가늠하기에는 너무 크고 너무 넓었다. 사일런스가 접근하자 프로스트가 옆을 따랐다. 사일런스는 반짝이는 철벽을 만지려고 손을 내뻗었다가 마지막 순간 주춤했다. 마치 벽에서 차가운 공기가 끊임없이 솟아나는 것 같았다. 얼굴에 와 닿는 부드러운 압력으로 그것을 느낄 수 있었다. 벽면에 비친 그의 모습은 마치 유령처럼 뿌옇고 뒤틀려 있어서 무엇인가를 경고하려는 징조 같았다.

"차단장을 설치하라." 그는 벽으로부터 돌아서면서 큰 소리로 외쳤다. "이것을 개방했을 때, 무엇이든 간에 우리를 지나쳐서 도시로 빠져나가지 못하도록 막아야 한다."

해병들이 앞으로 나와 차단장발생기를 설치했다. 그들은 드디어 자신들이 이해하는 일을 하게 돼서 기쁜 듯 분주히 움직였다. 발생기는 그다지 크지 않아서 해체해 배낭으로 운반할 수 있는 정도였지만 돔에 뚫게 될 구멍을 충분히 막을 수 있을 만큼 큰 차단장을 생성할 수 있는 성능을 가졌다. 마지막 해병이 다소 과시하는 듯한 동작으로 작업을 마무리하고 작동레버를 당겼다. 그 순간 번쩍이는 차단장이 나타나면서 탐사대를 주위로부터 차단했다. 탐사대는 잠시 휴식을 취하며 서로에게 자신감을 북돋는 시선을 교환했다. 그때 돌연 발생기가 꺼지면서 차단장도 사라졌다. 발생기에서는 연기가 피어올랐다. 몇몇 용감한 병사가 발생기를 손으로 두드리며 무엇이 잘못되었는지 알아내려 애썼다. 프로스트는 사일런스를 쳐다보았다.

"출발이 좋군요."

"고칠 수 있나?" 사일런스가 병사에게 물었다.

"실은 고장 난 데가 없어 보입니다." 조그맣고 자신 없는 목소리가 대답했다. "제 생각에는 아마 돔에 너무 가까이 있어서 그런 것 같습니다. 모든 기계들이 오작동을 일으키고 있습니다. 측정값도 엉망입니다. 여기서는 고칠 방법이 없으니 차단장은 잊어버리시는 게 낫겠습니다."

"포획장은 어떤가? 훨씬 적은 에너지만 소비할 텐데."

해병이 갑자기 발생기로부터 뒷걸음질을 쳤다. 기계의 프레임이 녹아서 얇고 긴 플라스틸*의 흐름이 생겼다. 사일런스는 멍하니 바라만 보았다. 플라스틸의 용융점은 수천 도에 달한다. 그것을 녹일 정도의 열이라면 그것을 둘러싸고 있는 병사들도 순식간에 재가 되었어야 했다. 프로스트가 다가가 녹아서 흐르는 물질에 칼끝을 담가보았다. 수증기가 피어올랐지만 검이 상하지는 않았다. 수색관은 검을 들어 올려 냄새를 맡아보았다.

"흥미롭군요." 그녀가 마침내 말했다.

"더 할 말 없나?" 사일런스가 잠시 후 물었다.

"지금은 없습니다." 프로스트가 말했다. "좀 생각해봐야겠습니다." 그녀는 어두운 표정을 지으며 생각에 잠겨 뒤로 물러났다.

"그렇게 하게." 사일런스가 말했다. 그러고는 해병들을 쳐다보았다. "광선포를 설치하라. 발사각을 잘 잡도록. 아무것도 우리를 지나칠 수 없도록 확실히 해야 한다."

해병들은 다시 작업에 착수해 가방에서 포를 꺼내 조립하기 시작했다. 스텔마가 사일런스 옆으로 왔다.

"발생기와 달리 포는 잘 작동할 거라고 생각하시는 건가요?"

사일런스는 어깨를 으쓱했다. "어찌 알겠나. 하지만 작동하기를 바라야지. 그렇지 않으면 여기까지 온 게 헛수고가 되니까. 일차 팀의 경험으로 보자면 벽에 구멍을 내기 위해 두 대의 대포가 필요했지."

"우리는 아직 왜 어떤 것은 작동하고 다른 것은 작동하지 않는지 모르고 있어요." 프로스트가 다시 그들과 합류하기 위해 움직이며 말했다. "무엇이 언제 어떻게 잘못될지 모른단 말입니다. 총이거나 조명이거나……"

스텔마가 갑자기 전율했다. "이 어둠 속에 갇힌다는 것은 상상만

---

* plasteel, 강철 섬유와 같은 특수 소재.

해도……"

프로스트가 어깨를 으쓱했다. "나는 아무렇지도 않은데요."

'아니,' 사일런스는 생각했다. '나도 아무렇지 않을 것 같지만, 어쨌건 수색관도 숨은 쉬어야 할 것 아닌가.' "우리 서로 겁주지 말자고. 일차 팀도 어려움을 겪었지만 그들을 죽인 것은 기계 고장이 아닐세. 잠자는 자들이 그랬지. 하지만 우리에겐 뱀파이어와 에스퍼가 있잖은가. 둘 다 기계에 의존하지 않는 스스로의 힘이 있지. 말이 나왔으니 에스퍼, 이쪽으로 와."

에스퍼들은 멍한 눈으로 내키지 않는 듯 그의 옆에 와서 섰다. 사일런스는 그들을 엄하게 쳐다보았다. "이제 ESP차단기를 끄겠다. 그러니 능력을 발휘해봐. 자신을 철저히 보호하도록. 하지만 저 벽을 뚫었을 때는 훈련받은 모든 것들을 발휘해주기 바란다. 알겠나?"

에스퍼들은 마치 처벌을 기다리는 아이처럼 그를 쳐다보았다. 그중 하나는 분노의 눈빛이었다.

"우리를 여기 데려오는 게 아니었습니다, 함장님. 우리는 이곳과 안 맞습니다. 여기는 인간의 한계를 가진 인간의 장소가 아닙니다. 어둠 속에는 우리가 감히 쳐다볼 엄두도 못 낼 것들이 도사리고 있습니다. 우리를 그것들에게 노출시킨다면 죽고 말 겁니다."

"징징거림을 그만두고 협력하지 않는다면 내가 먼저 자네를 죽여버리겠다." 사일런스가 말을 가로챘다. "제군들은 전투에스퍼다, 젠장. 이런 상황을 처리하도록 훈련받은 거야. 자, 힘들 내."

그는 해병에게 ESP차단기를 끄라고 지시했다. 잠시 동안 아무런 일도 일어나지 않았다. 그러나 좀 전에 발언한 에스퍼가 큰 숨을 내쉬더니 한 발 뒤로 물러났고, 곧 그의 머리가 폭발해버렸다. 사일런스는 피와 뇌 조직이 제복에 튀자 절망과 충격에 비명을 질렀다. 또 다른 에스퍼가 아무도 알아들을 수 없는 언어로 빠르고 미친 듯이 중얼거리기 시작했다. 남은 에스퍼들은 서로 위로하듯 모여서 눈을 감더니 그들 자신을 보호하기 위해 마음의 힘을 집중시켰다. 사일런스는 죄책감이 내부에서 꿈틀거리는 것을 느꼈지만 억지로 밀어냈다. 그럴 시간이 없었다.

"이제 안정되었는가? 작전을 진행해도 되겠나?"

에스퍼들은 다 같이 고개를 끄덕였다. 그중 한 명이 사일런스를 응시하며 말했다. "시작하십시오. 기회가 있을 때 빨리 시작하세요. 우리가 여기 있다는 것을 그것이 알고 있습니다."

사일런스는 두 대의 대포를 조작하는 해병을 쳐다보았다. 번쩍이는 대포의 견고한 힘이 그를 안심시켜주었다. 그것은 순양함의 동체도 뚫을 만한 힘을 지녔다.

"모두 물러나라. 명령하면 동시에 발사한다. 발사!"

두 대의 포가 동시에 어둠 속에서 눈이 멀 정도로 찬란한 에너지빔을 내뿜었다. 번쩍이는 에너지가 돔의 철벽을 휘감았지만 상처를 내지는 못했다. 그런데 그때 벽에서 높이 6미터, 너비 4미터가량의 문이 천천히 뒤로 밀리며 열렸다. 마치 대포의 막강한 힘이 밀어제치기라도 한 것 같았다. 에너지는 사라졌고, 모두들 숨죽이며 문 뒤의 어둠을 응시했다. 문은 이제 반쯤 열려 있었다.

사일런스는 손이 저려올 정도로 총을 세게 쥐고 게걸스런 외계생명체들이 쏟아져 나오는 것에 대비했다. 하지만 아무것도, 전혀 아무것도 튀어나오지 않았다. 정적만이 감돌았다. 오직 들리는 소리는 탐사팀의 숨소리뿐이었다. 바로 그 순간 한 외계생명체가 문밖으로 뛰쳐나와 미친 분노로 대원들에게 달려들었고 공중에 피가 튀기 시작했다.

녀석은 크고 무시무시했다. 하지만 사일런스가 본 것은 번쩍이는 주황색 갑각과 날카로운 강철 이빨뿐이었다. 녀석은 해병들 사이를 보이지 않을 정도로 빠르게 헤집으며 해병들을 발톱과 이빨로 찢고 물어뜯었고 마치 장난감인 양 집어던졌다. 모두 총을 발사했지만 외계생명체는 이미 그들이 겨냥한 곳에 없었다. 녀석은 크고 빠르고 치명적이었으며 마치 동시에 모든 곳에 존재하는 듯했다. 좁은 공간에서 에너지빔이 작렬해 두 명의 해병과 한 명의 왐피르가 절단 났다. 그때 전투에스퍼들이 외계생명체를 염파성지상 파동으로 포획해 자신들의 순수한 정신력으로 녀석을 한 장소에 붙들어두는 데 성공했다. 녀석은 창살이 돋은 핏빛 갑각을 뒤집어쓴 악몽 같은 형상이었다. 몸은 어렴풋이 인간 형상을 닮았지만 하트 꼴의 머리에는 어떤 인간적인 얼굴이나 표정도 찾아볼 수 없었다.

모두가 잠시 멈칫하는 사이 왐피르들이 녀석에게 달려들어 강력한 힘으로 녀석을 눌러버리려 했다. 에스퍼들의 장악력은 이미 약해지고 있었다. ESP차단기의 보호가 없이는 그들도 도시의 힘을 견디기가 버거웠던 것이다. 외계생명체가 머리를 돌리자 녀석의 입과 눈에서 번쩍이는 에너지가 튀어나오며 사람을 가격해 폭파시켜버렸다. 그리고 몸을 재빨리 뒤척이자 갑각에서 새로운 창살이 솟아올라 결박하고 있던 왐피르들을 꿰뚫어버렸다. 왐피르들의 입에서 검은 피가 솟구쳤지만 그들은 비명을 지르지도 결박을 풀지도 않았다. 핏빛 갑각에서 폭발이 일면서 몇몇 왐피르는 온몸에 파편이 박혀 핏빛 바늘꽂이처럼 되어 나가떨어졌다.

"저 녀석 마음을 지워버려!" 사일런스가 외쳤지만 에스퍼들은 듣지 못했다. 그들의 눈, 코, 입에서는 피가 흘러내렸고 외계생명체를 잡고 있던 정지장의 힘은 갑자기 사라졌다. 녀석은 남아 있는 왐피르들을 아무것도 아니라는 듯 흔들어서 털어버렸다. 프로스트가 광선총을 조심스럽게 겨누며 앞으로 나섰다. 그리고 머리를 정통으로 쏘았다. 하지만 에너지빔은 주홍색 갑각에서 튕겨서 어둠 속으로 날아가버렸고 외계생명체는 아무런 해도 입지 않았다. 녀석은 마지막으로 남은 왐피르를 붙잡고 머리를 뜯어 멀리 던져버린 후 피가 흐르는 목을 아이가 과자를 먹듯 질겅질겅 씹어댔다. 그리고 사일런스와 프로스트가 같이 서 있는 것을 보고 지옥에서 온 악마처럼 핏빛 미소를 보냈다.

사일런스는 재빨리 주변을 살폈다. 모든 왐피르가 죽었고 스텔마는 충격에 휩싸인 것 같았다. 에스퍼 두 명과 해병 일곱 명만 아직 무사했다. 사일런스는 어이가 없었다. 그렇게 많은 사람들이 그토록 간단히 살육당했다는 것이 믿기지 않았다. 프로스트가 총을 치우고 벨트에서 수류탄을 꺼냈다. 사일런스는 그녀의 팔을 잡고 말렸다.

"여기서 수류탄을 사용하면 역풍이 우리를 휩쓸 거야. 그리고 효과가 있으리라는 보장도 없어. 저 흉측한 괴물은 에너지빔도 튕겨내지 않았나."

프로스트는 짧게 웃으며 말했다. "저 녀석에게 이걸 먹이려고 합니다."

"나쁘지 않은 생각이군." 사일런스가 말했다. "하지만 아직 마지막 카드가 남았네. 스텔마! 자네 비밀병기를 쓸 차례야!"

보안장교는 충격으로 두 눈이 휘둥그레진 채 멍하니 바라보고만 있었다. 사일런스는 짧은 욕설을 내뱉으며 스텔마 쪽으로 다가갔다.

그때 외계생명체가 붙잡고 있던 왐피르를 던져버리고 사일런스에게 천천히 걸어왔다. 녀석은 그가 도망갈 곳이 없다는 것을 알고 있었다. 사일런스는 녀석의 이글거리는 눈을 겨냥해 광선총을 발사했다. 하지만 에너지빔은 전혀 충격을 주지 못하고 튕겨나갈 뿐이었다. 프로스트가 수류탄을 들고 앞으로 돌진했다. 녀석은 긴 팔을 뒤로 휘둘러 그녀를 멀리 쳐냈다. 그녀는 돔의 철벽에 세차게 부딪친 후 정신을 잃고 바닥으로 고꾸라졌으나 다행히도 수류탄은 기폭되지 않은 채 그녀의 손에서 굴러 떨어졌다. 사일런스는 검을 들었다. 외계생명체가 아주 기쁘다는 듯 활짝 웃는 것 같았다.

그때 스텔마가 자신의 비밀병기를 작동시켰다. 모든 것이 그 상태 그대로 정지한 듯했다. 번쩍이는 황금색 정지장이 외계생명체의 주변에 형성되었고, 녀석은 그 자리에서 여전히 주홍빛 미소를 띠며 얼어버렸다. 사일런스는 뼛속까지 한기를 느꼈고 모든 힘이 빠져나가는 것 같았다. 생각도 느리고 둔해졌다. 그는 프로스트의 손을 잡아서 황금색 장 밖으로 끌고 나왔다. 잠시 후 그녀는 회복되었고 두 사람은 비틀거리며 스텔마에게로 다가갔다. 그의 옆에는 기계가 낮게 웅웅거리며 작동하고 있었다. 곧 두 사람은 완전히 기력을 회복했다. 사일런스는 보안장교에게 고개를 끄덕였다.

"자네를 데리고 오길 정말 잘한 것 같군. 도대체 이 장치는 뭔가?"

"정지장발사기입니다. 어떤 거리에서든 무엇이든 정지장 속에 가둘 수 있습니다. 에너지를 무진장 먹어치우지만 명중률은 최고지요."

"내가 틀렸으면 지적해주십시오." 프로스트가 말했다. 그녀의 목소리는 조금 떨리는 것 같았다. "내가 알기로 정지장은 작동원리상 발사할 수 있는 것이 아닌데요. 필요한 곳에 설치하고 켜거나 끌 수는 있어도."

"더 이상 그렇지 않지요." 스텔마가 말했다.

"그리고" 사일런스가 약간 성급하게 물었다. "다른 것들은 모두 망가졌는데 어떻게 그 발사기는 작동하는 거지?"

"이 귀여운 녀석은 완전히 다른 작동원리에 기반하고 있습니다." 스텔마가 말했다. "신형 스타드라이브를 만들어낸 기술과 같은 겁니다. 제가 더 얘기해야 하나요? 그럴 필요는 없겠지요. 분명히 이 기술은 우리 것에 비해 강력합니다. 아마…… 어쨌든 외계생명체를 빨리 이송하는 것이 좋을 듯합니다. 만일의 사태에 대비해서 말입니다."

"잠시만." 사일런스가 말했다. "왜 자네는 처음부터 그 기계를 사용하지 않았나? 우리 대원들이 다 죽어나가기 전에 말이야."

"그래요." 프로스트가 흥분해 말했다.

"아," 스텔마가 대답했다. "기본적으로 이 장치를 제게 준 공학자들도 이것이 제대로 작동할지에 대해서는 확신하지 못했습니다. 사실 공학자들은 비록 작기는 하지만 무시할 수 없는 정도의 수치 때문에 이것을 켜자마자 대폭발이 일어날 가능성이 있다고 판단한 것 같습니다. 그렇기 때문에 꼭 필요한 순간까지 사용을 미뤘던 겁니다."

"그게 뭔지 알려주지 않은 이유가 있었군그래." 사일런스가 말했다. "내가 알았다면 아예 배에 싣지도 못하게 했을 걸세. 아, 젠장, 저 외계생명체는 자네 것일세. 빨리 내 눈앞에서 치워버리게."

스텔마가 기계의 제어판을 조작하자 외계생명체는 정지장에 의해 3센티미터 정도 지상에서 떠올라 천천히 앞으로 움직였다. 보안장교는 조심스럽게 외계생명체를 앞세우고 지상으로 향하는 방향으로 이동했다. 사일런스는 해병 네 명에게 스텔마와 그의 전리품을 뒤따르도록 지시한 후 대원이 몇이나 외계생명체의 공격에서 살아남았는지 둘러보았다. 두 명의 해병과 한 명의 에스퍼만 남은 것을 발견하고 가슴이 아팠지만 그다지 놀라지는 않았다. 다른 모든 대원들은 죽었다. 그들의 시신은 돔 입구 앞 여기저기에 흩어져 있었다. 그는 천천히 고개를 가로저었다. 너무 많이 희생되었다. 고작 외계생명체 하나를 포획하기 위해서 말이다. 그때 문득 스치는 생각에 그는 벽의 문 쪽으로 몸을 홱 돌렸다. 이번에는 프로스트가 그의 팔을 붙잡았다.

"저도 벌써 그 생각을 했어요, 함장님. 돔이 열렸는데 다른 잠자는 자들은 모두 어디로 갔을까요? 첫 번째 돔에서는 수천 마리가 있었는데요. 그렇지만 무작정 돔으로 걸어 들어가 살펴보는 것은 좋은 생각이 아닌 듯합니다."

"그래." 사일런스가 말했다. "좋은 의견 있나?"

"에스퍼가 한 명 남아 있습니다. 그가 밥값을 하도록 하지요."

사일런스와 프로스트가 홀로 남은 에스퍼를 쳐다보았고, 그는 그들의 시선을 체념의 눈빛으로 받았다. 그는 키가 크고 말랐으며 피곤에 지친 표정이었고, 연한 금발머리에 옅은 푸른 눈을 지녔으며, 입은 꽉 다물고 있었다. 사일런스는 다른 동료들은 다 죽었지만 이 에스퍼만은 살아남았다는 것을 다시 한 번 상기했다.

"억지로 할 필요는 없다." 그는 조용히 말했다. "자네는 이미 할 만큼 했고, 보고서에 자네의 이름을 올리도록 하겠다. 그렇지만 돔에서 무슨 일이 일어났었는지 알아야 하고, 그걸 할 수 있는 사람은 자네밖에 없어."

"알고 있습니다." 에스퍼가 화내기조차 어려울 정도로 피곤에 지친 목소리로 답했다. "결국 모든 것은 나 같은 사람들이 떠맡게 되는군요, 그렇지 않습니까?"

그는 대답을 기다리지도 않고 돔 쪽으로 나아가 문 바로 안쪽에서 멈춰 섰다. 그의 등이 쭉 펴지면서 매우 놀란 듯한 탄식이 입에서 흘러나왔다. 사일런스가 그를 응시하자 에스퍼는 뒤돌아보지도 않고 물러나라고 손짓했다.

"저는 괜찮습니다. 마음을 열 때 미처 준비가 되지 않았던 것뿐입니다. 제게 보이는 것은 사방으로 뻗은 공간뿐이군요. 생명도 없고 생명의 흔적도 없습니다. 우리가 너무 늦게 도착했습니다. 무슨 일이 일어났건 간에 모두 끝났습니다."

"무슨 일이 있었는지 알겠는가?" 사일런스가 물었다.

"너무 큽니다." 에스퍼가 말했다. "제가 마치 성당의 스테인드글라스에 붙어 기어 다니면서 그것을 이해하려고 하는 파리와 같다는 느낌이 듭니다."

"무슨 일이 일어났건 간에 무엇인가 인상을 남겼을 것 아닌가?" 프로스트가 말했다. "더 깊이 들어가보게. 다른 잠자는 자들에게 무슨 일이 있었나?"

에스퍼가 크게 신음하자 목에서 핏줄이 솟았다. "폭력…… 죽음 그리고 학살, 그리고 더…… 벽은 그것들로 가득합니다. 수천의 외계생명체들이 있습니다. 셀 수 없이 많이. 벌집의 벌들처럼 다닥다닥 붙어서. 자고 있습니다. 기다리며. 뭔가가 침입해 그들을 깨웁니다. 유령전사들."

사일런스와 프로스트는 서로 마주 보았다. '유령전사'는 셔브의 반란AI들이 통제하는 컴퓨터 임플란트에 의해 움직이는 사람의 시체로서 반란AI들의 무기로 사용되는 것이다.

"유령전사들이 몰려와 제가 알 수 없는 이상한 무기를 들고 외계 생명체와 싸움을 벌입니다. 그리고 결국 잠자는 자들을 수적으로 압도해 그들을 끌고 사라집니다. 망가진 유령전사들도 재사용을 위해 회수합니다. 유령전사는 도시에 영향을 받지 않습니다. 그들은 사실 여기 있는 것이 아니라 셔브에서 안전하게 조종되고 있습니다. 아마 도시가 영향을 줄 수 없었을지도 모릅니다. AI는 우리와 다르게 생각 하니까요."

오랫동안 에스퍼는 아무 말도 하지 않았다. 사일런스는 목청을 가 다듬었다. "왜 그들은 잠지는 지 하나를 남겨놓았는가?"

"누구든 여기 오는 사람을 놀라게 해주려고요. AI는 여기서 무슨 일이 일어났는지 함장님에게 알려주고 싶어 했습니다. 그들은 잠자는 자들을 유령전사로 만들어 제국에 풀어놓을 겁니다. 광선총을 제 게 주십시오, 함장님."

사일런스는 얼굴을 찌푸렸다. "안에 아직 뭔가 있나?"

"그냥 총을 쥐보십시오, 함장님."

사일런스가 앞으로 나섰고 에스퍼는 광선총을 받기 위해 돌아섰다. 사일런스의 눈에 돔의 내부가 잠깐 비쳤다. 돌아나오면서 그는 먼 곳을 쳐다보았다. 에스퍼가 옳았다. 이것은 너무 크다. 에스퍼는 손으로 총의 무게를 가늠해보았다. 그 무게에 놀란 듯했다. 에스퍼에게는 보통 무기가 지급되지 않는다. 그는 사일런스를 조용히 바라보았다.

"셔브가 우리를 상대로 계획하고 있는 것을 보았습니다. 끔찍합니다. 저는 그 일이 일어나는 것을 보고 싶은 생각이 추호도 없습니다. 안녕히 계십시오, 함장님. 즐거웠습니다. 당신과 제국을 지옥 끝까지 저주합니다. 하지만 어쨌든 지옥은 당신들에게 다가오고 있습니다."

그러고 나서 그는 순식간에 총을 자기 머리에 대고 발사해버렸다. 사일런스는 머리 없는 몸뚱이가 바닥에 쓰러지자 욕설을 퍼부으며 무릎을 굽혀 그의 손에서 광선총을 빼냈다. "젠장. 보고서에 쓰기에는 별로 좋은 내용이 아니군. 멍청하게도 총을 건네주다니."

프로스트는 혀를 끌끌 찼다. "에스퍼들이란 쯧쯧, 모두 약해빠져서는……"

사일런스는 일어서서 총을 집어넣었다. "잠자는 자들의 유령전사라…… 야전에서는 당할 자가 없겠군. 그런데 하필이면 지금 여기 왔을까? 새로운 공세를 준비하는 것일까? 그렇다면 언제, 어디서? 빨리 배로 돌아가는 게 좋겠어. 제국에 이 사실을 알려야 해."

"또 생각해볼 게 있습니다." 프로스트가 말했다. "유령전사들이 어떻게 격리작전을 우회할 수 있었을까요? 디파이언트 호의 함장은 어떤 것도 그들을 지나쳐간 것이 없다고 확신하고 있었는데 말이죠. 그런데도 그렌델 행성에 착륙해 돔에 침입하고 잠자는 자들을 모두 잡아갔다니 이상하군요. 셔브의 AI들이 우리의 센서를 속일 정도로 강력한 위장기술을 개발했다는 것이 한 가지 가능한 답이겠군요. 이건 정말 안 좋은 소식입니다. 그렇다면 유령전사가 어디든 아무 때나 공격할 수 있다는 말이 되고 그들의 배가 도시에 폭격을 시작할 때나 우리가 공격을 감지할 수 있다는 것 아니겠습니까? 반격조차 할 수 없겠지요. 적을 찾아내지 못하면 아무리 강한 에너지무기라도 쓸모가 없겠지요."

"자네가 사기 떨어뜨리기를 이만 마쳤다면, 자네의 하루를 망칠 만한 다른 것을 얘기해주지." 사일런스가 말했다. "우리는 그렌델의 모든 돔을 하나씩 점검해 유령전사들이 그것을 열고 이미 싹 비웠는지 살펴봐야 하네. 하나를 여는 데 우리가 얼마나 많은 희생을 치렀는지 이미 보았지?"

"함대로 돌아가서 더 큰 그림을 그려봐야지요. 확실히 할 필요가 있습니다. 그리고 우리한테는 스텔마의 기계가 있잖아요."

"현 상태로 유지될 수 있을 경우에만 그렇지. 이곳에서는 아무것도 믿을 수 없어. 그 어떤 것도 말이야."

돈틀러스 호의 함교로 돌아온 사일런스는 지휘석에 파묻혀 피로와 싸우며 잠들지 않으려 노력했다. 정신을 차리기 위해 약을 복용했지만 효력이 나타나기까지는 좀 시간이 걸렸다. 프로스트는 그의 옆에서서 언제나처럼 침착함과 냉정함을 유지하고 있었다. 그녀는 지금 막 일과를 시작하는 사람처럼 원기왕성해 보였다. 항상 그랬고 그건 수색관으로서 훈련 받은 결과였다. 다른 대원들의 상태는 엉망이었다. 몇 안 되는 생존 해병들은 의료구역에서 진정제를 맞고 잠에 빠졌다. 전투의 피로와 충격, 그리고 외계도시에서 받은 스트레스로부터 회복 중인 것이다. 사일런스도 그들과 합류하고 싶은 마음이 간절했다. 하지만 해야 할 일이 있었다. 그에게는 아직 120여 명의 해병이 있었지만 그들을 보호할 만한 확실한 대책 없이 지하도시의 위험으로 내몰 수는 없었다. 전투에스퍼와 왐피르는 모두 전사했다. 그는 자신이 그들의 죽음을 해병의 죽음보다 가볍게 여기고 있는 것이 마음에 걸렸다. 그는 고개를 가로저었다. 지금은 그것보다 더 중요한 일을 생각해야 한다. 스텔마가 실험실에서 사로잡은 잠자는 자를 가지고 무슨 일을 하고 있는지와 같은 것들 말이다. 사일런스는 전용 화면으로 보안장교를 호출했다. 보안장교는 피곤한 기색이었지만 무언가에 몰두하고 있는 듯했다.

"아직 별다른 성과가 없나, 스텔마?"

"별로입니다. 잠자는 자는 우리가 일반적으로 생각하는 생물과 너무 달라서 제 기기의 반은 쓸모가 없습니다. 한 가지 확실한 것은 유전공학적으로 만들어진 생물이라는 점입니다. 살아 있는 무기인 셈이지요. 최강의 전사이고 물리적인 차원에서 이것을 물리칠 방법은 없습니다. 우리는 속임수로 이긴 것입니다."

"유령전사들은 그들을 사로잡아갔네."

"네. 하지만 에스퍼의 말에 따르면 유령전사들은 우리보다 무기나 수적인 면에서 압도적이었습니다. 셔브는 우리보다 50년가량 앞서 있습니다. 더 확실한 것을 발견하면 즉시 보고드리겠습니다. 이상입니다."

스텔마의 얼굴이 채 사라지기도 전에 화면이 전환되면서 사일런스의 눈앞에 골고다의 제국군 연락관의 얼굴이 나타났다. 사일런스는 의자에서 절도 있게 자세를 가다듬었다.

"사일런스 함장님, 새로운 명령입니다. 이것은 앞서의 모든 명령보다 우선합니다. 스텔마 장교와 그 포획물을 내려놓고 즉시 산드라코 행성으로 출발하십시오. 반역자 오언 데스스토커가 일급수배자 잭 랜덤을 위시한 제국의 적들과 함께 그곳으로 향하고 있습니다. 그들 사이에 잠입한 우리 정보원이 산드라코 행성의 정확한 좌표를 보내왔습니다. 그들을 생포하십시오. 그들은 다크보이드 장치의 정확한 위치에 대한 정보를 가지고 있습니다. 따라서 이제부터 함장님은 다크보이드 장치를 입수해 제국에 제출하는 과정에서 필요한 모든 작전 권한을 부여받게 됩니다. 다크보이드 장치를 회수한 후에는 수배자들을 처형해도 좋습니다. 이 정보는 일급비밀입니다. 함장님만 알고 계십시오. 이상입니다."

연락관의 얼굴이 화면에서 사라졌다. 사일런스는 프로스트를 쳐다보았다. "공식적으로 자네는 이걸 못 들은 거군."

"물론이지요, 함장님. 이제 막 재밌어지는데 그렌델을 떠나야 하다니 애석하군요. 그래도 데스스토커, 랜덤, 그리고 장치라…… 재미있을 것 같습니다."

"다크보이드 장치……" 사일런스는 말했다. "그 악몽 같은 것이 다시 나타나다니 믿을 수가 없군."

"좋은 일이라고 생각합니다." 프로스트가 말했다. "제 생각에는 그게 우리가 셔브의 AI들을 제압할 수 있는 유일한 무기인 것 같습니다. 정말로 그들이 잠자는 자들을 유령전사로 만들었다면 말이죠. 그건 그렇고 잭 랜덤과 데스스토커를 죽이는 일이 기대되는군요."

"자네가 즐거워할 줄 알았네." 사일런스가 심드렁하게 말했다. "하지만 먼저 다크보이드 장치를 손에 넣어야 한다는 것을 명심하게. 죽은 사람은 비밀을 털어놓을 수 없는 법이니까. 자, 산드라코로 가자고. 그 행성이 울프링월드처럼 단지 신화나 전설인 줄 알았는데 실존하는군. 가서 보여주자고."

"뭐라고요?"

"왜 그러나?"

"뭘 보여주자는 건지요?"

"나도 모르겠네. 그냥 뭔가를……"

"아주 현학적이군요." 프로스트가 말했다. "한 가지 더 고려해보셔야 할 사항이 있습니다. 스텔마는 잠자는 자가 유전공학적으로 설계

되었다고 확신하는 것 같습니다. 만약 그렇다면 누군가가 특정 목적을 위해 그것을 만들었다고 봐야겠지요. 좀 더 구체적으로 말씀드리면 특정한 적을 염두에 두고 말입니다. 잠자는 자를 만들어냈어야 할 만큼 위험하고 강력한 적이 과연 무엇일까요? 그 적이 아직도 어딘가에 존재해 언젠가 우리도 마주치게 되는 것은 아닐까요?"

사일런스는 잠시 그녀를 응시했다. "내가 왜 자네를 데리고 다니는지 모르겠군. 자네는 마음만 먹으면 사람을 아주 불안하게 만드는 재주가 있단 말이야."

프로스트는 조용히 고개를 끄덕였다. "타고난 천성입니다."

결혼, 그리고 파국

검투장은 조명 때문에 무더웠다. 가면의 검투사는 핏빛 모래판에 등을 대고 누워 날개를 펄럭이며 공중에서 선회하고 있는 엔젤을 바라보면서 결국 이렇게 죽게 되는 것은 아닐까 생각했다. 그는 신음을 토해내며 힘겹게 옆으로 몸을 굴렸고, 무섭게 덮쳐오는 엔젤의 발톱이 몇 센티미터 차이로 비껴갔다. 가면의 검투사는 다시 일어서서 검세를 가다듬고 날아오르는 엔젤을 침착하게 관찰했다. 저 엔젤을 설계한 유전공학자는 무척 많은 것을 고려했다는 생각이 들었다. 넓은 깃털을 지닌 날개는 힘들이지 않고 자유자재로 날며 예상치 못한 각도에서 무서운 속도로 공격할 수 있도록 했으며 손과 발에 돋아난 길게 구부러진 갈고리는 철망갑옷을 잡아 뜯을 수 있을 만큼 강력했다. 제대로 방어하지 못한다면 그의 복부나 목을 단숨에 파헤쳐놓을 것이다. 그는 검투장의 조명 때문에 반쯤 윤곽만 비치며 날고 있는 엔젤을 바라보았다. 공기는 뜨겁고 건조해서 지옥 같았다.

엔젤은 그의 주변을 맴돌며 기습적으로 덮쳐오곤 했지만 항상 그의 검이 닿지 않는 곳에 머물렀다. 그 녀석도 그와 마찬가지로 피로를 느낄 때가 됐지만 전혀 공격이 무뎌지는 기색이 없었다. 녀석이 다시 다가오면서 활갯짓으로 일으킨 바람에 밀려 그는 모래바닥에 나뒹굴었다. 간신히 칼에 기대어 한쪽 무릎을 짚고 일어서려 할 때 뒤에서 엔젤이 근육질 팔로 그를 낚아채 공중으로 끌어올렸다. 워낙 억세게 움켜잡아서 그의 폐에서 공기가 다 빠져나갈 지경이었지만 팔만은 여전히 자유로웠다. 발아래 모래판이 아찔한 속도로 뒤로 밀려나고 있었다. 그는 먼 곳을 바라보았다.

그는 목덜미 뒤에 부딪치는 엔젤의 가쁜 숨결을 느꼈다. 그는 뒤통수로 엔젤의 얼굴을 온 힘을 다해 들이받았다. 엔젤의 코가 깨지는 것을 느낌과 소리로 알 수 있었다. 미적지근한 피가 그의 투구와 어깨를 적셨지만 그를 붙잡은 팔은 느슨해질 줄 몰랐다. 검투사는 아득한 정신으로 도대체 이 녀석이 무엇을 하려는지 궁금해하다가 앞에 펄럭이는 깃발의 창살 같은 깃대를 보고서야 그 의도를 알 수 있었다. 엔젤은 그를 깃대 위에 떨어뜨리려는 것이었다. 말뚝에 몸이 꿰인다는 것은 아주 천천히 비참하게 죽는 것을 의미했다. 그에게는 불과 몇 초의 여유밖에 없었다. 그는 아무리 해도 칼로 뒤를 베거나 그를 움켜쥔 팔을 어찌해볼 도리가 없었다. 이제 방법은 한 가지뿐이었다. 그는 이를 악물고 칼을 돌려 자신의 옆구리를 깊이 찔렀다. 칼은 등을 뚫고 나와 뒤에 있는 엔젤의 복부를 파고들었다.

엔젤은 비명을 질렀고 피가 둘 사이로 흘러내렸다. 둘은 돌멩이처럼 추락해 모래판에 세차게 나가떨어졌다. 검투사가 먼저 떨어져 그

충격으로 검은 엔젤에게 더욱 깊숙이 박혔다. 엔젤이 그를 밀쳤고, 그는 몸에서 검을 뽑았다. 둘이 서로 분리된 후에도 엔젤의 비명은 멈추지 않았고 둘 다 많은 피를 모래판에 뿌렸다. 하지만 검투사는 자신이 선택한 부위를 찔렀기 때문에 비록 상처가 심하고 출혈이 많기는 해도 여전히 움직일 수 있었다. 당장은 죽지 않을 것이다. 그는 오랜 수련을 통해 다져진 정신력으로 고통을 이기고 모래판 위에서 빌버둥치고 있는 엔젤에게로 다가갔다. 엔젤은 피로 흥건한 배를 움켜잡고 맥없이 날개를 퍼덕였다. 검이 녀석의 배를 깊이 찔렀고 또 빠져나올 때 상처를 넓게 벌려놓았다. 검투사는 무릎을 꿇고 양손으로 검을 치켜들어 마지막 힘을 다해 녀석의 목을 찔렀다. 검은 깊이 박히면서 목뼈를 갈랐고 엔젤의 움직임은 경련으로 바뀌었다.

검투사는 녀석을 내려다보며 잔인한 미소를 지었지만 밋밋한 철제 투구에 가려 밖으로 드러나지는 않았다. 엔젤은 더 이상 위험하지 않았지만 그는 목을 마저 베어냈다. 그러고는 비틀거리며 일어서서 베어낸 머리를 높이 쳐들어 관객 모두에게 보여주었다. 엔젤의 아름다운 얼굴은 공포로 일그러져 있었고 목에서 흘러나온 피는 검투사의 팔을 적셨다. 검투사는 그 피를 따뜻한 위안으로 여겼다. 그는 고통을 참으며 장내를 천천히 돌았고 관중은 열광했다. 잘린 머리는 특석 위의 대형 화면에 클로즈업되었다.

가면의 검투사는 관중의 환호에 공손히 답하고 몇 걸음 걷다가 머릿속이 하얘지는 느낌을 받았다. 관중과는 충분히 놀아주었다. 기회가 있을 때 빨리 검투장을 벗어나야 했다. 들것에 실려나간다면 그의 이미지에 득이 될 것이 하나도 없었다. 자신이 피 흘리고 있다는 것을 느끼지 못했지만 다리까지 적신 피를 볼 수는 있었다. 그는 가장 가까운 출구 쪽을 향해 현기증을 느끼며 한 걸음씩 발을 옮겼다. 하지만 엔젤의 머리는 여전히 손에 쥔 채였다. 그는 아마 그것을 박제해 벽에 걸어놓을 것이다.

관중은 그가 지나가자 열렬히 환호했다. 아무런 장식이나 문장도 없는 철제 투구로 얼굴을 가린 키 크고 날렵한 근육질의 사내. 수수께끼는 신비를 낳는다. 그의 정체를 알고 싶어 많은 돈을 쓴 사람들도 있었지만 대중은 그의 비밀스런 면모를 사랑했고 그것을 지켜주는 데 협조했다. 심지어는 여제의 정보원으로부터도.

가면의 검투사가 출구에 서자 차단장이 내려졌다가 그가 통과한 후 다시 올라갔다. 그는 한 손으로 옆구리를 틀어막고 환한 복도를 성큼성큼 걸어갔다. 그리고 마주치는 검투사나 트레이너들에게 침착한 태도로 인사했다. 승리했지만 중상을 입었다는 소문이 나기를 원치 않았다. 약해졌다고 판단될 때 그를 덮치기 위해 호시탐탐 기회를 노리며 선회하는 많은 독수리들이 있었다. 그는 갑자기 인내의 한계를 뛰어넘어 밀려오는 심한 고통을 느꼈다. 걸을 때 엔젤의 머리가 그의 다리에 부딪히면서 피가 떨어져 복도에 일렬로 핏자국을 남겼다. 그는 상관하지 않았다. 검투장 직원들이 청소하겠지.

어떻게 왔는지 기억도 없지만 마침내 그의 전용실 문 앞에 도착했다. 이 문만 지나면 안전하다. 그는 검투장 측으로부터 사생활을 보장받았으며, 누구든 자신을 엿보거나 성가시게 하면 죽여버리겠다는 빈번한 협박으로 그것을 더욱 공고히 했다. 보안장치에 손바닥을 대자 문이 열렸다. 그는 비틀거리며 안으로 들어섰고 이내 문이 저절로 닫혔다. 안에서 기다리던 스승, 게오르그 맥크래킨이 서둘러 그를 맞이했다. 얼굴에는 걱정하는 빛이 역력했다. 검투사는 웃으며 그에게 엔젤의 머리를 건넸다.

"스승님, 돌아왔어요."

그러고 나서 다리에 힘이 빠지며 머리를 떨어뜨리고 바닥에 쓰러지려 했다. 게오르그가 얼른 그를 붙잡았다. 게오르그는 잠시 당황하다가 재생장치를 생각해내고 침착하게 움직였다.

가면의 검투사는 여전히 갑옷을 입고 있었지만 옆구리와 등의 통증은 상처와 함께 사라졌다. 흉터조차 남아 있지 않았다. 그는 기분좋은 콧소리를 냈다. "좋은 기계야." 꽤 큰돈을 들였지만 그만한 가치가 있었다. 그는 열심히 갑옷을 벗기고 있는 게오르그에게 웃어 보이고 벽의 전신거울에 비친 자신의 모습을 바라보았다. 매우 위협적으로 보였다. 그는 잠시 말없이 서 있다가 돌아서서 천천히 가면의 검투사 인격을 벗겨내고 그의 다른 자아가 다시 전면에 등장하도록 했다. 투구를 벗자 멋만 부리기로 유명한 핀레이 캠벨의 얼굴이 드러났다.

아버지가 이런 그를 본다면 아마 뇌출혈을 일으킬 것이다. 그 생각만 하면 핀레이는 즐거웠다. 이중 역할을 너무 오랫동안 해 이미 익숙해졌지만 그래도 그 생각은 여전히 그를 미소 짓게 했다. 그는 마지막 갑옷을 벗어 게오르그가 챙기도록 하고 알몸으로 거울 앞에 서서 활짝 기지개를 켰다. 가슴과 팔에서 땀이 마르고 있었다. 그는 무심히 게오르그가 건네준 수건을 받아 땀을 닦으며 생각에 잠겼다.

게오르그 맥크래킨은 수년간 그와 함께했다. 원래는 그가 가면의 검투사였다. 하지만 마침내 신물을 내고 투구와 전설을 제자이자 계승자에게 물려주었다. 아무도 그 사실을 모른다. 게오르그는 어둡고 음침한 얼굴을 하고 다른 수건으로 핀레이의 등을 닦아주며 불필요한 위험을 감수하는 바보스러움을 나무랐다.

"살인을 하고 나면 항상 쾌감을 느낍니다." 핀레이는 꿈꾸듯이 말했다. "몸속의 모든 어두운 생각과 충동이 없어지고 정화되거든요."

"그렇겠지." 게오르그가 조용히 말했다. "네가 피의 갈증을 검투장에서 달랠 수 없다면 많은 사람들이 위험해질 거야. 아마도 귀족의 반은 결투하다가 죽어버리겠지. 싸우는 것을 처음 보았을 때부터 네가 천부적인 살인자라는 것을 알았어."

핀레이는 그를 쳐다보았다 "지금 스승님은 가면의 검투사로서 모래판에 섰을 때 즐긴 적이 없다고 말씀하시는 겁니까?"

"아니. 하지만 나는 도전을 위해 싸웠고, 너는 쾌감을 위해 싸우지. 그건 달라. 그렇기 때문에 너는 나보다 더 물러나기 힘들 거야. 하지만 결국은 너도 언젠가는 식욕이 사그라지면서 가슴에 악마를 품은 또 다른 바보 녀석을 찾아 투구와 전설을 물려주게 되겠지."

"아마도요." 핀레이가 말했다. 그의 목소리는 동의하지는 않지만 다투기 싫다는 투였다. "이건 다 제 아버지 잘못이에요, 아세요? 저는 태어나면서부터 전사였어요. 어린아이일 때도 상대가 얼마나 크건 상관없이 조금의 모욕도 참지 않고 맞서 싸웠어요. 그리고 대부분 이겼지요. 저는 군대에 가서 소속이 어디건 제국의 적과 싸울 수 있었다면 정말 행복했을 거예요. 하지만 그럴 수 없었지요. 저는 장남이고 대를 이어야 했으니까요. 제 몸뚱이는 너무 소중해서 제 마음대로 할 수가 없다고요. 저는 가문의 후계자로서 최고의 사격술과 검술훈련을 받을 수 있었고 또 그것이 의무이기도 했지만, 결코 그 정도에 만족할 수 없었어요. 제 피를 태울 만한 무언가가 필요했어요. 제 감성을 휘젓고 살아 있음을 느끼게 하는 무언가가……

열다섯 살 때 처음으로 결투라는 걸 해봤어요. 불쌍한 녀석의 갈빗대를 쑤셔주었는데 아주 기분이 좋더군요. 최고였어요. 그런데 그 다음부터는 어딜 가도 경호원이 동행하고 결투까지 대신해주더군요. 그게 동기들 사이에서 내 평판을 어떻게 만들었는지 아시겠지요. 그 전에도 별로 좋지는 않았지만 그때부터는 아예 쓰레기 취급을 하더 군요. 모든 게 훌륭한 아버지를 둔 덕분이지요.

검투장을 생각했던 건 오래됐어요. 경호원들의 감시를 벗어나 검 투장에 뇌물 좀 먹이고 홀로그램 마스크를 쓰고 대전을 벌였죠. 성가 신 격식이나 꾸밈 같은 것 없이 검과 검으로 맞붙는 대결, 끝났을 때 저는 살았고 상대는 죽었어요. 고향에 돌아온 기분이더군요. 그나음 부터 누군가 제 정체를 의심하지 않도록 멋쟁이로 꾸미고 다녔어요. 이제 만약 이 사실이 드러난다면 엄청난 스캔들이 될 거예요. 최고 가문의 장자가 검투장에서 개싸움을 벌이다니! 아버지는 듣자마자 뒷목을 붙잡고 쓰러지시겠죠."

"전엔 이런 말을 한 적이 없었잖아." 게오르그가 말했다. "그래도 어느 정도 짐작은 했었지. 뭐든 알아내는 게 내 전문이거든. 하지만 너는 이런 말을 하기 싫어했고 그래서 굳이 캐묻지 않았단다. 그런데 왜 갑자기 오늘 말이 많아졌지?"

핀레이는 어깨를 으쓱했다. "모르겠어요. 오늘은 왠지 도덕적이고 싶나보죠."

게오르그는 피식 웃었다. "때가 가까웠군. 네가 항상 이겨왔다고 해서 앞으로도 그러리라는 보장은 없다. 요즘 너무 우쭐해졌어. 검투 장에서 한 가지 배울 게 있다면 뛰는 놈 위에 나는 놈이 있다는 사실 이다."

"누구요?" 핀레이는 타월을 옆으로 던지고 옷을 집어 들면서 도전적으로 물었다.

"글쎄, 이를테면 키드 데스. 새로운 서머아일 영주 말이다. 그를 멀리하거라. 미친놈이니까."

"미친놈이라서 무적인가요?"

"기술적인 관점에서 그렇지. 그 녀석은 이기기 위해서는 자기 목숨도 내놓을 놈이다. 평생에 딱 한 번만 내 말을 새겨듣거라. 내가 너를 검투장에서 최고로 키운 것은 그런 죽지 못해 안달이 난 천재 미치광이에게 바치기 위해서가 아니다."

"명심하겠나이다." 핀레이는 가까운 벤치에 앉아 무릎 높이의 가죽장화를 신었다. "요즘 더욱 싸움에 열중하게 돼요. 상류사회의 끝없는 음모정치에 시달리다가 검투장에 오면 정말 깨끗하고 명료한 느낌이 들거든요. 상류사회라는 곳은 어떤 단어도 액면 그대로 해석되지 않지요. 모든 말은 열 가지 이상의 뜻을 지녔다고 보면 됩니다. 어디를 가도 모략꾼들이 반역자의 귀에 소곤대는 소리가 들려오지요. 다행히도 내 가문은 물론 다른 모든 사람들도 나를 멋만 부리는 겁쟁이로 여기고 한쪽으로 제쳐놓고 신경도 쓰지 않아요. 나 같은 사람을 결투에서 물리쳐봐야 영광스러울 것도 없고, 음모에 가담시켜줄 만큼 영리하지도 못하다고 생각하지요. 그래서 나는 이 인격이 아주 편합니다. 음모로부터 나를 안전하게 지켜주고, 내 비밀도 감춰주며, 끝없는 즐거움을 만끽할 기회를 주거든요. 아, 인생은 즐겁습니다, 게오르그. 하지만 죽음이 더 재밌지요."

"그 유쾌한 기분을 잘 유지해." 게오르그가 말했다. "그게 필요할 거야. 네가 혹시 잊어버릴지도 모르니 상기시켜달라고 한 일이 있지? 오늘 오후에 결혼식에 참석해야 한다고 그랬잖아. 아주 중요한 결혼식 같던데. 가문의 직계구성원들만 참석하고 나 같은 하찮은 귀족은 입구를 통과할 수도 없는 그런 행사 말이야."

"배 아프신가봐요." 핀레이는 마지막으로 옷매무시를 가다듬고 거울에 이리저리 비춰보며 경쾌하게 말했다. "가봐야 좋아하지도 않을 거면서. 따분한 일이에요. 피가 튀는 것도 아니고요. 엄숙하고 격식만 따지는 목소리, 살찌우는 음식, 게다가 맛없는 샴페인까지. 혹시 스승님이 그런 데에 관심을 가진다면 중요한 행사일 수도 있지요. 로버트 캠벨이라고 내 사촌 하나가 레티샤 슈렉인가와 정략결혼을 하는 거예요. 순전히 현실정치적인 이유 때문이지요. 두 가문은 우리가 기억하는 한에는 여태껏 서로 못 잡아먹어서 안달인 사이였지만 이제부터 공동의 적에 대항해서 뭐 사이좋게 지내기로 했답니다. 그래서 과거의 은원은 잊기로 하고 그 증거로 결혼을 하는 거지요. 물론 당사자들은 행복해질 리가 없지만 누가 신경이나 쓰나요? 그들이 결혼식을 마치고 같이 살건 쳐다보지도 않건 문제될 게 없지요. 그들이 정자 난자를 각각 은행에 맡겨놓고 결혼 상태만 유지한다면요. 불쌍한 로버트와 레티샤. 내가 알기로는 서로 만난 적도 없는 사이인데."

게오르그는 웃었다. "오늘 검투장에서 한바탕했는데 거기 가면 엄청나게 따분하겠군."

"꼭 그렇지는 않아요. 가족모임이 아주 위험하고 검투장보다 더 험악할 때도 있어요."

게오르그는 어깨를 으쓱했다. "그렇다면 나는 가까이 가지 않는 게 좋겠군. 하찮은 집안의 하찮은 막내인 내가 감히 범접할 만한 곳이 아니야."

"하찮다고요!" 핀레이는 웃으며 말했다. "조만간 스승님도 이런 교

양 있는 삶이 지겹게 느껴질 겁니다. 검투장이 부르는 소리가 들리시
지요? 저항할 수 없어요. 그건 천성이거든요."

"아니다." 게오르그가 말했다. "나는 그 악몽에서 깨어나서 평화를
찾았다. 나는 여기서 너도 그렇게 되기를 기다리는 거다."

"그럼 아주 오래 기다려야겠군요." 핀레이는 단호하게 말했다. "나
는 설혹 내가 원한다 하더라도 이것을 포기할 수 없어요. 이게 나를
제정신으로 유지시켜주는 유일한 수단이거든요."

"우리가 있는 곳, 네가 하는 일을 감안하면 제정신이란 것은 상대
적인 개념이다." 게오르그가 말했다.

그때 뒤에서 문이 활짝 열렸다. 둘은 놀라서 날카롭게 뒤돌아보았
다. 있을 수 없는 일이었다. 문의 잠금장치는 최신식이었다. 핀레이
는 아직 엔젤의 피가 묻어 있는 모르가나를 집어 들었고 게오르그도
어디선가 광선총을 꺼냈다. 한 수녀가 후드로 얼굴을 완전히 가린 채
팔짱을 끼고 검은 옷을 휘날리며 들어왔다. 핀레이는 긴장을 풀지 않
았고 게오르그도 겨냥한 총을 내리지 않았다. 검투장 아래 복도에서
'자비수녀단'은 흔하게 눈에 띄었지만 그렇다고 이렇게 불쑥 문을 열
고 들어올 방법은 없었다. 그녀는 거리를 유지한 채 멈춰 섰고 문이
뒤에서 닫혔다. 잠시 긴장이 흐르고 세 사람 모두 자세를 흐트러뜨리
지 않고 그대로 서 있었다. 그리고 수녀가 가늘고 귀족적인 손을 들
어 후드를 벗었다. 핀레이는 검을 내렸고 게오르그는 다시 총을 집어
넣었다.

"에반젤린!" 핀레이가 급히 그녀에게 다가가며 외쳤다. "여기는 다
시 오지 않기로 했잖소. 위험하단 말이오."

"알아요." 에반젤린 슈렉이 대답했다. "하지만 어쩔 수 없었어요."

그녀는 그의 품에 뛰어들었고 좁은 탈의실이 오븐처럼 달궈지도록 서로 열정적인 키스를 나눴다. 게오르그는 잠시 천장을 올려다보며 고개를 가로것다가 옆방으로 가버렸다. 두 연인은 폭풍 속에서 길잃은 아이들처럼 서로 꼭 껴안았다. 핀레이의 가슴속에서 심장이 아파왔고 숨을 쉴 수 없을 것만 같았다. 그녀를 안을 때마다 항상 느끼는 기분이었다. 그는 그녀같이 특별한 사람이 이심전심으로 자신을 그리워하고 있다는 사실이 믿기지 않았다. 검투장이 그의 피를 따뜻하게 만든다면 그녀는 순수한 백열광처럼 그의 가슴속에서 불타올랐다. 그녀의 익숙한 체취가 그의 머릿속에 미약처럼 가득 찼지만 그녀는 지극히 현실적인 촉감으로 그의 품속에 안겨 있었고 그녀의 팔은 마치 누군가 그녀를 끌고 가버릴까봐 두려워하는 듯 그의 등을 파고들었다. 그녀는 그의 유일한 연인이었다. 그는 그녀를 위해서는 죽을 수도 있었다.

그리고 언젠가 그런 날이 올지도 몰랐다. 그들의 비밀사랑은 금지된 것이었기 때문이다. 그는 캠벨 가의 장자였고 그녀는 슈렉 가의 상속녀였다. 두 집안은 수대에 걸쳐 전쟁 중이었다. 그날 오후에 있을 사촌간의 정략결혼은 별로 중요하지 않았다. 그런 결혼이 있은 후에도 이미 십여 차례나 유혈전이 벌어진 바 있었다. 그렇기 때문에 두 상속인 사이의 결혼은 한마디로 생각조차 할 수 없는 일이었다. 양측이 서로 대규모 살상을 벌이지 않는다고 하더라도 그러한 결혼은 불가피하게 한쪽 가문이 다른 쪽 가문을 통째로 집어삼키는 것을 의미했다. 그는 캠벨이고 그녀는 슈렉이었으며 그들은 불구대천지 원수일 뿐이었다.

그들은 둘 다 가면을 쓴 상태에서 상대방이 누군지 모른 채 우연히 만났다. 그들은 곧 사랑에 빠졌고 서로 누구인지를 알았을 때는 이미 너무 늦어버렸다. 그 과정은 순식간에 진행되었으며 그들의 인생을 송두리째 바꿔놓았다. 이제 그들은 간혹 어렵사리 마련되는 둘만의 시간만을 고대하며 살고 있다. 그러면서도 발각되지 않을까 항상 불안했다. 그들 사이가 세상에 알려진다는 것은 두 사람에게 불명예의 차원을 넘어 죽음을 의미할 수도 있기 때문이었다. 세상에 어떤 종류의 스캔들은 전혀 인정되지 않는 것도 있었다.

핀레이는 그녀를 껴안고 얼굴을 그녀의 머리칼 속에 묻었다. 냄새가 좋았다. 그녀는 자신의 사랑을 용납하지 않는 거대하고 무자비한 힘 앞에 너무나도 작고 여려 보였다. 만약 할 수만 있다면 그녀가 위험에 빠지지 않도록 고통스럽더라도 그녀에게서 멀리 떨어져 살고 싶었다. 하지만 그녀가 그러지 못하듯 그도 그렇게 할 수 없었다. 그녀는 그가 꿈꾸고 희망하는 모든 것이었고, 그녀를 잃는다는 것은 그의 심장을 떼어내는 것과 같았다. 그녀는 작은 아이나 겁먹은 짐승처럼 그에게 기대어 있는 동안 점점 숨소리가 고르게 가라앉았다.

"여기 오는 건 너무 위험하오." 그가 마침내 그녀의 귀에 속삭였다. "미행이 있을 수도 있소."

"없었어요." 그녀는 그를 쳐다보려 하지 않았다. "에스퍼를 시켜서 확인했어요. 그리고 이런 복장인데 누가 저를 알아보겠어요? 여기는 다친 사람을 돌보는 자비수녀단 단원들이 많잖아요. 아무도 수녀의 얼굴을 기억하는 사람은 없어요. 저는 왔어야 했어요. 당신이 상대해야 했던 괴물에 대해 들었어요. 당신이 안전한지 확인하지 않을 수 없었다고요."

"조금도 걱정할 필요가 없다고 항상 말하지 않았소. 나는 최고요,

내 사랑. 오늘도 가볍게 이겼소."

"늘 그렇게 말씀하시지요. 하지만 누구든 운이 따라주지 않는 날은 있는 거예요. 실수한다면, 나는……"

"알아요. 하지만 그만둘 수는 없구려. 당신을 원하는 만큼 이 일도 필요하오. 이 일은 나의 일부이고, 이걸 관둔다면 더 이상 당신이 사랑하는 내가 아닐 거요. 에반젤린……"

"알고 있어요. 그냥 너무 걱정이 돼서 그래요. 내 인생에 당신같이 소중한 사람이 나타나리라고는 생각도 못 했어요. 우리 사이를 방해하는 것은 무엇이든 증오할 거예요."

"그런 생각 말아요." 그는 그녀를 부드럽게 밀치며 얼굴을 바라보았다. 그녀의 검은 눈동자가 그를 붙잡았다. "당신은 항상 나와 함께하오. 나는 항상 당신 생각뿐이오. 오죽하면 내 검에 당신 중간이름을 붙였겠소."

"아주 고맙군요." 에반젤린은 못마땅한 듯 말했다. "다른 연인들은 선물로 꽃이나 보석을 주는데 당신은 검에다가 내 이름을 붙이다니."

"훌륭한 검이오."

"훌륭한 검일 뿐이지요." 그녀의 얼굴은 수심에 찼다. 그녀는 그를 밀쳐내며 물었다. "당신 부인은 어떻게 지내요, 핀레이?"

그는 영문을 몰라 눈을 깜빡거렸다. "잘 지내고 있소, 내가 아는 한. 우리는 꼭 봐야 할 때 말고는 서로 안 만난 지 오래되었소. 그녀에게는 그녀의 인생이 있고 나에게는 내 인생이 있소. 우리가 만날 필요가 없을 때는 둘 다 잘 살고 있지. 그런데 뭣 때문에 그러오, 내 사랑? 당신은 내가 그녀를 사랑한 적이 없고 그녀도 마찬가지라는 것을 잘 알고 있잖소. 그건 사업관계를 공고히 하기 위한 정략결혼이었소.

당신과 내가 같이할 수 있는 길이 있다면 지금 당장이라도 나는 이혼할 수 있소. 왜 지금 그녀에 대해 묻는 거요?"

"왜냐하면 오늘 오후 결혼식에 우리 둘 다 참석해야 하기 때문이지요. 아드리엔, 그녀도 오나요?"

"그렇소, 올 거요. 평소의 아드리엔을 생각해보면 거기 도착하자마자 술을 마시기 시작해서 우리가 갈 때쯤이면 아마 완전히 취해 있을 거요. 걱정 말아요, 내 사랑. 조심하는 한 우리는 항상 같이할 수 있을 거요. 물론 아주 조심해야지. 우리에 대해 사람들이 결코 알아서는 안 되니까, 에반젤린. 당신이 우리 가문 사이의 관계가 좋아지기를 바란다는 걸 알고 있소. 하지만 불가능하오. 만약 그들이 알게 된다면, 우리 때문에 전쟁이 벌어질 거요."

"그보다 안 좋은 것은," 에반젤린이 말했다. "우리가 영영 서로 만나지 못하게 될 것이라는 사실이지요."

그는 그녀를 다시 끌어안고 그녀의 말을 자신의 입술로 막았다. 그리고 한동안 그들은 서로 꼭 껴안고 그냥 서 있었다. 너무 단단히 달라붙어 있어서 아무도 떼어놓을 수 없을 것 같았다.

그해 가장 어울리지 않고 정치적으로 민감한 결혼식이 울프 가문 소유의 연회장에서 개최되었다. 캠벨 가와 슈렉 가의 얽히고설킨 사기와 음모와 원한관계를 고려해보면 그것은 서로간의 완충지대를 설정하려는 시도 같았다. 두 가문은 울프 가와도 다년간에 걸쳐 설전을 벌이기는 했지만 공공연한 싸움으로 번지지는 않았다. 그들은 동맹자가 아니었고 앞으로도 그럴 가능성이 적었지만 등을 돌릴지도 모르는 친구보다는 잘 알고 있는 작은 적이 나을 때도 있었다. 그래서 캠벨 가와 슈렉 가로부터 소동을 일으키지 않겠다는 약속을 받고 울프 가가 결혼식을 주최하게 된 것이다. 울프 가는 만일의 사태에 대비해 경비를 강화했다.

두 가문은 각각 사촌들과 추종자들, 식객들을 포함해 경호원, 경비대, 감시원 등 대부대를 이끌고 나타났다. 상류사회에서 수행원의 규모는 매우 중요한 의미를 지녔다. 그것은 자신의 힘을 과시하는 것이었다. 가문들은 그것을 통해 수하들이 여전히 충성을 바치고 있다는 것을 과시하고, 적들이 허튼 생각을 갖지 않도록 사전에 예방하려고 했다. 그다지 아름다운 관행은 아닐지라도 어쨌든 모든 가문들은 그런 쇼를 좋아했다.

연회장은 매우 넓었으며 벽과 바닥, 천장이 지나칠 정도로 화려했다. 옥으로 조각된 섬세한 덩굴들이 늘어뜨려진 금과 은의 기둥이 있었고, 바닥은 3센티미터 크기의 대리석 조각으로 만들어진 거대한 모자이크로 치장되어 있었다. 그 모자이크는 울프 가 선조들의 업적을 기린 것이었다. 연회장의 벽은 계속 변하는 홀로그램 풍경을 보여주었는데 풍경은 컴퓨터가 유행에 맞춰 선정한 것이었다. 그리고 천장은 검은 벨벳에 흩뿌려진 다이아몬드처럼 밤하늘에 빛나는 별들의 홀로그램으로 채워져 있었다. 하지만 대부분의 하객들은 그런 것들에 관심을 두지 않았다. 그들은 서로를 쳐다보는 것에 더욱 흥미를 느낄 뿐이었다.

핀레이 캠벨은 부인을 대동하고 참석했다. 부부동반을 좋아하는 남성은 없었지만 필요한 격식이었다. 캠벨 부부는 결혼식 당일에도 불꽃 튀는 싸움을 벌였고 그 후에도 부부생활은 계속해서 나빠지기만 했다. 그들은 심한 압박과 교묘한 협박에 떠밀려 어쩔 수 없이 정략결혼에 응했을 뿐인 관계였다. 그들이 만약 책임을 모면할 방법만 찾아냈다면 벌써 상대방을 암살했을지도 몰랐다. 하지만 가문 내의 살인사건은 제국의 에스퍼들에게 즐길 거리를 제공할 뿐이었기 때문에 그들은 구시렁대면서도 마지 못해 결혼생활을 유지하고 있었다.

그들은 평소에는 가능한 한 멀리 떨어져 지내다가 오늘처럼 같이 참석해야 할 필요가 있는 공식석상에서만 만나곤 했다. 그들을 묶어주는 유일한 끈은 두 자녀였다. 각각 다섯 살과 여섯 살인 아이들은 벌써 어느 면으로 보나 악동들이었다. 인공수정으로 실험실에서 생산된 아이들은 가문이 지정한 보모의 손에서 자라 지금은 가문이 승인한 기숙학교에 다니고 있었다. 가문에 대한 충성심은 타고나는 것이 아니라 육성되는 것이기에 조기교육이 중시되었다. 가문에서는 심지어 부모의 개입도 배제했다.

핀레이는 아들과 딸을 무척 그리워했다. 시간이 날 때마다 아이들과 함께 시간을 보냈으며 기회가 주어진다면 좋은 아빠가 될 수도 있다고 생각했다. 그러나 다른 여러 가지 것들과 마찬가지로 그것 역시 허용되지 않았다. 핀레이는 조용히 한숨을 내쉬었다. 그리고 뭐 재미있는 것이 없을까 하고 주변을 둘러보았다. 그는 언제나처럼 화려하게 단장했다. 강렬한 핑크색의 커터웨이 프록코트를 입고 형광색 얼굴에 불타는 듯한 구릿빛의 금속 머리카락을 가슴까지 늘어뜨렸다. 암청색 넥타이는 유행에 따라 일부러 삐딱하게 맸으며 검은 모자에는 공작 깃을 꽂았다. 그는 멋을 내기 위해 썼을 뿐인 보석 장식의 코안경을 통해 주변을 살폈다. 관습에 따라 허리에 검도 차고 있었는데 손잡이와 검집은 보석으로 장식되어 있었다. 하지만 칼날은 아무런 장식도 없었고 언제든지 사용할 수 있도록 완벽한 상태를 갖추고 있었다.

결혼식은 삼십 분 후에 시작될 예정이었다. 연회석은 붐볐다. 여기저기서 화려한 색상의 장식들이 핀레이의 눈길을 끌었고, 군데군데 직접 참석하지 않은 사람들의 홀로그램도 보였다. 반면 대부분의 가족구성원들은 가문의 사업을 위해, 서로의 결속을 다지고 최근 소식을 듣기 위해 억지로라도 참석했다. 소음 속에서 한 목소리가 유난히 크게 들렸다. 핀레이는 돌아보지 않고도 자기 부인, 아드리엔의 목소리임을 알았다. 아드리엔은 레이저빔처럼 무엇이든 꿰뚫을 수 있는 목소리를 지녔다. 핀레이는 가문이 그녀의 목소리를 일종의 무기로 개발할 수 있다면 떼돈을 벌 수 있을 것이라고 생각하곤 했다. 그는 체념하며 천천히 돌아섰고 아니나 다를까 아드리엔이 거기 있었다. 그녀는 어디론가 다른 곳으로 간절히 가고 싶어 하는 한 무리의 방계 귀족 부인들을 붙잡고 있었다.

아드리엔은 보통 키에 약간 통통한 편으로 별로 두드러지지 않은 체격이었음에도 불구하고 어떤 모임에서든 시청각적으로 가장 이목을 끄는 여인이었다. 항상 기다란 검은 가운을 입고 다녔는데 검은색이 자신의 창백한 얼굴에 잘 어울린다고 생각하기 때문이었다. 하지만 더 중요하게는 그러한 복장으로 자신이 결혼한 것을 후회하고 있다는 것을 드러낼 수 있다고 여기기 때문이었다. 가운은 어깨끈이 최대한 벌어져 있고 엉덩이까지 푹 파여 있어서 재채기 한 번으로도 쉽게 벗겨질 것만 같았다.

그녀의 얼굴은 윤곽이 뚜렷했으며, 화난 듯한 주홍색 입술에 가는 눈과 좁은 미간, 작지만 날 선 코, 그리고 곱슬곱슬한 밝은 금발을 지니고 있었다. 몸놀림은 맹금류처럼 갑작스러웠고, 대화할 때는 적과 싸우는 듯 지배하고 굴복시키려 하는 경향이 있었다. 그녀도 분명 배려라는 것을 알고 있을 테지만 평상시에는 전혀 개의치 않았다. 그녀가 남자였다면 입 때문에 수백 번의 결투를 해야 했을 것이다. 그렇기 때문에 남자라는 단어의 일반적인 정의에 아드리엔 캠벨도 포함시켜야 한다고 주장하는 사람도 있었다.

그녀는 청중을 쉼 없이 괴롭히는 사이사이에 큰 술잔을 벌컥거렸다. 만약 그녀가 필요로 할 때 재빨리 잔을 채우지 못한다면 하인들은 정말로 신의 보살핌이 필요해질 것이다. 그녀는 넓은 연회장을 둘러보며 지겹다는 듯 고개를 절레절레 흔들었다.

"여기는 완전히 쓰레기장이야. 차라리 장례식장이 유쾌하겠어. 음식도 엉망이고. 이 와인은 변기에 부어버리고 싶을 지경이야. 누군가 이미 그렇게 했다는 데 한 표 걸지. 그리고 신랑 표정은 저게 뭐야? 총각귀신으로 죽은 사람도 저보다는 행복한 얼굴이겠네. 게다가 신부는…… 어머, 아직 어린애잖아! 아마도 첫날밤은 숙제하느라고 건너뛰어야 할 것 같은데. 누군가 그녀를 한쪽으로 데리고 가서 인생에 필요한 몇 가지를 좀 일러주어야 할 것 같군. 첫째, 항상 피임을 잊지 마라. 둘째, 모든 일은 각서를 받고 가능하면 증인도 세워라. 뭐 그런 것들 말이야. 그녀를 봐. 불쌍한 것, 뀌다놓은 보릿자루처럼 저게 뭐야. 그래도 침대에 누우면 얼굴에 화색이 돌겠지. 아직은 결혼하는 남자의 수도꼭지에서 길게 들이켜지는 못하겠지만 말이야."

아드리엔은 간혹 숨을 쉬거나 음료수를 마시거나 또는 딴청을 피우는 청중을 엄하게 째려봐야 할 순간만을 빼고는 한참 동안 그렇게 수다를 떨었다. 핀레이는 멀리서 존경스런 눈초리로 그녀를 지켜보았다. 평소 그는 훌륭한 재주를 높이 샀는데 오늘 아드리엔은 그만한 가치가 있었다. 수년간 아주 가까운 거리에서 그녀의 말에 시달렸기 때문에 그는 충분히 면역이 되었지만, 다른 사람들은 불행히도 그렇지 못했다. 아드리엔의 청중 중 몇몇 여인들은 아드리엔이 보지 않는 사이에 그녀의 술잔에 치명적이지는 않지만 뭔가 불쾌한 것을 집어넣는 것을 진지하게 고려해보고 있을지도 모를 일이었다.

핀레이는 그런 충동을 충분히 이해했다. 아드리엔의 목소리가 마치 공습 같기 때문이었다. 파티나 그 외 사회적 모임을 주최하는 사람들은 아드리엔이 참석할 수 없는 구실을 만들어내는 데 매우 창의적이었다. 전염병 발생이나 사회불안 등등 핑계는 아주 다양했다. 하지만 그녀는 어떤 이유에도 아랑곳하지 않고 어김없이 모습을 드러냈다. 그녀가 결혼으로 캠벨 가의 일원이 되었기 때문에 누구도 드러내놓고 그녀를 따돌릴 수는 없었다. 게다가 그녀는 워낙 낯짝이 두꺼웠다. 그리고 꼭 짚고 넘어갈 것은 그녀가 이목을 끌면 끌수록 핀레이가 사람들 관심권 밖으로 밀려났다는 점이다. 그것은 핀레이에게 꼭 그렇게 나쁜 것만은 아니었다.

핀레이는 복잡한 연회장을 둘러보았다. 형형색색으로 잘 차려입은 귀족들이 음모와 유혹, 정치와 뜬소문의 낯익은 군무를 즐기고 있었다. 어디든 밝게 빛나는 형광색 얼굴에 윤기 있는 금속 머릿결, 그리고 최신 유행을 따른 복장들로 가득했다. 그들은 지저귀는 새의 행렬처럼, 날카로운 모서리를 숨긴 장난감처럼 핀레이의 신경을 자극했다. 그들에게는 깊이가 없다. 그들은 열정이나 신념에 대해서는 아는 바 없고 오직 순간의 쾌락에만 열중한다. 그들은 단견과 천성적 게으름으로 분명한 쇠퇴의 흐름을 외면한다. 진정한 도락은 수고스러운 법이나, 그들은 겉핥기만 하고 있는 것이다. 핀레이는 그들을 경멸했다. 그들은 용기나 삶과 죽음의 치열함을 이해하지 못한다. 잘 짜인 격식에 따른 결투에 만족하지만, 그것도 종종 피 한 방울 흘리는 것으로 명예가 지켜졌다고 치부해버리는 싱거운 게임이다. 핀레이는 공허한 미소로 그들을 쳐다보면서 속으로 경멸을 퍼부었다.

그는 기분전환 거리를 찾으며 주변을 살피다가 울프 가의 사람들에게 시선이 닿았다. 울프 가의 수장과 그의 새 부인은 오지 않았다. 혹 무슨 일이 발생하더라도 책임질 필요가 없고 중립적인 입장을 유지하기 위한 나름의 포석이었다. 대신에 밸런타인과 스테파니, 다니엘은 참석했다. 하지만 그들도 무관심한 태도였다. 핀레이는 슬며시 웃었다. 그들 셋도 근시일 내에 정략결혼을 앞두고 있었기 때문이다. 아마도 다가올 비참한 운명을 더 손쉽게 받아들일 수 있도록 길들이기 위해 아버지가 그들에게 참관하도록 강요했을 것이다. 스테파니와 다니엘은 나란히 서서 자기 약혼자들을 노골적으로 무시하고 있었다. 반면 약혼자들은 그 옆에서 서로 금방 친해진 듯 다정하게 얘기를 주고받고 있었다. 밸런타인은 언제나처럼 혼자 서 있었다. 키가 크고 날씬한 그는 자주색 코트와 레깅스를 입고 음울한 섬세함을 풍겼다. 긴 곱슬머리와 화장한 얼굴 때문에 부잣집 아들이라기보다는 병약한 나무에서 떨어진 멍든 과일 같았다. 마스카라를 칠한 눈과 주홍색 미소를 띤 표정은 예의바르지만 생각은 다른 데 가 있는 듯 멍한 느낌을 주었다. 그가 뭘 생각하고 있는지는 핀레이의 관심사가 아니었다. 밸런타인은 와인 잔을 들고 있지 않았는데 아마도 그의 혹사당한 입맛을 자극할 강력한 와인이 그 방에는 없어서였을 것이다.

핀레이는 누군가 와서 귀찮게 하기 전에 빨리 대화 상대를 찾아야겠다고 생각했고 울프 가 사람들이 적당할 것 같다고 판단했다. 밸런타인이 그의 흥미를 끌었다. 그들은 비슷한 시기에 같은 학교를 다녔다. 하지만 그 이상은 아니었다. 핀레이가 기억하는 밸런타인은 현재의 모습을 암시하는 어떠한 특징도 보이지 않는 평범한 소년이었을 뿐이다. 하지만 그때의 밸런타인도 틀림없는 밸런타인 그 자체였으리라. 핀레이는 우연히 그쪽으로 길을 잡은 것처럼 지나치는 사람들에게 아무렇지도 않게 고개를 끄덕이고 웃음을 지어 보이는 등 매순간 품위를 과시하며 서서히 밸런타인 쪽으로 접근해갔다. 조금도 어렵지 않았다. 검투장에서 제일 처음 배운 것 중 하나가 매순간 동작을 통제하는 것이었다. 그는 자신에게 쏟아지는 김단의 눈초리들을 의식하고 훌륭한 위장에 만족했다. 그는 패션의 선구자였다. 사람들이 보고 싶어 하는 것만 보게 되는 휘황찬란한 거울.

그는 밸런타인 앞에 서서 과장된 몸짓으로 절을 했다. 울프 가의 장자도 예의바르게 답례했다. 검게 화장한 눈과 검붉은 입이 창백한 피부에서 도드라져 보였다. 그런 외모는 수년간 유행한 적이 없었지만 밸런타인에게는 내면을 자극하는 무엇인가가 있는 듯했다. 밸런타인은 자신의 스타일을 고집스레 지켰다. 핀레이는 문득 그의 짙은 화장이 자기가 쓰고 있는 가면과 같은 것이 아닐까 하고 생각했다. 그렇다면 어떤 다른 밸런타인이 가면 아래 도사리고 있는 것일까? 혼란스런 생각이었다. 가면 뒤의 그것이 무엇이건 간에 일상생활에서 보이는 밸런타인의 모습보다 괴상하지는 않을 것이라는 생각이 들었다. 핀레이는 매력적으로 웃었다.

"오늘은 말짱해 보이는군, 밸런타인. 자네가 매일 침대에서 깨어난다는 것이 신기하다고 말하고 싶어. 물론 그렇다고 자네가 용량을 반으로 줄인다면 링거바늘을 팔에 꽂고 코에는 호흡기를 단 채 구급침대에 실려 갈 것이라는 생각도 들지만 말이야."

"나의 내면과 외부세계 사이에서 신중한 균형을 유지하려고 애쓰고 있다네." 밸런타인이 가볍게 말을 받았다. "내 상태를 여전히 진행 중인 예술작품으로 본다네. 약은 팔레트의 물감이고. 그리고 모든 예술작품은 진정 감상할 줄 아는 자에게만 가치가 있는 법이지. 모든 대중이 현재진행 중인 작품에 수반되는 노고와 땀을 이해하거나 찬사를 보내리라고는 기대하지 않네."

"음, 그렇군." 핀레이가 말했다. "패션을 선도하는 데 기울이는 열정을 아무도 알아주지 않는 것과 같은 이치군. 하지만 자네는 주위의 비난을 즐기는 것 같군. 자네 화학자들의 이름 좀 알려줄 수 있겠나?"

밸런타인이 잠시 그를 빤히 쳐다보았다. 얼굴에 아무 표정도 없어서 핀레이는 그가 무슨 말을 꺼낼지 궁금했다. 무언가가 울프 가의 장자를 동요시킨 것 같았다. 핀레이는 화제를 바꾸는 것이 좋겠다고 생각했다. 중요하지도 않은 일로 괜히 서로 어색해질 필요는 없었다.

"자네 결혼식이 곧 있을 거라는 얘기를 들었네, 밸런타인. 먼저 곤욕을 치른 대선배로서 내가 뭐 도와줄 게 없겠나?"

"호의는 고맙네, 핀레이. 하지만 나는 모든 것을 스스로 할 수 있네. 꽃도 주문했고, 시동도 뽑았고, 하객들을 위해 눈이 번쩍 뜨일 만한 특별한 과일펀치도 내가 직접 개발했지. 나는 하얀 옷을 입고 면사포를 쓸 생각이네. 벨라도나향도 좀 뿌리고. 내 약혼자에게도 이미 알려주었지. 서로 겹치는 의상을 입지 않도록 말이야."

"그녀가 매우 감사해하겠군." 핀레이가 말했다.

"최근에 들은 소문에 따르면" 밸런타인이 말했다. "그녀가 내 목에 꽤 많은 상금을 걸었다더군. 만약 그게 실패하면 결혼식 당일에 아무거나 손에 잡히는 무기를 들고 그녀가 직접 결행할 것이라고 떠들고 다닌다더군. 그녀는 자기 가문과 우리 가문 사이에 불화를 일으키려고 노력 중이지만, 그녀의 부모가 일단 결혼을 결정했고 꽤 많은 지참금이 내게 들어올 예정이기 때문에 그녀의 노력은 물거품이 될 거야."

"그녀는 아주…… 단호하군."

"오, 그래. 나는 성깔 있는 여자를 좋아하지."

"언제 한번 소개해주게, 밸런타인."

"기다릴 필요도 없어. 저기 오고 있군. 정밀 굉장하지 않은가?"

핀레이는 즉시 뒤돌아보았다. 크고 호리호리한 이십대 후반의 여인이 뽀얀 피부와 붉은색 머리를 자랑하며 금과 은으로 장식된 주황색 가운을 걸치고 다가오고 있었다. 핀레이는 형광색 피부와 금속 머릿결이 이미 유행에 뒤떨어진 것이 아닐까 생각했다. 요즘은 모든 것이 너무 빨리 바뀌니 말이다. 그 숙녀는 그들 앞에 서서 감정을 억누르는 듯 몸을 떨며 무섭게 인상을 썼다. 입은 간신히 억제하고 있는 분노를 대변하듯 일자로 꽉 다물어져 있었다. 핀레이는 무의식적으로 손을 허리의 칼로 가져갔다. 그녀는 핀레이에게도 노골적인 적의를 드러냈고 핀레이는 가장 가까운 출구가 어딘지 살폈다. 그녀는 물건을 마구 던질 듯한 표정을 짓고 있었다. 아주 무거운 것들을. 밸런타인은 전혀 동요하지 않고 예의바르게 웃었다.

"핀레이 캠벨, 내 신붓감인 베아트리체 크리스티나를 소개하네."

"엿이나 처먹고 뒈져라, 이 광대야." 베아트리체가 욕설을 퍼부었다. "악수할 생각은 추호도 없으니 그 손은 저리 치워. 네 몸뚱이를 만지느니 차라리 문둥이와 키스하겠다. 마약에 절어서 그나마 남은 몸뚱이도 독약을 땀으로 흘릴 거야. 최근에 네가 보낸 통신문을 봤어. 면사포는 훌륭한 생각이야. 재갈하고 정조대까지 곁들이면 어때? 내 근처에 얼씬도 하지 마. 나는 방독복을 입고 꽃다발 대신 전기충격기를 들고 있을 테니까."

"정말로 당신을 내 아내에게 소개해주고 싶네요." 핀레이가 끼어들었다.

"정말 대단한 여자지?" 밸런타인이 행복하게 말했다. "나는 정열적인 여자가 좋아. 우리는 천생연분이야, 베아트리체. 우리 아이는 어떤 녀석이 나올까?"

"나한테서 아이를 원하는 것보다 교회에서 연례 선행상을 받기를 기대하는 게 더 희망적일걸, 밸런타인. 나는 실험실 수정은 하고 싶지도 않고 너의 그 역겨운 거시기를 나한테 들이대기만 하면 바로 믹스기로 갈아버릴 테니까. 이건 정략결혼일 뿐이야, 밸런타인. 이제 할 얘기 다 했으니 어디 가서 벽에 집어던질 만한 물건을 좀 찾아봐야겠어." 그녀는 핀레이를 잠깐 째려보았다. "당신 꼴이 어떤지 알기나 해요? 내가 당신이라면 얼굴에서 그런 표정은 걷어내버리겠어요, 핀레이 캠벨. 바람 방향은 언제든 바뀔 수 있는데 그런 식으로 계속 머물러 있을 건가요?"

그리고 그녀는 발을 구르며 군중 속으로 사라져 갔다. 군중은 길을 내주려 했지만 그녀의 발걸음이 너무 빨랐다. 핀레이는 그녀가 말하는 동안 자신이 숨을 멈추고 있었다는 것을 깨닫고 긴 한숨을 내쉬었다. 그러고는 할 말을 잃은 채 밸런타인을 멀뚱히 쳐다보았다. 그러나 울프 가의 장자는 전혀 동요하지 않은 듯했다. 다만 소매에서 보이지 않는 먼지를 털어내며 핀레이를 보고 미소 지을 뿐이었다.

"그녀는 결국 내 방식을 이해하게 될 거네."

멀지 않은 곳에서 에반젤린 슈렉이 자신의 연인인 핀레이가 악명 높은 밸런타인과 대화를 나누는 모습을 지켜보고 있었다. 그녀는 당장이라도 달려가 연인을 구해내고 싶은 주체하기 힘든 충동을 느꼈다. 또는 적어도 그를 보호하고 싶었다. 그녀에게 밸런타인은 카니발 가면을 쓴 시체나 현재 사회의 병들고 추악한 면을 그대로 반영하는 어릿광대로밖에 보이지 않았다. 하지만 그녀는 적당한 핑계거리 없이는 핀레이에게 다가갈 수조차 없었다. 곧 있을 결혼식이 캠벨 가와 슈렉 가를 연결하기 위한 것임에도 불구하고 두 집안 사이에는 여전히 악감정이 강하게 남아 있었다. 아직 결혼에 대해 누군가 나서서 공식적인 이의를 제기하지 않았다는 것만으로도 기적에 가까운 일이었다. 그녀가 특별한 이유 없이 핀레이에게 다가가 대화를 시작한다면 무척 이상해 보일 것이며 괜한 의심을 살 수도 있었다. 공식적으로 그들은 지금 같은 장소에서 그저 스치는 정도로만 만나는 사이였다. 그렇지 않다면 사람들이 눈썹을 치켜세우고 쑥덕거리기 시작할 것이다. 마구 질문을 해대는 사람도 있을 것이다. 에반젤린은 애써 외면했다. 옆에는 그녀의 아버지가 서 있었다. 그녀는 재빨리 마음을 진정시키고 무의식중에 한 자기 행동이 죄스러운 것이 아니라 놀라서 한 것으로 받아들여지기를 바랐다.

그레고르 슈렉 경은 그녀에게 다정하게 미소 짓고, 투실투실한 손으로 그녀의 팔을 다독였다. 슈렉 경은 땅딸막하고 공처럼 뚱뚱해서 몸 여기저기로 살이 삐져나와 있었으며, 눈은 푹 파묻혀서 항상 조용히 웃는 듯한 얼굴을 하고 있었다. 그는 절제할 줄 모르는 식욕을 지닌데다 패션에 무관심했다. 그래서 어떤 옷을 입어도 어울리지 않았다. 결코 사교적인 인물이 아니어서 꼭 참석해야 할 경우가 아니면 어떤 모임에도 나타나지 않았다. 자신의 지위와 연줄에도 불구하고 인기나 존경을 얻지 못했지만 별로 개의치 않았다. 그는 다른 중요한 개인적인 관심에 푹 빠져 있었다.

"음료 좀 가져다줄까, 얘야?" 그는 친절하게 말했다. "아니면 뭘 좀 먹든지. 네가 먹지 않으면 얼마나 걱정되는지 알고 있니?"

"알아요, 아버지. 고마워요. 하지만 먹고 싶지 않아요."

슈렉은 안타까운 듯 고개를 저었다. "몸을 돌봐야 해. 그러다간 뼈와 가죽만 남겠다. 이 아빠에게 예쁘게 보이고 싶지 않니?"

그녀의 팔에 얹힌 손이 경고하듯 꽉 조여왔고, 그녀는 억지로 미소를 띠며 고개를 끄덕였다. 그를 화나게 하는 것은 현명하지 않다. 유쾌해 보이는 외모와 달리 슈렉은 성미가 고약했고 매우 악랄했다. 그래서 그녀는 그가 야단을 떨어도 가급적이면 자극하지 않기 위해 무심한 태도로 일관했다. 그것은 그녀가 늘상 하는 줄타기였지만 언제나 어렵기만 했다. 슈렉은 소란스럽게 수다 떠는 군중을 둘러보고는 인상을 썼다.

"저들을 봐라. 늘 행복해 보이지만 두뇌가 없어. 저들은 내 음식을 먹고 내 와인을 마시는데 불쌍한 내 질녀는 세뇌당한 야만인이 되어 철의 쌍년의 시녀로 봉사하고 있다. 저들은 내 돈으로 포식하면서도 내가 아무리 간청해도 내 질녀를 구해내려는 노력을 지지하겠다고 나서는 사람이 하나도 없구나. 그들은 에반젤린 너처럼 내 질녀가 내게 얼마나 중요한 존재인지 몰라. 하지만 나는 어떻게든 그애를 구해낼 것이다. 그리고 날 돕지 않은 자들에게 복수할 작정이다."

그 순간 그의 통통한 얼굴에서 먹구름이 걷혔고 그녀의 팔은 자유로워졌다. 너무 세게 잡혀 있었기 때문에 팔이 얼얼했지만 그녀는 감히 문지를 생각도 못 했다. 그가 기분이 좋아졌을 때 그의 주의를 분산시키는 것은 현명한 일이 아니었다.

"여전히" 그는 빙그레 웃으며 말했다. "이 결혼에 많은 기대를 걸고 있다. 우리 레티샤는 사랑스러운 아내가 될 것이고 로버트 캠벨은 훌륭하고 똑바른 젊은이지. 내가 캠벨 가 사람 누구와도 사귀어본 적은 없지만 그들이 흥미롭고 중요한 인물들과 좋은 관계를 맺고 있다는 사실은 부정할 수 없다. 그리고 이 결혼으로 두 가문이 맺어지면 그 연줄들이 내게도 생기는 것이지. 그 대가로 우리는 그들이 예기치 않은 공격을 받지 않도록 뒤만 봐주면 되지. 그렇게 되면 그들도 새로운 스타드라이브의 양산 계약을 안심하고 추진할 수 있단다. 그들이 올리게 될 수입은 내게도 일부 흘러들어올 수밖에 없어. 모든 게 희망적이야, 에반젤린. 조만간 내가 항상 바라마지 않던 찬란한 선물을 네게 줄 날이 올 거다. 너는 그동안 내 약속을 믿고 불평하지 않으며 잘 참아왔다. 하지만 이제 곧 우리 시대가 도래하면 너는 모든 것을 가질 수 있다, 얘야. 대가로 바라는 것은 오직 네가 나를 사랑하는 것뿐이란다. 별로 어렵지 않지?"

"네, 아빠."

"뭐라고?"

"네, 아빠." 에반젤린은 고집스레 대답했다. "아빠를 아빠로서 공경하고 제 모든 의무를 다하고 있다는 것을 아시잖아요. 제 마음은 아빠 거예요."

그레고르 슈렉은 다정하게 미소 지었다. "너는 점점 더 네 엄마를 닮아가는구나."

에반젤린이 그 말에 대해 안전하고 모호한 답변을 생각해내려 애쓰고 있을 때 '전사(戰士)예수교회'의 주교인 제임스 카사가 그들에게 다가왔다. 큰 키에 근육질 몸매를 지닌 신부는 검은 성직자 군복을 입고 있었으며 신체적으로 빼어날 뿐만 아니라 얼굴도 매우 영리해 보였다. 여제는 즉위하자마자 그 교회를 공식적으로 지지했고, 교회는 그 대가로 자신의 방대한 정치적 영향력을 동원해 여제를 지지했다. 교회는 그 영향력을 제국 전체로 확산시켜서 이제 국교에 버금갈 만큼 성장했다. 교회는 여제를 십자가의 길의 파수꾼, 모든 영혼의 군인, 신앙의 수호자로 명명하고 자신들의 군사훈련학교를 그녀의 지휘하에 복속시켰다. 이는 전사예수교회가 최소한 공식적으로 모든 종교를 대체하는 것을 의미했으며 그 영향력을 모든 곳으로 확대하는 길을 여는 것이었다. 여제는 교회에 모든 세금을 면제해주었고, 신자들에 대한 조세징수권을 승인했으며, 교회의 예수회의용단이 그녀의 이름으로 반역자들을 짓밟도록 허락했다. 그래서 교회를 비방하는 사람은 거의 없었다. 공개적으로는.

제임스 카사는 수년 동안 해병으로 근무하면서 무자비한 결단력으로 어떠한 대가를 치러서라도 제국의 적을 강력히 섬멸해 자신의 이름을 드높였다. 소령까지 쾌속 진급했다가 신의 부름을 받고 교회로 이적해, 진정한 하나의 교회에 대항하는 자들을 찾아내 박해하는 데 온 열정을 쏟아 부었다. 하지만 지나친 열정으로 인해 가끔 법의 한도를 넘거나 표적을 잘못 정해 무고한 희생자가 생기는 경우도 있었는데 대의를 위해서는 어쩔 수 없다는 논리로 모두 무마되었다. 그는 떠오르는 별이었기 때문에 아무도 왈가왈부하지 않았다.

그가 이 결혼을 집전하는 것은 캠벨 가와 슈렉 가 모두에게 큰 영광이었고, 그는 모두가 그것을 알기를 바랐다. 그레고르 경은 그에게 예의바르게 절했으며, 에반젤린도 무릎을 굽혀 예의를 갖추었다.

"이렇게 왕림해주셔서 영광입니다, 주교님." 그레고르가 번지르르하게 말했다. "모든 것이 만족스러우리라 생각됩니다."

"그렇다면 당신 생각이 틀렸소." 주교가 날카롭게 대꾸했다. "한 방에서 이렇게 많은 타락자와 기생충들을 보기는 처음이오. 예배할 때 한 번의 주문으로도 그들을 척추동물로 되돌릴 수 있을 텐데. 이들 중 반이라도 세례 이후 교회 내부가 어떻게 생겼는지 볼 기회를 가졌는지 의심스럽소. 그리고 이들이 진사의 교리문답을 할 수 있을지도 의문이오. 아직 귀족주의가 여제의, 예제 폐하 만세!, 호의를 얻기 때문에 교회를 무시할 수 있는 것 같지만, 그게 영원하지는 못할 거요."

"물론이지요." 슈렉이 맞장구쳤다. "마실 것 좀 드릴까요?"

"그런 물질을 멀리하시오. 몸은 신전입니다. 중독성 물질로 더럽혀서는 안 되지요. 이 결혼이 세세한 준비까지 모두 마무리되었을 것으로 기대되는데요, 슈렉 경? 여기 말고 또 다른 일정이 있어서 말이오. 내가 일정을 변경하게 되면 누군가 피해를 입게 되고 나는 그런 것을 좋아하지 않는 성격이오."

바로 그때 이글거리는 눈빛의 광신자가 천둥치는 소리와 함께 난데없이 연회장 한가운데에 나타났다. 너덜거리는 천 조각만 허리에 걸쳤는데 살갗이 수많은 흉터들로 어지럽혀져 있었다. 그는 이마에 면류관을 걸쳐서 얼굴이 움직일 때마다 핏줄기가 흘러내렸다. 몸은 뼈만 앙상한 메마른 고행자의 것이었고 눈은 광기로 이글거렸다. 그의 출현에 놀란 군중은 잠시 웅성대다가, 광신자 주변에 갑자기 불길이 일렁이며 그의 몸을 핥았지만 불에 타지 않는 광경을 보고 침묵했다. 광신자는 주위를 둘러보았고 사람들은 뒤로 물러났다. 그가 말을 시작하자 목소리는 의외로 차분하고 명료했다.

"나는 에스퍼와 클론을 노예로 부리는 현 제도에 항의하려고 이 자리에 섰소. 나는 예수구세주 유일교회의 신성모독을 고발하오. 예수께서는 평화와 사랑의 인간이었소. 하지만 당신들이 여기서 주님의 이름으로 벌이는 일들을 예수께서 본다면 아마 절망해 우리에게서 고개를 돌려버리실 것이오. 나는 당신들의 경호원이나 심문관들을 두려워하지 않소. 나는 내 삶을 주를 위해 바쳤소. 나는 여기서 에스퍼와 클론들이 강인함과 신념이 있으며 주로부터 거부되지 않을 것이라는 것을 당신들에게 증거하는 징표로서 나의 삶을 바칠 것이오." 그는 잠시 멈추고 다시 한 번 주위를 둘러본 후 가볍게 미소 지었다. "당신들 모두 지옥에서 봅시다."

그의 몸이 갑자기 밝고 뜨거운 불로 타들어가기 시작했다. 가까이 있던 사람들은 뜨거운 열기 때문에 뒤로 물러서야 했지만 불꽃에 휩싸인 광신자는 몸이 타들어가고 있음에도 불구하고 미소를 잃지 않았다. 불꽃과 열기가 곧 사그라지고 모든 것이 끝났다. 바닥에 남은 것이라고는 기름기 섞인 얼룩과 공기 중에 날리는 약간의 재, 그리고 불타는 와중에 떨어져 나온 한쪽 팔이 전부였다. 그것은 바닥에 마치 한 송이 창백한 꽃처럼 놓여 있었으며 손가락은 이성에 마지막으로 호소하려는 듯 쫙 펼쳐져 있었다.

"염병할 에스퍼 놈." 제임스 카사 주교가 말했다. "처형해야 하는 수고를 덜어주는군. 염화력이오. 그런데 도대체 어떻게 여기 들어올 수 있었지? 이 연회장은 ESP차단기로 보호되는 줄 알았는데."

"물론 그렇습니다." 밸런타인이 나서며 말했다. "저도 아직 무슨 문제가 있었는지 알 수는 없지만 울프 가를 대표해서 말씀드리건대, 지금 우리가 대화하는 중에도 벌써 우리 경비대는 이 침입에 대해 수사하고 있을 겁니다."

"그것으로는 부족하지요, 울프 씨." 카사가 말을 가로챘다. 그는 노골적인 경멸과 혐오감으로 밸런타인을 쳐다보고 있었다. "저자가 공간이동을 했건 아니면 몰래 숨어들어왔건 분명히 내부에 조력자가 있소. 즉 여기에 반역자가 있다는 뜻이오, 울프 씨. 내가 부하들을 시켜 그 녀석을 찾는 것을 돕겠소. 내 부하들은 반역자를 색출하는 데 풍부한 경험을 지니고 있소."

"감사합니다만," 밸런타인 답했다. "그런 수고를 하실 필요는 없을 듯합니다. 제 부하들도 손님들에게 폐를 끼치지 않고 그 정도의 일은 충분히 수행할 능력이 있습니다."

밸런타인이 부하들을 불러들이겠다는 주교의 제안을 거절하자 사람들의 눈이 휘둥그레졌다. 불가능한 것은 아니지만 아주 드문 경우였다. 교회에 반항하면 영혼은 물론 신체도 위험해지는 것이 요즘 시대 분위기였다. 그리고 제임스 카사는 그런 도전을 거의 받아보지 않은 사람이었다. 그는 붉으락푸르락해진 얼굴로 밸런타인에게 다가가 그의 마스카라한 눈을 정면으로 쏘아보며 말했다.

"이보게 젊은이, 까불지 않는 게 좋아. 나는 뒈진 에스퍼 따위에게 일말의 동정심도 없고 반역자는 더더욱 용서치 않지. 그들이 어디에 숨었건 상관없어. 귀족지위도 주님의 의지 앞에서는 보호막이 될 수 없어!"

"신념이 대단하시군요." 밸런타인이 말했다. 그리고 더 이상 말하지 않았다. 침묵이 길어지면서 긴장이 높아졌다. 주교는 밸런타인을 노려보며 험악하게 인상을 썼다.

"타락자 같으니라고. 얼굴에 페인트나 지워."

사람들은 두 전설적인 의지의 사내가 충돌하는 광경을 숨죽여 지켜보고 있었다. 그때 밸런타인이 한 걸음 앞으로 나서며 얼굴을 주교에게 디밀었다. 그의 검붉은 미소가 넓어졌고 검은 두 눈은 흔들림이 없었다.

"핥아서 지워주시겠소?"

카사의 입술이 하얘졌다. 그의 손이 검 주변을 맴돌았지만 막상 뽑지는 않았다. 만약 그가 검을 뽑아 울프 가의 장자를 죽여버린다면 교회는 울프 가와 전면전을 치러야 할 것이다. 물론 울프 가가 아무리 부유하고 세도가 있어도 교회를 상대할 수는 없다. 하지만…… 만약 울프 가가 신형 스타드라이브의 양산권을 따낸다면 교회는 그 스타드라이브를 얻기 위해 울프 가에게 공손히 머리 숙여야 할 것이다. 카사는 돌아서서 밸런타인을 등지고 걸어갔다. 숨죽여 지켜보던 사람들이 그제야 다시 숨을 쉬었다. 밸런타인은 그레고르와 에반젤린을 보며 미소를 지었다.

"불미스런 사건이 있었던 점 사과드립니다. 우리 사람들이 모두 처리할 겁니다."

슈렉은 코웃음을 쳤다. "에스퍼 쓰레기들 같으니라고. 자살하지 않았으면 내가 쏴버렸을 거네. 우리가 에스퍼들에게 너무 유한 것 같아. 녀석들은 믿을 수 없는 종자들이야."

"그들도 사람이에요, 아빠." 에반젤린이 부드럽게 말했다. "클론처럼요."

"주교가 듣는 데서 그런 말씀은 삼가시는 게 좋을 겁니다." 밸런타인이 가볍게 말했다. 에스퍼와 클론의 지위는 명백했다. 그들은 과학 진보의 결과물일 뿐이며 그렇기 때문에 사유물이었다. 교회는 그들의 영혼조차 인정하지 않았다. "자, 그럼 이만 실례……"

밸런타인은 깊게 허리 숙여 절하고 다른 곳으로 사라졌다. 그가 군중을 헤치고 나갈 때 축하하는 듯한 술렁임이 일었다. 교회는 최근에 모든 가문을 십일조로 압박했기 때문에 귀족사회에서 인기가 전만 못했다. 그레고르는 밸런타인이 멀리 사라지기를 기다렸다가 에빈젤런의 팔을 다시 움겨잡고 그녀가 고통에 신음할 때까지 꽉 쥐어짰다.

"다시는 그러지 마라. 에스퍼와 클론에 대한 그런 의견으로 네가 관심을 끌어서는 안 된다. 너의 배경에 대한 조사가 이루어지면 우리 둘 다 끝장나는 것이다. 누구도 너에 대해 알아서는 안 돼."

그는 다시 한 번 팔을 잡아 흔들고서야 그녀를 놓아주고 화가 나 붉어진 얼굴로 걸어 나갔다. 사람들이 재빨리 길을 비켜주었다. 에반젤린은 아픈 팔을 어루만지며 사람들 사이에 홀로 서 있었다. 언제나 그랬던 것처럼. 에반젤린은 클론이다. 사고로 죽은 원래의 에반젤린을 대신하기 위해 아버지가 비밀스럽게 키운 것이다. 슈렉은 첫딸을 아주 좋아해 그녀 없이는 살 수 없었다. 딸의 죽음을 본 사람은 자기밖에 없었기 때문에 돈과 영향력을 동원해 죽은 딸을 복제했다. 그는 그녀에게 필요한 모든 것을 가르친 후 조심스럽게 사교계에 공개했다. 오랫동안 불분명한 병으로 앓았다는 핑계와 함께. 그녀는 잘 해나갔다. 무엇이든 항상 빠르게 배웠다. 모든 사람들이 그녀를 진짜 에반젤린으로 받아들였다. 그러지 않아야 할 이유가 없었다. 하지만 간단한 유전자검사만으로도 그녀의 정체는 밝혀질 수 있고, 그러면 그녀와 아버지는 정말로 큰일 나는 것이다. 자기가 클론으로 대체될 수 있다는 것은 모든 귀족들이 상상하기도 싫어하는 악몽이었다. 그녀는 파괴될 것이며(오직 사람만 처형될 수 있다) 아버지는 작위를 잃고 추방될 것이다.

그녀는 핀레이 캠벨에게 자신이 클론이라는 사실을 말하지 않았다. 핀레이는 자신이 가면의 검투사라는 또 다른 삶을 살고 있다는 것을 숨기지 않았음에도 불구하고 말이다. 그녀는 아직 용기가 없었다. 그를 사랑하고 그를 믿는다. 하지만…… 하지만. 그녀가 클론이라는 사실을 알고도 그가 여전히 그녀를 사랑해줄까? 그러리라고 생각하고 싶지만…… 그녀는 맥없이 웃었다. 그 정도도 자신이 없다면, 자신이 에스퍼-클론지하동맹에 연루되어 있다는 사실은 더더욱 털어놓을 수 없었다. 연회장의 ESP차단기를 꺼놓은 것은 그녀였다. 그래서 엘프가 광신자를 그곳에 보낼 수 있었던 것이다.

그녀는 생각이 이리저리 두서없이 흐르고 있었지만 주체할 수 없었다. 그녀는 많은 사람들과 여러 가지 비밀스런 관계를 맺고 있었다. 아버지, 지하동맹, 핀레이…… 그중 하나라도 잘못되는 날이면 치욕과 죽임을 당할 수도 있었다. 매사에 말과 행동을 조심해야 했다. 사람에 따라 각각 다른 거짓말을 해야 했다. 가끔 그녀는 그냥 비명을 질러버리고 싶었다. 그러면 모든 것이 멈추고 모든 중압이 날아가버릴 것만 같았다. 하지만 그럴 수 없었다. 어떤 식으로든 이상한 행동으로 시선을 집중시켜서는 안 됐기 때문이다. 가끔 자살도 생각해보았지만 그때마다 항상 핀레이의 얼굴이 떠올랐고 그의 품안에서 느낀 안도감이 마음속에 되살아났다. 언젠가 그에게 모든 것을 털어놓으리라…… 언젠가는.

그녀가 고개를 들자 핀레이가 마치 우연히 그쪽으로 걷고 있는 것처럼 무심한 모습으로 그녀에게 다가오고 있었다. 그녀의 심장고동이 빨라지고 어쩔 수 없이 뺨이 붉어졌다. 핀레이가 그녀 앞에 서서 예의바르게 인사했고 그녀는 냉정한 고갯짓으로 답례했다. 두 가문의 상속자가 공식적인 장소에서 우연히 만난 것이다. 핀레이는 그녀에게 미소를 보냈고 그녀도 미소로 답했다.

"에반젤린 양," 핀레이는 가볍게 말을 걸었다. "아주 좋아 보이는군요. 에스써가 일으킨 불행한 사건이 당신을 격동시킬 수는 없었던 모양입니다."

"전혀요, 핀레이. 이미 울프 가에서 일을 잘 처리했으리라고 봐요. 당신은 아주 멋지군요. 새로운 의상인가요?"

"물론이지요. 저는 같은 옷을 입는 것을 경멸합니다. 이 옷은 숨겨진 패션 대가의 작품이지요. 저는 항상 혁신적이고 경이로워야 할 의무가 있습니다. 제 존재이유지요. 손이 비었군요. 과일펀치라도 가져다 드릴까요?"

에반젤린은 고개를 굳게 가로저었다. 그녀는 이미 펀치를 살펴보았다. 알코올 도수가 아주 높다고 씌어 있고 뭔가 알 수 없는 과일이 둥둥 떠 있었는데 그중 일부는 서서히 녹고 있는 듯 보였다. 그리고 그 주스가 울프 가에서 제공되는 것인 한 밸런타인이 그것에 뭔가 불쾌한 것을 탔을지도 모를 일이었다. 대부분의 손님들이 비슷한 생각을 한 듯 자신의 음료를 직접 가져온 사람들이 많았다. 핀레이는 웃으며 안주머니에서 섬세하게 장식된 은 술병을 꺼냈다. 그는 마개를 열고 그 마개에 술을 듬뿍 따라 그녀에게 주었다. 에반젤린은 궁금한 듯 냄새를 맡아보고 고급 브랜디의 은은한 향이 피어오르자 활짝 웃었다. 그리고 조심스럽게 마시고 나서 핀레이의 눈을 바라보았다. 그녀는 숨이 가빠오는 것을 느꼈다. 마개를 핀레이에게 돌려주자 그의 손가락이 그녀의 손가락에 닿아 아쉬운 듯 머물렀다.

"우리 두 가문이 이제 결혼으로 맺어졌으니 더 자주 만날 기회가 생기겠군요." 핀레이가 중얼거렸다.

"아주 기분 좋은 일이에요." 에반젤린이 답했다. "우리가 서로 공통 관심사를 발견할 수 있으리라고 믿어요."

"지금 당신들이 공통으로 즐기는 것은 좋은 술이지요. 나도 그것을 위해서라면 살인이라도 저지르겠는데요." 낯익은 큰 목소리가 들려왔다. 에반젤린은 뒤돌아보지 않고도 누군지 알 수 있었다.

아드리엔 캠벨이 서 있었다. 에반젤린과 핀레이는 아쉬운 배려의 눈길을 교환하고 돌아서서 핀레이의 악명 높은 부인을 대면했다. 아드리엔은 빈 잔을 들어 올렸고 핀레이는 잔 가득히 브랜디를 따라주었다. 그녀는 크게 한 모금 마시고 나서 칭찬하듯 고개를 끄덕였다.

"이게 당신이 쓸모 있는 한 가지 이유야, 핀레이. 당신은 너무 허영심에 들떠 있고 얄팍해서 숙녀를 어떻게 다루는지 전혀 몰라. 하지만 술은 잘 알고 있지. 당신의 와인 창고만 아니었다면 벌써 당신과 이혼했을 거야. 오, 에반젤린, 거의 몇 년 동안 못 만난 것 같군요. 아주…… 아주 멋진 옷을 입고 있군요. 패션에 대해 자문이 필요하면 언제든지 기탄없이 내게 찾아와요." 그녀는 다시 잔을 들어 핀레이에게 술을 청했고 핀레이는 군말 없이 따라주었다. 아드리엔의 주량은 궁정에서도 알아줄 만큼 전설적이었다. 그녀는 안경 너머로 남편에게 악의적인 웃음을 지어 보였다. "좋은 브랜디야, 핀레이. 나의 술

취향은 남자에 대한 것과 똑같아. 강하고, 신비롭고, 유혹적이고."

"그래?" 핀레이가 말했다. "잘 모르겠는데."

"당연히 당신은 모르지." 아드리엔이 말했다. 그녀는 에반젤린을 쳐다보았고, 에반젤린은 움찔하지 않으려고 노력했다. "당신도 남편 감을 고를 때가 되었군요. 당신 아버지가 너무 당신을 싸고도는 것 같아요. 남편이란 것들은 지겹고 따분하고 짜증나는 존재들이지만, 그래도 사회생활을 하려면 하나 장만해야 해요. 특히 돈을 내야 할 일이 있을 때는 더욱 그렇죠. 괜찮다면 이제 나는 벌벌 떨고 있는 우리 신랑신부들과 얘기 좀 나누러 가야겠어요. 누군가 인생의 진리에 대해 그들에게 알려주어야 하잖아요."

"당신보다 적임자가 또 어디 있겠어?" 핀레이가 중얼거렸다.

아드리엔이 미소 지었다. "물론이지."

그녀는 기세당당하게 하객들을 가로질러 걸어갔다. 그녀가 점찍은 먹잇감들은 그녀가 접근하는지조차 몰랐다. 신랑 로버트 캠벨은 사촌인 핀레이의 동생들인 윌리엄과 제럴드에게서 위안과 격려의 말을 듣고 있는 중이었다. 로버트의 아버지는 크로포드 캠벨의 동생으로 너무 당혹스러워서 지금도 가문에서 말하기를 꺼려하는 사고로 삼 개월 전에 목숨을 잃었다. 로버트와 그의 집안이 웃음거리가 되지 않도록 로버트의 사회적 기반을 굳히는 것도 이번 결혼식을 서두르게 된 또 다른 이유였다. 그리고 물론 일이 잘못되었을 경우에도 로버트는 가문에서 감내할 수 있는 손실이라는 계산도 깔려 있었다.

로버트 캠벨은 보통 키에 몇 년간의 군대생활로 다져진 훌륭한 신체를 지녔으며 결혼하기에 적당한, 그러나 결혼을 반대하기에는 아직 너무 어린 열일곱 살이었다. 그는 아직 자신을 둘러싸고 있는 세상의 급격한 변화에 적응하지 못하고 있는 듯했다. 한때는 슈렉 가가 매순간 격퇴시켜야 할 적이었는데 지금은 그 가문과 결혼을 앞두고 있는 것이다. 그는 정치와 자신의 의무를 이해할 만큼 이미 철이 들었다. 특히 윌리엄과 제럴드의 설명을 들은 후 더욱 그랬다.

윌리엄 캠벨은 마른 체형에 키가 크고 정열적이었으며 가문의 회계를 맡고 있었다. 그 일은 외부인에게 맡길 수 없는 것이었다. 그런데 가문의 모든 사람들이 마치 전염병을 대하듯 그 일을 꺼려했다. 일 자체가 워낙 힘들었고, 어쩔 수 없이 일을 해야 한다면 귀족으로 태어난 보람이 없었기 때문이었다. 다행히도 윌리엄이 숫자를 좋아하고 다른 사람들보다 더 잘 다루었기에 그의 적성에 맞았다. 그는 자주 나타나지는 않았지만 사람들과 원만히 지냈고, 가끔 정치에 대한 탁월한 식견으로 사람들을 놀라게 하기도 했다. 그도 결국 캠벨 가 사람인 것이다.

제럴드 캠벨은 반대로 가문의 골칫덩어리였다. 모든 가문에 꼭 있는 그런 종류의 사람. 중요한 일을 맡기기에는 너무 둔했고, 그렇다고 무시하자니 서열이 높았다. 가문은 그동안 내내 그에게 적합한 자리를 찾아주려 했으나 성공하지 못했다. 제럴드는 큰 키의 금발 미남이었지만 하는 일마다 재앙을 불러왔다. 모든 사람들이 그 사실을 알고 있었지만 그 자신만 몰랐다. 캠벨 가의 수장은 반 농담으로 제럴드로 할 수 있는 최고의 일은 그들이 가장 미워하는 가문에게 그를 선물로 줘버리는 것이라고 말할 정도였다.

"최소한 유쾌하게 보이려 애써봐." 윌리엄이 어린 로버트에게 말했다. "여기는 결혼식장이지 치과가 아니야."

"맞아." 제럴드가 맞장구 쳤다. "치과에서는 뭔가를 뽑아내지만, 결혼식에서는 네가 뭔가를 집어넣게 되는 거야. 내 말 알겠니?"

로버트는 억지로 예의바르게 웃었다. 달려오는 자동차 불빛에 놀란 어린 짐승 같은 표정이었다. 그는 예복을 잡아당기며 주름을 펴기도 하고 넥타이를 만지작거리기도 했다. 그의 의상 담당자는 그가 품위 있고 맵시 있다고 했지만 확신할 수 없었다. 그는 독한 술을 몇 잔 걸쳤으면 좋겠다고 생각했지만 윌리엄이 허락할 리가 없었다. 밸런타인이 그에게 긴장을 풀어주기 위해 뭔가 주겠다고 했을 때도 거절할 수밖에 없었다. 그는 밸런타인이 주는 무엇인가를 감당할 자신이 없었다. 아마도 밸런타인 자신밖에는 아무도 그것을 감당할 사람이 없을지도 모른다.

"이미 예행연습도 해봤잖아." 윌리엄이 안심시키려고 말했다. "걱정할 거 하나도 없어. 그냥 대답만 하고 신부에게 키스하고 나면 모든 게 끝났다는 것을 알게 될 거야. 먼저 면사포를 들추는 것은 잊지 말고. 얼마나 많은 사람들이 그런 실수를 하는지 알면 놀랄걸. 가끔 우리가 근친교배로 바보가 되는 게 아닌가 하는 생각이 들 정도야. 힘 내, 얼마 안 남았어."

"이제 신부에 대해 좀 알아야겠지." 제럴드가 말했다. "기대되지, 응?"

"제럴드." 윌리엄이 말했다. "로버트한테 마실 것 좀 갖다줘."

"네 입으로 아무것도 마셔서는 안 된다고 해놓고서는."

"그럼 내 것 좀 가져다줘."

"넌 술 안 마시잖아."

"그러면 네가 가서 좀 마시고 다 마실 때까지는 돌아오지 마."

제럴드는 몇 번 눈을 껌뻑이다가 늘 그렇듯 약간 혼란스러운 모습으로 음료대 쪽으로 걸어갔다. 윌리엄은 로버트를 바라보며 어깨를 으쓱했다.

"제럴드는 신경 쓸 거 없어. 좋은 녀석이야. 아마 어렸을 때 머리를 어디 세게 부딪쳤을 거야. 그게 그의 잘못이라고 할 수는 없지. 결혼식 전에 내게 뭐 더 물어볼 건 없니? 내 말은…… 난 결혼한 사람이거든."

"그래요." 로버트가 재빨리 말했다. "벌써 많은 사람들이 그것에 대해 말해주었어요. 모든 사람들이 거리낌 없이 충고해주었는데, 제가 진짜 필요한 것은 어떻게 여기를 벗어나느냐 하는 거예요."

윌리엄은 웃으며 고개를 가로저었다. "미안하구나. 하지만 안 돼. 이것은 의무란다. 캠벨 어른이 규칙을 정하면 우리는 따르는 거지. 그렇지 않으면 어떻게 되겠니? 엄청난 혼란이 초래될 거야. 다른 가문들이 피 냄새를 맡은 상어 떼처럼 몰려올걸. 아니 거들떠나 볼지 모르겠구나. 어쨌든 우리는 다른 무엇보다도 앞서 캠벨 가라는 것을 명심하거라, 항상. 도움이 될지 모르겠지만 나도 결혼식 전에 너와 똑같은 감정을 느꼈고 지금은 행복하게 잘 살고 있단다."

"그를 그런 식으로 구슬린 다음에 채찍질하면서 제단으로 올려 보낼 테지." 크고 위협적인 목소리가 말했다.

로버트와 윌리엄은 그들 앞에 위풍당당하게 서 있는 아드리엔 캠벨을 올려다보았다. 윌리엄이 눈에 띄게 움찔하며 그녀를 어떻게 소개할지 고민하고 있는 와중에 아드리엔이 한 발 나서며 그를 옆으로 밀치고 로버트에게 미소를 보냈다.

"안녕, 로버트. 나는 핀레이의 부인, 아드리엔이야. 사람들이 아마 나에 대해 경고했을 거야. 그 말을 모두 믿어도 좋아. 그들은 자기들을 당황케 한다고 나를 공식석상에서 배제시키려고 하지. 개인적으로 나는 살면서 한 번도 당황해본 적이 없어. 네게는 다행스럽게도 그들이 이 중요한 결혼식에 나를 배제시키는 작업에 실패했군. 따라와. 소개해줄 사람이 있어."

"저……" 윌리엄이 입을 열었다.

아드리엔이 쳐다보자 그는 한 발 물러났다. "할 얘기 있어요, 윌리엄? 아니라고요. 그래요, 당신은 별로 말이 없지요. 따라와, 로버트."

그녀는 로버트의 손을 꼭 쥐고 군중 사이를 벗어나 그를 데리고 나갔다. 로버트는 그녀를 따랐다. 나중에라도 손을 되돌려 받기 위해서는 일단은 그렇게 하는 것이 가장 안전한 방법인 것처럼 보였다. 그들은 군중의 소곤대는 소리를 뒤로 흘려버리면서 옆문을 통과해 작고 조용한 대기실로 들어섰다. 그곳은 꽤 오래된 골동품들로 장식되어 있었다. 그리고 골동품 사이에 잡초 속의 한 떨기 꽃처럼 예비신부 레티샤가 앉아 있었다. 그들이 들어서자 그녀는 놀란 토끼마냥 펄쩍 뛰어올랐다가 다시 눈을 깔고 다소곳이 서 있었다. 그녀는 열여섯 살로 무척 예뻤으며 활짝 피어나면 더욱 아름다워질 것 같았다. 웨딩드레스를 입은 모습은 선반 위에 홀로 놓인 섬세한 백자처럼 아주 연약해 보였다. 로버트는 그녀를 본 후 경악의 눈초리로 아드리엔을 쳐다보았다.

"알아." 아드리엔은 경쾌하게 말했다. "너희들은 식이 시작되기 전에 만나서는 안 되지. 하지만 내가 모든 사람들 앞에서 지랄을 떠는 것을 보느니 그냥 눈감아주는 것이 낫다고 그들은 생각할 거야. 그들은 늘 내가 야단법석을 피우는 것보다 눈감는 편을 택하지. 나는 마음만 먹으면 정말 지랄떨기를 잘하거든. 어쨌든 서로 좀 사귀어보라고 둘을 만나게 해주는 거야. 나는 문 앞에서 파수를 볼게. 식장으로 끌려 나가기 전까지는 이십 분 정도 시간 여유가 있어. 그냥…… 말 좀 나누라고. 서로 많은 공통점이 있다는 것을 알게 되면 놀랄걸."

그리고 그녀가 문밖으로 사라진 후 문을 단단히 닫아버리자 방 안에는 로버트와 레티샤만 남아 서로 멀뚱히 쳐다보며 서 있게 되었다. 문밖에서 성난 목소리들이 떠들어대는 소리가 들렸지만 멀리 딴 세상에서 울려오는 것 같았다. 잠시 동안 그것이 영원인 듯 둘 다 꼼짝도 하지 않다가 로버트가 먼저 어색하게 목을 가다듬었다.

"앉을까요, 레티샤?"

"네, 고마워요."

그들은 서로간의 간격을 조심스럽게 유지하며 마주 보는 의자에 앉았다. 로버트는 뭔가 바보스럽게 느껴지지 않을 말을 열심히 찾고 있었다.

"레티샤……"

"티쉬."

"뭐라고요?"

"저는…… 티쉬라고 불리는 게 좋아요. 괜찮다면요."

"네, 물론이지요. 저는 보비라고 부르세요, 원한다면요." 그들은 처음으로 서로를 정면으로 바라보았다. 로버트가 갑자기 웃었다. "말해 봐요, 티쉬. 당신도 나처럼 옷이 불편한가요?"

그녀도 즉시 웃다가 손을 입에다 가져다대고 그가 놀라지 않았는지 살펴보았다. 그의 웃음에 안도한 듯 그녀는 손을 내리고 다시 미소 지었다.

"이 드레스는 정말 싫어요. 조금만 더 조였으면 아마 내 살을 파고

들었을 거예요. 감히 뭘 먹거나 마실 엄두도 못 내요. 들어갈 자리가 없거든요. 그리고 화장실에 갈 때마다 하인 두 명이 끈을 풀러 쫓아와야 해요. 긴장해서 그런지 화장실에 자주 가게 되는데…… 하지만 내가 불평이라도 할라치면 사람들은 그게 전통이라고 말해요. 그러면 모든 것이 해결되기라도 하는 양 말예요."

"맞아요!" 그녀가 숨 쉬려고 멈춘 동안 로버트가 말을 받았다. "나도 전통이라는 말을 한 번만 더 들으면 비명을 지를 겁니다. 나는 여섯 시간 전에야 결혼하게 될 거라는 소식을 들었어요. 그쪽은요?"

"마찬가지예요. 만약 우리가 생각할 시간이 많았다면 도망치거나 뭐 그럴 줄 알았나봐요."

"그들이 그렇게 틀린 건 아니지요." 로버트가 무미건조하게 말했다. "오늘 아침에 일어나서 할 일을 생각한 것 중에 이것은 없었으니까요. 만약 알았다면 꽁지에 부리나케 달음박질 쳐서 그들의 머리가 빙글빙글 돌도록 만들었을 거예요. 물론 당신을 만나기 전이었지만. 내 생각에는…… 글쎄요, 내가 무슨 생각을 하는지는 모르겠지만, 그래도 당신은…… 당신은 괜찮은 것 같아요."

"고마워요." 레티샤가 말했다. "당신은 여자에게 아부하는 법을 잘 알고 있군요, 그렇지요?"

로버트는 씩 웃었다. "글쎄요, 그렇지는 않아요. 저는 인생의 대부분을 사관생도로 보냈어요. 가문에서 별로 상속받을 게 없는 사람들이 가는 곳이지요. 군사훈련장에서 여자를 만날 수는 없잖아요. 당신은 어때요? 당신은 인생에서 특별한…… 사람이 있나요?"

"있었지요. 하지만…… 지난 일이에요. 우리가 만나는 게 들켜서 어른들이 우리를 갈라놓았어요." 레티샤는 씁쓸한 미소를 지었다.

"내 보디가드 중 한 사람이었죠. 저도 남자를 만날 기회는 별로 없었 거든요. 여제가 시녀를 얻으려고 가문들을 습격하기 전까지는 괜찮 았는데. 슈렉 어른의 가엾은 질녀 린드시의 실종에 대해 들었어요. 그 녀는 참 밝고 씩씩했는데. 요즘은 우리에게 가능한 한 많은 경호원을 붙이지요. 이해할 만해요. 하지만 인생이 정말 따분해지는 것은 어쩔 수 없어요."

로버트는 고개를 끄덕였다. "그리고 지금 우리는 막 결혼하려고 하 지요. 원수 집안과 결혼하다니 좀 이상하기는 하군요."

"저도 그래요." 레티샤가 갑자기 손뼉을 치면서 장난스런 미소를 띠고 말했다. "캠벨 가는 정말로 아침으로 아기를 먹나요?"

"오, 매일 아침마다요. 밀의 아기들을 두드려 패서 먹지요."

"아마 우리가 가문끼리 잘 지내도록 할 수 있을 거예요. 사람들이 기대하는 것처럼…… 그런데 이상한 건, 보비……"

"네, 티쉬."

"내가 결혼해야 한다면 당신 같은 사람과 하고 싶었어요."

"저도 마찬가지예요. 마찬가지라고요."

그녀는 손을 내밀었고, 그는 그녀의 작고 가녀린 손가락을 부드럽 게 감싸 쥐었다. 그리고 그들은 서로 미소 지으며 영원한 순간을 그 렇게 앉아 있었다. 그때 아드리엔이 뛰어 들어왔다.

"아직도 고작 손목만 잡고 있는 거야? 도대체 요즘 젊은이들은 뭐 가 문젠지 모르겠단 말이야. 나 같았으면 벌써 그를 벽에다 몰아붙였 을 텐데. 이제 시간이 얼추 다 된 것 같아. 핀레이가 널 데려오래. 긴 급 가족회의가 있으니 꼭 참석해야 한다고."

로버트는 마지막으로 레티샤의 손을 꼭 쥐어주고 일어섰다. "가족회의는 항상 긴급하지요. 불편한 순간에는 더욱더 그렇고요. 대화할 기회가 있어서 즐거웠어요, 티쉬. 잠시 후에 봐요."

"안녕." 레티샤가 그에게 키스를 날려 보냈다. 로버트가 그것을 공중에서 붙잡아 가슴 위의 안주머니에 넣는데 아드리엔이 그를 낚아채 끌고 나갔다.

정말 대가족 모임이었다. 모두 곁방에 빼꼭히 들어찼고 밖에는 방해하는 사람이 없도록 경비를 세웠다. 그곳에서 핀레이는 시선을 확 끌어당기는 의상을 입고 아드리엔이 들어오자 코안경 너머로 마치 이방인을 대하듯 비리보았다. 윌리엄과 제릴드는 조용히 그러나 열기를 띠고 무언가로 다투고 있었고 로버트가 들어서 문을 닫을 때도 거의 알은체를 하지 않았다. 로버트는 그들의 진지한 표정을 보고 가슴이 덜컥 내려앉는 것 같았다. 뭔가 심상치 않은 일이 일어났다. 그는 느낄 수 있었다. 핀레이가 목청을 가다듬자 모두 주목했다.

"캠벨 어른은 직접 참석하지 못하셔." 그는 단조롭게 말했다. "그분이 셔브의 우리 동맹자에게서 소식을 받았어. 에스퍼들을 몇 단계 거쳐 온 소식이기 때문에 도청되지 않았을 거야. 누군가 다른 가문이 우리와 셔브의 관계를 눈치 챈 것 같다고 해."

"잠시만요," 로버트가 말했다. "잠깐 멈춰보세요. 도대체 셔브라니 무슨 소리입니까? 우리가 그런 지옥 같은 곳에 무슨 동맹자가 있다고 말씀하시는 거지요?"

"너도 이제 알 때가 되었다." 핀레이가 말했다. 그는 전과 다르게 놀랍도록 진지한 어조로 말했다. "너도 이제 가문의 사업에 중요한 위치를 차지하게 되었으니까. 하지만 가문 밖의 사람들에게는 절대로 비밀로 해야 한다. 네 아내가 될 사람에게까지도. 누구도 알아서는 안 돼. 우리 가문의 명운이 걸린 사안이니까. 우리는 꽤 오래전부터 제국의 정책에 반해 셔브의 반란AI들과 비밀스러운 협조관계를 유지해왔다. 그 인류의 적은 우리가 신형 스타드라이브의 양산권을 따낼 수 있도록 돕기 위해 여러 가지 첨단기술을 우리에게 전수해주었다. 그 대가는 우리가 그들에게 신형 스타드라이브를 제공해주는 것이고. 그들은 제국에 뒤처지지 않기 위해 절박했고 우리는 계약을 따낼 필요가 있었다. 우리의 재정이 고갈될 위기에 처해 있기 때문이다."

"좀 더 정확히 말하자면," 아드리엔이 끼어들었다. "우리는 거의 끝장났어. 계약을 따내지 못하면 우리는 망하는 거야. 파산이라고."

윌리엄은 찔끔하면서도 고개를 끄덕였다. "우리 가문이 살아남기 위해서는 계약을 놓쳐서는 안 돼. 거기에 모든 게 달렸어."

"어쨌든" 핀레이가 다시 말했다. "누군가 알아차린 듯하다. 그들이 아직 확증을 가진 것 같지는 않아. 만약 그랬다면 우리를 벌써 여제에게 고발했을 것이고, 우리 모두는 단심재판과 고통스러운 처형을 기다리고 있었을 거야."

"그들을 탓할 수 있나요?" 로버트가 흥분해 말했다. "우리가 셔브의 AI들과 공모하고 있다고요? 그들은 인류의 절멸을 위해 광분하고 있는데 그들에게 스타드라이브를 공급한다고요? 제가 이상한 건가요, 아니면 모두 완전히 돌아버린 건가요?"

"소리 지르지 말거라." 핀레이가 말했다. "이 모든 것은 가문의 어른들이 논의해서 결정한 사안이다. 우리는 절대로 그들에게 스타드라이브를 제공할 생각이 없다. 무슨 일이 있어도. 우리는 야심이 있고 절박한 사정이 있지만, 네가 말하는 것처럼 미치지는 않았다."

"그건 그렇고" 아드리엔이 말했다. "지금 가장 중요한 것은 누가 우리 비밀을 알아냈는지 밝혀내는 거야. 로버트 네가 여기 온 이유가 바로 그것이야. 우리는 이미 우리의 적을 찾기 위해 여러 가지 비밀 작전을 전개했는데 슈렉 가를 염탐하기에는 네가 가장 적합해. 하지만 네 부인 될 사람과 의논해서는 안 돼. 그녀는 결혼 후 캠벨 가문이 되겠지만 아직 슈렉 가의 사람이라고 보는 게 옳아. 그녀를 이용하되 믿지는 마. 그렇게 놀란 표정 지을 것 없어. 이것은 가문의 일이고 가문은 항상 모든 일에 우선한단다."

"우리 적이 얼마나 알고 있는지 밝히는 것도 중요합니다." 윌리엄이 말했다. "너무 많이 알고 있는 사람은 그기 누구든 죽여야 합니다. 가문의 안전이 위험에 처했습니다."

"캠벨 어른은 뭐하고 계시지요?" 제럴드가 불안한 듯 물었다. "왜 여기 오지 않으셨지요. 이런 결정은 우리가 아니라 그분이 해야 하는 것 아닌가요?"

"그분은 에스퍼 통신을 통해 AI들을 안심시키느라고 바쁘시다." 핀레이가 말했다. "우리는 그들이 어떤 충동적이거나 불행한…… 일을 저지르지 않기를 바란다. 우리는 우리와 그들의 관계가 비밀로 유지될 때만 그들에게 가치가 있어. 그분은 여기로 전갈을 보내는 엄청난 위험을 감수했다. 그만큼 우리가 즉시 알아야 할 정도로 긴급한 사안이라는 것이지. 이제부터 우리는 어디를 가든 경호원을 대동해야 하고 누구도 혼자 다녀서는 안 된다. 우리의 적이 우리 중 한 사람을 납치해 정보를 캐내거나 인질로 삼고 우리를 압박할 수도 있기 때문이야. 로버트 네가 특히 위험하다. 너는 아직 우리만큼 이런 일에 익숙지 않다. 너는 결혼 후 즉시 은둔할 수는 없다. 그럴 경우 우리가 뭔가를 감추려 한다는 의심만 불러일으킬 뿐이야. 하지만 지금부터 너와 네 아내에게는 두 배의 경비를 붙이겠다. 만약 그녀가 왜 그러냐고 묻거든 그냥 에스퍼 광신자가 얼마나 쉽게 침투했는지를 핑계로 대거라. 자, 이제 사람들이 우리를 이상하게 여기기 전에 결혼식장으로 가자. 모두들 웃고 떠들면서 나가자꾸나. 우리 적의 손에 무기를 쥐어줄 필요는 없어. 우리가 의심받고 있다는 사실을 알고 있다는 것을 그들은 아직 모를 테니까. 제럴드, 너무 당황한 표정 짓지 마. 걱정할 필요 없어. 그냥 우리만 잘 따라다니면 돼. 뭔가 할 말이 있다면, 참아. 윌리엄, 쟤를 잘 돌봐줘. 만약 쟤가 입을 열면 발을 밟아버려."

아드리엔이 그를 유심히 쳐다보았다. "언제 그렇게 탁월한 음모가가 됐어요?"

핀레이는 그녀에게 활짝 웃으며 말했다. "피는 못 속이지, 여보. 나는 캠벨 가문이거든."

그는 로버트의 팔을 붙잡고 붐비는 연회장으로 나갔다. 여기저기서 사람들이 미소 짓고 인사했으며 로버트는 그들 모두에게 무표정하게 답했다. 물론 거기에는 그곳에 와 있지 않은 사람도 있었다. 직접 참석하는 것은 깊은 친분이 있을 경우였다. 덜 긴밀한 사이인 경우는 홀로그램을 보내는 것으로 대신했다. 둘 다 없을 경우에는 결투로 결말이 나기도 했다. 결혼식만큼 가문들 간에 분쟁을 야기하는 행사도 없었다. 로버트는 다른 잡념들을 잊기 위해 이런 생각에 집중했다. 그리고 그것이 효과가 없자 핀레이에게서 팔을 빼내며 그를 냉정하게 쏘아보았다.

"우리가 얼마나 위험한 거죠, 핀레이? 내가 이 결혼으로 레티샤를 얼마나 위험에 빠뜨리는지 알아야겠어요."

"그녀가 이미 처한 상황과 크게 다르지 않다. 그녀도 결국 슈렉 가문 아니냐. 그들은 우리를 겁쟁이로 보이도록 하는 많은 음모를 꾸민 전력이 있지. 이제 그런 것들은 잊어버리고 결혼식에만 집중하거라.”

전사예수교회의 주교인 제임스 카사가 열병식장에서나 나옴직한 목소리로 참석자들에게 주목해줄 것을 요청했다. 참석자들은 양편으로 나뉘어 가문끼리 서로 구별해 섰고, 그 사이의 좁은 복도로 로버트는 핀레이와 윌리엄과 제임스에 둘러싸여 섰다. 그들 모두 점잖고 엄격한 얼굴을 하고 있었다. 신부는 슈렉 가의 여인들에 둘러싸여 신랑 옆으로 걸어왔다. 레티샤가 도착하고 하객들 사이에서는 농담이나 찬사나 숨죽인 웃음소리가 들려왔다. 하지만 로버트 일행은 격식대로 앞만 보고 있었다. 로버트는 그런 관습에 감사했다. 지금 이 순간은 실없는 농담조차도 그를 미친 듯 웃게 만들 것 같은 느낌이 들었다. 그다음 그와 레티샤는 서로 나란히 복도를 걸어갔다. 그들은 앞만 바라보았으며 예행연습에서 익힌 동작과 말을 머릿속으로 절박하게 되뇌었다.

그들은 마침내 카사 앞에 섰다. 빛나는 자줏빛 가운을 걸친 카사는 차분하고 사무적인 어투로 결혼예식을 시작했다. 개인적으로 로버트는 그런 방식을 선호했다. 주례자도 예식도 덜 생경스럽게 느껴질 수 있었던 것이다. 주례사는 로버트와 레티샤가 어렸을 때부터 참석해 들어왔던 내용들과 크게 다르지 않았다. 그들은 차분하고 기품 있는 목소리로 답했다. 모든 것이 매끄럽게 진행되었고 로버트는 키스하기 전에 면사포를 들추는 것도 잊지 않았다. 이제 매듭을 지어주는 의식만 남겨놓았다. 카사는 시동에게 쟁반 위의 황금 끈을 가져오라고 손짓했다. 그는 그 실로 두 사람의 팔목을 느슨하게 묶고 교회에 에스퍼를 불렀다. 교회가 축복해 결혼을 승인하기 위해서는 먼저 신랑

신부 양측 모두 본인이 맞는지 확인하는 절차를 거쳐야 했다. 누구도 클론이라는 말을 꺼내지는 않았지만 그것은 모두가 항상 우려하는 가능성이었다.

많은 하객들이 불안한 듯 몸을 꼬았다. 이 순간만큼은 ESP차단기가 꺼지기 때문에 외부 공격의 위험이 커지기도 했지만, 사실 그들을 더 염려스럽게 한 것은 자신의 작은 비밀이 에스퍼에게 발각되지 않을까 하는 것이었다. 누구나 뭔가 숨기고 싶은 것이 있다. 하지만 걱정할 필요가 없었다. 에스퍼는 그런 비밀을 누설할 만큼 바보가 아니었다. 멀리 서서 에스퍼에게 총을 겨누고 있는 교회 경비대원들이 있었다. 그래서 에스퍼는 자기 앞의 신랑신부에게만 집중했고 모든 사람들은 침묵했다. 그런데 갑자기 에스퍼가 고개를 쳐들더니 한 발 뒤로 물러섰다. 카사가 그를 노려보았다.

"무슨 일인가? 신분에 문제가 있나?"

"아닙니다, 주교님." 에스퍼가 재빨리 대답했다. "그들은 그들 자신이 맞습니다. 하지만 제가 탐지한 마음은 둘이 아니고 셋입니다. 신부가 임신 중입니다. 그리고 신랑의 씨가 아닙니다."

잠시 장내가 충격으로 얼어붙었다가 웅성임으로 가득 찼다. 로버트는 입을 벌린 채 레티샤를 쳐다보았고, 그녀는 멍하게 그를 마주보았다. 누구 특별한 사람이 있었냐고 그가 물어보았고 그녀는 그렇다고 말했었다. 카사는 그들 손에서 황금 끈을 뜯어내서 옆으로 던져버렸다. 그러자 장내는 모든 사람들이 서로에게 고함치고 욕설을 퍼붓는 듯했고 검을 뽑는 사람들도 있었다. 사람들이 그녀의 존재만으로도 마치 오염을 퍼뜨릴 것 같다고 여기는 듯 신부에게서 떨어지자 그녀 주변에 공간이 점점 넓어져갔다. 아드리엔은 그녀에게 다가가려

했으나 군중에게 밀려 앞으로 나갈 수 없었다. 순결하지 못한 신부를 다른 가문에 시집보내려 했다는 것은 슈렉 가를 사회에서 매장시키고도 남을 만한 일이었다. 그것은 중대한 모욕이었다.

슈렉 경은 자신들은 아무것도 몰랐다고 소리쳐댔지만 아무도 듣는 사람이 없었다. 로버트는 무슨 말이나 무슨 행동을 해야 할지 모르면서도 레티샤의 얼굴에 드리워진 비애가 가엽게 느껴져 그녀를 향해 움직였다. 그때 슈렉 경이 군중 속에서 뛰쳐나왔고 손에는 황금 끈이 들려 있었다. 그의 얼굴은 분노로 이글거렸고 레티샤는 주춤거리며 뒤로 물러났다. 그가 무엇을 하려는지 사람들이 눈치 채기도 전에 그는 끈을 그녀의 목에 감고 거세게 잡아당겼다. 그녀는 눈이 부풀어 올랐고 숨을 쉬려고 발버둥 치며 슈렉의 손을 할퀴었지만 소용이 없었다. 그는 그녀를 휘둘러 앞으로 돌려세운 다음 무릎으로 그녀의 등을 찍어 눌러 끈을 더욱 단단히 조였다. 그의 팔에는 근육이 꿈틀거렸다. 로버트가 그를 말리려 앞으로 달려갔으나 억센 팔들이 뒤에서 그를 붙잡았다. 아무리 발버둥 쳐도 벗어날 수 없었다. 윌리엄과 제럴드가 냉정하고 무심한 표정으로 그를 붙잡고 있었다.

레티샤의 얼굴은 무섭도록 붉어졌고 혀가 입 밖으로 튀어나왔다. 하객들 속에서 고함과 비명소리가 터져 나왔지만 아무도 그녀를 도우려 나서지 않았다. 로버트는 무섭게 버둥거렸으나 윌리엄과 제럴드는 끝내 그를 놓아주지 않았다. 로버트는 그녀의 이름을 외쳐 불렀다. 자신이 울고 있다는 사실도 몰랐다. 레티샤는 슈렉이 붙잡고 있는 끈에 매달린 채 마침내 바닥에 쓰러졌다. 연회장의 소란은 서서히 잦아들었고, 그레고르의 가쁜 숨소리와 레티샤의 숨넘어가는 소리, 그리고 로버트의 처절한 울음소리만 남았다. 그때 그녀의 눈동자가 흰

자위만 보이더니 결국 조용해졌고 그레고르는 끈을 잡은 손을 천천히 풀었다. 그녀는 바닥에 축 늘어져 미동도 하지 않았다.

그레고르는 핀레이에게 얼굴을 돌렸다. 그의 얼굴은 붉게 상기되었고 숨소리는 거칠었다. "제가 가문을 대표해 사과하고 사죄의 뜻으로 이 죽음을 바치겠습니다. 이 정도면 충분하리라 생각됩니다만."

"그렇습니다." 핀레이 캠벨이 말했다. "명예는 지켜졌습니다. 나중에 다시 혼례를 진행하기 위해 새로운 신부를 고르는 문제를 상의해 보기를 원합니다. 이 결혼식은 잊고 다시 언급되어서는 안 됩니다."

그는 윌리엄과 제럴드에게 고갯짓을 했고 그들은 로버트를 놓아주었다. 로버트는 무릎걸음으로 레티샤 옆으로 다가갔다. 핀레이는 캠벨 가 식구들에게 눈짓해 모두 함께 연회장을 빠져나갔다. 그러자 슈렉 가 사람들이 뒤따랐고, 그다음 울프 가, 그리고 마지막으로 제임스 카사 주교와 교회 사람들이 연회장을 떠났다. 로버트만이 죽은 신부 옆에 꿇어앉아서 그녀의 움직임 없는 흰 손을 한참 동안 붙잡고 있었다.

바깥 복도에서 그레고르 슈렉은 사랑스런 딸 에반젤린을 쳐다보고 있었다. 그녀가 여기서 교훈을 얻기를 바랐다. 그는 비밀을 지키기 위해서 필요하다면 딸도 죽여버릴 것이다. 이미 한 차례 해본 적이 있다. 그는 가볍게 미소 지었다. 원래의 에반젤린이 자기가 그녀를 사랑하는 만큼 자신을 사랑하지 않자 살해해버렸던 것이다. 그가 원하는 것은 남자로서 여자를 사랑하는 것이다. 그는 슈렉 가의 수장이었고 복종을 요구할 권리가 있다.

(2권으로 이어집니다)